**TORIA**  AF160431

für meine Tochter Victoria,
in Liebe

Marlin Dexter

# TORIA

**Keine Angst vor Gefühlen**

Bibliografische Information der Deutschen Nationalbibliothek
Die Deutsche Nationalbibliothek verzeichnet diese Publikation
in der Deutschen Nationalbibliografie; detaillierte bibliografische
Daten sind im Internet über http://dnb.d-nb.de abrufbar.

© 2016 Marlin Dexter
Umschlagdesign, Satz, Herstellung und Verlag:
BoD – Books on Demand
ISBN 978-3-7412-4381-3

# Inhalt

| | |
|---|---|
| Aufbruchstimmung | 7 |
| Wie alles begann | 13 |
| Tiefe Wunden | 20 |
| Ernüchterung | 29 |
| Fehlentscheidung | 36 |
| Endspiel | 43 |
| Überraschung | 55 |
| Alte Freunde, neue Liebe? | 61 |
| Fehltritt | 66 |
| Der Vorsatz | 72 |
| Paukenschlag | 79 |
| Der Traummann | 87 |
| Wie neu geboren | 95 |
| Blankes Entsetzen | 101 |
| Getrübtes Wiedersehen | 112 |
| Glückstrahlend | 126 |
| Die einzig wahre Liebe | 134 |
| Wendepunkt? | 142 |
| Die Erfüllung aller Wünsche | 150 |
| Überstanden | 162 |
| Pläne und Ängste | 172 |
| Flucht | 180 |
| Grausame Wahrheit | 186 |

| | |
|---|---|
| Die Diagnose | 193 |
| Das Experiment | 199 |
| Ein Hauch von Zuversicht | 204 |
| Der neue Freund | 211 |
| Abschied | 218 |
| Heimkehr | 224 |
| Ein Anschein von Normalität | 235 |
| Rückhalt | 246 |
| Ermutigende Aussicht | 253 |
| Die größte Hürde | 264 |
| Feuerprobe | 274 |
| Versöhnung | 281 |
| Konfrontation | 293 |
| Spätes Geständnis | 301 |
| Der englische Freund | 312 |
| Der Antrag | 319 |
| Himmel auf Erden | 334 |
| Die Lüge | 344 |
| Rechtfertigung | 354 |
| Die alles entscheidende Frage | 363 |
| Das Geschenk | 377 |

# Aufbruchstimmung

Endlich ein neuer Anfang, dachte ich. Monate hatte ich gebraucht, um mit der Enttäuschung fertig zu werden und die Vergangenheit abzuschließen. Plötzlich war mir, als hätte ich es geschafft. Die Kränkung war wie weggeblasen. Ich fühlte mich bereit, mein Leben wieder voll Zuversicht in meine tatkräftigen Hände zu nehmen.

Mit einem Satz sprang ich aus dem Bett und öffnete das Fenster. Aus dem Garten kam mir ein Hauch milder Frühlingsluft entgegen und erfüllte mein Schlafzimmer. Ich schloss die Augen und ließ die jungen Sonnenstrahlen auf mein Gesicht fallen. Es schien, als wollten sie nicht nur die Natur aus ihrem Winterschlaf, sondern auch meine Lebensgeister wecken.

Als ich die Augen öffnete, lag der Garten vor mir, so karg und doch malerisch schön in seinem Winterkleid, wie es mir schon lange nicht mehr zu Bewusstsein gekommen war. Die alten Kastanienbäume umspannten ihn weitläufig mit ihren ausladenden Kronen. Ein Dickicht aus noch kahlen Fliederbüschen umrandete ihn wie undurchdringliches Mauerwerk. Die riesigen Tannen zu beiden Seiten der Einfahrt trugen dichte grüne Äste und ließen vergessen, wie kalt und schneereich der Winter gewesen war. Auf den knorrigen Rosenstöcken, die meine Mutter vor vielen Jahren entlang der Terrasse gepflanzt hatte, wagten sich die ersten Knospen hervor und suchten vorsichtig die wärmende Sonne. Überall kündigten sich Frühlingsboten an. Auf dem gepflegten Rasen behaupteten sich die kleinen Veilchen nur schwer, dennoch bildeten sie hier und dort lila Flecken. In wenigen Tagen würden auch die zahlreichen Tulpen, deren Triebe sich mühsam durch die harte Erde gebohrt hatten, in voller Blüte stehen.

Von meinem Schlafzimmerfenster aus konnte ich die Gartenmauer nicht mehr ausmachen. Schon als Kind war mir der Garten riesig vorgekommen, fast wie ein Park – einst eine endlose Spielwiese, jetzt eine friedliche Zuflucht vor dem Treiben der nahen Großstadt.

Vor sechzig Jahren hatten meine Eltern das Grundstück und die Villa am Fuße des Brunner Bergs an der südlichen Grenze von Wien erworben. Der Krieg hatte an der Villa schwere Schäden hinterlassen, doch in jahrelanger Kleinarbeit hatten meine Eltern jedes Detail des Gebäudes originalgetreu in Stand gesetzt und ihm so den Glanz der Gründerzeit zurückgegeben.

Prinzessin im Schloss hatte ich als kleines Mädchen am liebsten gespielt. Eingehüllt in Gardinen und weiße Spitzenunterröcke meiner Großmutter war ich durchs Haus gefegt, stets in ungeduldiger Erwartung des Märchenprinzen, der mich auf seinem weißen Pferd entführen sollte. Doch mein Bruder war längst zu alt gewesen, um als Prinz zu taugen, und hätte nicht im Traum daran gedacht, eine Prinzessin zu retten. Er hatte meine Aufmachung nur lächerlich gefunden. Das Lachen war ihm erst beim Fangenspielen vergangen, als ich stets schneller gewesen war als er.

Unweigerlich kam mir diese Erinnerung, als die kleine Katrin ihren älteren Bruder durch die Bäume hetzte und er mit ihrem Tempo nicht mithalten konnte. Sie sahen mich am Fenster stehen, und Katrin rief zu mir herauf: »Guten Morgen, Tante Victoria! Das Frühstück ist fertig. Kommst du herunter?«

»Ja«, antwortete ich, »ich habe einen Bärenhunger, obwohl ich mich noch nicht so viel bewegt habe wie ihr!« Schon waren beide wieder verschwunden.

Erst jetzt fiel mir auf, dass die Morgenluft noch recht kühl war. Mich fröstelte ein wenig, außerdem war ich tatsächlich sehr hungrig. Also schloss ich das Fenster, zog mir eilig meine Jeans und einen warmen Pullover an und lief hinunter zum Frühstück. Ein herrlicher Geruch von frischem Toast und Kuchen kam mir auf der Treppe entgegen. Im Speisezimmer waren schon alle versammelt: mein Bruder Richard, seine Frau Dagmar und ihre Kinder Katrin und Daniel. Eine Atmosphäre familiärer Geborgenheit erwartete mich, und endlich stand mir wieder der Sinn danach, sie in vollen Zügen zu genießen.

Mein Bruder würde nächstes Jahr vierzig werden, doch den Altersunterschied von zehn Jahren sah man ihm keineswegs an. Seine kräftige, mittelgroße Statur verriet jugendlichen Tatendrang. Das dichte, brünette Haar unterstrich die markanten Linien seines Gesichts, die viel weniger von fortgeschrittenem Alter als von Durchsetzungskraft zeugten. Seine leitende Position als Geschäftsführer und mittlerweile Inhaber der väterlichen Firma erforderte klares Vernunftdenken, das auch sein privates Verhalten deutlich beherrschte. Und trotzdem wusste jeder, der ihn näher kannte, dass sich hinter dem kühlen Blick seiner dunklen Augen ein ausgeprägter Familiensinn verbarg.

Während sich Richard gern als strenger Vater sah, war Dagmar der ruhende Pol der Familie. Sie hatte ihren Beruf als Volksschullehrerin aufgegeben, um sich ganz ihren privaten Verpflichtungen zu widmen. Ich bewunderte sie oft, mit welcher Besonnenheit sie an Probleme heranging, dass sie nie die Beherrschung verlor und auch im Umgang mit ihren Kindern stets Gelassenheit bewahrte.

Dagmar und ich hatten uns vom ersten Tag an bestens verstanden – eine Seltenheit unter Schwägerinnen und umso erstaunlicher, als wir uns in Temperament und Aussehen grundlegend unterschieden. Sie, die sanfte Blonde, war herzlich, aber zurückhaltend. Ich dagegen, dunkelhaarig, mit einem leicht südländischen Einschlag, den ich von meiner Mutter geerbt hatte, fiel durch ein lebhaftes Wesen und eine offenere Art auf. Ich konnte meine Gefühle meist nur schlecht verbergen, war mitunter sogar hitzig und aufbrausend. Vielleicht faszinierte uns am anderen gerade das, was dem eigenen Charakter fremd war. In jedem Fall verband uns eine ehrliche Freundschaft, deren Bande viel stärker waren als die rein familiäre Beziehung.

»Hallo Victoria«, sagte meine Schwägerin, »du kommst gerade recht, der Kuchen ist frisch aus dem Backrohr. Du musst ihn unbedingt probieren!« Ich nahm dankend an und gesellte mich zu der morgendlichen Runde.

Tatsächlich konnte ich mich dem einladenden Duft von Dagmars goldgelbem Kuchen nicht entziehen und lud mir gleich drei Stück davon auf meinen Teller. Gierig stürzte ich mich darüber. »Sieh an«, bemerkte mein Bruder mit Verwunderung, »dein Appetit ist ja zurückgekehrt!«

»Endlich schmeckt dir etwas«, freute sich Dagmar, »seit Monaten isst du viel zu wenig. Du hast sicher drei oder vier Kilo abgenommen.«

»Keine Ahnung«, antwortete ich und schluckte hinunter, »aber das wird sich jetzt alles ändern!«

Das war das Stichwort gewesen. Dagmar und Richard sahen einander kurz an, dann richteten sie ihre Blicke gleichzeitig auf mich. Meine Antwort nahm ihre Frage vorweg. »Ja, es geht mir viel besser. Ich glaube, ich bin jetzt darüber hinweg. Ich werde noch einmal ganz von vorne anfangen.«

Erleichterung und Freude standen ihnen in die Gesichter geschrieben, und Dagmar platzte in ungewöhnlich lebhafter Weise hervor: »Das ist großartig, Victoria, endlich! Wir waren schon in Sorge um dich. Du hast dir alles sehr zu Herzen genommen.«

»Wir freuen uns wirklich, dich wieder so optimistisch zu sehen«, pflichtete ihr mein Bruder bei, »ich wusste ja immer, du machst deinem Namen alle Ehre!«

Katrin und Daniel hatten bisher schweigsam an ihren Cornflakes gekaut, doch jetzt wollten sie es genau wissen.

»Wieso«, fragte Daniel, »was heißt denn *Victoria*?«

»Es ist Latein und bedeutet *Sieg* oder *Siegerin*«, klärte ihn sein Vater auf.

»Und *wen* hast du besiegt?« fragte Katrin verwirrt.

»Den Kummer, der mich in den letzten Monaten quälte«, war die ehrliche Antwort.

»Ach so«, sagte Daniel, der dem Gespräch nun endlich folgen konnte, »du meinst, weil dich Onkel Michael betrogen hat und du dich deswegen von ihm hast scheiden lassen!«

Es ist immer wieder ein Erlebnis – ob heiter oder schmerzlich –, mit welcher Offenheit Kinder die Dinge beim Namen nennen. Sie suchen nicht nach Umschreibungen und höflichen Formulierungen, sie sagen die Wahrheit gerade heraus. Uns Erwachsenen ist dies oft peinlich, und wir tadeln unsere Kinder für die Ehrlichkeit, die wir selbst den anerzogenen Tabus opfern.

»Daniel!« ermahnte ihn sein Vater, doch die Zurechtweisung schien mir unbegründet.

»Lass ihn, Richard, er hat doch Recht! Genau so war es: Michael hat mich betrogen – und das nicht nur einmal! Und jetzt ist es schon ein halbes Jahr her, dass wir geschieden sind. Wie beschönigend man es auch formuliert, es bleibt doch immer dieselbe miese Tatsache, die deprimierendste Zeit meines Lebens. Aber an so einem herrlichen Frühlingsmorgen wollen wir keine traurigen Geschichten aufwärmen!« versuchte ich vom Thema abzulenken. »Nach dem Frühstück werde ich einen kleinen Waldspaziergang machen. Wer ist dabei?«

»Ich!« rief Katrin in heller Begeisterung.

»Ich auch!« schloss sich Daniel an. »Dürfen wir auch mit den Fahrrädern fahren?«

»Meinetwegen«, antwortete ihr Vater, »aber ihr bleibt in Reichweite von Tante Victoria. Ihr fahrt nur so weit voraus, dass sie euch noch sehen kann, verstanden?« Mit einhelligem Nicken stimmten sie zu. Auch schienen sie von der Aussicht angetan, dass ihre

Eltern an dem morgendlichen Ausflug nicht teilnehmen wollten. Und bevor sie es sich anders überlegten, wollten die Kinder lieber in zehn Minuten zur Abfahrt bereit sein.

# Wie alles begann

Pünktlich erschienen die Kinder mit ihren Fahrrädern beim Gartentor. In Windeseile waren die Räder vom gröbsten Winterstaub gereinigt und die Reifen aufgepumpt worden. Eingepackt in warme Windjacken machten wir uns auf den Weg.

Knapp fünfhundert Meter legten wir auf einer asphaltierten Straße zurück, dann erreichten wir schon den Waldweg. Er führte leicht bergauf, den Waldrand entlang. Der Boden war fest und für die geländegängigen Fahrräder ideal. Katrin und Daniel hielten das Versprechen, das sie Ihrem Vater gegeben hatten und ersparten es mir, sie unentwegt beobachten zu müssen.

Herrlich, ich konnte meinen Spaziergang so richtig genießen! Die frische Luft tat mir gut. Immer wieder holte ich tief Atem, um die belebende Wirkung des jungen Frühlings in mir aufzunehmen. Die warmen Sonnenstrahlen waren eine Wohltat nach den kalten Wintermonaten.

Das anregende Gezwitscher der Vögel durchdrang die morgendliche Stille. Nur wenige Menschen waren schon unterwegs. Hie und da traf man einen Jogger oder jemanden, der seinen Hund spazieren führte. Als der Weg flacher wurde, packte mich der Ehrgeiz, und ich versuchte den Joggern nachzueifern. Langsam und gleichmäßig begann ich zu laufen. Dann steigerte ich das Tempo, merkte aber schon nach kurzer Strecke, dass meine Kondition sehr zu wünschen übrig ließ. Also blieb ich stehen und atmete kräftig durch.

Plötzlich kam mir der unvermeidbare Gedanke: Michael hatte mich einst zum Joggen überredet. Es werde mich fit, schlank und gesund erhalten, hatte er gemeint, doch ich hatte es viel mehr aus Liebe zu ihm getan.

In gemütlichem Tempo lief ich weiter, doch der Gedanke an Michael ließ mich nicht mehr los. In den letzten Monaten hatte ich so oft voll Bitterkeit an ihn und das Ende unserer Ehe gedacht. Jetzt war es irgendwie anders. Plötzlich war in meiner Erinnerung auch wieder Platz für all das Schöne, das wir in den gemeinsamen acht Jahren erlebt hatten. Ob ich ihm verziehen oder nur die Enttäuschung verwunden hatte? Es war ohne Bedeutung. Die Bilder unseres gemeinsamen Lebens liefen vor meinen Augen ab, ohne dass mich die Gefühle überwältigten.

Ich lernte Michael kurz nach meinem einundzwanzigsten Geburtstag kennen. Damals war ich gerade aus London zurückgekehrt, wohin mich meine Eltern nach der Matura geschickt hatten. Sie hatten eine Menge Geld in meine Englischkenntnisse investiert, da sie ein Sprachdiplom einer englischen Universität für beruflich nützlich hielten. Ich selbst zerbrach mir damals noch nicht den Kopf über meine Karriere – die Idee mit London war nur ein willkommenes Ausbrechen von Zuhause.

Tatsächlich sollten keine Erwartungen enttäuscht werden: in den zwei Jahren lernte ich, mich der englischen Sprache wie meiner Muttersprache zu bedienen, schaffte das Diplom und erlebte überdies eine ausgelassene, unvergessliche Zeit in England.

Da es die Natur mit mir recht gut gemeint und mich mit einer als attraktiv empfundenen Erscheinung versehen hatte, gestaltete sich mein Eintritt in neue Gesellschaftskreise mühelos. Mein umgängliches Wesen erleichterte mir zusätzlich das Knüpfen neuer Kontakte. Ich genoss es, die unterschiedlichsten Menschen kennen zu lernen, wovon das Umfeld der Universität eine wahrlich große Auswahl bot.

In regelmäßigen Abständen organisierte man Studentenparties, auf denen sich die Neulinge am Unicampus trafen. Dort begegnete ich etlichen durchgeknallten Typen, die mich in ihren zweifelhaften Bann zogen. Zwei von ihnen hatten es mir besonders angetan: Greg, der Besitzer einer Modelagentur, der mich zu Fotoshootings für Frauenmagazine überreden wollte, und Pete, der Manager einer kleinen Theatertruppe, der mich für eine Rolle in seiner Inszenierung von *Othello* engagierte.

Die Idee mit der Schauspielerei fand ich anfangs sehr reizvoll, doch bald zweifelte ich an meinem Talent, und so blieb es bei meiner einmaligen Bühnenerfahrung. Hingegen war ich von der Vorstellung, als Model zu posieren, nur wenig angetan. Diese Art von Karriere hätte weder meinen Neigungen entsprochen, noch hätte sie die Zustimmung meiner Eltern gefunden. Dennoch überredete mich Greg, bei einigen unbedeutenden Modeschauen mitzumachen, was eine willkommene Abwechslung war und leicht verdientes Geld brachte.

Warum mir Greg und Pete unter all den schillernden Figuren besonders in Erinnerung blieben, lag freilich nicht nur an den verrückten Jobs. Mit beiden hatte ich eine intime Beziehung. Greg, der große blonde Amerikaner, betörte durch sein selbstsicheres Auftreten und seinen unübertrefflichen Charme. Er nannte mich seine *Exotin* wegen meiner dunklen Augen und Haare. Er gab mir das Gefühl, etwas Besonderes zu sein, wofür ich im Alter von neunzehn freilich sehr empfänglich war.

Pete dagegen wirkte anfänglich eher zurückhaltend, fast schüchtern. Seine Persönlichkeit entfaltete sich erst auf der Bühne, wo der unscheinbare Vorstadtjunge aus Manchester über sich hinauswuchs. Obwohl Pete äußerlich nicht gerade mein Typ war, bewunderte ich ihn, er und sein leidenschaftliches Schauspiel faszinierten mich. Ihm verdankte ich auch die glühende Begeisterung für englische Literatur und den allmählich in mir reifenden Entschluss, dieses Fach in Wien weiterzustudieren.

Beide Beziehungen hinterließen für mein weiteres Gefühlsleben kaum prägende Spuren. Es war in beiden Fällen eine schöne Erinnerung – es war in keinem Fall *die große Liebe* gewesen. Sowohl Greg als auch Pete hatten mich in Welten entführt, die ich bisher nicht gekannt hatte. Dafür dankte ich ihnen, dafür liebte ich sie. Beide Beziehungen gingen ohne große Wehmut auseinander.

So vergingen die zwei Jahre in London wie im Flug. Gerne wäre ich noch länger geblieben, doch meine Eltern drängten darauf, dass ich wie vereinbart heimkehren müsse, um eine *ordentliche* Berufausbildung zu beginnen.

Als ich ihnen von meinen Plänen, englische Literatur an der Universität Wien zu studieren, erzählte, war das Verständnis nur gering. Ein Jusstudium wäre ihr Wunsch gewesen mit dem Ziel, Richterin oder Anwältin zu werden oder eine leitendte Position in einem internationalen Konzern zu übernehmen. Ich müsse nicht unbedingt das Baufach erlernen, da mein großer Bruder ohnehin die väterliche Firma übernehmen wolle. Aber ausgerechnet Literatur? Welchen Beruf wolle ich damit ergreifen? Könne ich damit Geld verdienen? Es galt, eine Menge Vorurteile aus dem Weg zu räumen und eine große Überzeugungskraft meinerseits aufzubieten. Doch ich ließ mich nicht beirren, die Entscheidung war gefallen: schließlich gab es kein Argument gegen brennendes Interesse und wahre Begeisterung.

Voll gepackt mit Motivation stürzte ich mich in meine Studien. Auch wenn sich das Leben an der Wiener Uni nicht so bunt und abwechslungsreich gestaltete wie in London, fand meine Leidenschaft ausreichenden Nährboden.

So kam es, dass ich eines Tages im ersten Semester hingebungsvoll einer Shakespeare-Vorlesung lauschte, als mir plötzlich eine Stimme zuflüsterte: »Verstehst du alles, was der da draußen erzählt?«

Ich zog die Augenbrauen hoch und lächelte den Typ zu meiner Rechten an. »Du nicht?«

»Keine Spur!« war die ehrliche Antwort, und wir mussten beide lachen.

Mein attraktiver Sitznachbar war mir schon vorher aufgefallen, doch es gefiel mir, dass *er* mich angesprochen hatte. Nach der Vorlesung führten wir unsere Unterhaltung bei einer Tasse Kaffee in der Mensa fort, und er erzählte mir, dass ihn die bloße Neugier in eine Shakespeare-Vorlesung gelockt habe, dass er aber lieber bei seinen Gesetzesbüchern bleiben wolle.

So traf ich Michael. Und so verliebte ich mich in ihn – damals, bei unserer ersten Begegnung –, in seine große, schlanke Gestalt, sein braunes, leicht naturgewelltes Haar, in jenen verschmitzten, verführerischen Ausdruck um die grünen Augen. Dass auch er sich auf den ersten Blick in mich verliebt hatte, sagte er mir erst viel später.

Michael war damals – mit seinen knapp dreiundzwanzig Jahren – schon im letzten Abschnitt seines Jusstudiums. Prüfung für Prüfung absolvierte er in rekordverdächtigem Tempo. Es imponierte mir, welch ungeheuren Ehrgeiz er aufbrachte, um sein Berufsziel zu erreichen. Als Rechtsanwalt wollte er in die namhafte Kanzlei seines Vaters eintreten und dort das große Geld machen. Seine Zielstrebigkeit und das damit verbundene Selbstbewusstsein verliehen seinem Auftreten jene Unwiderstehlichkeit, der ich in meiner jugendlichen Naivität rettungslos erlag.

Seiner großen Leidenschaft, dem Tennisspielen, verdankte Michael seine sportlich durchtrainierte Figur. Bevor wir uns kannten, verbrachte er seine Freizeit fast ausschließlich auf dem Tennisplatz. Naturgemäß trieb Michael auch das Tennisspielen bis zur Perfektion. Er spielte große Turniere und war während der Schulzeit sogar einmal österreichischer Jugendmeister gewesen.

Auch unsere Freundschaft entwickelte sich auf dem Tennisplatz. Ich spielte miserables Tennis, und Michael trainierte mich, mir immer wieder versichernd, dass ich in Wahrheit ein Talent sei. Im Tennisclub führte mich Michael bald als seine neue feste Freundin ein und setzte mich damit ganz unweigerlich den eifersüchtigen Sticheleien der weiblichen Mitglieder aus.

Obwohl sich Michael selbst gerne als Draufgänger sah, bemühte er sich, unsere Beziehung nicht zu überstürzen. Daran lag auch mir sehr viel. Behutsam kamen wir uns näher, und ich fühlte, dass wir einander immer mehr bedeuteten.

Wir kannten uns fast sechs Wochen, als wir zum ersten Mal miteinander schliefen. Und da wusste ich es: mit Michael war es anders – anders als alles, was ich sexuell bisher erlebt hatte. Nie zuvor hatte ich Leidenschaft so intensiv empfunden, hatte ich das sinnliche Verlangen bis in jede Faser meines Körpers verspürt. Ich merkte, wie ich Michael immer mehr und mehr verfiel. Die erotische Hingabe unserer Beziehung stärkte zusätzlich meine Gefühlstiefe, überzeugte mich davon, dass ich ihn wahrhaft liebte und er von demselben überwältigenden Empfinden für mich erfüllt war. Ich war überglücklich. Alle meine Wünsche und Hoffnungen kreisten um Michael. Die Momente der innigen Zweisamkeit sollten für uns niemals enden.

Nur manchmal stimmte es mich ein wenig traurig, dass Michael keinen Sinn für Romantik und Zärtlichkeit hatte. Ich aber sehnte mich nach beidem sehr und versuchte ihm meine Empfindungen zu vermitteln – vergeblich. So wenig Michael einen Sonnenuntergang genießen konnte, so wenig konnte er sich einfach nur an mich kuscheln. Er liebte mich immer impulsiv, heftig, hingebungsvoll – niemals sanft und anschmiegsam. Aber wie sollte ich ihm Zärtlichkeit *erklären*, wenn er dieses Verlangen nicht kannte? Wie sollte ich ihm die Schönheit eines Regenbogens beschreiben, wenn er darin nur eine physikalische Erscheinung sah? Bald musste ich erkennen, dass meine Bemühungen fruchtlos blieben, also behielt ich meine Sehnsüchte für mich.

Es schien ganz natürlich, die Zukunft gemeinsam zu planen. Wir mieteten zusammen ein Appartement und stimmten überein, es stilvoll einzurichten. Der Nachmittag, an dem unsere Wohnzimmermöbel geliefert wurden, sollte unvergesslich bleiben. Bekleidet in schmutzigen Overalls, umringt von Plastikhüllen und Verpackungskartons, nahm mich Michael plötzlich in den Arm und meinte: »Wenn ich mein Studium beendet habe, könnten wir eigentlich heiraten. Was hältst du davon?«

Ich war völlig sprachlos, da ich in diesem Augenblick mit allem anderen als einem Heiratsantrag gerechnet hätte. Andererseits war es auch kein Antrag, wie ich ihn mir erträumt hatte – an einem romantischen Ort, im Mondschein, in festlicher Kleidung. Er war vielmehr typisch – was Formulierung, Ort und Zeit anlangte – für Michaels nüchterne, fantasielose Gefühlswelt. Und trotzdem war ich unsagbar glücklich. Ich nickte, fiel ihm um den Hals und küsste ihn.

Ein halbes Jahr später heirateten wir. Es war ein rauschendes Fest mit den beiden Familien, zahlreichen Freunden und dem ganzen Tennisclub. Meine Eltern waren überglücklich, denn sie mochten Michael sehr gern und hielten ihn überdies für eine vielversprechende Partie. Vielleicht war es besser, dass sie es nicht mehr erlebten, wie unsere Ehe endete.

An Kinder dachten wir vorerst nicht. Er wolle keine Kinder in die Welt setzen, meinte Michael, bevor er sich beruflich etabliert habe. Außerdem waren wir uns einig, dass auch ich vorher mein Studium abschließen müsse.

Bis dahin vergingen aber noch volle drei Jahre, in denen unsere Ehe von Höhepunkten getragen und nur selten von Konflikten überschattet wurde; drei Jahre, in denen die Vorzüge und Schwächen des anderen zur alltäglichen Normalität wurden, in denen ich Michaels intellektueller Sachlichkeit oft mit Unverständnis begegnete, in denen er wiederum meine temperamentvollen Gefühlsausbrüche mit wehrlosem Erstaunen über sich ergehen ließ; drei Jahre, in denen unsere vielen gemeinsamen Interessen und Gewohnheiten – wir trieben regelmäßig Sport, gingen oft ins Theater, fühlten uns wohl in geselligem Freundeskreis – über unser grundverschiedenes Wesen hinwegtäuschten; drei Jahre, in denen ich trotz allem aus Überzeugung zu mir selbst und zu jedem, der es hören wollte, sagte, dass wir eine glückliche Ehe führten.

# Tiefe Wunden

Laute Stimmen aus der Entfernung rissen mich unsanft aus meinen Gedanken.

»Du bist so blöd!« hörte ich Katrin schreien. »Kannst du nicht aufpassen?«

»Reg dich ab, es ist ja nichts passiert!« beschwichtigte Daniel.

Mit wenigen Schritten hatte ich die beiden erreicht und fragte nach dem Grund der Aufregung.

»Er ist mir an den hinteren Kotflügel gefahren«, beklagte sich Katrin, »ich wollte anhalten, da hat's auch schon gekracht.«

»Na klar«, verteidigte sich Daniel, »weil du auch ohne Grund stehen bleiben musst!«

»Das kann dir doch egal sein, du musst mir ja nicht so dicht auffahren!«

Jetzt hatte ich genug gehört. »Halt, halt, ihr beiden! Was soll das? Ich habe leider nicht gesehen, was passiert ist, aber so viel steht doch fest: es ist nichts kaputt und ihr habt euch nicht verletzt, oder?« Meine Feststellung fand schweigende Zustimmung. »Also bitte, denkt daran: Nicht zu knapp auffahren und nicht grundlos bremsen! Alles klar?«

Das Nicken war nicht überzeugend, aber der erste Zorn schien sich gelegt zu haben. »Und jetzt seid nicht mehr sauer aufeinander!« versuchte ich zu beruhigen. »Eine halbe Stunde seid ihr friedlich mitsammen Rad gefahren. Ich möchte, dass der Heimweg ebenso verläuft. Wir wollen doch alle keine Schwierigkeiten mit eurem Vater, oder?« Diesmal war das Nicken schon deutlicher, offenbar war es in ihrem Interesse, dass der kleine Vorfall unter uns blieb.

Wortlos schwangen sich die Kinder wieder auf ihre Fahrräder, und wir machten uns auf den Heimweg. Ich nahm mir vor, die beiden von nun an besser im Auge zu behalten. Schweigend zogen sie ihre Runden. Daniel aber verlieh seinem stillen Protest insofern Ausdruck, dass er seiner Schwester immer öfter davonfuhr. Einige Zeit beobachtete ich ihn, doch als sich sein Verhalten nicht änderte, holte ich ihn zu mir.

»So war das nicht ausgemacht«, ermahnte ich ihn, »du weißt genau, dass ihr zusammenbleiben sollt. Hör endlich auf zu schmollen, deine Schwester hat dir nichts getan!«

»Doch, sie muss immer petzen, dabei hat ihr Fahrrad keinen einzigen Kratzer abgekriegt!«

»Sie hat sich bloß geschreckt! Und dann musste sie ihrem Ärger Luft machen. Jetzt sei doch nicht mehr nachtragend! Fahr wieder mit ihr, bitte, und gib auf sie acht! Du bist schließlich der Ältere und solltest daher auch der Klügere sein.« Mit diesen Worten war es mir gelungen, an den brüderlich-männlichen Stolz zu appellieren. Er schien zufrieden gestellt, flüsterte ein überlegenes »Okay!« und sprang auf sein Rad.

Tatsächlich verfehlte unsere kleine Unterhaltung ihre Wirkung nicht. Ich musste lächeln, als ich die beiden beobachtete. Der große Bruder versuchte ein Vorbild für die kleine Schwester zu sein, und sie genoss es, dass er sich um sie bemühte. Mit seinen elf Jahren war Daniel nur knapp zwei Jahre älter als Katrin, doch in dieser Situation schien er den Vorsprung des Alters voll auszukosten.

Die beiden waren mir in den letzten Monaten sehr ans Herz gewachsen. Ich liebte sie, als wären sie meine eigenen Kinder, und dem lebhaften Temperament nach hätten sie es tatsächlich sein können. Nur dem Aussehen nach gerieten beide nach ihrer Mutter. Katrin war Dagmars Ebenbild, zierlich und blond, mit hellem Teint und anmutigen, ebenmäßigen Gesichtszügen. Ihre langen Wimpern betonten jenen reizvollen und zugleich unschuldig wirkenden Augenaufschlag, der die Lider nur langsam über die himmelblauen Augen gleiten ließ und mit dem sie eines Tages die Männer betören würde. Daniel war dunkler in Haut- und

Haarfarbe und auch kräftiger gebaut. Die Ähnlichkeit mit seiner Mutter drängte sich vor allem in der erfrischenden Natürlichkeit seines Lachens auf, das nicht nur seine vollen Lippen, sondern sein ganzes Antlitz erstrahlen ließ. Auch der sensible Ausdruck, den ich bisweilen in seinen großen sprechenden Augen lesen konnte, erinnerte mich an Dagmars Gefühlstiefe und Großherzigkeit.

Sosehr Katrin und Daniel auf den ersten Blick als Geschwister unverkennbar waren, sosehr unterschieden sie sich in ihrem Wesen. Katrin war für andere offener und zugänglicher und konnte von sich aus ihre Gefühle kundtun. Daniel war verschlossener und zurückhaltend und wartete viel eher darauf, dass man sich um ihn bemühte und ihm Zuneigung entgegenbrachte.

Es machte mich glücklich, dass wir drei in den letzten Monaten eine innige Freundschaft geschlossen hatten. Seit meiner Rückkehr in mein Elternhaus hatten wir viel Zeit miteinander verbracht. Ich spielte und bastelte mit ihnen, und wir waren oft gemeinsam unterwegs. Tante Victoria wurde mit der Zeit zu einer Vertrauten, der sie ihr Herz ausschütten konnten, wenn sie sich von ihren Eltern missverstanden fühlten. Katrin kam meist von selbst und klagte ihr Leid; Daniel rückte erst dann mit seinen Problemen heraus, wenn ich ihn mehrmals eindringlich gefragt hatte, warum er schlechter Laune sei.

So gut es ging, versuchte ich zu vermitteln und Streit zu schlichten. Doch vielleicht waren die Kinder mir selbst eine noch viel größere Stütze als ich ihnen. Sie freuten sich darauf, Zeit mit mir zu verbringen. Oft warteten sie schon ungeduldig, wenn ich nach Hause kam, um gemeinsam etwas zu unternehmen. Sie boten mir jene Ablenkung, die ich dringend benötigte. Mit ihrer aufgeweckten Art rissen sie mich aus meinen trübseligen Gedanken und schafften es, mich die Enttäuschung vergessen zu lassen.

Katrin vermochte darüber hinaus noch viel mehr. Mit ihren neun Jahren konnte sie besser zuhören und mehr Trost spenden als manch Erwachsener. Immer wieder umarmte sie mich und flüsterte mir zu: »Sei doch nicht traurig, Tante Victoria! Auch wenn Onkel Michael dich nicht mehr lieb hat, ich habe dich sehr lieb.« Wahrscheinlich half mir die kleine Katrin mehr als jeder andere über meine Scheidung hinweg.

*Scheidung.* Da war es wieder in meinen Gedanken, dieses Wort, dieses Ereignis, von dem ich mit Gewissheit behauptet hätte, dass es niemals mir selbst passieren würde.

Und es passierte gerade dann, als wir uns beruflich und finanziell gefestigt hatten. Michael war in die Fußstapfen seines Vaters getreten und ein erfolgreicher Anwalt geworden. Ich hatte mein Studium abgeschlossen und arbeitete als Lektorin für englische Literatur an der Universität. Wir hatten erreicht, was wir uns vorgenommen hatten. Man beneidete uns um unsere vorbildliche Ehe, unser soziales Ansehen, unseren gehobenen Lebensstandard.

Aber gab es Ziele für unsere gemeinsame Zukunft? Kinder? »Warum nicht«, meinte Michael scherzhaft, »bevor wir zu alt dafür sind!« Und ich gab ihm Recht. Auch wenn mir mein Beruf große Freude bereitete, fühlte ich mich mit meinen achtundzwanzig Jahren reif genug, um an Nachwuchs zu denken. Auch meine Eltern waren von unseren Plänen begeistert.

Doch wie so oft im Leben kam es anders. Am Ostersonntag desselben Jahres wurden meine Eltern schuldlose Opfer eines Verkehrsunfalls. Sie starben bei einem Frontalzusammenstoß, verursacht von einem alkoholisierten Autofahrer.

Dieses tragische Ereignis schnitt eine tiefe Wunde in mein Leben. Die zwei Menschen, denen ich so viel verdankte, und die mir öfter verständnisvolle Freunde als gestrenge Eltern gewesen waren, wurden brutal aus ihrem aktiven Leben gerissen. Es war ein unfassbarer, sinnloser Tod – ohne Vorbereitung, ohne Abschied, ohne Trost für meinen Bruder und mich. Die Endgültigkeit des Todes traf uns mit aller Härte.

Nie wieder würden wir alle gemeinsam auf der Terrasse der Villa sitzen und den amüsanten Geschichten meines Vaters lauschen; nie wieder würden wir hitzige Diskussionen über Probleme führen, die jede Generation anders beurteilt; nie mehr würden wir jenen Rückhalt verspüren, den uns unsere Eltern trotz mancher Meinungsverschiedenheit geboten hatten.

Ich vermisste meine Eltern, und Richard ging es ebenso. Ihm aber blieb nur wenig Zeit zu trauern, dennn es galt, die elterliche Firma nun ganz allein zu führen. Zwar hatte Richard die Geschäftsführung schon vor einigen Jahren offiziell übernommen, doch unser Vater war ihm stets mit Rat und Tat beigestanden. Auch Katrin und Daniel litten sehr unter dem Tod ihrer Großeltern, und Dagmar war vor die schwierige Aufgabe gestellt, sowohl ihrem Mann als auch ihren Kindern über den schmerzlichen Verlust hinwegzuhelfen.

Ich selbst fand in meiner Trauer nur wenig seelische Unterstützung. Michaels Bemühen mir beizustehen konnte ich nicht einmal leugnen, doch mehr als das beruhigende Gefühl, dass ich auf ihn zählen konnte, vermochte er nicht zu geben.

Das Leben ging weiter. Ich kniete mich mehr denn je in meine Arbeit und schob den Gedanken an Kinder vorerst von mir weg. Da ich gerade zwei geliebte Menschen auf so tragische, sinnlose Weise verloren hatte, war ich nicht bereit, neues Leben in die Welt zu setzen.

Meine Arbeit war mir Herausforderung und Befriedigung zugleich. Bis in die Abendstunden hielt ich Seminare ab und diskutierte anschließend mit Studenten und Kollegen. Meist begannen unsere Gespräche mit einem Sachthema und setzten sich in angeregtem Geplauder fort.

Mitunter war es spät, wenn ich nach Hause kam. Michael betonte immer wieder, dass er großes Verständnis für meinen beruflichen Ehrgeiz habe, doch es war nicht zu übersehen, dass er meine spätabendlichen Studien missbilligte. Wenn ich abends nach ihm heimkam, war er wenig gesprächig und meist ziemlich gereizt. Niemals aber hätte er sich beschwert oder mir gar Vorwürfe gemacht. Er ging einfach jeder klärenden Aussprache aus dem Weg. Lieber wartete er darauf, dass die Dinge von selbst ins Lot kamen.

Es ließ sich totschweigen, aber nicht bestreiten: irgendetwas stand zwischen uns. Es war eine Unzufriedenheit entstanden, die uns Unbehagen bereitete, die wir aber nicht definieren konnten. War es das Kind, das wir geplant hatten unmittelbar vor dem Tod meiner Eltern? Oder war es dieser Verlust selbst, der etwas – der mich – verändert hatte? Vielleicht aber waren es die unerwarteten Ansprüche, die ich auf einmal an meinen Mann stellte: Ich suchte Trost, ich *wollte*, ich *brauchte* ihn! Doch Michael konnte ihn mir nicht geben. Nie sollte ich es erleben, dass ich mich an seiner Schulter ausweinen konnte, dass er mir sanft die Tränen wegwischte, mir zärtlich übers Haar strich und mir leise ins Ohr flüsterte, dass alles wieder gut werden würde.

Warum tat es plötzlich so weh, dass Michael zu diesen Gefühlen nicht fähig war? Hatte ich die tröstende Schulter in all den Jahren nicht genauso vermisst wie jetzt? Hatte es denn nie einen Anlass dafür gegeben? Oder war ich immer allein stark genug gewesen?

Es gab darauf nur eine Antwort: ich hatte Michael immer so geliebt wie er war – zielstrebig, dynamisch, leidenschaftlich, aber auch unromantisch und unsensibel. Die Stärken seiner Persönlichkeit hatten mich großzügig über seine Gefühlsschwäche hinwegsehen lassen. Erst jetzt sah ich seine Unfähigkeit, Trost zu spenden, als einen schwerwiegenden Mangel seines Charakters an. Doch Michael würde sich nicht ändern, das war klar, und so kam ich zu der Überzeugung, dass ich nur aus eigenen Kräften mein seelisches Gleichgewicht wiederfinden konnte.

Ich gab es auf, nach Gefühlskundgebungen zu suchen, die ich

ohnehin nicht bekommen würde. Mit den Monaten verblasste auch das Entsetzen über den schrecklichen Tod meiner Eltern, und es verschwand der vormals tiefe Wunsch nach Trost und seelischem Beistand. Ich spürte, wie meine eigenen Kräfte zurückkehrten und dass ich allmählich lernte, Unabänderliches zu akzeptieren.

Für die kommenden Weihnachtsferien planten Michael und ich eine dreiwöchige USA-Reise. Wir wollten uns einen Wagen mieten und von New York aus Richtung Süden fahren. Wir wollten den Alltag hinter uns lassen und ein Stück Freiheit genießen. Meine Idee zu dieser Reise schien Michaels ungeteilte Zustimmung zu finden. Auch er dachte wohl, dass uns das gemeinsame Erleben ohne tägliche Zwänge guttun werde.

Am späten Nachmittag des ersten Dezember – ein Datum, das ich nie mehr vergessen sollte – holte ich die Flugtickets samt Gutschein für den Mietwagen im Reisebüro ab. Als ich die Unterlagen in Händen hielt, stieg unaufhaltsam meine Vorfreude auf die bevorstehende Reise. Kurzerhand beschloss ich, Michael daran teilhaben zu lassen. Ein Blick auf meine Armbanduhr bestärkte mich in meiner Absicht. Es war achtzehn Uhr. Zweifellos würde ich ihn zu dieser Zeit noch in der Kanzlei antreffen.

Es war nur ein kurzer Fußmarsch vom Reisebüro bis zu Michaels Kanzlei in der Wiener Innenstadt. Ich sprühte so voll Energie, dass ich nicht auf den Lift wartete, sondern die drei Stockwerke des alten Hauses ohne Pause hinauflief. Vor der Eingangstür verschnaufte ich kurz, wartete ein paar Sekunden, bevor ich klingelte. Ich horchte, aber nichts rührte sich. Ich klingelte ein zweites und schließlich ein drittes Mal.

Ich war verwundert, überlegte. Für gewöhnlich war um diese Zeit auch die Sekretärin noch im Büro. Aber vielleicht war Michael allein, telefonierte und hatte das Läuten nicht gehört. Versuchsweise griff ich an den Türknauf und drehte ihn. Siehe da, die

Tür war nur ins Schnappschloss gefallen und ließ sich problemlos öffnen. Also musste Michael noch hier sein.

Leise trat ich ein. Die schwere Eingangstür fiel hinter mir zu. Vorzimmer, Warteraum und Sekretariat waren menschenleer. Die hohen fensterlosen Räume wirkten bedrückend. Die großen Doppelflügeltüren standen offen. Nur die rot gepolsterte Tür zu Michaels Büro war geschlossen. Wie magisch davon angezogen, ging ich auf sie zu. Ich hatte die Hand schon zum Anklopfen gehoben, als ich aus dem Büro eigenartige Geräusche vernahm: lautes Stöhnen und verspieltes Gelächter wechselten sich ab. Ich zuckte zusammen. Kein Gedanke mehr ans Anklopfen. Instinktiv drückte ich die Türschnalle und stand im nächsten Augenblick im Büro.

Auf dem beigen Ledersofa lag ein ebenso blasses Geschöpf, spärlich bekleidet in roter Unterwäsche. Die langen blonden Haare ließen keinen Zweifel: es war die Sekretärin. Über sie gebeugt war ein Mann – *mein Mann* – mit nacktem Oberkörper und zerzausten Haaren. Er kniete vor dem Sofa, hielt sie fest umschlungen und küsste sie.

Entgeistert blickten sie hoch, als sie mich im Zimmer stehen sahen. Die Sekretärin stieß einen kurzen Entsetzensschrei aus, und Michael stammelte mit weit aufgerissenen Augen ein fassungsloses »Vicky!«. Blitzschnell war er auf den Beinen und suchte verzweifelt nach Hemd und Schuhen. Die Sekretärin sprang auf, sammelte ihre verstreuten Kleider vom Boden auf und verschwand im nächsten Zimmer.

Regungslos, fast apathisch war ich da gestanden und hatte das Schauspiel beobachtet. Für einen Augenblick trafen sich Michaels Augen und meine. »Lass dir doch erklären!« stotterte Michael, als er hektisch versuchte sein Hemd anzuziehen. Entsetzen und Abscheu überkamen mich. Diese jämmerliche Gestalt, die wie ein Hampelmann – verlegen, mit hochrotem Kopf – vor mir herumhüpfte, war also mein Ehemann, den ich acht Jahre lang geliebt und bewundert hatte.

Nein, ich wollte nichts hören. Ich hatte nur einen Gedanken: so schnell wie möglich weg! In der nächsten Sekunde drehte ich mich um und lief zum Ausgang. Ich riss die Eingangstür auf und rannte die drei Stockwerke hinunter. Hinter mir hörte ich Michael schreien, ich solle warten, er könne mir alles erklären.

Vergessen war die Reise, verschwunden die Vorfreude darauf. Auf der Straße lief ich weiter, getrieben und verfolgt von den abstoßenden Bildern in meinem Kopf. Irgendwann sprang ich in ein Taxi, doch nach Hause konnte ich nicht.

# Ernüchterung

Auf unsere morgendliche Radwanderung folgte ein geruhsamer Sonntagnachmittag. Während die Kinder im Garten spielten, saßen Dagmar, Richard und ich auf der Terrasse. Ihre südseitige, windgeschützte Lage ermöglichte es uns, die warme Frühlingssonne in voller Zügen zu genießen. Als sich Richard zu einem Nachmittagsschläfchen zurückzog, nützte Dagmar sofort die Gelegenheit, um mit mir unter vier Augen über das morgendliche Thema zu sprechen.

»Ich freue mich so sehr, dass du deine Scheidung jetzt überwunden hast«, sagte sie fröhlich.

»Ja endlich!« pflichtete ich ihr bei. »Endlich kann ich ohne Wehmut über diese Trennung sprechen. Es ist vorbei. Ich habe die Verbitterung hinter mir gelassen. Michael war acht Jahre lang das Wichtigste in meinem Leben, und wir hatten eine herrliche Zeit zusammen, die ich nicht missen möchte. Irgendwann, so hoffe ich, werden nur die schönen Seiten unserer Ehe in meiner Erinnerung weiterleben, und das deprimierende Ende wird verblassen. Michael ist ein Teil meiner Vergangenheit, und meine Zukunft ohne ihn wird mindestens ebenso schön werden.«

»Ich bewundere dich, du bist eine starke Frau!«

»Oh nein, das scheint nur so. Diese Trennung seelisch, geistig und körperlich zu vollziehen, war ein verdammt harter Weg für mich, das kannst du mir glauben. Du weißt selbst, dass ich all die Jahre nur Augen für Michael hatte, ich vertraute ihm blind und war ihm immer treu, obwohl ich – weiß Gott! – Gelegenheiten genug für Seitensprünge gehabt hätte. Der Vertrauensbruch tat sehr weh und war der Grund, warum ich so lange so enttäuscht war.«

»Aber das wäre doch jeder, dessen innige Beziehung nach Jahren völlig unerwartet auseinanderbricht. Dass man so eine Enttäuschung nicht von heute auf morgen verwinden kann, ist ganz natürlich. Ich würde unter solchen Umständen mindestens ebenso leiden wie du. Nicht auszudenken, wie ich empfinden würde, sollte ich Richard in den Armen einer anderen Frau ertappen!« Dagmar wirkte nachdenklich. Ich sah es ihr an, dass diese Vorstellung sie mit Schaudern erfüllte.

»Keine Angst, Dagmar, Richard ist nicht der Typ für Seitensprünge. Ich kenne meinen Bruder gut genug, um zu behaupten, dass er zu seiner Familie absolut loyal ist. Er mag mitunter verschlossen und unnahbar wirken – das hat er von unserem Vater –, aber er würde dich und die Kinder niemals hintergehen. Ihr bedeutet ihm mehr als alles andere auf der Welt. Treue und Verlässlichkeit gehören zu den großen Stärken der Bergmanns, auch wenn dies – wie in meinem Fall – nicht unbedingt belohnt wird.«

»Du wirst dich in jemanden verlieben, der diese Eigenschaften schätzt und sie erwidert. Entschuldige, wenn ich das so sage, aber offensichtlich hat Michael deine Liebe und dein Vertrauen nicht verdient. Du weißt, dass wir ihn immer sehr gern hatten, aber dass er dich betrügen würde, hätten wir ihm nicht zugetraut.« Ungewohnte Leidenschaft bebte in ihrer Stimme. Ich merkte, dass es Dagmar ein Bedürfnis war, endlich offen über meine Trennung sprechen zu können.

»Ich werde es niemals vergessen«, fuhr sie fort, »wie du damals im Dezember aus diesem Taxi stiegst, mit einer Reisetasche in der Hand, und sagtest: ›Dagmar, darf ich in mein altes Zimmer wieder einziehen? Ich habe Michael verlassen.‹ Im ersten Moment war ich wie vom Blitz getroffen. Niemals hätte ich das erwartet. Wir hielten eure Ehe stets für sehr glücklich.

Erinnerst du dich, wie oft ich dich damals fragte, was passiert sei? Aber du schienst meine Fragen nicht einmal zu hören. Wortlos gingst du ins Wohnzimmer, warfst dich auf die Couch und starrtest auf den Teppich. Du warst vollkommen ruhig, nicht hysterisch, fast teilnahmslos. Ganz plötzlich, nach vielleicht zehn

Minuten, sahst du mich an und sagtest so leise, dass ich es kaum hören konnte: ›Er betrügt mich mit seiner Sekretärin.‹ «

Ich erinnerte mich ganz genau an das Bild, das Dagmar skizzierte – an die Fassungslosigkeit in ihrem Gesicht und an ihr verzweifeltes Bemühen, mich zum Reden zu bringen.

»Du musst wissen, Dagmar«, versuchte ich zu erklären, »ich war damals wie in Trance. Mein Innerstes sträubte sich gegen die Wahrheit. Auch wenn mich die schrecklichen Bilder gnadenlos verfolgten, empfand ich außer dem blanken Entsetzen gar nichts – keine Traurigkeit, keine Kränkung, keine Enttäuschung. Das Erlebte wollte nicht in mein Bewusstsein dringen. Wahrscheinlich hoffte ich, dass alles nur ein böser Traum gewesen war. Auf dich muss ich den Eindruck gemacht haben, als hätte ich den Verstand verloren.«

Dagmar lächelte gezwungen. »Nein, aber ich wusste beim besten Willen nicht, wie ich dir helfen sollte. Hättest du geweint, hätte ich dich in die Arme nehmen und trösten können. Aber du wolltest nur in Ruhe gelassen werden. Du nahmst deine Reisetasche und gingst wie ferngesteuert hinauf auf dein Zimmer. Dort hast du dich eingeschlossen. Ich kam mir so hilflos vor, ich hätte so gerne etwas für dich getan.«

»Das weiß ich, aber zu diesem Zeitpunkt konnte mir niemand helfen, ich mir selbst am wenigsten.« Mit neugierigen Augen schien Dagmar auf die fehlenden Einzelheiten der Geschichte zu warten. Also erzählte ich weiter.

»Ich ließ mich aufs Bett fallen und starrte vor mich hin. Beiläufig bemerkte ich, dass in meinem Zimmer nichts verändert worden war. Die zartrosa Bettdecke, die Jugendstillampe auf der Kommode, mein selbst restaurierter Schreibtisch – alles war so, wie ich es bei meinem Auszug hinterlassen hatte. Sogar der alte Stoffhund, mein Liebling aus Kindertagen, saß wie gewohnt auf dem Polster, als hätte er auf mich gewartet.

Immer und immer wieder spielte sich vor meinem geistigen Auge die peinliche Szene ab. Erst das Vorfahren eines Wagens und das Zuschlagen einer Autotür rissen mich aus meinen Gedanken. Ich musste mir nicht erst durch einen Blick aus dem Fenster Gewissheit verschaffen – die Geräusche waren unverkennbar: Michael war gekommen.

Im nächsten Moment klopftest du schon an meine Tür, um mir meinen ungebetenen Besucher anzukündigen. Natürlich war dir Michael bis zu meinem Zimmer gefolgt, denn kurz darauf hämmerte er bereits heftig gegen die Tür und rief: ›Bitte Vicky, mach auf! Ich kann dir alles erklären!‹

Diesen Satz, dachte ich, habe ich doch schon gehört. Mehrmals sogar. Ich schrie, er solle mich in Ruhe lassen, doch ich ahnte, dass Michael seinen Willen durchsetzen würde. Eure Diskussion vor meiner Tür wurde lauter. Immer wieder versuchtest du ihn aufzuhalten und wegzuschicken – vergeblich.

Jetzt erfasste mich eine heftige Erregung. Mein Herz schlug bis zum Hals, mein Puls raste. Ich hätte doch wissen müssen, dass er mich hier in meinem Elternhaus zu allererst suchen würde! Offenbar hatte ich darauf keinen Gedanken verschwendet. Ich wusste nur, dass ich ihn nicht sehen und nicht sprechen wollte. Doch wie sollte ich eine Begegnung jetzt noch verhindern? Die Schreie vor meiner Tür und das Rütteln an der Türschnalle trieben mir Schweißperlen auf die Stirn.

Welch ungeheurer Gefühlsausbruch, wie untypisch für Michael, kam es mir in den Sinn. Jahrelang hatte ich darauf gewartet, dass er seinen Gefühlen freien Lauf lassen und aus sich herausgehen würde. Jetzt legte ich keinen Wert darauf. Plötzlich erschreckte mich ein Gedanke: wie weit würde er in seiner wesensfremden Aufregung gehen? Würde er völlig die Beherrschung verlieren und die Tür aufbrechen? Nein, dazu durfte es nicht kommen. Mir anzuhören, was er zu sagen hatte, schien unvermeidbar. Also stand ich vom Bett auf und versuchte durch einige tiefe Atemzüge ruhiger zu werden.

»Zuerst war ich erleichtert«, unterbrach mich Dagmar, »als die Tür aufging. So aufgebracht, so wild entschlossen, hatte ich Michael noch nie erlebt. Er wirkte beinahe gefährlich. Ich hatte fast ein wenig Angst, als du ihn in dein Zimmer gelassen und die Tür hinter ihm geschlossen hast.«

»Das wäre nicht nötig gewesen. Es kam, wie ich vermutet hatte: Michael hatte erreicht, dass er mich unter vier Augen sprechen konnte, und sofort gewann er seine Fassung zurück. Eines jedoch vermochte er nicht, was er sonst immer tat – mir in die Augen zu sehen. Er stand mitten im Zimmer mit gesenktem Kopf wie ein begossener Pudel. Keine Spur von dem selbstsicheren Auftreten und der gefestigten Persönlichkeit, die mich immer so beeindruckt hatten. Was jetzt unter der Fassade zum Vorschein kam, erschütterte mich. Fast hatte ich Mitleid, als er völlig verlegen stammelte: ›Es ist nicht so wie du denkst, Vicky!‹

Ich sagte nichts, schaute ihn nur an, zwang ihn, meinen Blick – wenn auch kurz – zu erwidern. Er musste in meinen Augen gelesen haben, dass ich nicht gewillt war, mir einen derartigen Unsinn anzuhören, denn mit dem nächsten Atemzug fuhr er entschlossen fort: ›Na gut, Victoria, was willst du von mir hören?‹

›Die Wahrheit!‹ sagte ich, und ich wusste, wenn er mich *Victoria* nannte, war er bereit, ernsthaft mit mir zu reden.

Nervös ging er im Zimmer auf und ab, scheinbar auf der Suche nach den passenden Worten. ›Du willst die Wahrheit – gut, du sollst sie wissen! Nach dem plötzlichen Tod deiner Eltern hast du dich verändert, oder sagen wir, unsere Beziehung hat sich verändert. Sie hat ihren Schwung, ihre Lebenskraft verloren. Früher waren wir trotz Hektik in Studium und Beruf viel gemeinsam unterwegs, besuchten Freunde, trieben Sport. Jetzt verkriechst du dich hinter Büchern, verbringst die meiste Zeit mit deinen Kollegen und Studenten. Ich weiß auch, wie beliebt du bei ihnen bist und dass einige ernsthaft auf dich stehen. In jedem Fall dürftest du dich in ihrer Gegenwart wohler fühlen als in meiner, denn ich sehe dich kaum noch!‹

Ich traute meinen Ohren nicht. Michael *konnte* tatsächlich über seine Gefühle sprechen, er konnte es formulieren, was ihn bewegte, was ihn störte. Jetzt plötzlich konnte er mir Vorwürfe machen – und mehr, als mir in diesem Augenblick lieb war.

›Außerdem‹, fuhr er fort, ›schlafen wir viel seltener miteinander, und ich habe den Eindruck, dass es uns beiden an der nötigen Lust fehlt und nicht mehr denselben Spaß macht wie früher.‹

Endlich sind wir beim Thema, dachte ich und meinte zynisch: ›Aber mit deiner Sekretärin macht es dir wieder so richtig Spaß!‹

Michael senkte seinen Blick, schwieg, doch tausend Worte hätten sein Eingeständnis nicht deutlicher ausdrücken können. Dies traf mich wie ein Stich ins Herz. Aber ich durfte es mir nicht anmerken lassen – nicht jetzt. Hier und jetzt sollte er nicht erleben, wie sehr er mich verletzt hatte.

›Und wie lange geht das schon so – mit dir und deiner *Sekretärin*?‹ Kaum waren mir diese Worte über die Lippen gekommen, bereute ich es schon, denn im Grunde wollte ich es nicht wissen. Auch nur ein einziges Mal mit einer anderen zu schlafen genügte schließlich, um mein Vertrauen zu zerstören.

›Keine Ahnung‹, stotterte er, ›ein paar Wochen vielleicht. Ich weiß es nicht einmal, denn es ist nicht wichtig. Nur du bist wichtig …‹

Plötzlich kam er auf mich zu, hob die Arme, als wollte er sie um mich legen. Instinktiv wich ich einen Schritt zurück.

›Ich verstehe‹, seufzte er und ließ die Arme sinken, ›trotz allem sollst du wissen, dass ich dich liebe und alles andere keine Bedeutung für mich hat.‹

Ich fühlte, wie mich meine Kräfte verließen, dass ich nicht mehr in der Lage war, diese Unterhaltung fortzusetzen. ›Du solltest jetzt gehen!‹ forderte ich ihn auf und ging zur Tür. Ich öffnete sie, um mein Verlangen zu bekräftigen. Er verstand sofort, wie ernst es mir war und dass es keinen Sinn hatte, auf eine Fortsetzung unseres Gesprächs zu bestehen. Er sah mich an, seufzte und ging hinaus. Bevor ich die Tür hinter ihm schließen konnte, drehte er sich noch einmal um und flüsterte: ›Es tut mir leid, Vicky.‹ »

# Fehlentscheidung

Dagmar sah mich verwundert an. »Er bat dich nicht, mit ihm nach Hause zu kommen?«

»Nein«, sagte ich, »ganz im Gegenteil! Er ließ danach zwei Wochen nichts von sich hören. Erst kurz vor Weihnachten rief er mich an der Uni an und bat mich um eine Aussprache.«

»Das begreife ich nicht. Zuerst tritt Michael fast die Tür ein, um dich sprechen zu können, und dann meldet er sich so lange nicht?«

»Er erklärte mir später, dass ihn unsere emotionsgeladene Begegnung dazu bewog, mich erst einmal in Ruhe zu lassen. Er wolle nicht in offenen Wunden bohren, meinte er. Vielmehr solle man diese erst ein wenig verheilen lassen, bevor man an die Bekämpfung der Krankheit gehe. Oder mit anderen Worten: Er wollte lieber abwarten als aktiv ein Problem lösen – eben typisch Michael!«

»Aber wozu dann diese heftige Konfrontation? Wozu erzwang er dieses Gespräch mit dir?«

»Du hast Recht, das war für einen betont sachlichen Menschen wie Michael äußerst ungewöhnlich. Es kann kein überlegtes Vorgehen gewesen sein sondern reine Panik – der Schock, dass plötzlich etwas eingetreten war, mit dem er niemals gerechnet hatte, die Angst, dass seine Untreue plötzlich Konsequenzen haben könnte.«

Dagmar schüttelte verständnislos den Kopf. In ihrem Gesicht konnte ich lesen, wie sehr sie Michaels Verhalten verachtete. »Und wie ging es *dir* nach dieser schrecklichen Konfrontation – nachdem Michael gegangen war?«

Ich überlegte kurz. »Meine Erregung verflog, ich war wieder ganz ruhig. Und ich empfand gar nichts außer einer ungeheuren Leere. Ich legte mich wieder aufs Bett. Meine Gedanken kreisten um die schrecklichen Bilder in der Kanzlei und die Vorwürfe, die mir Michael gemacht hatte. Ich war viel zu durcheinander, um zwischen den beiden Themen eine Beziehung herstellen zu können. Ich fühlte mich bloß hintergangen und betrogen.

In jener Nacht schlief ich nur wenig. Es muss kurz vor Mitternacht gewesen sein, als ich endlich einschlief. Irgendwann – es war noch stockdunkel draußen – wachte ich wieder auf, bemerkte, dass ich in Straßenkleidern auf dem Bett in meinem Jugendzimmer lag. Plötzlich fiel mir alles wieder ein: und da erfasste mich zum ersten Mal eine unendliche Traurigkeit. Ich fühlte, dass das Leben, das ich mir in den letzten Jahren aufgebaut und wie selbstverständlich für meine Zukunft geplant hatte, zu Ende gehen würde. Ich fühlte, wie mich Enttäuschung und Verzweiflung zu überwältigen drohten.

Ich vergrub mein Gesicht im Kopfpolster und ließ meinen Tränen freien Lauf. Ich weinte wie ein Kind – endlich! – schluchzte laut und heftig. Es war befreiend, der ganze aufgestaute Kummer brach aus mir hervor. Irgendwann, als es draußen bereits hell wurde, schlief ich wieder ein.«

Niemandem außer Dagmar hätte ich meine Gefühle so freimütig offenbart. Ihr konnte ich mich völlig anvertrauen und dabei sicher sein, dass jedes Wort unter uns blieb. Dagmar konnte stundenlang zuhören, wenn es nötig war. Allein dadurch gab sie einem das Gefühl von Hilfe und Anteilnahme. Sie verstand es, sich in andere hineinzudenken und hatte stets ein paar verständnisvolle Worte bereit.

»Damals«, sagte sie, »waren Richard und ich ziemlich ratlos, wie wir dir am besten helfen konnten. Schließlich kamen wir überein, dass die Geborgenheit deiner Familie das Wichtigste für dich wäre, und nur auf dein eigenes Verlangen hin wollten wir dir mit Rat und Tat zur Seite stehen.«

»Und damit habt ihr völlig richtig gehandelt, ihr beide und die Kinder. In den acht Wochen, die ich damals bei euch verbrachte, fühlte ich mich tatsächlich sehr geborgen. Die Kinder akzeptierten die Erklärung, dass ich Streit mit Onkel Michael hatte, und du und Richard, ihr wart für mich da, ohne mich mit Fragen zu quälen, ihr gabt mir einfach das Gefühl, auf euch zählen zu können und nicht allein zu sein.

So hatte ich in diesen wenigen Wochen Zeit und Möglichkeit, über meine Ehe nachzudenken und Abstand zu den Ereignissen zu gewinnen. Nachdem ich den ersten Schock überwunden hatte, versuchte ich innerlich wieder zur Ruhe zu kommen – ein schwieriges Unterfangen, denn schon bei meinem ersten Treffen mit Michael vor Weihnachten stellte sich heraus, dass unsere Ehekrise kaum zu bereinigen war.

Ich weiß nicht mehr, was ich mir alles von dieser Aussprache erwartete: Einsicht, wie sehr er mich verletzt hatte? Reue und das Versprechen, dass er mich nie wieder betrügen würde? Hoffnung, dass er begreifen würde, es könne keine Beziehung ohne gegenseitiges Vertrauen geben? Ich ging zu unserer Verabredung mit sehr gemischten Gefühlen – Wut, Enttäuschung, Zweifel, aber auch ein klein wenig Freude, ihn wiederzusehen.

Wir hatten uns in einem kleinen Café hinter der Oper verabredet. Michael wartete an einem Ecktisch und erblickte mich sofort, als ich das Lokal betrat. Er stand auf und kam mir charmant lächelnd entgegen. Und da war er wieder, der verführerische Glanz seiner Persönlichkeit, dem ich von Anfang an erlegen war: die sportlich elegante Erscheinung, das selbstsichere Auftreten, der einnehmende Blick seiner lebhaft verspielten Augen.

Ich machte mir nichts vor, ich liebte Michael immer noch, und er gefiel mir wie am ersten Tag. Doch schon im nächsten Moment plagte mich die ungewisse Frage, wie viele Frauen, von denen ich nichts wusste, seiner Ausstrahlung ebenfalls schon verfallen waren.

Er nahm mir den Mantel ab, umarmte mich vorsichtig und

küsste mich leicht auf die Wange. Ich ließ ihn gewähren, erwiderte seine Liebkosungen aber nicht. Er setzte sich mir gegenüber. Offenbar kostete es ihn keine Überwindung mehr, meinem Blick zu begegnen. Nach kurzem Smalltalk und wiederholtem Stillschweigen nahm er plötzlich meine Hand und sah mich ernsthaft an.

›Es tut mir ehrlich leid, Vicky!‹ sagte er mit eindringlicher Stimme. ›Ich wollte dir nicht wehtun, bitte verzeih mir! Ich habe immer nur dich geliebt, alles andere war völlig bedeutungslos, ein Fehltritt, eine Entgleisung; vielleicht eine Begleiterscheinung an langen Arbeitstagen – sonst nichts! Meine Sekretärin verließ danach sofort die Firma, und ich werde sie nie wiedersehen. Bitte komm nach Hause, du fehlst mir!‹

Im ersten Moment war ich von seinen reumütigen Worten wie gebannt. Doch dann erkannte ich, dass sie mich nur versöhnen sollten, das eigentliche Thema aber nicht berührten. Es schien, als wollte Michael sein schlechtes Gewissen in einem einzigen Atemzug erleichtern. Und war er tatsächlich so oberflächlich wie er sich selbst darstellte? Brauchte er Sex als *Begleiterscheinung an langen Arbeitstagen*, wie andere ins Fitnessstudio gehen?

Es folgte auch kein einziges weiteres Wort des Vorwurfs, ich hätte mich verändert und ihn vernachlässigt – im Gegenteil. Als ich das Gespräch darauf bringen wollte, nahm er alle Anschuldigungen zurück und meinte, er habe mich damals nur im Affekt so heftig kritisiert nach dem Motto *Angriff sei die beste Verteidigung.*«

Dagmar schien fassungslos. »Du meinst, die ganze Szene in deinem Zimmer war reiner Selbstschutz des in flagranti ertappten Ehemannes?«

»Schon möglich. Der eigenartige Sinneswandel kam mir jedenfalls sehr unglaubwürdig vor. Michael ging es ganz offensichtlich nur darum, eine noch tiefere Ehekrise abzuwenden. Unsere unterschiedlichen Auffassungen über Treue und Vertrauen wurden im Laufe des Gesprächs immer deutlicher. Nach seiner Definition war er mir gefühlsmäßig nie untreu geworden, denn seine ganze Liebe – so beteuerte er – gehöre nur mir. Mit meinem Verständnis jedoch, dass seelische Liebe und körperliche Treue untrennbar seien, und eine Basis des gegenseitigen Vertrauens bildeten, blieb ich allein.

So kam es, dass ich unsere Unterhaltung ziemlich mutlos beendete und keine Chance sah, wieder mit Michael zusammenzuleben. Seine Betroffenheit darüber, dass ich nicht sofort zu ihm zurückkehren und auch nicht Weihnachten mit ihm feiern wollte, war offenkundig. Spätestens jetzt musste er begriffen haben, wie ernst die Situation war. Auf sein Drängen hin versprach ich ihm schließlich ein Wiedersehen nach den Weihnachtsfeiertagen, und wir verabschiedeten uns in bedrückter Stimmung.«

»Ja, ich erinnere mich«, bestätigte Dagmar, »du kamst damals recht niedergeschlagen nach Hause.«

»Und nicht nur damals. Auch die weiteren vier Male, die ich mich mit ihm traf, brachten kaum Annäherung in unseren Auffassungen. Für Michael schien alles wieder im Lot zu sein: die Sekretärin war weg, er hatte sich entschuldigt und wollte nie wieder fremdgehen. Und ich glaubte ihm sogar, denn all seine Beteuerungen klangen zutiefst aufrichtig. Ja, er bemühte sich inständig, mich zurückzugewinnen. Er erinnerte mich an all das Schöne, das wir gemeinsam erlebt hatten, versuchte mich davon zu überzeugen, dass es noch viel schöner kommen werde. Also warf ich schlussendlich alle Zweifel über Bord und redete mir ein, es sei nur fair, Michael eine zweite Chance zu geben.«

»Aber glaubst du nicht«, unterbrach mich Dagmar, »dass du zu früh zu ihm zurückgegangen bist, denn wenn ich dich richtig verstehe, fehlte eurem Neubeginn die nötige Vertrauensbasis.« In Dagmars Stimme klang ein leichter Unterton von Missbilligung. Und sie hatte Recht.

Ich nickte. »Wenn ich ehrlich zu mir bin, muss ich zugeben, dass es mein eigener sehnlicher Wunsch nach der Fortsetzung unserer Ehe war, der mich Michael diesen Vertrauensvorschuss gewähren ließ. Michael vertiefte diesen Wunsch, jedesmal wenn wir uns trafen, er gestand mir seine Liebe, offenbarte mir, wie sehr er mich vermisste, bat mich inständig, zu ihm nach Hause zu kommen. Also gab ich meinem Herzen einen Stoß und zog wieder in unserem Appartement ein.

»Tut es dir leid aus heutiger Sicht?«

»Natürlich! Aber ob eine Entscheidung richtig oder falsch ist, erkennt man oft erst viel später. Ich wäre niemals zu Michael zurückgegangen, wenn ich geahnt hätte, was mir noch bevorstehen würde. Damals musste ich wohl so handeln. Meine Gefühle für Michael waren einfach zu stark, um ihn aufzugeben. Dass ich diese Entscheidung schon nach wenigen Monaten bitter bereuen würde, konnte ich ja nicht ahnen.«

Die kleine Katrin kam plötzlich über die Terrassentreppe heraufgelaufen. »Mir ist so kalt!« rief sie und zitterte am ganzen Körper.

»Warum bist du dann nicht längst im Haus?« ermahnte sie Dagmar und rieb ihr über Rücken und Oberarme, um sie zu wärmen. »Weil Daniel unbedingt die Pingpong-Partie zu Ende spielen wollte!«

»Und wer hat gewonnen?« wollte ich wissen.

»Er natürlich. Er gewinnt ja immer!« antwortete sie verärgert.

»Geh und sag deinem siegreichen Bruder, dass es in zehn Minuten Tee und Kuchen gibt. Er soll alle Spiele wegräumen und anschließend sofort ins Haus kommen. Und du kommst gleich wieder, du zitterst ja jetzt schon!«

Sichtlich erfreut darüber, dass sie ihrem Bruder nicht beim Aufräumen helfen musste, kam Katrin der Aufforderung ihrer Mutter nach.

Es war tatsächlich viel kühler geworden, auch Dagmar und mich fröstelte ein wenig. Die ersten warmen Sonnenstrahlen hatten uns alle dazu verleitet, zu lange im Freien zu bleiben. Ich sah auf die Uhr und stellte mit Erstaunen fest, dass wir fast zwei Stunden geplaudert hatten. Die Sonne stand schon tief im Westen. Es war höchste Zeit, ins Haus zu gehen.

Während Dagmar den Teekessel aufsetzte, deckte ich im Wohnzimmer den Tisch für eine gemütliche Nachmittagsjause. Im Nu war die ganze Familie versammelt. Richard heizte den offenen Kamin an, um – wie er meinte – »die Erfrorenen wiederzubeleben«. Das flackernde Feuer strahlte knisternde Wärme ab, und wir drängten uns davor, um die steifen Finger aufzutauen. Vollendete Wohltat aber schenkte erst Dagmars duftender Tee.

# Endspiel

Es war ein Abend im Kreise der Familie, wie wir ihn früher oft erlebt hatten, an kühlen Tagen versammelt vor dem Kaminfeuer im Wohnzimmer der Villa. Damals als unsere Eltern noch lebten und Michael dabei war.

Der Geist unserer Eltern war in der Villa auch jetzt noch gegenwärtig. Das elegante Flair, das sie dem Gebäude verliehen hatten, war unverändert geblieben. Die Exklusivität der Einrichtung trug ihren Stempel: die prachtvollen Jugendstilschränke und Kommoden, die kostbaren Deckenleuchter, die handgeknüpften Teppiche, die wertvollen Gemälde alter Meister. Es waren Schätze, die unsere Eltern im Laufe von Jahrzehnten in der Villa zusammengetragen hatten. Und Richard, Dagmar und ich waren entschlossen, dieses Andenken zu pflegen und zu bewahren. Obwohl unsere Eltern die Villa samt Inventar meinem Bruder und mir zu gleichen Teilen hinterlassen hatten, wäre ich nie auf den Gedanken gekommen, auch nur ein einziges Stück aus dem Gebäude wegzutragen. Dieses Juwel unangetastet zu lassen war auch ganz und gar in meinem Sinn.

So manches wertvolle Stück hatte seine eigene, sonderbare Geschichte, wie es in den Besitz unserer Familie gelangt war. Mit gespanntem Vergnügen hatten wir den Erzählungen unseres Vaters gelauscht, die davon berichteten, wie er in den Nachkriegsjahren bei der Restaurierung einiger schwer beschädigter Kirchen und Paläste mitgearbeitet und als Lohn dafür nicht Geld, sondern ein edles altes Möbelstück erhalten hatte. Unübertroffen in ihrem Unterhaltungswert war dabei die Geschichte des venezianischen Kronleuchters geblieben, den in den Fünfzigerjahren ein italienischer Adeliger beim Wetttrinken gegen unseren Vater verspielt hatte und der seither als dunkelblauer Blickfang das Wohnzimmer zierte.

Richard erinnerte noch manchmal an diese Anekdoten, doch der traurige Beigeschmack schmälerte das Vergnügen. Unsere Eltern fehlten uns sehr. Auch Dagmar hatte sie gern *ihre* Eltern genannt, da sie zu ihren eigenen Eltern, die geschieden waren und in Übersee lebten, kaum noch Kontakt hatte.

Einer allerdings fehlte in dieser gemütlichen Kaminrunde niemandem mehr – Michael. Mein Bruder hatte längst nur noch Verachtung für ihn übrig, Dagmar konnte ihm nicht verzeihen, was er mir angetan hatte, und die Kinder hatten ihn schon fast vergessen.

Zu den Kindern hatte Michael ohnehin nie ein besonders herzliches Verhältnis gehabt. Sie hatten ihn gemocht, weil er ihnen gelegentlich Geschenke mitgebracht hatte. Zeit und die Muße, um mit ihnen zu spielen, etwas gemeinsam zu unternehmen oder ihnen einfach nur zuzuhören, hatte Michael aber nie gehabt. Es war ihm eher lästig gewesen, wenn sie versucht hatten ihn zu beschäftigen, und meist hatte er auch eine passende Ausrede bereit gehabt.

Kinder merken sofort, wer ihnen mit Offenheit und Aufrichtigkeit zugetan ist und wer lediglich seine verwandtschaftliche Pflicht erfüllt. Sie empfinden nur für jene Menschen ehrliche Zuneigung, die ihnen mit ungeschminkter Herzlichkeit begegnen. Wer Michael kannte, wusste, dass er dazu nicht in der Lage war. Er konnte auf überragende Weise charmant und umgänglich sein. Beides entsprang aber vielmehr seiner persönlichen Eitelkeit als der Gabe, einfühlsam auf andere einzugehen.

Auch mir fehlte Michael nicht mehr – endlich. Endlich sehnte sich nichts mehr in mir nach den gemeinsamen Tagen. Endlich konnte ich die Liebe meiner Familie wieder voll Dankbarkeit erwidern und unser Beisammensein bewusst genießen.

In der darauf folgenden Nacht schlief ich tief und fest. Nur mein Unterbewusstsein wollte nicht zur Ruhe kommen. Es wollte das

Kapitel meiner Ehe endgültig abschließen. Es führte mich im Traum zurück zu jenem kalten Februartag, an dem ich wieder zu Michael zurückging. Ich erlebte sie wieder, die erste Umarmung, den ersten Kuss, mit denen er mich daheim empfing. Aber ich erlebte sie so, als wäre ich nur Beobachter, als würde vor meinen Augen ein Film über die letzten Monate meiner Ehe ablaufen.

Ich träumte, dass Michael und ich miteinander schliefen. Ich träumte, dass er unvergleichlich zärtlich zu mir war. Die Art, wie er mich berührte, war sanfter als sonst und verursachte auf meiner Haut ein angenehmes Kribbeln. Er zog mich behutsam zu sich hin, bevor er mich leidenschaftlich an sich drückte. Ich spürte seine warmen Lippen auf meinem Mund bevor sich unsere Zungen berührten. Zum ersten Mal riss mir Michael nicht die Kleider vom Leib, sondern beobachtete mit lustvollem Blick, wie ich mich ihrer entledigte. Stimulierend berührte er meinen Busen, streichelte ihn, ergriff ihn sanft und doch so fest, dass mich ein Schauer der Lust durchströmte. Ich schloss die Augen und ließ mich aufs Bett fallen. Michaels heißer Körper bedeckte mich. Tief und sinnlich drang er in mich ein. Mit einem lauten Stöhnen gab ich mich ihm hin. Keine quälende Erinnerung gab es mehr, keine Angst vor der Zukunft. Ich genoss es, wie er mich liebte und begehrte.

In den ersten Wochen unseres neuen Zusammenlebens bemühte sich Michael merklich um mich. Er schränkte seine beruflichen Verpflichtungen ein und nahm sich viel Zeit für unser gemeinsames Erleben. Scheinbar automatisch kehrten wir zurück zu alten Gewohnheiten, spielten Tennis, gingen ins Theater oder Konzert und ließen die Abende bei einem erlesenen Glas Wein ausklingen. Er umgarnte mich mit Schmeicheleien, überhäufte mich mit Komplimenten und brachte mir manchmal Blumen mit.

Obwohl ich Michaels neue Eroberungsversuche für etwas übertrieben hielt, hätte ich sie auch nicht missen wollen. Im Laufe der

Wochen reifte in mir die Überzeugung heran, dass ihm ernsthaft daran gelegen war, mein Vertrauen zurückzugewinnen. Eines Tages stellte er mir sogar seine neue Sekretärin vor: sie war um Jahre älter als er und zweifellos nicht sein Typ.

Michaels andauerndes Bemühen ließ mich immer seltener an die Ereignisse des ersten Dezember denken und immer stärker hoffen, dass unser Neubeginn von Erfolg gekrönt sein werde. Langsam aber sicher spürte ich, wie das einstige Vertrauen in ihn wiederkehrte.

Mitte Mai veranstaltete der Tennisclub das jährliche Frühlingsfest. Damit sollte nicht nur die Sommersaison offiziell eröffnet werden, auch die neu gebauten Sandplätze wurden eingeweiht. Umso größer und aufwändiger wurde die Feier für einen Samstagabend geplant. Michael, als einer der Gründer des Clubs und dessen langjähriger Vizepräsident, hatte mit der Organisation schon Wochen vorher alle Hände voll zu tun. Ich half ihm, wo ich konnte, kümmerte mich um die Einladungen und das Büffet.

Endlich war es soweit. Der Wettergott schien gnädig. Es war warm und sonnig, ideal für das am Nachmittag angesetzte Eröffnungsturnier auf den neuen Sandplätzen. Da der Club in Österreich beträchtliches Ansehen genoss und schon so manche Tennisgröße hervorgebracht hatte, traf sich bei diesem Fest alles, was in der heimischen Tenniswelt Rang und Namen hatte.

An diesem besonderen Abend wollte auch ich besonders gut aussehen. Michael sollte stolz auf mich sein. Da er eine Schwäche für meine schlanken Beine hatte, entschied ich mich für das kurze, naturfarbene Leinenkleid. Es war figurbetont geschnitten und bildete den perfekten Kontrast zu meinen dunklen Haaren, die mir in weichen Wellen über die Schultern fielen. Helle, hochhackige Pumps rundeten die aufreizende Kombination ab. Als sich die ersten männlichen Gäste nach mir umdrehten, fand ich mich in meiner Auswahl bestätigt. Am meisten aber freute mich, dass auch mein Mann mich »hinreißend« fand.

Das Turnier zwischen den besten heimischen Tennisassen heizte die Stimmung gründlich an. Nach einem spannenden Finale konnte Patrick, der österreichische Jugendmeister als Sieger gekürt und der begehrte Pokal verliehen werden. Damit ging der offizielle Teil zu Ende, und Michael und die anderen Veranstalter schienen erleichtert und zufrieden. Alles war planmäßig über die Bühne gegangen, und mit der Eröffnung des Büffets begann der zwanglose Teil des Festes.

Mit einer letzten Kontrollrunde um das Büffet hatte auch ich meine Schuldigkeit getan und konnte mich unter die feiernde Menge mischen. So viel Sportprominenz auf einem Fleck war eine einmalige Gelegenheit. Michael stellte mich all jenen Sportlern vor, die ich immer schon hatte kennen lernen wollen. Einige waren mir auf Anhieb sympathisch; sie faszinierten mich durch ihre natürliche, ausdrucksstarke Persönlichkeit, und ich genoss es, mich mit ihnen zu unterhalten. Andere hingegen kamen mir arrogant und selbstgefällig vor, was ich durch gespieltes Interesse meinerseits nicht noch zu fördern gedachte. In jedem Fall amüsierte ich mich prächtig und fühlte mich zurückversetzt in die ausgelassenen Tage meiner Londoner Studienzeit.

In der Tennishalle war einer der Sandplätze zum Tanzparkett umgebaut worden. Dem Turniersieger wurde die Ehre zuteil, eine Dame seiner Wahl zum Tanz aufzufordern und die Tanzparty zu eröffnen. Ich unterhielt mich gerade angeregt mit einem Sportjournalisten, als ich plötzlich an der Hand gepackt wurde. »Darf ich bitten?« drang es an mein Ohr, doch die Antwort konnte ich schuldig bleiben. Ein Protest wäre in diesem Fall auch nicht angebracht, dachte ich, denn Patrick hatte mich als seine Partnerin für den Eröffnungstanz auserkoren.

Mühsam drängten wir uns durch die Menge Richtung Tanzfläche, als plötzlich jemand neben mir zischte: »*Die* schon wieder!« Für den Bruchteil einer Sekunde gelang es mir, auch den giftigen Blick der Sprecherin zu erhaschen: es war Sandra, ein langjähriges Clubmitglied. Sie war etwas jünger als ich, ziemlich groß und hager, aschblond gefärbt, aber nicht unhübsch und hatte, wie ich wusste, immer schon ein Auge auf Michael geworfen.

Es blieb mir keine Zeit, um mich über Sandras Bemerkung zu ärgern, denn schon waren wir auf der Tanzfläche angelangt. Patrick wirbelte mich in einem flotten Boogie so sehr herum, dass ich seinen Schritten nur mit Mühe folgen konnte. Seine Kondition war atemberaubend. Zwei Stunden hatte er mit vollem Einsatz Turnier gespielt und gewonnen, und jetzt legte er noch einmal richtig los. Mir hingegen ging langsam die Puste aus, und es war nur ein kleiner Trost, dass Patrick erst neunzehn war. Zum Glück füllte sich allmählich die Tanzfläche, und es fiel nicht mehr auf, als wir uns zu einer verdienten Pause und einem kühlen Drink zurückzogen.

Michael war den ganzen Abend ziemlich beschäftigt. Er nahm seine Aufgaben als Gastgeber sehr ernst und kümmerte sich unentwegt um das Wohl der Ehrengäste. Nur einen einzigen gemeinsamen Tanz gönnten wir uns, dann entließ ich ihn wieder zu seinen Pflichten. Ich nahm es ihm keineswegs übel, dass er so wenig Zeit für mich hatte, im Gegenteil. Es gefiel mir, wie meisterhaft er das Fest arrangierte, und ich selbst fühlte mich wohl in der Rolle der vielbegehrten Veranstaltersgattin.

Der Abend war ein voller Erfolg. Die Stimmung war fröhlich und ausgelassen, und die Gäste waren sichtlich gut gelaunt. Bier und Wein flossen in Strömen, und manch ein überzeugter Nichttänzer schwang das vom Alkohol beflügelte Tanzbein.

Schon lange war ich nicht mehr so unbefangen heiter gewesen. Schon lange hatte ich mich nicht mehr so blendend amüsiert. Es war beinahe Mitternacht, als ich mit einigen Clubmitgliedern auf den Sieger des Tages anstoßen wollte. Wir nahmen Patrick in unsere Mitte und füllten die Champagnerschalen. Mit einem Toast auf viele weitere Siege ließen wir ihn hochleben und leerten die Gläser.

Patrick schenkte nach. Als ich gerade mein zweites Glas austrinken wollte, erschrak ich durch ein lautes Kichern hinter meinem Rücken. Ich erkannte die Stimme sofort. Sie gehörte Sandra, die wohl schon zu viel getrunken hatte. Sie unterhielt sich lautstark mit einer mir unbekannten jungen Frau, deren Worte sie schallend übertönte. Sandra zog in Alkohollaune über *die Männer* her und protzte mit verschiedenen Peinlichkeiten aus ihrem jungen Sexualleben. Es war fast unmöglich nicht hinzuhören. Gerade wollte ich vorschlagen, den Standort zu wechseln, als ich mich fast am Champagner verschluckte.

»Michael«, schrie Sandra so laut, dass es alle in unserer Runde deutlich hören konnten, »der treibt es doch mit jeder!«

Alles schwieg. Die Blicke der Anwesenden richteten sich zuerst auf Sandra, dann auf mich. Ich nahm mein Glas von den Lippen und atmete tief durch. Unwillkürlich senkte sich mein Blick zu Boden. Sandras gehässige Bemerkung war unmissverständlich für *meine* Ohren bestimmt gewesen.

Oh Gott! dachte ich, sie alle wissen, wen Sandra meint. Warum sonst durchbohrten sie *mich* mit ihren messerscharfen Blicken, wenn es nicht *mein* Michael war, *der es mit jeder trieb*?

Ich fühlte, wie mir Wut und Scham die Röte ins Gesicht trieben. Vergeblich wartete ich darauf, dass sich die Erde unter mir auftun und mich verschlingen möge. Also musste ich mich wehren, die Herausforderung annehmen und Sandra zur Rede stellen. Langsam drehte ich mich um. Noch immer schwiegen alle. Noch immer ruhten ihre starren Blicke auf mir. Das gespannte Publikum erwartete ein aufregendes Schauspiel.

Ich stand kaum einen Meter von Sandra entfernt. Mir fiel auf, dass sie völlig betrunken war, denn sie hatte bereits Schwierigkeiten, das Gleichgewicht zu halten.

»Victoria!« rief sie grinsend und bemühte sich, einen überraschten Eindruck zu erwecken.

Ich machte einen Schritt auf sie zu. Das Schauspiel würde beginnen. »*Wer* treibt es mit jeder?« fragte ich mit eisiger Stimme und zwang sie, mir in die Augen zu sehen.

»Aber Victoria, Schätzchen«, stammelte sie schwankend und verschüttete das halbe Glas, »als ob du dir das nicht denken könntest!«

»Ich habe dich etwas gefragt, und du wirst mir jetzt eine Antwort geben!« Meine Stimme wurde laut und ätzend. Ich spürte, wie mir das Blut in den Adern kochte, wie meine Zähne aufeinanderbissen und sich meine Augen zu schmalen Schlitzen zusammenzogen. Es fehlte nicht viel, und ich würde handgreiflich werden.

Doch Sandra ließ sich nicht einschüchtern. Das Glas in ihrer Hand und der Alkoholspiegel in ihrem Blut schienen ihr Mut zu machen. Missgunst, Hass und jahrelang aufgestaute Eifersucht blitzten aus ihren stahlblauen Augen. Auf diesen Triumph hatte sie lange gewartet, und jetzt war sie bereit, ihn voll auszukosten.

»*Dein* Michael«, zischte sie und gestikulierte wild, bis ihr das halbvolle Glas aus der Hand fiel, »*dein getreuer Ehemann* treibt es mit jeder, und du bist die Einzige, die das nicht weiß! Verdammt Victoria, wie naiv bist du eigentlich?«

Meine Wut schäumte über. Mein Temperament ging mit mir durch. Ich hatte mich nicht mehr unter Kontrolle. »Du Schlampe!« schrie ich. »Du elende Schlampe!« Ich hob die rechte Hand und versetzte ihr eine heftige Ohrfeige.

Im nächsten Moment begriff ich, wozu ich mich hatte hinreißen lassen. Entgeistert starrte ich zu Boden. Ich hatte mich auf die niedrigste Weise provozieren lassen, war auf das Niveau einer miesen Intrigantin gesunken. Keiner meiner Studenten würde sich so lächerlich benehmen wie ich, die neunundzwanzigjährige Universitätslektorin.

Viel schlimmer aber war noch, dass ich Sandra glaubte. Sicherlich sprach sie aus Erfahrung, sicherlich hatte auch sie Michael ins Bett gekriegt. Warum also schlug ich Sandra? Warum schlug ich nicht Michael?

Das verlegene Schweigen rund um mich machte meine Annahme zur schrecklichen Gewissheit. Der ganze Tennisclub wusste also, wie leicht mein Mann zu haben war. Wer sonst noch? Wer sonst hatte jahrelang über die *arme, dumme Victoria* gelacht und den Frauenhelden Michael bewundert?

Wie in Trance richtete sich mein Blick auf Sandra. Sie stand regungslos da – geschockt, ernüchtert. Nichts deutete darauf hin, dass auch sie mich angreifen wollte. Das Champagnerglas zitterte in meiner linken Hand. Es war leer, da ich den Champagner bei meinem Schlag verschüttet hatte. Fast wäre mir das Glas aus den feuchten Fingern gerutscht, als Patrick es mir wegnahm. »Komm, Victoria!« sagte er leise.

Ich reagierte nicht. Meine Knie wurden weich, Tränen traten in meine Augen. Das Aufbieten all meiner Kräfte war nötig. Blitzschnell drehte ich mich um und rannte hinaus. Gewaltsam bahnte ich mir den Weg durch die Menge. Hinter mir hörte ich Stimmen, die nach Michael riefen und mich zum Stehenbleiben aufforderten. Eilig wischte ich mir immer wieder die Tränen weg, die ich nun nicht mehr unterdrücken konnte. In Windeseile holte ich meine Handtasche und den Autoschlüssel aus der Garderobe und lief zum Parkplatz. Er war nur schwach beleuchtet. In meiner Aufregung hätte ich fast vergessen, wo ich den Wagen abgestellt hatte.

Zitternd versuchte ich den Autoschlüssel ins Schloss zu stecken, als ich hinter mir Schritte vernahm. Plötzlich packte mich jemand an den Schultern und drehte mich um. Es war Michael. Er fasste mich unsanft an den Oberarmen, sein Griff schmerzte, seine Augen blitzten bedrohlich.

»Was soll das, Vicky? Was tust du?« fragte er wütend.

»Was hast *du* all die Jahre getan?« entgegnete ich mit tränenerstickter Stimme. Ich musste fürchten, dass sie bei meinen nächsten Worten versagen werde. »Aber wenn du es nicht mehr weißt, frag Sandra!«

»Was erzählt dieses verdammte Flittchen? Los, sag es mir!« Michael schüttelte mich, als wollte er die Worte aus mir herausbeuteln.

»Die Wahrheit!« schrie ich mit letzter Kraft. »Die Wahrheit, die jeder kennt, nur ich nicht: dass du mich seit Jahren betrügst, mit jeder, die dir über den Weg läuft!«

»Und das glaubst du? Sieh mir in die Augen und sag mir, ob du das glaubst!«

Ich wandte mich ab, um seinem wilden Blick zu entgehen und ihm nicht zu zeigen, dass mir Tränen in Strömen über die Wangen liefen. Was wollte er von mir hören? Dass ich es ihm *nicht zutraute*, dass ich ihm *vertraute*? Nein. Immer wieder war ich auf ihn hereingefallen, war ich von seiner Ausstrahlung geblendet gewesen. Wie dumm musste ich gewesen sein, dass ich ihm ein zweites Mal vertraut hatte; wie blind verliebt, dass ich seine Untreue nicht bemerkt, nicht gefühlt hatte! Was für ein leichtes Spiel musste er mit mir gehabt haben! Ja – ich traute es ihm zu.

Sein grober Griff schmerzte immer mehr. »Lass mich los, du tust mir weh!«

»Nur wenn du mir sagst, dass du den Unsinn nicht glaubst, den Sandra aus krankhafter Eifersucht verbreitet!«

»Sandra ist nicht wichtig, sie ist nur eine von vielen, nicht wahr? Wichtig ist nur, was ich fühlte, als mich alle anstarrten. Und ich fühlte, dass Sandra die Wahrheit sagte.« Meine Stimme war immer noch schwach und bebte vor Erregung. Ich nahm meine ganze Kraft zusammen, um Michael in die Augen zu sehen. »Wie oft hast du mich betrogen? Ich will es wissen!«

Er entließ mich aus seiner Umklammerung und wandte sich ab. »Wie oft, Michael?« wiederholte ich so eindringlich, wie ich konnte.

Langsam wich er einige Schritte von mir zurück, sodass ich sein Gesicht in der Dunkelheit kaum noch wahrnahm. Aber ich hörte, dass er schwer atmete. Er schien zu überlegen und zu begreifen, dass das Leugnen keinen Sinn mehr hatte.

»Ich... ich weiß es nicht mehr genau«, kam es zögerlich über seine Lippen, »vielleicht – vier oder fünf Mal.«

»*Vielleicht vier oder fünf Mal?*«

»Und mit meiner Sekretärin war es das *letzte* Mal, ich schwöre es!«

»Und mit wem ist es das *nächste* Mal?«

»Es wird kein nächstes Mal geben!« protestierte er heftig und kam wieder auf mich zu.

»Du hast völlig Recht, Michael. Es wird kein nächstes Mal geben. Ich kann nicht mehr. Ich lasse mich scheiden.«

Wie angewurzelt blieb er stehen. »Das meinst du nicht ernst, Vicky!«

»Ich meine es sehr ernst. Ich kann so nicht leben. Es ist traurig, dass wir beide uns über die Bedeutung der Begriffe Liebe, Ehe und Vertrauen so völlig uneinig sind und dass wir erst nach acht Jahren so schmerzlich zu dieser Einsicht kommen.«

»Wir sind tatsächlich sehr verschieden, Vicky, aber wir lieben uns doch, oder?«

»Ja, aber jeder auf seine Art – auf zwei Arten, die nicht zueinander passen.«

Wenn Liebe für Michael immer nur ein Spiel gewesen war, so begriff er jetzt, dass seine Spielregeln für mich nicht mehr gelten würden. Er hatte viel riskiert und hatte verloren. Wir beide hatten verloren.

Langsam gewann ich meine Fassung wieder. Ruhig und ernst sah ich ihn an. Er seufzte. Die Unabänderlichkeit meines Entschlusses schien ihm bewusst zu werden. Wir standen einander gegenüber, berührten uns aber nicht. Wir fühlten, dass dies der Abschied war – unerwartet und doch endgültig. Eine Umkehr war zwecklos. Unser gemeinsames Leben – oder auch nur eine Illusion? – würde in stockdunkler Nacht auf einem trostlosen Parkplatz zu Ende gehen.

Wir bemühten uns um ein letztes Lächeln. Michael nahm meine Hände und führte sie zu seinen Lippen für einen letzen Kuss. »Leb wohl, Vicky, du wirst mir fehlen«, flüsterte er.

Wenn mich meine Gefühle nicht überwältigen und die Tränen nicht von Neuem hervorbrechen sollten, musste ich so schnell wie möglich weg. Ich sprang in den Wagen und fuhr heim, um meine Koffer zu packen.

Ich ging wieder zurück in mein Elternhaus zu Richard, Dagmar und den Kindern. Das Appartement gaben wir auf. Michael zog in ein Penthouse in der Innenstadt nahe der Kanzlei. Anlässlich der Scheidung im darauf folgenden September sahen wir einander zum letzten Mal.

# Überraschung

Monatelang hatte ich mich bemüht, meinen Kummer in einem aktiven Gesellschaftsleben zu ertränken. Ich hatte Ablenkung gesucht bei langweiligen Parties und in der Gesellschaft von Menschen, die mir in Wahrheit nichts bedeuteten. Ich hatte nicht allein sein können. Mein äußerst kommunikatives Verhalten hatte daher den Anschein erweckt, ich würde mit meiner Scheidung ganz gut zurechtkommen. Dass es tief drinnen in mir ganz anders ausgesehen hatte, war aber nur den allerwenigsten, wie Dagmar und Richard, bewusst geworden.

Mit dieser Maskerade war nun endgültig Schluss. Ich brauchte niemandem mehr etwas vorzuspielen, und ich musste mich selbst nicht mehr belügen. Meine innere Kraft war zurückgekehrt, das Selbstbewusstsein stark. Vor allem aber überzeugte mich *ein* Umstand davon, dass ich meine Scheidung überwunden hatte: Wenn ich einen Mann kennen lernte, der mir gefiel, verglich ich ihn nicht mehr automatisch mit Michael. Ohne Vorbehalt konnte ich seine Persönlichkeit auf mich wirken lassen und intuitiv entscheiden, ob er mir sympathisch war oder nicht.

Das Ende des Sommersemesters brachte wie jedes Jahr erhöhten Arbeitsaufwand mit sich. Klausuren mussten vorbereitet und zensiert, Seminararbeiten bewertet werden. Ich schob zusätzliche Sprechstunden ein, um den Studenten eine letzte umfassende Beratung anbieten zu können. Es lag mir viel an der positiven Beurteilung meiner Studenten, und sie schätzten mich, weil ich mich so für sie einsetzte.

Wie gerne dachte ich in diesem Zusammenhang an Pete, meinen englischen Jugendfreund, zurück, der es in nur wenigen Monaten geschafft hatte, in mir eine unauslöschliche Liebe zu Literatur und Theater zu wecken. Diese Gabe machte ich mir zum Vorbild: ich wollte keinen Lehrstoff predigen, sondern Begeisterung vermitteln. Ich wollte anschaulich und lebendig unterrichten, und dass mir dies gelang, bewiesen volle Hörsäle und ausgebuchte Seminare.

Meine Arbeit mit den Studenten hatte mir von Anfang an große Freude und Befriedigung bereitet. Jetzt – nach dem Scheitern meiner Ehe – war sie beinahe mein Leben. Manche meiner Studenten erinnerten mich an mich selbst vor zehn Jahren: begierig auf Wissen und Erkenntnis, bereit für jede Herausforderung und doch so empfindsam für zwischenmenschliche Erfahrungen. Und je intensiver sie sich mit den zeitlosen Themen der Weltliteratur auseinandersetzten, desto tiefgreifender wurden ihre Gedanken, desto empfänglicher wurden sie für die allgegenwärtigen Konflikte der Menschen. Da man an sich selbst nur schwer und erst im Nachhinein einen Reifungsprozess erkennen kann, ist es umso faszinierender, hautnah mitzuerleben, wie unbekümmerte Teenager zu verantwortungsbewussten Erwachsenen heranreifen.

Ende Juni fand ein Großteil der schriftlichen Klausuren statt, und so war ich schlagartig mit einem Berg von Korrekturarbeit eingedeckt. Ich hatte es mir zur Gewohnheit gemacht, diese nicht erst mit nach Hause zu nehmen, sondern sie blockweise in meinem Stammcafé hinter der Uni zu erledigen. Irgendwie ging mir die Arbeit dort leichter und schneller von der Hand. Bald wussten alle meine Studenten, wo sie mich finden konnten und versuchten nicht nur einmal, mich nach den Ergebnissen ihrer Klausuren auszuhorchen.

Es war der letzte Freitag im Juni, eine Woche vor Ferienbeginn. Wieder einmal saß ich an meinem Lieblingsplatz am Fenster, eine Klausurarbeit vor mir ausgebreitet und den üblichen Milchkaffee zu meiner Linken. Ich war so sehr in meine Lektüre vertieft, dass ich nicht einmal bemerkte, wie jemand vor meinem Tisch stehen blieb.

»Du kommst also immer noch hierher«, sagte eine mir wohl bekannte Stimme.

Überrascht blickte ich auf. «Alex! Nein, das glaube ich nicht! Ich dachte, du bist in Amerika!»

»Dort war ich auch fast fünf Jahre. Aber jetzt verschlug es mich wieder in die Heimat.«

»Setz dich doch, bitte! Ich hoffe, du hast etwas Zeit.« Alex nickte lächelnd, und ich beeilte mich, alle Unterlagen, die ich über Tisch und Sitzbank verstreut hatte, wegzuräumen.

Alex setzte sich mir gegenüber. Er hatte sich unglaublich verändert. Wo war der alternative Student mit Nickelbrille geblieben, der sich in Batikshirts und löchrigen Jeans kleidete und dessen dunkelblonde Naturlocken immer völlig zerzaust waren? Provokant wirkte Alex immer noch, jetzt aber mit Stil. Das Leinensakko war modisch-elegant, und die Jeans trugen ein bekanntes Label. Die Haare waren kurz und gestylt. Die exklusive Designerbrille und die teure Armbanduhr verrieten außerdem, dass er beruflich sehr erfolgreich sein musste.

»Mein Gott, Alex, hast du dich verändert!« kam es mir unwillkürlich über die Lippen. »Du siehst einfach großartig aus!«

»Dieses Kompliment kann ich dir gerne zurückgeben, Victoria. Aber auch du hast dich verändert. Du bist noch schöner geworden.«

»Okay. Nachdem wir den höflichen Teil unseres Wiedersehens hinter uns haben, könnten wir zum interessanten übergehen!« scherzte ich, und wir lachten. Wie in alten Zeiten bestellte Alex seinen starken Mokka. Ganz automatisch kam die Erinnerung wieder.

»Weißt du noch, wie viele Stunden wir hier gemeinsam lernten, meistens dort an dem Ecktisch? Wie wir uns gegenseitig Mut für die Prüfungen zugesprochen haben?«

»Du meinst, wie *du mir* Mut zugesprochen hast, was ich dringend nötig hatte, denn ich konnte immer viel weniger als du.«

»Du übertreibst gewaltig, Alex. Ich fand es jedenfalls sehr schade, dass du dein Studium so kurz vor dem Ziel aufgegeben hast.«

»Ich weiß, aber Englische Literatur war von Anfang an nicht das richtige Studium für mich. Ich studierte es einfach aus Bequemlichkeit. Du weißt ja, meine Mutter stammt aus den USA, daher wuchs ich zweisprachig auf. Eigentlich war ich sehr froh darüber, dass ich bei meinem Ferienjob in Los Angeles hängen blieb.«

»Das kann ich mir gut vorstellen. Es war auch ein äußerst verlockendes Angebot. Und wenn ich dich jetzt so ansehe, würde ich darauf wetten, dass du bei dieser kalifornischen Zeitung Karriere gemacht hast.«

»Na ja, ich arbeitete mich langsam hinauf, vom Schreiber kleinster Artikel bis zum stellvertretenden Chefredakteur.«

»Chefredakteur!« rief ich begeistert. »Ich gratuliere dir, das ist sensationell. Ich wusste immer, du würdest deinen Weg machen. Bist du jetzt auf Urlaub, um deine Eltern zu besuchen?«

»Nein, ich gab den Job in LA auf. Jetzt lebe ich wieder in Wien.«

»Was? Wieso?« fragte ich verblüfft.

Alex lächelte, doch das sympathische, mir so vertraute Lächeln schien nicht von Herzen zu kommen. Es wirkte fast traurig. »Das ist eine lange Geschichte, Victoria.«

»Ich habe viel Zeit, besonders für gute alte Freunde.« Ich nahm seine Hand und drückte sie fest. Mir war klar, dass die *lange Geschichte* auch unangenehme Erinnerungen für ihn enthielt und es ihm nicht leicht fiel, darüber zu reden. Früher waren wir sehr vertraut miteinander gewesen – weit mehr als es Studienkollegen für gewöhnlich sind. Wir hatten bewiesen, dass es zwischen Mann und Frau auch Freundschaft ohne intime Beziehung geben kann. Ich war damals bereits verheiratet und auch Alex in festen Händen gewesen. Dies allein hatte ein körperliches Näherkommen stets verhindert – zum Glück, denn vielleicht hätte eine gemeinsame sexuelle Erfahrung unsere kameradschaftliche Verbundenheit zerstört.

Alex schien jetzt nicht in der Stimmung zu sein, seine Geschichte zu erzählen. Aber er wirkte auf einmal viel gelöster, seine Augen glitzerten fröhlich. »Es ist wunderbar, dich wiederzusehen, Victoria«, sagte er, nahm meine Hände und zog sie zu sich hin. »Ich wollte es mir zwar nie eingestehen, aber ich habe dich vermisst!«

»Das hoffe ich doch! Schließlich hatten wir eine Menge Spaß miteinander. Weißt du noch, wie wir dem widerlichen Professor die Luft aus den Autoreifen ließen?«

»Das werde ich nie vergessen, er war knallrot und fluchte, dass man ihn auf der ganzen Straße hören konnte. ›Wer war das?‹ schrie er. ›Das wird Konsequenzen haben!‹ Aber für seine leeren Drohungen war er ja bekannt.«

»Zum Glück verließ er die Uni, sonst müsste ich heute *Herr Kollege* zu diesem Ekel sagen!«

»Ich hörte schon davon, dass du Lektorin am Englischen Institut bist. Toll, das ist genau dein Ding: ich schätze, du bist nicht nur fachlich sondern auch pädagogisch top: deine Studenten können sich glücklich schätzen, denn ich kenne niemanden, der Wissen mit so viel Begeisterung vermittelt wie du.«

»Jedenfalls bemühe ich mich. Aber du hast schon Recht, meine Arbeit macht mir tatsächlich großen Spaß.«

»Dann habt ihr also keine Kinder, du und Michael?«

Natürlich, so eine Frage musste ja kommen. Obwohl es mir nichts mehr ausmachte, über meine Scheidung zu sprechen, verriet das Zögern, bevor ich antwortete, eine gewisse Verlegenheit. »Nein, wir haben keine Kinder«, sagte ich schließlich, »und wir sind seit letztem September geschieden.«

Jetzt war es Alex, dem es kurz die Sprache verschlug. »Entschuldige, Victoria, aber das hätte ich nie vermutet.«

»Du musst dich nicht entschuldigen, Alex. Niemand hätte es je vermutet. Das Leben ist eben voller Überraschungen. Die Scheidung war *mein* Entschluss. Michael hat mich mehrmals betrogen, und ich konnte damit nicht mehr leben. Es tat sehr lange sehr weh, aber jetzt ist es überstanden. Das Leben geht weiter, und ich fühle mich eigentlich wieder sehr gut.«

Alex machte immer noch einen erschütterten Eindruck, suchte vergeblich nach passenden Worten und schien zu überlegen, ob er das Thema wechseln sollte. Ich half ihm.

»Du kannst ganz beruhigt sein, ich bin wirklich wieder okay. Oder sehe ich aus wie eine frustrierte Geschiedene?«

Die Stimmung war gerettet. »Nein«, lachte er, »du siehst einfach fabelhaft aus. Dabei fällt mir ein, dass ich morgen zu einer Geburtstagsparty eingeladen bin und noch keine Begleitung habe. Ich weiß, es ist sehr kurzfristig, aber ich würde mich riesig freuen, wenn du mitkommen könntest. Ich bin schon lange nicht mehr mit einer so attraktiven Frau ausgegangen.«

»Okay, du Schmeichler! Ich werde sehen, was sich machen lässt. Ruf mich morgen Vormittag an.« Ich schrieb ihm meine Handynummer auf, und Alex verabschiedete sich, merklich erfreut über die Aussicht auf ein baldiges Wiedersehen.

Irgendwie konnte ich mich jetzt nicht mehr auf meine Korrekturarbeit konzentrieren. Ich war ziemlich durcheinander. Das unerwartete Treffen mit einem lang vermissten Freund ging mir sehr nahe. Seit Jahren hatte er nichts von sich hören lassen. Plötzlich war er wieder da. Ob wir nahtlos an unsere Freundschaft von damals anknüpfen würden, als ob nichts geschehen wäre? Wohl kaum, zu viel hatte sich ereignet, zu sehr hatten wir uns verändert. Was dann? Diesen Gedanken wollte ich vorerst nicht weiterspinnen.

Eines aber wusste ich genau: auch ich freute mich darauf, ihn wiederzusehen, und ich war mir sicher, dass es schon am folgenden Tag sein werde.

# Alte Freunde, neue Liebe?

Die Geburtstagsparty war natürlich nur ein Vorwand für eine baldige Verabredung gewesen. Ich hätte es mir denken können. Zwar gab es die Party und auch die Einladung dazu, doch es war eine äußerst langweilige Veranstaltung, und Alex gab zu, dass er allein sicherlich nicht hingegangen wäre. Also machten wir uns auf, den angebrochenen Abend interessanter zu gestalten.

Der laue Sommerabend lud dazu ein, noch einen kleinen Spaziergang zu machen. Wir schlenderten durch den Burggarten Richtung Innenstadt, und Alex gestand mir, dass er eigentlich ganz froh darüber war, wieder in Wien zu leben. Der American Way Of Life hatte ihn zwar sehr fasziniert, doch auf Dauer war er ihm zu hektisch und unpersönlich geworden. Hier wolle er nicht mehr so viel Energie für die Karriere opfern, sagte er, sondern sich mehr Zeit für Freunde nehmen und ein erfülltes Privatleben aufbauen. Aus seinen Worten war nicht schwer zu entnehmen, dass er an diesem Vorsatz schon einmal gescheitert war.

In einem kleinen gemütlichen Restaurant aßen wir zu Abend, bei Kerzenschein und klassischer Musik. Die romantische Stimmung und ein gutes Glas Rotwein verführten uns dazu, offen über vergangene Beziehungen zu sprechen. Ich schilderte die näheren Umstände meiner Scheidung, und Alex erzählte endlich seine lange Geschichte.

Sie handelte vom aufstrebenden Englischstudenten aus dem kleinen Österreich, der die einmalige Chance erhielt, für eine große kalifornische Zeitung zu schreiben. Er verliebte sich in die hübsche Tochter des Herausgebers, und nachdem er sein journalistisches Talent und seinen Ehrgeiz unter Beweis gestellt hatte, durfte er sie heiraten. Nach einem Jahr bekamen sie eine kleine Tochter, und das Glück schien perfekt.

Doch um den ständig neuen Herausforderungen seines Schwiegervaters gerecht zu werden, konzentrierte sich der junge Redakteur immer mehr auf seinen beruflichen Aufstieg und vernachlässigte seine Familie. Als er schließlich zum stellvertretenden Chefredakteur befördert wurde, erfuhr er, dass seine Frau ein Verhältnis mit seinem Vorgesetzten angefangen hatte. Tief betroffen stellte er sie zur Rede, doch er musste erkennen, dass sie sich bereits auseinander gelebt hatten. Seine Frau bat ihn um die Scheidung, und schweren Herzens willigte er ein. Dass man ihm als Ausländer seine Tochter nicht zusprechen würde, war ihm klar. Und sein Exschwiegervater gab ihm zu verstehen, dass auch seine berufliche Position nicht mehr zu halten war. Also blieb ihm keine andere Wahl, als auch seinen Job aufzugeben und alle Brücken hinter sich abzubrechen.

Vor zwei Monaten war Alex nach Wien zurückgekommen, um noch einmal ganz von vorne anzufangen. Obwohl er von Natur aus ein Kämpfer war und sich nicht leicht unterkriegen ließ, merkte ich bei seiner Erzählung, dass ihn manche Erinnerungen quälten. Vor allem, so sagte er, fehle ihm seine kleine Tochter. Auch wenn er sein Besuchsrecht sicher in Anspruch nehmen werde, so wisse er doch genau, dass die langen Abstände zwischen seinen Besuchen ihn bald von ihr entfremden würden. Und der Gedanke, dass sie zu seinem ehemaligen Vorgesetzten wahrscheinlich schon *Daddy* sagte, ärgerte und verletzte ihn. Das konnte ich ihm gut nachfühlen, und ich dankte dem Schicksal dafür, dass es meiner Ehe keine Kinder beschert hatte.

Rückblickend war sich Alex nicht sicher, ob er in Amerika wirklich glücklich gewesen war. Er war von einem Termin zum nächsten gehetzt, hatte sich in den Strudel des American Business hineinziehen lassen und Geld, Macht, Einfluss, Karriere zu den Eckpfeilern seines Lebens gemacht. Dabei hatte ihm all das in Wahrheit nie viel bedeutet. Er hatte seine Persönlichkeit verleugnet und irgendwann nicht mehr bemerkt, dass sein Leben in falsche Bahnen geraten war. Ob er alles hätte verhindern können, wenn er sich mehr Zeit für seine Familie genommen hätte? Er wusste es nicht. Wahrscheinlich, meinte er, habe alles so kommen müssen.

Seine Worte klangen für mich nur allzu einleuchtend. Alex war nie ein Streber gewesen. Um die meisten Hindernisse hatte er am liebsten einen großen Bogen gemacht. Ungewollt war er in eine Karriere geschlittert, aus der es kein Zurück mehr gab. Vorbei war es mit dem bequemen, stressfreien Leben gewesen, das er sich eigentlich wünschte. Und so kam es mir in den Sinn, vielleicht fühlte er sich mittlerweile von einer unerträglichen Last befreit.

Ja, tatsächlich, eine gewisse Erleichterung, ja Befreiung, war ihm anzumerken. Und sein unerschütterlicher Optimismus würde ihm bei seinem Neuanfang wertvolle Dienste leisten. Ich bewunderte ihn. Alex hatte so viel mehr verloren als ich, ein Kind, ein mühsam aufgebautes Leben in einem fremden Land, und trotzdem blickte er – vier Monate nachdem er alles aufgegeben hatte – bereits wieder mit Zuversicht in die Zukunft. Er hatte sich eine kleine Wohnung gemietet, und auch eine Anstellung bei einem großen Verlag stand in Aussicht.

Aber es sollte ein ruhigerer Job werden. Alex hatte sich selbst genug bewiesen. Jetzt war er bereit, seinen Vorsatz wahr zu machen und sich wieder Zeit für *die wichtigen Dinge des Lebens* wie Freunde und Privatleben zu nehmen. Nun wollte er sich rückbesinnen auf seine eigentlichen Wünsche und Ansprüche.

Die äußere Wandlung aber, die der überstandene Lebensabschnitt bewirkt hatte, würde wohl von Dauer sein. Ich konnte nicht umhin, Alex einzugestehen, dass er mir jetzt im gepflegten Managerlook besser gefiel als damals in der alternativen Studentenkluft. Es sei also doch, meinte er scherzhaft, etwas Positives von seinem Ausflug ins *Land der unbegrenzten Möglichkeiten* geblieben – und vermutlich viel mehr als ihm eigentlich bewusst war. Während des ganzen Abends hatte ich immer wieder seinen Gesichtsausdruck studiert, ohne dass es ihm aufgefallen war. Die jugendlich-schelmischen Züge waren aus seinem Gesicht verschwunden und hatten ernsthafteren Platz gemacht. Ob diese seiner Vaterschaft oder dem harten Geschäftsleben zu verdanken oder einfach nur Begleiterscheinungen eines natürlichen Reifungsprozesses waren? Wie auch immer, sie gefielen mir, da sie seinem burschenhaften Aussehen einen männlichen Charakter verliehen.

Alex war nur wenige Monate jünger als ich, doch er hatte immer schon viel jünger ausgesehen. Auch jetzt würde ihn niemand älter als fünfundzwanzig schätzen. Wahrscheinlich waren es seine lebhaften braunen Augen und die lustigen Grübchen in den Wangen, die ihm sein jugendliches Aussehen bewahrten. Die wenigen Linien in seinem Gesicht, die von einem bewegten Lebensabschnitt erzählten, bildeten dazu einen interessanten Kontrast.

Es war schon seltsam, früher hatte ich in Alex immer nur den Studienkollegen und aufrichtigen Freund gesehen – oder hatte ihn sehen *wollen*? Jetzt sah ich ihn zum ersten Mal als Mann. Die Jahre der Trennung hatten dafür den nötigen Abstand geschaffen. Und meine Ungebundenheit regte zusätzlich meine weibliche Fantasie an. Er gefiel mir, so wie er mir gegenübersaß, wie er sich verändert hatte. Sein Lächeln war nicht mehr bloß Ausdruck seines heiteren Gemüts und ausgeprägten Humors; es spiegelte eine für mich bisher unentdeckte Erotik wider. Und in seinem Blick las ich nicht nur, wie sehr er einen guten Freund schätzte, sondern auch, dass er sich nach Liebe und Verständnis sehnte.

Ob Alex dieselben Gedanken hatte wie ich? Ob auch er mich jetzt mehr als *Frau* und weniger als Freundin sah? Früher wäre es ihm nie in den Sinn gekommen, mir wegen meines Aussehens zu schmeicheln. Es wäre mir sogar peinlich gewesen. Jetzt aber freute ich mich darüber. Und ich genoss es, dass er im Laufe des Abends mit Komplimenten äußerst großzügig umging.

Seit meiner Trennung von Michael hatte ich keinen Mann näher an mich herangelassen. Mit einer Scheidung im Nacken hatte ich Distanz gesucht und gebraucht, um mich emotional wieder zu festigen. Ich hatte die Einsamkeit in Kauf genommen, um mich vor weiteren Enttäuschungen zu schützen. Zum ersten Mal fühlte ich wieder ein intensives Verlangen, mich für eine neue Beziehung zu öffnen. Warum sollte ich mich dagegen wehren, warum sollte ich die Gefühle, die mir entgegengebracht wurden, nicht annehmen und erwidern? Es war höchste Zeit für mich, mein neues Leben auch mit einer neuen Partnerschaft zu bereichern.

Alex dachte sicher genauso. Wenn er es nicht schon getan hatte, würde er sicher bald wieder eine Beziehung eingehen. Er würde seine Einsamkeit nicht so lange pflegen wie ich. Doch er war nicht zu mir gekommen, damit ich ihn in seiner Einsamkeit tröstete. Er hatte kaum damit rechnen können, dass auch ich wieder frei und ungebunden war. Es war also Zufall, Schicksal gewesen? Wir würden abwarten müssen, wie sich unsere Gefühle füreinander entwickelten, ob die alte Freundschaft wieder aufleben, oder ob wir anders, inniger füreinander empfinden würden.

Dass uns diese Frage von nun an nicht mehr loslassen sollte, ahnten wir schon an jenem Abend, doch keiner wagte es, sie mit einem einzigen Wort anzusprechen. Die versteckten Andeutungen von beiden Seiten taten unserem freundschaftlichen Geplauder über die alten Zeiten keinen Abbruch. Spätestens jetzt wurde uns bewusst, wie sehr wir einander vermisst hatten und wie wohl wir uns in der Gegenwart des anderen fühlten.

Irgendwie hatten wir völlig die Zeit vergessen. Erst als uns der Kellner höflich auf die Sperrstunde aufmerksam machte, fiel uns auf, dass es bereits nach Mitternacht war. Alex brachte mich nach Hause. So wie früher bekam ich zum Abschied einen freundschaftlichen Kuss auf die Wange, und diesmal auch eine zärtliche Umarmung.

# Fehltritt

Mitte Juli begannen für mich die lang ersehnten Ferien. Endlich lagen die Prüfungsergebnisse vor, und ich stellte mit Genugtuung fest, dass fast alle meine Studenten positiv bewertet werden konnten. Ich war sehr erleichtert, die intensive Arbeit der letzten Wochen hatte sich gelohnt.

Endlich konnte ich ausspannen. Bis Anfang September wollte ich faulenzen und es mir gutgehen lassen. Dagmar und Richard versuchten mich zu einem gemeinsamen Urlaub am Meer zu überreden, doch ich lehnte dankend ab. Ich hoffte, Zeit mit Alex verbringen zu können, denn es blieben uns kaum zweieinhalb Wochen, bis er seine Stelle als Redakteur antreten würde.

Tatsächlich trafen wir uns mehrmals die Woche. Wir nützten die herrlich warmen Sommertage, gingen schwimmen, wandern, Rad fahren. Alex trieb Sport genauso gern wie ich, einfach aus Freude an der Bewegung in der freien Natur. Das Bestreben, dabei immer perfekt und erfolgreich sein zu müssen, wie ich es von Michael her kannte, war uns fremd. Unsere gemeinsamen Unternehmungen waren reines Vergnügen, und so sollte es bleiben. Ich wollte gar nicht erst in Versuchung geraten, unliebsame Erinnerungen zu wecken, weshalb ich mich nicht dazu überreden ließ, einen Tennisschläger anzurühren.

In den letzten Julitagen schlug das Wetter um, es wurde kühler und regnerisch. An Aktivitäten im Freien war kaum zu denken. Schon bei kleinen Spaziergängen lief man Gefahr, vom Regen überrascht zu werden. Deshalb änderten wir unsere Pläne, gingen ins Kino, besuchten Ausstellungen oder tratschten bei Kaffee und Kuchen über alte Zeiten.

Es war Samstagabend, zwei Tage bevor Alex ins Berufsleben zurückkehren sollte – Grund genug, meinte er, um mit mir noch einmal so richtig zu feiern. Den ganzen Nachmittag hatte es geregnet. Erst gegen Abend klarte der Himmel auf, und die Luft wurde milder. Es müsse einen herrlichen Fernblick geben, meinte Alex und schlug vor, auf dem nahen Brunner Berg zu Abend zu essen. Die Idee gefiel mir, und wir machten uns mit seinem Wagen auf den Weg.

Die Tage waren immer noch lang, bis nach neun blieb es hell. Wir hatten gerade unseren Nachtisch genossen, als langsam die Dämmerung hereinbrach. Von unserem Tisch im Restaurant bot sich uns ein atemberaubender Blick auf Wien. Während die untergehende Sonne einen purpurroten Streifen über die sanften Hügel des Wienerwaldes malte, breitete sich die fortschreitende Dunkelheit wie ein schwarzes Tuch über die Stadt. Allerorts gingen die Lichter an, und bald erstrahlte Wien im Glanz der Neonleuchten.

Wir beobachteten das glitzernde Schauspiel und ließen die Stimmung auf uns wirken. Von der Aussichtsplattform müsse der Blick noch eindrucksvoller sein, dachten wir, beglichen die Rechnung und stiegen die Treppe zur Terrasse hinauf.

Unsere Erwartungen wurden nicht enttäuscht. Von hier aus erschien alles noch viel plastischer, zum Greifen nah. Ich ging bis an die Brüstung, Alex folgte mir. Der angenehm laue Wind wirbelte meine offenen Haare durcheinander und blies sie Alex ins Gesicht. Behutsam nahm er sie zusammen und legte sie mir über die Schultern. Er stützte sich auf das Geländer, seine Arme hielten mich gefangen. Sanft lehnte er sich gegen meinen Rücken. Ich spürte seinen Atem in meinem Haar.

»Was für ein wundervoller Abend«, flüsterte er mir ins Ohr.

»Ja, unvergesslich«, sagte ich leise und lehnte meinen Kopf an seine Schulter.

Er umfing mich mit seinen Armen und küsste mich zärtlich auf die Stirn. »Ich bin so gerne bei dir, Victoria. Meine Gefühle für dich sind so anders als früher. Ich sehne mich nach dir, ich begehre dich, ich glaube, ich …«

Er lockerte seine Umarmung und drehte mich um. Er strich mir liebevoll über Haar und Wangen. Dann zog er mich wieder eng an sich, sah mir ernst in die Augen und begann von Neuem: »Ich glaube, ich liebe dich!«

Als ich meine Augen schloss, berührten sich schon unsere Lippen. Ja, auch ich hatte mich nach ihm gesehnt, mir seine Berührung gewünscht, hatte im Laufe unseres Beisammenseins erlebt, wie sich meine Gefühle für ihn änderten. Sein Kuss war zuerst zärtlich, dann innig, leidenschaftlich. Ich erwiderte ihn mit Hingabe, denn auch in mir verstärkte sich das körperliche Verlangen.

»Ich muss dich haben, Victoria«, stöhnte Alex in mein Ohr, »meine Sehnsucht frisst mich sonst auf.« Ich schmunzelte, als er mir so offen seine Begierde gestand. Er packte mich an der Hand, und wir liefen zurück zum Wagen. Es amüsierte mich, dass er seine Lust plötzlich nicht mehr bändigen konnte. Aber auch ich musste mir eingestehen, dass ich nicht mehr länger warten wollte.

Bis zur Villa waren es nur wenige Fahrminuten, und trotzdem fuhr Alex schneller als sonst. Während er den Wagen in der Einfahrt parkte, holte ich aus der Küche eine Flasche Sekt und zwei Gläser. Alex nahm sie mir mit einer Hand ab, mit der anderen umarmte er mich, und gemeinsam gingen wir die Treppe zu meinem Zimmer hinauf.

Durch das geöffnete Fenster war der Geruch von sommerlichen Wiesenblumen in mein Zimmer geweht worden. Er mischte sich mit dem lieblichen Duft, den der Strauß bunter Gartenblumen auf der Kommode verbreitete. Ein weiches, stimmungsvolles Licht ging von der Deckenbeleuchtung aus.

Alex öffnete den Sekt und füllte die Gläser. »Auf uns!« sagte er und zwinkerte mir zu. Wir leerten die Gläser, und Alex stellte sie auf die Kommode. Inzwischen machte ich es mir auf dem Bett bequem und streckte erwartungsvoll meinen Arm nach ihm aus. Er ergriff ihn, und ich zog ihn langsam zu mir her. Voll Verlangen beugte er sich über mich, begierig berührten sich unsere Lippen. Ich schloss die Augen und ergab mich dem lustvollen Spiel unserer Zungen. Es weckte Sehnsüchte in mir, die gestillt werden wollten, nach Berührung, Zärtlichkeit, Leidenschaft. Ich fühlte es, er würde mich glücklich machen.

Langsam tauchte seine Hand unter mein schwarzes Satinkleid. Stimulierend glitt sie meine Beine hinauf. Sie war warm und weich und verursachte ein erregendes Prickeln auf meiner nackten Haut. Vorsichtig machte sich Alex daran, die kleinen Knöpfe an der Vorderseite meines Kleides zu öffnen.

Noch einmal richtete er sich auf, zog blitzschnell Hemd und Hose aus und schleuderte beides davon. Ich blinzelte, und mein Blick fiel auf seinen braun gebrannten, durchtrainierten Körper. Heiß durchströmte mich der Wunsch, ihn mit Liebkosungen zu verwöhnen – doch er erfüllte sich nicht: mit einer raschen Handbewegung öffnete Alex meinen BH und fasste mit beiden Händen an meine Brüste. Für den Bruchteil einer Sekunde zuckte ich zusammen. Sein Griff war fest, beinahe schmerzte er.

»Du bist wunderschön, so unbeschreiblich schön!« stöhnte er und presste seine Lippen auf meinen Busen. Sein heißer Atem brannte auf meiner Haut. Seine glühende Zunge erregte mich. Ja, ich wollte endlich wieder geküsst, begehrt, geliebt werden! Nach Michael hatte kein Mann meine Lust wecken können, jetzt war sie wieder da – aufwühlend, überwältigend –, und sie wollte befriedigt werden.

Hastig streifte Alex das Kleid von meinem Körper. Unbändiges Verlangen blitzte aus seinen Augen, als er sich an mich schmiegte. Noch einmal strich ich ihm zärtlich übers Haar und küsste seine bebenden Lippen. Ich verzehrte mich nach ihm, war bereit, eins mit ihm zu werden. Ich wollte ihn ganz tief in mir spüren und im Glücksrausch körperlicher Liebe schwelgen.

Ich erwartete ihn mit Hingabe – doch ich erschrak: ich empfand nicht Wollust, sondern Unbehagen. Er war so unsanft in mich gedrungen, dass mir unwillkürlich ein leiser Schmerzensschrei entkam. »Nicht so stürmisch, Alex, bitte!« flüsterte ich ihm ins Ohr, doch er schien mich nicht zu hören. »Du bist fantastisch, Victoria, du machst mich völlig verrückt!« keuchte er und bewegte sich noch wilder und heftiger.

Anstatt mich zu entspannen, verkrampfte ich mich. Anstatt mich gelöst seiner Liebe hinzugeben, schossen unzählige Fragen in meinen Kopf: Wie konnte es wehtun? Es hatte nie wehgetan – oder doch? Lag es an mir? Sträubte sich etwas in mir gegen die körperliche Vereinigung? Aber was und warum? Oder lag es an Alex oder vielmehr an meinen Gefühlen für ihn? Was empfand ich eigentlich für ihn? Liebe? Nein! schrie die innere Stimme. Ich liebte ihn nicht – das wusste ich in diesem Augenblick. Aber wieso hatte ich es nicht vorher gewusst? Hatte ich ihn nur reizen, verführen wollen? Und selbst wenn ich ihn nicht liebte, wieso konnte ich keinen Sex mit ihm haben? Früher hatte ich es auch gekonnt: mit einem Mann aus rein körperlicher Anziehung schlafen! Ich hatte es *vor* Michael gekonnt – aber ich konnte es *jetzt nicht mehr.*

Trotzdem wollte ich Alex nicht enttäuschen, viel zu sehr mochte und schätzte ich ihn. Noch einmal versuchte ich mich zu entspannen und auf ihn einzugehen. Aber ich schaffte es nicht. Ein letztes verzweifeltes Bemühen kam in den Worten »Bitte, Alex, sei nicht so grob!« über meine Lippen. Doch er war bereits so in Ekstase geraten, dass er auch mein eindringliches Flehen nicht wahrnahm.

Jetzt hatte ich genug. Mein sexuelles Verlangen war dem dringlichen Wunsch gewichen, dass er mich in Ruhe lassen möge. Ich wurde zwischen quälenden Gedanken und körperlichem Unbehagen hin- und hergerissen. Nein, ich wollte seinetwegen nicht leiden!

»Es reicht, Alex, du tust mir weh!« schrie ich, nahm all meine

Kraft zusammen und drückte ihn von mir weg. Augenblicklich ließ er von mir ab.

»Victoria, was ist los? Was habe ich getan?« stammelte er verwirrt.

»Du hast mir wehgetan und es nicht einmal bemerkt. Verdammt, Alex, was bist du nur für ein Egoist!« Eilig kroch ich aus dem Bett, hob mein Kleid auf und zog es an. Ich wusste, dass er noch immer fassungslos auf dem Bett saß, wagte es aber nicht, ihn anzusehen. »Bitte geh! Lass mich allein!« sagte ich mit gebrochener Stimme.

Hektisch kleidete er sich an. Als er mich am Fenster stehen sah, machte er einige Schritte auf mich zu, als wollte er noch etwas sagen. Da ich aber wie blind in die finstere Nacht starrte, drehte er sich wortlos um und verließ mein Zimmer. Ich hörte die Tür hinter ihm ins Schloss fallen. Unwillkürlich traten mir Tränen in die Augen.

# Der Vorsatz

Eine Woche danach kamen Dagmar, Richard und die Kinder vom Urlaub nach Hause. Gut erholt und braun gebrannt sahen sie alle aus. Sogar Richard, der durch seinen zeitraubenden Beruf auch im Sommer kaum zu einer Sonnenbräune kam, hätte man fast für einen Italiener halten können.

Als ich sie am Haustor erwartete, kam mir Katrin schon auf den Stufen entgegen. »Tante Victoria, Tante Victoria!« rief sie und sprang mir in die Arme.

»Da bist du endlich wieder, meine Goldprinzessin«, sagte ich, »lass dich ansehen! Du bist in den drei Wochen ja noch hübscher geworden!«

»Es ist schade, dass du nicht dabei warst – es war so toll!« Sie drückte mich ganz fest.

Inzwischen kam auch Daniel über die Stufen heraufgelaufen, um mich zu begrüßen. Ich umarmte sie beide. Es tat unsagbar wohl zu spüren, wie lieb sie mich hatten und wie sehr ich ihnen gefehlt hatte. Aber auch ich hatte sie vermisst, ihre Wärme, ihre Herzlichkeit, ihre Lebhaftigkeit.

Ich schickte die beiden ins Haus und lief hinunter, um auch meinen Bruder und meine Schwägerin zu begrüßen. »Wie schön, dass ihr wieder da seid! Ihr seht alle großartig aus!«

Dagmar strahlte vor Freude und umarmte mich. »Wir hatten sehr erholsame Tage, aber wir hätten es noch mehr genossen, wenn du mitgekommen wärst.«

»Und wie ging es dir, mein Kleines?« fragte mich Richard, als er mich zärtlich in den Arm nahm. *Kleines* hatte er mich früher zu meinem Ärger oft genannt. Mittlerweile tat er es nur noch selten – und wenn, dann freute ich mich darüber, weil er damit auf *seine* Art seiner brüderlichen Zuneigung Ausdruck verlieh.

»Mir ging es gut«, antwortete ich, »aber ich bin schon sehr

glücklich, euch wieder hier zu haben. Ohne euch ist die Villa sehr einsam!«

Wie groß die Villa mit ihren fast dreißig Räumen wirklich war, bemerkte man erst, wenn man allein darin wohnte. Ohne meine Verwandten erschien sie mir trostlos und leer, wie eine wertvolle Hülle ohne Inhalt. Nicht nur einmal während der letzten drei Wochen hatte ich mir eingebildet, ihre Schritte oder den Klang ihrer Stimmen zu hören. Sie gehörten hierher. Sie erweckten das alte, ehrwürdige Gemäuer zu fröhlichem Leben.

Wie angekündigt hatte ich sie zum Abendessen erwartet. Sie waren seit den Morgenstunden Auto gefahren und dementsprechend müde und abgespannt. Ich vermutete richtig, dass sie außerdem ziemlich hungrig waren. Also hatten sich meine Vorbereitungen gelohnt. Der Tisch auf der Terrasse war gedeckt, das Essen fertig gekocht. In der letzten Zeit hatten sie sicher ausschließlich italienisch gegessen, dachte ich, weshalb ich sie mit typischer Wiener Küche verwöhnen wollte. Es dauerte keine halbe Stunde, und der einladende Duft aus der Küche holte sie alle zu Tisch.

»Wiener Schnitzel, wie köstlich!« lobte mich Richard. »Eine wahre Gaumenfreude nach drei Wochen Pasta und Pizza!« Dagmars Geschmack hatte ich ebenfalls getroffen, und sogar die Kinder begrüßten die Abwechslung. Ich freute mich, dass es ihnen schmeckte und alles im Nu aufgegessen war.

Nach dem Essen berichteten sie ausführlich über ihre Urlaubserlebnisse. Daniel erzählte mit Begeisterung, dass er zum ersten Mal Wasserschi gefahren sei. Katrin hatte einen Schwimmwettbewerb der Acht- bis Zehnjährigen gewonnen und zeigte mir voll Stolz ihre Siegesmedaille. Alle gemeinsam waren sie einige Male segeln gewesen, und Richard beklagte sich, dass ihn die Kinder seither beknieten, er möge ihnen ein Segelboot kaufen. In eine Segelschule könnten sie auf jeden Fall gehen, meinte er, über den

Kauf eines Segelbootes wolle er aber erst entscheiden, wenn das Interesse von Dauer sei.

Ich war so froh über die Rückkehr meiner Familie, dass ich ihnen noch Stunden hätte zuhören können. Aber es war nicht zu übersehen, wie müde sie alle von der langen Autofahrt waren. Schließlich drängte Richard darauf, dass die Kinder zu Bett gingen, und auch er zog sich nach einem Gutenachtkuss zurück.

»Ich komme in ein paar Minuten nach«, sagte Dagmar zu ihm, und er antwortete schmunzelnd: »Ich weiß, ihr habt euch eine Menge zu erzählen, aber denkt daran, morgen ist auch noch ein Tag!«

Dagmar und ich lachten und blieben allein am Esstisch zurück. Richard kannte uns gut genug, um zu wissen, dass wir manches lieber unter vier Augen besprachen. Er akzeptierte unsere kleinen Geheimnisse und freute sich darüber, dass wir uns so gut verstanden.

»Ihr seid mir wirklich sehr abgegangen«, sagte ich zu Dagmar, »mehr als ich mir eingestehen wollte.«

»Wir dachten auch sehr oft an dich und fragten uns, ob wir nicht beharrlicher auf dein Mitkommen hätten bestehen sollen. Du hättest sicher deinen Spaß gehabt. Aber dann dachten wir, vielleicht wärst du ganz froh, einmal Ruhe von uns zu haben und deine Zeit mit Alex verbringen zu können.«

»So ein Unsinn, Dagmar! Du weißt genau, dass ich von euch keine Ruhe brauche. Aber du hast schon Recht, dass ich eigentlich wegen Alex zu Hause blieb.«

»Jetzt erzähl schon, mich frisst die Neugier! Abgesehen von euren sportlichen Unternehmungen erwähntest du bisher nichts. War das alles?«

Ich lachte gezwungen. »Nein, das war tatsächlich nicht alles«, sagte ich und schilderte mein Erlebnis des vergangenen Samstags –

wie stimmungsvoll und romantisch der Abend begonnen, was ich mir alles von ihm erhofft, und wie betrüblich er geendet hatte.

»Aber das ist ja furchtbar! Entschuldige, Victoria, dass ich vorhin so direkt war, aber ich dachte eigentlich, du hättest mir erfreuliche Nachrichten mitzuteilen. Darauf war ich nicht gefasst.«

»Kein Grund sich zu entschuldigen! Ich bin darüber nicht unglücklich, im Gegenteil. Einen Moment lang plagte mich das schlechte Gewissen, was ich Alex angetan hatte. Aber dann erkannte ich, dass meine Handlungsweise vollkommen richtig gewesen war. Ich bereue mein Verhalten nicht. Ich würde es sicher bereuen, wenn ich Alex zum Orgasmus gebracht und selbst dabei gelitten hätte.«

»Und weißt du mittlerweile, was dich an ihm stört?«

»Ja. Zuerst dachte ich, es läge daran, dass ich Alex gar nicht liebe. Dabei hatte es nichts mit ihm persönlich zu tun. Es lag nur an mir selbst, an meinen eigenen Wünschen und Erfahrungen. Das erklärte ich Alex auch, als er mich am nächsten Tag ziemlich verstört anrief. Ich versuchte ihn zu beruhigen, dass es nicht seine Schuld gewesen sei und dass wir unserer Freundschaft zuliebe den Vorfall am besten vergessen sollten.«

Da fiel mir ein, dass Dagmar schon sehr müde sein musste, und ich schlug vor, dass wir am nächsten Morgen weiterplaudern sollten.

Aber sie protestierte heftig. »Nein, nein, bitte erzähl weiter! Ich könnte doch nicht schlafen, ohne deine Erklärung gehört zu haben. Du machst mich viel zu neugierig!«

»Na schön, wie du möchtest.« Ich überlegte kurz. »Dagmar, wir beide kennen uns schon ewig, nicht wahr? Als du mit einundzwanzig meinen Bruder kennen lerntest, machte ich gerade Matura. Sicher weißt du noch, als ich damals von London zurückkam, erzählte ich dir von den vielen Dates und Parties und den ausgeflippten Typen, die ich dort getroffen hatte.« Dagmar nickte lächelnd. »Damals erzählte ich dir aber auch, dass mein Traummann ganz anders sein müsse. Erinnerst du dich?«

»Wie könnte ich das vergessen? Du sagtest, er solle *attraktiv* sein – natürlich –, aber vor allem *treu und zärtlich*, und ich fand, dass deine Ansprüche nicht einmal hoch waren.«

»Ja, und ich war fest davon überzeugt, dass ich ihm eines Tages begegnen würde. Doch dann traf ich Michael, der mich magisch in seinen Bann zog. Er war attraktiv – sehr sogar –, und ich hätte geschworen, dass er mir treu wäre. Ich wusste aber auch von Anfang an, dass er nicht zärtlich sein konnte, und trotzdem wollte ich ihn haben, nur ihn, und keinen anderen. Ich glaube fast, ich war ihm hörig. Ich versuchte mich auf ihn einzustellen, *er* aber war umgekehrt nie dazu bereit. Also konnte ich ihn nur so nehmen, wie er war. Und das tat ich und verleugnete damit einen Teil meines Ichs: das Bedürfnis nach Zärtlichkeit. Aus blinder Liebe erlaubte ich Michael, mit mir zu machen, was er wollte. Ich unterdrückte meine Wünsche und Sehnsüchte und begnügte mich mit dem, was er zu geben bereit war.«

Ungewollt wurde meine Stimme lauter, mein Tonfall heftiger. Das Thema bewegte mich tief und ließ mein Temperament außer Kontrolle geraten. »Hier und jetzt, Dagmar, schwöre ich es dir, dass ich das niemals wieder zulassen werde. Niemals wieder werde ich es einem Mann erlauben, seine egoistischen Triebe bei mir zu befriedigen, wenn er nicht in der Lage ist, auch mich glücklich zu machen!«

Dagmar ergriff meine Hand und sah mich verständnisvoll an. Ich atmete tief durch und gewann meine Beherrschung langsam zurück. »Wahrscheinlich«, fuhr ich fort, »hatte ich deshalb in den letzten Monaten nicht das geringste Verlangen nach Sex. Erst bei Alex erwachte im Laufe der Zeit wieder mein Wunsch nach körperlicher Befriedigung. Seine Berührung war sanft, seine Umarmung zärtlich. Ich freute mich unsagbar darauf, mit ihm zu schlafen. Ich zweifelte keinen Augenblick daran, dass es unvergesslich schön mit ihm sein würde. Doch auch er *praktizierte Sex*, anstatt *mich zu lieben*. Er folgte nur seiner eigenen Begierde, anstatt eine Harmonie mit mir zu suchen. Ich war so enttäuscht, so schrecklich enttäuscht, dass ich ganz ehrlich denke, er verdient es nicht anders.«

»Ich kann dich gut verstehen, Victoria«, sagte Dagmar nachdenklich, »denn ich empfinde ziemlich ähnlich. Für eine funktionierende Partnerschaft ist es von größter Bedeutung, dass man sich im täglichen Leben wie auch im Bett gut versteht. Wahrscheinlich führen dein Bruder und ich deshalb eine glückliche Ehe. Richard ist in beiden Bereichen kein Egoist. Er wirkt oft streng, doch im Grunde ist er sehr tolerant, und *meine* Wünsche sind ihm ebenso wichtig wie seine eigenen.«

»Es gibt wohl nicht viele Männer, die so denken. Jedenfalls traf ich noch keinen. Und mir reicht es jetzt! Ich habe die Nase voll. Mich kriegt so schnell keiner mehr ins Bett!«

»Bitte, Victoria, du bist erregt und aufgebracht. Das verstehe ich. Aber nur weil du bisher Pech hattest, solltest du *die Männer* nicht pauschal verurteilen. Du wirst deinen Traummann sicher noch treffen.«

»Ach, daran glaube ich nicht mehr. Ich bin dreißig Jahre alt, Dagmar, hast du das vergessen? Und meine gescheiterte Ehe steckt mir in den Knochen. Sie hat mich misstrauisch gemacht und begleitet mich wie ein Gespenst.«

»Die Erfahrungen aus deiner Ehe prägten dich natürlich. Aber glaube mir, sie werden deiner Zukunft nicht im Wege stehen, ganz im Gegenteil: sie werden dir ein wertvoller Wegweiser sein, wenn du dich wieder verliebst.«

»… ob das jemals wieder der Fall sein wird?«

Dagmar lachte. »Aber sicher wird es das!«

»Ich weiß nicht. Derzeit ist es nicht vorstellbar. Eine Art Gefühlskälte macht sich in mir breit.«

»Die vergeht, Victoria, denn sie ist nur oberflächlich. Ich kenne dich gut. Du bist so ein leidenschaftlicher, tieffühlender Mensch – und du wurdest enttäuscht und verletzt. Und jetzt hast du Angst davor, dich wieder unsterblich zu verlieben und vielleicht noch einmal ausgenützt oder betrogen zu werden.«

Wie nach jeder Aussprache mit Dagmar fühlte ich eine ungeheure Erleichterung. »Du bist besser als jeder Therapeut!« sagte ich lachend.

»Du brauchst keinen!« schmunzelte Dagmar und gähnte. »So, meine Liebe, jetzt ist es auch für mich höchste Zeit, ins Bett zu gehen. Gute Nacht!«

»Gute Nacht, Dagmar«, wünschte auch ich, und als sie schon auf der Treppe war, rief ich ihr nach, »danke fürs Zuhören!«

# Paukenschlag

Die Ferientage im August vergingen wie im Flug. Katrin und Daniel nahmen einen Großteil meiner Freizeit in Anspruch. Wenn sie nicht schon am Morgen meinen Tagesablauf verplanten, konnte ich spätestens dann damit rechnen, wenn ich mich zu einer Mußestunde im Garten niederlassen wollte. Es machte mir aber nichts aus, dass sie mich beschäftigten, im Gegenteil, es freute mich, wenn sie die Tante zum Spielgefährten erwählten.

Auch Dagmar schätzte es, dass ich die beiden in den Ferien ein wenig unter Kontrolle hatte. Da Richard im Sommer besonders häufig seine Geschäftspartner zu Gast hatte und Dagmar mit den Einladungen voll ausgelastet war, blieb ihr oft nur wenig Zeit, um mit den Kindern etwas zu unternehmen. Umso dankbarer war sie mir, wenn ich einspringen und mich der Kinder annehmen konnte. Ihrer Meinung nach war Daniel ohnehin schon viel zu oft mit gleichaltrigen Freunden unterwegs. Katrin erlaubte sie das noch nicht – es sei denn unter meiner Aufsicht. Und so passierte es nicht nur einmal, dass ich mit einer Gruppe zehnjähriger Mädchen eine Radtour unternahm oder am Swimmingpool für die nötige Ordnung sorgte.

Der spärliche Rest meiner Freizeit gestaltete sich ebenso kurzweilig. Ich traf Freunde oder Kollegen bei Sommerfesten oder lud sie zu mir zu einem zwanglosen Beisammensein. Natürlich wollte ich Alex davon nicht ausschließen – warum auch? Ich mochte ihn immer noch gern und schätzte ihn als zuverlässigen Freund. Unser sexueller Fehltritt sollte nicht dazu führen, dass wir uns völlig aus den Augen verloren.

Auch Alex schien eine Lösung unseres Problems anzustreben. Er nahm meine Einladung gerne an, und wir nützten die Gelegenheit für eine kurze Aussprache. Er schien immer noch vom schlechten Gewissen geplagt, und es bedurfte beharrlicher Überzeugungskraft meinerseits, um ihn von seinen Schuldgefühlen zu befreien. Damit blieb aber weiterhin die Tatsache, dass *er* für mich innige Zuneigung und körperliche Anziehung empfand, während sich *meine* Gefühle nur als kameradschaftlich herausgestellt hatten. Er konnte es nur schwer verbergen, dass ihn dieser Umstand kränkte. Doch um nicht völlig den Kontakt zu mir zu verlieren, sagte er, werde er sich auch mit meiner altbewährten Freundschaft zufrieden geben. Ich freute mich über seine Absicht, spürte aber, dass sie ihm nicht leicht fallen werde. Deshalb schlug ich vor – um von einander und dem Geschehen etwas Abstand zu gewinnen –, dass wir in den kommenden Wochen zwar telefonieren, uns aber seltener sehen sollten; vielleicht so lange, bis er seine Enttäuschung verwunden und sich wieder frisch in eine andere verliebt hätte. Meine Idee amüsierte ihn, und er erklärte sich einverstanden.

Wie jedes Jahr erschienen mir die zwei Ferienmonate im Sommer viel zu kurz. Gerade als ich mich ans Faulenzen gewöhnt hatte, rief wieder die Pflicht. Es war an der Zeit, die Themen der kommenden Vorlesungen und Seminare vorzubereiten und den Prüfungsstoff für die Herbsttermine zusammenzustellen. Im Grunde aber freute ich mich auf die neuen Herausforderungen, auf alte Bekannte und neue Gesichter, auf alte Meisterwerke und deren neue Interpretationen.

Privat wollte ich mir ebenfalls Kulturvergnügen gönnen. Nach der Sommerpause boten die Spielpläne der Wiener Theater und Konzerthäuser ein aktuelles Programm. Premierevorstellungen und Auftritte bekannter Bühnenstars lockten mich wieder in die großen Kulturtempel der Stadt. Auch Richard organisierte gerne für seine ausländischen Kunden, wenn sie in Wien zu Gast waren, Theater- oder Konzertkarten. Darauf freuten Dagmar und ich uns ganz besonders, denn natürlich kamen auch wir in den Genuss der erlesenen Aufführungen.

Ende September war es wieder soweit. Richard hatte deutsche Gäste geladen und wollte ihnen ein unvergessliches Kunsterlebnis bieten. Einer der herausragenden zeitgenössischen Pianisten würde zusammen mit dem Royal Symphony Orchestra ein Konzert im Wiener Musikverein geben.

David Lamontaine galt in Fachkreisen als begnadetes Talent unter den Klaviervirtuosen. Er war bekannt dafür, dass er die schwierigsten Sonaten und Klavierkonzerte von Beethoven, Chopin, Mozart und Tschaikowsky spielte. Umso weniger kannte man ihn aus der Boulevardpresse. Er zählte zu jenen Künstlern, die als Meilenstein in der Musikwelt gehandelt wurden, als Privatperson aber eher unbekannt blieben.

Der Künstler sei medienscheu, hieß es lapidar, als auch die österreichische Presse auf taube Ohren stieß. Außer dass Mr Lamontaine auf seiner lang erwarteten Europatournee auch in Wien ein Konzert geben würde, war dort nicht viel zu erfahren – kein Interview war zu lesen, kein Foto in der Zeitung. Trotzdem war das Konzert längst ausverkauft. Und Richard konnte von Glück sagen, dass ihm sein Abonnement die besten Sitzplätze garantierte.

Mir selbst war der Name Lamontaine nur insofern ein Begriff, als ihm ein internationaler Ruf als Pianist vorauseilte. Ich erinnerte mich auch an Plattenaufnahmen, die meiner laienhaften Meinung nach von überragender musikalischer Qualität gewesen waren. Doch wer sich hinter dem ruhmreichen Ansehen verbarg, hätte ich nicht sagen können. Es war zwar meine Neugier geweckt, aber ich wollte mich überraschen lassen und mir selbst eine Meinung bilden. Dem Namen nach hätte ich Mr Lamontaine für französischsprachig gehalten, doch Richard erklärte, dass ihn die Zeitungen als gebürtigen Briten beschrieben hätten.

Der Name allein versprach einen unvergesslichen Kunstgenuss, so viel wussten wir alle. Diesem einmaligen Anlass entsprechend kleideten wir uns festlich elegant. Dagmar trug das Abendkleid aus zartgelbem Taft, das ihre sonnengebräunte Haut und die hochgesteckten Haare vornehm zur Geltung brachte. Meine Erscheinung stand wie üblich zu der ihren in vollem Kontrast: das lange Trägerkleid aus schwarzem Chiffon betonte mit seinem hautengen Schnitt meine schlanke Figur. Die Haare trug ich offen, hatte aber meine leichten Naturwellen zu einer fülligen Abendfrisur geföhnt.

Richard, der sich in Smoking, Stehkragenhemd und Masche gezwängt hatte, war von unserem Aussehen sichtlich hingerissen. Er freue sich darauf, sagte er, mit zwei *griechischen Göttinnen* auszugehen, bot uns seinen Arm und führte uns zum Wagen. Katrin und Daniel winkten uns, als wir wegfuhren, scheinbar erfreut darüber, endlich wieder einen Abend allein zu Hause verbringen zu dürfen.

Wie vereinbart trafen wir Richards deutsche Gäste, ein älteres Ehepaar, im Foyer des Musikvereins. Sie bedankten sich überschwänglich für die großzügige Einladung und erzählten, dass sie David Lamontaine vor Jahren einmal in Hamburg hätten spielen gesehen. Schon damals habe er auf sie einen unauslöschlichen Eindruck gemacht, weshalb sie sich ganz besonders auf das Konzert freuen würden. Ein solches Maß an Vorschusslorbeeren stachelte endgültig meine Neugier an, und beinahe hätte ich die beiden gefragt, wie er denn aussehe und wie alt er sei, dieser berühmte Pianist. Doch dann beschloss ich, mir keine Blöße zu geben und die halbe Stunde bis zum Beginn des Konzerts abzuwarten.

Der große Musikvereinssaal war in der Tat ein würdiger Rahmen für dieses exquisite musikalische Ereignis. Die Renovierung des Saales hatte ihm seine ursprüngliche Pracht zurückgegeben, und er erstrahlte wieder in klassizistischem Gold und Marmor.

Auf der Bühne war alles für den Auftritt der Musiker vorbereitet. Unzählige goldfarbene Stühle und edle Instrumente erwarteten ein riesiges Orchester. In der Mitte, neben dem Dirigentenpult, thronte majestätisch ein schwarz-glänzender, geöffneter Konzertflügel.

In wenigen Minuten würde das Konzert beginnen. Langsam nahm das Publikum seine Plätze ein: unsere, in der ersten Reihe, waren atemberaubend – die Bühne, ja beinahe das Klavier, war zum Greifen nah. Besonders von meinem Platz aus konnte ich fast auf die Tasten sehen. Es würde ein hautnahes, unvergessliches Erlebnis werden. Ich blickte mich um: nicht ein einziger Stuhl war leer geblieben, die Galerie und alle Logen waren restlos ausverkauft.

Nach und nach betraten die Musiker die Bühne, bis das Orchester vollzählig war. Sie stimmten ihre Instrumente in einem disharmonischen Durcheinander von Lauten und übertönten damit die Geräusche aus dem Publikum.

Interessiert studierte ich das Programm: Beethovens *Konzert für Klavier und Orchester Nr.5* würde den Anfang machen, gefolgt von der *Mondscheinsonate* als Klaviersolo. Nach der Pause schließlich sollte Tschaikowskys *Klavierkonzert Nr.1* den krönenden Abschluss bilden.

Langsam verdunkelte sich die Beleuchtung im Saal. Der Missklang der Instrumente verstummte. Die Scheinwerfer erhellten die Bühne, und mit dem einsetzenden Applaus betrat der Dirigent das Podium. Er verbeugte sich zuerst zum Publikum und wandte sich dann dem Orchester zu.

Der grelle Scheinwerfer schwenkte vom Dirigentenpult zu den Stufen, die zur Bühne heraufführten. Gleich würde der Star des Abends über diese Stufen kommen. Absolute Stille herrschte im Saal. In gespannter Erwartung harrte das Publikum der Ankunft des großen Meisters.

Ganz unwillkürlich hatte sich in meiner Vorstellung ein Bild geformt von einem älteren Mann, mittelgroß, mit schütterem Haar und abgehobenem Künstlerblick. Doch die Gestalt, die mit lässigen Schritten über die Stufen heraufgelaufen kam, strafte mein Fantasiebild Lügen.

Tosender Applaus empfing David Lamontaine. Das Publikum tobte jetzt schon. Er stellte sich neben den Flügel, richtete seinen Blick in die für ihn dunkle Menschenmenge und verbeugte sich kurz, mit einem fast unsichtbaren Lächeln auf den Lippen.

Dagmar saß neben mir. Beinahe gleichzeitig sahen wir uns an. Ihr Gesichtsausdruck verriet mir, dass auch sie sich ihn anders vorgestellt hatte. »Unglaublich!« flüsterte sie mir ins Ohr, und ich nickte lächelnd.

David Lamontaine hätte zweifellos die physiognomischen Anforderungen eines Filmliebhabers erfüllt und war kaum älter als fünfundvierzig Jahre. Er war groß, schlank und dunkelhaarig. Sein Gesicht hatte sehr männliche, regelmäßige Züge mit einem klassischen Profil und schmalen, sanft geschwungenen Lippen. Er trug sein dichtes Haar etwas länger, sodass es den Kragen seines Sakkos berührte. Dieses erinnerte durch den überlangen, taillierten Schnitt an einen Gehrock, die Hose dazu war schmal und figurbetont. Auch das weiße Seidenhemd, das unter der Jacke hervorblitzte, war mit seinem hohen Kragen der Herrenmode des neunzehnten Jahrhunderts nachempfunden und wurde von einer handgebundenen, weißen Seidenschleife geziert.

Er drehte sich um, hob seine Jacke schwungvoll über den Klavierschemel und nahm darauf Platz. Kein Laut drang aus dem Publikum, niemand wagte es, seine Konzentration zu stören. Das Orchester setzte ein. Er griff in die Tasten und erweckte Beethovens Werk zu unvergänglicher Schönheit.

Er führte und überragte das Orchester zugleich. Er entlockte dem Instrument die reinsten Töne, die es hervorzubringen imstande war. Schmeichelnd verführten die Akkorde in den langsamen Tonfolgen, unbändig und temperamentvoll trugen sie das

Leitmotiv. In betörender Harmonie floss das Solo des Klaviers mit der Melodie des Orchesters zusammen.

Er verlieh dem Kunstwerk seine schöpferische Kraft, hauchte ihm junges Leben ein. Es war mir, als wäre es von seinen Händen noch einmal erschaffen worden. Nie zuvor hatte Musik so übermächtig auf mich gewirkt, mich so aufgewühlt und bis in jede Faser durchdrungen. Nie zuvor waren meine Sinne so unwiderstehlich verführt worden. Wie gebannt ruhte mein Blick auf *ihm*, auf seinen schlanken Händen, die leicht und spielerisch über die Tasten glitten; auf seinem Gesicht, das jede Stimmungsschwankung der Melodie erkennen ließ und die unendliche Empfindsamkeit für den Zauber der Musik ausdrückte.

Er spielte nach den Noten in seinem Kopf. Unter seinen schwarzen, leicht zusammengezogenen Brauen funkelten tiefblaue Augen hervor. Sie waren auf die Tasten gerichtet oder schienen wie in Trance ins Leere zu starren. Manchmal schloss er sie auch, als wolle er sein absolutes Gehör davor bewahren, durch die visuelle Wahrnehmung gestört zu werden.

Als sich im dritten Satz das Tempo steigerte, ließ er sich vom Orchester wie auf einer beschwingten Welle tragen. Die fröhliche, ausgelassene Melodie beflügelte ihn. Sein Blick suchte den Takt des Dirigenten. Übereinstimmend nickte er ihm zu. Seine Augen strahlten, ein zufriedenes Lächeln umspielte seinen Mund.

Der Schlussakkord von Beethovens Klavierkonzert wurde von euphorischem Applaus begleitet. Pianist, Dirigent und Orchestermusiker verbeugten sich und verließen die Bühne. Der Beifall tobte immer noch und immer *mehr*, als David Lamontaine allein dorthin zurückkehrte. Alle Scheinwerfer richteten sich auf ihn, der übrige Saal versank in völliger Dunkelheit. Er nahm wieder vor dem Flügel Platz, und die getragenen Klänge der *Mondscheinsonate* erfüllten den Raum.

Die dumpfen Bässe verursachten mir wohlige Gänsehaut. Sie

durchdrangen mich wie die liebkosende Berührung eines zärtlichen Liebhabers, wie das Feuer eines leidenschaftlichen Kusses. Lieblich und berauschend erwachten die Klänge, heftig und aufwühlend steigerten sie sich. Immer stärker spürte ich sie in mir, immer tiefer bewegten sie mich. *Er* und seine Musik verzauberten mich. Seine sanften Augen und seine begnadeten Hände fesselten meinen Blick. Das brennende Verlangen erwachte in mir, diese Hände zu berühren, in diese Augen zu sehen. Welch seltsames Gefühl sich in mir regte, welch magische Anziehungskraft ich empfand! Die bezwingende Erotik seiner männlich-sensiblen Ausstrahlung vereinigte sich mit der Faszination seines Genies.

Das majestätische Finale nahm mich vollends gefangen. Jede Variation des Leitmotivs vertiefte mein Empfinden. Jeder gewaltige Akkord ließ mich sehnsüchtig erbeben. Jede schnelle Tonfolge durchströmte mich wie glühende Leidenschaft. Sein Spiel war Hingabe, Sinnlichkeit, Vollendung. Er *fühlte*, er *lebte* die Musik, unbändig und kraftvoll – er *liebte* sie wie ein Mann eine Frau liebt, innig und erregend.

Meine Gefühle überwältigten mich. Wie sollte ich gegen sie ankommen, wie verhindern, dass sie zu mächtig wurden? Ich verliebte mich in seine Musik – mehr noch, ich verliebte mich in *ihn*.

# Der Traummann

Rasender Beifall führte das Konzert in die Pause. Auch wir erhoben uns, um uns ein wenig die Beine zu vertreten und beim Büffet mit einem Glas Champagner auf den unvergesslichen Abend anzustoßen. Man lobte die Künstler, tauschte Eindrücke aus, diskutierte über die unvergleichliche musikalische Darbietung.

Ich beteiligte mich an den Gesprächen nur wenig. Dagmar fiel es bald auf, dass ich ungewöhnlich ruhig und gedankenverloren war.

»Victoria, was hast du?« fragte sie. »Geht es dir nicht gut?«

»Doch, doch«, antwortete ich verlegen, »ich bin nur völlig mitgenommen von der Musik.«

Sie schien zu ahnen, dass *mehr* hinter meiner Schweigsamkeit steckte, doch für den Augenblick musste sie sich mit meiner ausweichenden Antwort zufrieden geben.

Ein schrilles Läuten kündigte das Ende der Pause an. Gehorsam und gespannt kehrte das Publikum zu seinen Plätzen zurück. Ein Orchestermusiker nach dem anderen betrat die Bühne. Wieder verlosch das Licht im Zuschauerraum, wieder wurde der Dirigent mit Beifall begrüßt.

Wieder warteten alle auf *ihn*. Beharrlich lauerten die Scheinwerfer auf seinen Auftritt. Ein leises Raunen ging durch den Saal. Er ließ sich sehr viel Zeit.

Ich spürte mein Herz klopfen. Die Anspannung, die sehnliche Erwartung ließen es heftig und laut schlagen. Wie ein Teenager beim ersten Date kam ich mir vor. Kurz schloss ich die Augen, um mich etwas zu beruhigen – vergeblich! Der plötzlich einsetzende Applaus riss mich aus meiner Besinnung.

Endlich. Da war er. Er stand fast direkt vor mir. Er hatte seine Jacke ausgezogen und die Seidenschleife abgenommen. Die obersten zwei Knöpfe des weiten Hemds waren geöffnet, weich und schimmernd umspielte die weiße Seide seinen Oberkörper, fließend und anschmiegsam wehte sie an seinen Armen. Die Begeisterung des Publikums kannte keine Grenzen. Der frenetische Applaus schien ihn fast ein wenig verlegen zu machen. Als er seinen Blick über die Zuschauer streifen ließ, glitzerten seine Augen im Scheinwerferlicht, und er dankte seinen Fans mit einem faszinierenden Lächeln.

Ein heißer Schauer durchfuhr mich, als er mir so zum Greifen nah war. Mein Puls raste. Ich war wie in Trance. Ich strahlte ihn an, applaudierte, dass mich die Handflächen schmerzten. Wäre er ein Popstar gewesen, hätte ich laut und sehnsüchtig »David!« gerufen. So aber rief es nur mein begehrendes Herz.

Als er sich auf dem Klavierschemel niedergelassen hatte, verstummte der Beifall. Noch einmal würde er weltberühmte Klänge zu Ehren eines großen Komponisten hervorbringen. Er würde eines der anspruchsvollsten Klavierkonzerte in absoluter Vollendung darbieten.

Mächtig ertönten die Eröffnungsakkorde des Orchesters. Gewaltig, beinahe bedrohlich setzte das Klavier ein. Wie entfesselt schlug er in die Tasten. Rasend erklomm er die Passagen zwischen höchsten und tiefsten Tönen. Es schien, als quälte er das Instrument bis zur Grenze seiner Leistungsfähigkeit. Er trieb es von träumerischen Motiven zu aufreibenden Höhepunkten. Er entlockte ihm himmlische Harmonien, die sich bis zum ekstatischen Finale des ersten Satzes steigerten.

Ihm selbst merkte man die Anstrengung nicht an. Leicht und spielerisch flossen die Klänge aus seinen Fingern, als wäre der Weg zur Perfektion mühelos, als wären seine begnadeten Hände ein bloßes Gottesgeschenk.

Die sanfte Melodie des zweiten Satzes ließ die Erregung aus seinem Gesicht weichen. Die männlichen Linien entspannten sich. Die Züge um seinen Mund wurden weicher, seine Augen funkelten zärtlich.

Verzehrende Sehnsucht erfasste mich. Der Wunsch, ihn zu berühren, von ihm berührt zu werden, erfüllte mich heiß und belebend. Meine Fantasie lebte auf, sie ließ mich seine Hände erfühlen, über sein Haar streichen, seine Lippen auf den meinen spüren.

Die äußerliche Anziehung fesselte mich. Und doch waren es andere Gefühle, die noch viel mächtiger über mich kamen: Bewunderung, Verehrung und eine seltsame, bisher nie erlebte emotionale Nähe zu einem Mann, den ich nicht kannte. Es war dieser entschlossene und zugleich sensible Ausdruck in seinen Augen, der mich hoffnungslos gefangen nahm, der von unbezähmbarer Willenskraft und zugleich großer Einfühlsamkeit erzählte. Warum war mir dieser Ausdruck so vertraut? Weil ich ihn immer schon gesucht, ihn endlich gefunden hatte? Weil ich es tief in mir fühlte, dass *er und ich* – dass *wir* – einander ähnlich waren? Weil ich eine unerklärliche seelische Verbundenheit mit diesem Mann fühlte, eine wundersame Harmonie des Empfindens.

Was auch immer in *meinem* Gesicht in diesem Augenblick geschrieben stand, hätte ich selbst nicht beurteilen wollen. Ob Dagmar es konnte? Als ich plötzlich ihren Blick auf mir spürte, wandte ich mich zu ihr. Sie lächelte, ergriff meine Hand und zwinkerte mir zu. Sie schien zu ahnen, was in mir vorging. Einmal mehr schien sie mich auch ohne Worte zu verstehen.

Mitreißend und feurig setzte das Finale ein. Das Klavier überflügelte das Orchester – das Orchester holte auf. Wie in einem Wettlauf steigerten sie sich gegenseitig in Tempo, Lautstärke und Intensität, um schließlich in einem überwältigenden Klangvolumen zu verschmelzen und das Leitmotiv von Tschaikowskys Klavierkonzert zu einem kraftvollen Ende zu tragen.

Das Publikum raste in leidenschaftlicher Euphorie. Die Künstler erhoben sich. Dirigent, Pianist und erster Geiger schüttelten einander dankend die Hände. Sie verneigten sich und verließen die Bühne. Zaghaft gingen die Lichter im Zuschauerraum an. Langsam verließen auch die Orchestermusiker ihre Plätze. Immer lauter verlangte der Applaus nach der Rückkehr der Virtuosen. Für eine kurze Verbeugung erschien noch einmal der Dirigent. Dann kam *er*. Der Saal erdröhnte unter der begeisterten Menge. Kein Filmstar, kein Popidol hätte mehr bejubelt und fanatischer gefeiert werden können. Das Publikum erhob sich von seinen Plätzen und huldigte ihm mit stehenden Ovationen.

Er schien von der übermäßigen Anerkennung gerührt. Immer wieder verbeugte er sich leicht, dann streiften seine glänzenden Augen wieder über die tosende Menge, als wolle er jedem einzelnen seiner Fans persönlich danken. Er atmete schwer. Jetzt war es nicht mehr zu übersehen, dass er sich völlig verausgabt hatte. Schweißgetränkt glitzerten seine zerzausten Haare im Scheinwerferlicht. Er hatte alles gegeben, und das Publikum liebte ihn. Er lächelte zufrieden.

Ich stand ganz vorne bei der Bühne und applaudierte hemmungslos. Ich war ihm so nah, dass ich beinahe seinen erregten Atem spüren konnte. Ich wollte, ich musste ihm noch näher sein. Ich musste ihn ganz persönlich erleben.

»Ich muss ein Autogramm von ihm haben«, flüsterte ich Dagmar ins Ohr, »bitte entschuldige mich bei Richard und seinen Gästen. Ich kann einfach nicht anders. Wir treffen uns beim Wagen!« Dagmar nickte lächelnd. Ich wusste, sie verstand mich.

Mit einer letzten eleganten Verbeugung verabschiedete sich David Lamontaine von seinem Wiener Publikum. Nicht enden wollender Applaus begleitete ihn zur Bühnengarderobe.

Ich kannte den Weg dorthin schon von früheren Konzerten. Es waren nur wenige Schritte durch verwinkelte Gänge. Ich beeilte mich, sicher würden schon zahlreiche Autogrammjäger auf ihn warten. Aufgeregt bahnte ich mir den Weg durch die ersten Zuschauer, die den Saal verließen. Vielleicht aber musste ich gar nicht laufen, vielleicht ließ er sich – wie die meisten Stars – unendlich viel Zeit, kleidete sich noch um, machte sich frisch und kam erst wieder, wenn er bühnenreif aussah.

Nein, er nicht. Als ich den langen Korridor, der zur Bühnengarderobe führte, erreicht hatte, drängten sich dort schon unzählige Fans, aufgeregte Teenager und reifere Kunstliebhaber. Am Ende des Korridors stand *er*, umringt von seinen Fans. Die Ordnungshüter hatten alle Hände voll zu tun, um die ausufernde Begeisterung in Grenzen zu halten. Er musste von der Bühne direkt hierher gekommen sein. Er wirkte immer noch erschöpft, dennoch schrieb er geduldig und scheinbar bester Laune Autogramme für jeden einzelnen seiner Anhänger.

Die drängende Masse vor mir störte mich nicht, im Gegenteil. Umso mehr Zeit hatte ich, ihn zu beobachten und seine Gegenwart zu genießen. Es überraschte mich nicht, dass der Star David Lamontaine keine Starallüren zeigte, keine angezüchtete Arroganz zur Schau stellte, sondern sich ganz natürlich benahm und höflich und freundlich mit seinen Fans umging. Er nahm sich Zeit für sie. Sie waren für ihn kein lästiges Übel, das er notgedrungen abfertigen musste. Sie alle waren Verehrer seiner Musik, Bewunderer seines Könnens – und sich dessen bewusst, behandelte er sie auch mit Dank und Achtung. Nur einige Male, als die Ordnungshüter seine Fans davon abhielten, Fotos von ihm zu machen, flackerte ein wild funkelnder Blick unter den Brauen hervor. Seine Anordnung schien eindeutig: keine Fotos – und er erwartete, dass sein Wunsch respektiert werde.

Ich drängte mich nicht mit der Menge nach vorne, sondern wartete mit etwas Abstand am Ende der Reihe. Ich wollte ihn ganz allein erleben, dann, wenn alle anderen bereits weg waren. Er würde bis zum letzten Fan bleiben, dessen war ich mir ganz sicher. Ich konnte es nicht erklären, es war dieses seltsame, beinahe unheimliche Gefühl, ihn zu kennen, mit ihm vertraut zu sein.

Je näher ich ihm kam, desto wilder und heftiger schlug mein

Herz. In wenigen Augenblicken würde mich die Wirklichkeit einholen, ich würde ihm gegenüberstehen, mit ihm sprechen, seinem Blick begegnen. Und was dann? meldete sich plötzlich die Stimme meiner Vernunft. Was erwartete ich mir? Wer war ich denn? Wer konnte ich *für ihn sein*? Ein Fan unter tausenden, mehr nicht. Er würde mir ein Autogramm geben, mich vielleicht nach meinem Vornamen fragen, mich anlächeln, mich vergessen. Nichts würde er von meinen tiefen Gefühlen für ihn auch nur ahnen.

Nein! entgegnete mein Herz und wies meine Vernunft in die Schranken. Er soll, er wird es ahnen, was ich für ihn empfinde. Ich will ihn zumindest beeindrucken.

Die beiden jungen Mädchen vor mir grinsten vor Entzücken, als sie die Autogramme aus seinen Händen nahmen. Sie bedankten sich und liefen weg.

Da stand ich nun vor ihm, mit verschränkten Armen, wartete, bis er mir in die Augen sah, lächelte ihn an und sagte unbeschwert: »Hallo, David!« In meinen eigenen Ohren klang der Gruß so ungezwungen, als würde ich einen alten Freund wiedersehen.

»Hallo!« antwortete er unsicher, und sein zweifelnder Gesichtsausdruck schien zu fragen: Kennen wir uns?

»Ob ich ausnahmsweise ein Autogramm haben dürfte?« fragte ich scherzhaft und hoffte, ihn damit aus seiner Unsicherheit zu erlösen.

»Aber natürlich!« sagte er und lachte mich an. Er verstand, ich hatte ihn provozieren wollen. Es gefiel ihm.

Also beschloss ich, ihn noch ein wenig weiter herauszufordern und sagte in meinem typisch britischen Englisch: »Würden Sie mir auch eine persönliche Widmung darauf schreiben? Für Victoria – in Liebe!«

»Ja gerne tue ich das!« Ein neugieriger Blick traf mich. Sein Interesse war geweckt. Nein, ich war kein Fan unter Tausenden. Er würde sich an mich erinnern. Und während er die gewünschten

Worte samt Unterschrift auf sein Foto schrieb, fuhr ich fort: »Wissen Sie, dass ich Sie mir ganz anders vorgestellt habe?«

Überrascht sah er mich an. Meine Offenheit erstaunte ihn. «Tatsächlich? Und darf ich auch fragen – *wie*?«

»Ja, sicher!« Ich tat, als überlegte ich angestrengt. »Älter – weniger attraktiv!«

Er lachte. »Jetzt sind Sie hoffentlich nicht enttäuscht!«

»Nein, keineswegs!«

Er stand reglos da, beeindruckt, immer noch das signierte Foto in seinen Händen haltend. Ich nahm es ihm vorsichtig ab.

»Danke – David«, sagte ich plötzlich sehr ernst und mit gerührter Stimme, »und danke für den heutigen Abend, ich werde ihn niemals vergessen.« Ich spürte, wie mir das Herz wieder bis zum Hals schlug. Ihm so nahe zu sein, bewegte mich mehr, als ich noch länger ertragen konnte. Ich fürchtete, er würde in meinem Gesicht lesen, was in meiner Seele vorging. Tatsächlich bemerkte er sofort die Änderung in meinem Tonfall. Sein strahlender Gesichtsausdruck verwandelte sich in ein sanftes, fragendes Lächeln. »Dann hat es Ihnen gefallen?«

»Ich kann es mit Worten nicht beschreiben, was mir dieses Erlebnis bedeutet.« Jetzt konnte ich seinem Blick nicht mehr standhalten. Wenn mich die Gefühle nicht übermannen, meine Knie nicht zittern und mir die Worte nicht im Hals stecken bleiben sollten, war es an der Zeit, meinen so locker gespielten Auftritt zu beenden.

»Viel Glück, David!« sagte ich, versuchte vergeblich ein nichtssagendes Lächeln auf meine Lippen zu zaubern, und drehte mich um.

»Victoria!« rief er plötzlich. Wie gebannt blieb ich stehen. Ich schloss die Augen, atmete tief durch. Dann wandte ich mich nochmals zu ihm. Er schien verwirrt. »Sind Sie Engländerin?« fragte er neugierig.

Die romantische Rührung war vergessen. Seine Frage amüsierte mich. »Nein«, antwortete ich lachend, »aber danke für das Kompliment.« Ich musste immer noch lachen, als ich mich umdrehte, um mit schnellen Schritten den Ausgang zu erreichen.

»Verzeihen Sie!« rief eine Stimme hinter mir und riss mich unsanft aus meinen Gedanken. »Verzeihen Sie, bitte!« wiederholte die Stimme. Einer der Ordnungshüter stand neben mir. »Würden Sie so freundlich sein und mir Ihren Nachnamen sagen?«

»Bergmann, Victoria Bergmann«, antwortete ich, »aber wer will das wissen?«

»Mr Lamontaine hat mich gebeten, Sie danach zu fragen. Vielen Dank.« So schnell, wie er gekommen war, verschwand er.

Ich staunte. Sieh an, dachte ich, er ist tatsächlich beeindruckt! Er *will* sich an mich erinnern. Glücklich und zufrieden lief ich zum Ausgang.

# Wie neu geboren

In den folgenden Wochen stürmte ich die Fachgeschäfte und kaufte, was immer ich an Konzert- und Studioaufnahmen von David Lamontaine bekommen konnte. Bald hatte ich eine beachtliche Sammlung zusammengetragen, die von alten Live-Mitschnitten bis zu modernsten Digitalproduktionen reichte. Sein Repertoire verblüffte mich: von den träumerischen Klängen Robert Schumanns bis zu den melancholischen Sonaten Rachmaninows, von Chopins Nocturnes bis zu Liszts Rhapsodien spielte er alle berühmten und weniger bekannten Klavierstücke bedeutender Komponisten. Und immer spielte er sie so, wie ich sie selbst von seinen Händen erlebt hatte – mit neuer lebendiger Kraft, einfühlsam, mitreißend, durchdringend.

Ich selbst hatte als Kind Klavierunterricht genossen und konnte einfache Stücke vom Blatt spielen. Damit Hand in Hand hatte sich offenbar eine besondere Vorliebe für dieses Instrument entwickelt, doch welch ungeahnte Harmonien es erzeugen konnte, wusste ich erst, seit ich *seine* Hände auf den Tasten erlebt hatte.

Die internationale Fachliteratur war sich einig: David Lamontaine war einer der bedeutendsten zeitgenössischen Pianisten, ein wahrer Meister seines Fachs. Sein Musikstudium hatte er in Cambridge absolviert und mit Auszeichnung bestanden. Danach hatte er zahlreiche renommierte Wettbewerbe gewonnen und sich so in der Musikwelt einen Namen gemacht. Im Laufe von zwei Jahrzehnten hatte er sich sowohl durch internationale Solotourneen als auch durch die Zusammenarbeit mit den berühmtesten Orchestern der Welt einen unantastbaren Ruf als genialer Klaviervirtuose erworben.

Seine Website gab eine lange Liste seiner musikalischen Höhepunkte preis. Umso sparsamer war sie bei den Angaben zu seinem Privatleben: Tatsächlich war er Engländer mit Wohnsitz südlich von London; Alter fünfundvierzig, ein jüngerer Bruder, die Mutter früh gestorben. Nirgendwo – weder auf dieser noch einer anderen der zahlreichen Internetseiten, die ich durchforstete – war ein Hinweis auf eine Eheschließung oder gar Kinder zu entdecken. Gelegentlich tauchten Fotos auf, die ihn mit verschiedenen weiblichen Begleiterinnen zeigten, was zumindest die Annahme begründete, dass er keine Abneigung gegen das weibliche Geschlecht hegte.

Natürlich hätte ich gerne Genaueres über sein Privatleben erfahren, doch allmählich kam ich zu der Einsicht, dass es darüber nicht viel zu berichten gab. Und das, was zählte, wusste ich ohnehin – ohne es irgendwo gelesen zu haben. Ich wusste es, weil ich ihm so nahe gewesen war, weil ich den Ausdruck in seinen Augen gesehen hatte. Sein Leben war die Musik, sie war es immer schon gewesen. Sie war seine ganz große Liebe und würde es immer bleiben. Alles andere in seinem Leben konnte nur von geringerer Bedeutung sein. Sicher würde er Beziehungen zu Frauen haben, doch keine konnte jemals den Platz der Musik in seinem Leben einnehmen. Wie sollte auch ein einzelner Mensch – eine einzige Frau – mit der unvergänglichen Schönheit der Musik konkurrieren können?

Ob mich dieser Gedanke erschreckte? Nein, keineswegs. Ein Mann wie er mit diesem überragenden Talent musste, *sollte* so denken. Ich gab mich keinen teenagerhaften Illusionen hin, die mich an der Seite des großen David Lamontaine sahen. Ich war mir sehr wohl darüber im Klaren, dass wir beide in völlig verschiedenen Welten lebten und unsere Begegnung nur meiner eigenen schicksalhaften Herausforderung zuzuschreiben war. Aber – wer von uns weiß schon, wann er das Schicksal in seinen eigenen Händen hält?

Die Tatsache, dass er sich nach meinem vollen Namen erkundigt hatte – was sicher nicht zur routinemäßigen Autogrammstunde gehörte –, schürte eine unterschwellige Hoffnung. Ich hatte Eindruck auf ihn gemacht, war ihm unter allen anderen Fans aufgefallen, hatte ihm vielleicht sogar *ge*fallen. Und wenn dem so war, dann hatte ich nicht dem Virtuosen, sondern dem *Mann* David Lamontaine gefallen.

Bei seinem Aussehen musste er daran gewohnt sein, dass ihm die weiblichen Fans in Scharen nachliefen. Seine attraktive Erscheinung verlieh ganz automatisch seiner Genialität eine unwiderstehliche Erotik, die wohl nicht nur mich in ihren Bann zog. Und obwohl er fern jedes Machogehabes agierte, konnte es ihm nicht ganz unangenehm sein, angehimmelt zu werden. Sicher wusste er ganz genau, wie anziehend er auf Frauen wirkte, und war für ihre Reize auch nicht unempfindlich.

Ein Mann wie David Lamontaine würde jede Frau haben können, die er wollte. Wozu sollte er sich dann nach einem x-beliebigen Fan erkundigen, es sei denn – ja, es sei denn, er war in irgendeiner Weise an ihm, an *ihr*, interessiert. Vielleicht war ich der Typ Frau, der ihm gefiel; vielleicht hatte er bloß die provokante, selbstbewusste Art, mit der ich ihn angesprochen hatte, reizvoll gefunden; vielleicht hatte er sogar in meinen Augen gelesen, aus meinem schwankenden Tonfall entnommen, wie sehr ich mich zu ihm hingezogen fühlte. Was auch immer sein Intresse für mich geweckt hatte, spielte keine Rolle. Nur die Tatsache an sich zählte für mich. Und ich musste mir eingestehen, dass sie mich nicht nur sehr glücklich machte, sondern zudem meine Eitelkeit schürte.

Das Konzert in Wien war David Lamontaines dritte Station auf seiner Europatournee gewesen. Er würde in acht weiteren Großstädten gastieren und jede Woche ein Konzert geben, das letzte kurz vor Weihnachten in London. Er würde von Flughafen zu Flughafen, von Hotel zu Hotel, von Konzertsaal zu Konzertsaal hetzen, würde von tausenden und aber tausenden Fans umjubelt, von verzückten Frauen und Mädchen verehrt und angehimmelt werden. Mit verzehrenden Blicken würden sie ihn um Autogramme bitten, und viele von ihnen würden so hübsch sein, dass sie ihm einfach auffallen mussten.

Und dennoch – meine Erinnerung bestärkte mich in dem festen Glauben, dass *unsere* Begegnung nicht alltäglich für den gefeierten Pianisten gewesen war. Für mich war sie jedenfalls etwas Berauschendes, Überwältigendes gewesen – etwas, das alles für mich verändert hatte. Seit meinem Zusammentreffen mit David Lamontaine fühlte ich mich fantastisch. Der bloße Gedanke an ihn machte mich glücklich. Ich war in einer anhaltenden Hochstimmung, wie ich sie schon lange nicht mehr gekannt hatte. Endlich regten sich in mir wieder neue, mächtige Gefühle, erfüllten mich mit sprühender Lebensfreude und unschlagbarem Optimismus.

Ich wusste es. Ich hatte *ihn* erleben müssen, um mich aus den seelischen Fängen Michaels zu befreien, um wieder fühlen, wieder lieben zu können. Ja, endlich konnte ich es wieder! Schon hatte ich an mir gezweifelt, an meiner Fähigkeit, tief und überwältigend für einen Mann zu empfinden. Ganz plötzlich erschien mir Michael arrogant und herzlos. Wie sehr hatte ich all die Jahre um seine Gefühlsregungen gerungen, hatte gehofft, inständig gebetet, dass er mich zärtlicher lieben, mich sanfter berühren, mich liebevoll trösten, mit mir romantische Stimmungen genießen würde. Bedauernswert kam er mir vor, dass er die Welt so sehr mit dem Intellekt und so wenig mit der Seele erfassen konnte.

Die Musik von David Lamontaine hautnah erlebt in einem zweistündigen Konzert, eine kurze Begegnung, sein Blick, sein Lächeln – all dies hatte meine Sehnsucht nach empfindsamer Liebe mehr gestillt als acht Jahre Ehe. David hatte mir mehr gegeben, als Michael mir jemals hätte geben können. Wen sollte es daher wundern, dass ich mich wie neu geboren fühlte, schwebend in einem dauernden Glücksrausch?

Es wunderte viele oder überraschte sie zumindest, meine

Freunde und Kollegen, ja sogar meine Studenten tuschelten, dass meine überschwänglich gute Laune wohl darauf zurückzuführen sei, dass ich mich frisch verliebt hätte. Meine Kollegen quälten mich mit Indiskretionen, meine Freunde löcherten mich mit aufdringlichen Fragen, wer denn der Glückliche sei, ob sie ihn kannten oder wann sie ihn endlich kennen lernen würden. Ich amüsierte mich über ihre Neugier und genoss es, dass ich sie im Ungewissen ließ.

Nur meiner Familie – vor allem Dagmar – konnte ich nichts vormachen. Sie hatte schon während des Konzerts verstanden, dass mich David Lamontaine mehr als nur begeistert hatte. Natürlich erzählte ich ihr ausführlich von unserem Zusammentreffen, was ich empfunden und wie er auf mich gewirkt hatte.

Eines Abends, als ich wieder einmal mein Zimmer zum Konzertsaal umfunktionierte und eine seiner neuesten CDs hörte, gesellte sich Dagmar zu mir. »Ich wusste es ja«, sagte sie, »dass du ihm irgendwann begegnen würdest.«

»Wem?« fragte ich verwirrt.

»Deinem Traummann natürlich!«

Ich lachte. »Fragt sich nur, ob ich auch *seine Traumfrau* bin – wobei ich bezweifle, dass es die in seinem Leben überhaupt gibt.«

»Er ist nicht verheiratet, oder?«

Ich schüttelte den Kopf. »Mit einer Frau – nein! Mit der Musik – ja. Und ihr wird er ein Leben lang treu sein. Ich glaube nicht, dass Frauen in seinem Leben eine große Rolle spielen, schon gar nicht eine einzelne.«

»Und das macht dich nicht unglücklich?«

»Nein, keineswegs! Wie du siehst, geht es mir blendend! Seit ich ihn traf, bin ich ein anderer Mensch. Dagmar, ich steigere mich nicht in jugendliche Fantastereien hinein. Ich habe nichts zu verlieren – im Gegenteil, bisher habe ich nur gewonnen. Ich bin endlich wieder verliebt! Du weißt doch noch, wie deprimiert ich war, weil ich dachte, ich könne es nie wieder sein, und weil ich gar keine Lust auf Sex hatte. Die Sache mit Alex war nur eine Flucht nach vorn und machte alles noch schlimmer.«

»Und wie wäre das mit einem gewissen *David Lamontaine*?« grinste Dagmar und griff damit sofort das Thema Sex auf.

Ich tat so, als hätte ich mir darüber noch keine Gedanken gemacht. »Ich bin zwar nicht der Typ für ein flüchtiges Abenteuer, doch … », die Vorstellung reizte mich tatsächlich, »… mit *ihm* würde ich eines wagen!»

Dagmar schüttelte verblüfft den Kopf. »Ich wünschte, ich wäre dabei gewesen und hätte es erlebt, was dieser David Lamontaine mit dir angestellt hat. Du bist ja wie ausgewechselt! Du strahlst vor Glück von morgens bis abends. Deine ständige gute Laune ist richtig unheimlich.«

»Du hast Recht. Was er mit mir machte, ist tatsächlich *unheimlich* – ich begreife es selbst nicht. Aber ich werde es genießen und mit Spannung den Moment erwarten, in dem ich ihn wiedersehe.«

»Du bist dir sehr sicher, dass du ihn wiedersehen wirst, nicht wahr?«

»Ja, das bin ich. Frag mich nicht wieso, ich weiß es einfach. Und ich glaube, es wird sehr bald sein.«

# Blankes Entsetzen

Mein emotionaler Höhenflug wirkte sich auch beruflich positiv aus. Die Ideen zur abwechslungsreichen Gestaltung meiner Vorlesung und Seminare sprudelten nur so aus mir heraus und wurden schleunigst in die Tat umgesetzt. In meinem Überschwang erklärte ich mich sogar bereit, für eine kranke Kollegin einzuspringen und ihr Literaturseminar abzuhalten, obwohl ich bereits ahnte, dass ich mich damit etwas übernehmen würde. Natürlich ging dieser zusätzliche Arbeitsaufwand zu Lasten meiner Freizeit, und es blieb mir nichts anderes übrig, als meine Wochenenden zu opfern.

Meinen ursprünglichen Plan, noch eines der Tourneekonzerte von David Lamontaine zu erleben, musste ich daher bald verwerfen. Einerseits bereute ich es ein wenig, andererseits setzte sich die Überzeugung durch, dass es so ohnehin besser war. Sicher würde ich nach dem Konzert eine neuerliche Begegnung erzwingen, und wer weiß, ob ich mein Schicksal damit nicht überforderte.

Auch musste ich meine Gefühle nicht prüfen, um zu wissen, dass sie stark und dauerhaft waren. Die Erinnerung an sein Konzert und mein tiefes Empfinden für ihn lebten unaufhörlich in mir, begleiteten mich von früh bis spät. Ich ertappte mich bei der Vorstellung, wie es sein müsse, abends in seinen Armen einzuschlafen und morgens von seinem sanften Kuss geweckt zu werden. Und manchmal fragte ich mich – mit einem unbezwingbaren Anflug von Eifersucht – ob es eine Frau gab, die dieses Glück erleben durfte.

Um die unersättliche Neugier meiner Freunde und Kollegen etwas zu befriedigen, erfand ich eine glaubwürdige Geschichte über meine neue große Liebe. Die Idee mit dem englischen Freund, den ich nur selten sah und daher nicht vorzeigen konnte, sollte mich vorläufig von ihren bohrenden Fragen befreien.

Auch Alex, mit dem ich wöchentlich telefonierte, bemerkte meine überschwängliche Hochstimmung und tippte sofort darauf, dass ich mich wieder verliebt hatte. Die Wahrheit aber konnte ich ihm nicht sagen, denn es hätte ihn sicher gekränkt, dass ich einen wohl unerreichbaren Traum seiner aufrichtigen Liebe vorzog. Also beschloss ich, auch ihm die Geschichte mit dem englischen Freund zu erzählen. Er freue sich für mich, sagte er, und wünschte mir viel Glück. Was er wirklich fühlte, wagte ich nicht zu fragen. Doch ich hoffte seinetwegen – und um unserer alten Freundschaft willen –, dass auch er sich bald wieder verlieben würde.

Mit Riesenschritten rückte die Vorweihnachtszeit näher. Obwohl wir uns jedes Jahr erneut vornahmen, den Advent besinnlicher zu verbringen, wussten wir doch alle, dass in dieser Zeit niemand zur Ruhe kam. Richard war ständig unterwegs, um kleine Weihnachtsüberraschungen an seine Kunden und Geschäftspartner zu verteilen. Dagmar und ich besorgten die Geschenke für die Familie und die engsten Freunde. Für jeden das Richtige auszusuchen nahm wie immer mehr Zeit in Anspruch, als wir eingeplant hatten, also war Hektik unvermeidbar. Kurz vor dem Heiligen Abend kauften wir noch einen riesigen Weihnachtsbaum, den wir im Wohnzimmer neben dem Kamin aufstellten.

Am Vormittag des vierundzwanzigsten Dezember schmückte ich den Baum mit dunkelblauen und goldenen Glaskugeln, glitzernden Girlanden und einer köstlichen Auswahl festlich verpackter Süßigkeiten. Obwohl Katrin und Daniel längst nicht mehr an das Christkind glaubten, würden ihre Augen immer noch vor Glück strahlen beim Anblick des hell erleuchteten Weihnachtsbaums mit den vielen bunten Paketen darunter.

Mit jedem fertigen Weihnachtspaket stieg meine Vorfreude auf das Fest. Es musste Jahre her sein, dass sie so groß und ungetrübt gewesen war. In aufgeregter Erwartung – als wäre ich selbst noch ein Kind – fieberte ich dem Abend entgegen.

Endlich war alles vorbereitet. Die vorweihnachtliche Hektik war vergessen, eine freudig-besinnliche Stimmung kehrte ein. Duftend wartete der traditionelle Weihnachtstruthahn auf seinen Verzehr. Pünktlich um sieben Uhr versammelten wir uns im Speisezimmer, um uns an Dagmars Kochkünsten zu delektieren. Katrin und Daniel aßen nur wenig, viel zu aufgeregt waren sie, viel zu groß war die Anspannung, welche Geschenke sie bekommen würden.

Der lang ersehnte Moment war endlich da. Richard öffnete die Tür zum Wohnzimmer. Hell erstrahlte der glitzernde Baum, und seine vielen Kerzen tauchten den Raum in ein sanftes, weiches Licht. Nicht nur für Kinderaugen war es ein bezauberndes Bild, auch uns Erwachsenen wurde ganz warm ums Herz.

Mit Ergriffenheit und Bewunderung standen wir vor der mächtigen Tanne, fassten uns an den Händen und sangen alle zusammen die ersten beiden Strophen von *Stille Nacht, Heilige Nacht*. Dann umarmten wir uns und wünschten einander ein frohes, gesegnetes Weihnachtsfest.

Endlich durften die Kinder die Kerzen ausblasen und ihre Geschenke auspacken. Daniel war außer sich vor Freude, weil ich das richtige Snowboard für ihn ausgesucht hatte. Auch für Katrin erfüllte sich ein sehnlicher Wunsch: mit ihrer neuen Kamera lief sie umher, schoss ein Foto nach dem anderen und rief, sie wolle eines Tages Fotografin werden. Die Überraschung war gelungen, ich hatte für beide das Richtige getroffen. Das schönste Geschenk aber hatten die Kinder *mir* gemacht – zu erleben, wie sie Begeisterung und Dankbarkeit ehrlich zum Ausdruck brachten.

Dagmar und Richard beschenkten mich wie immer viel zu reich. Schon öfter hatte ich sie davon zu überzeugen versucht, dass ich mir ihrer tiefen Zuneigung auch ohne wertvolle Geschenke bewusst war. Doch sie ließen sich ihre Großzügigkeit nicht nehmen, und seit meiner Trennung von Michael bestanden sie noch mehr darauf.

Als die Geschenke ausgetauscht waren, saßen wir vor dem Kaminfeuer gemütlich beisammen. Die Kinder vertieften sich in ihre neuen Besitztümer, und wir Erwachsenen plauderten bei einer edlen Flasche Wein. Es wurde für uns alle spät an diesem Heiligen Abend. Auch die Kinder durften länger als gewohnt aufbleiben. Vielleicht war *ich* es, die diesen Weihnachtsabend nicht zu Ende gehen lassen wollte. Endlich hatte ich das Fest wieder so gefeiert, wie ich es mir wünschte, unbeschwert heiter und voll Zuversicht. Keine unliebsamen Erinnerungen quälten mich mehr: Michael war vergessen, Alex kehrte als guter Freund in mein Bewusstsein zurück. Die vier wundervollen Menschen meiner Familie gaben mir jeden Tag aufs Neue das Gefühl, geliebt und gebraucht zu werden. Ich war endlich wieder glücklich. Nur eine einzige Sehnsucht hegte ich tief in meinem Herzen – ich wollte David Lamontaine wiedersehen.

Am nächsten Morgen war ich früher auf als alle anderen. Schon um sieben Uhr war ich hellwach und ausgeschlafen. Ich stand auf, schlüpfte in meinen Morgenmantel und ging hinunter in die Küche. Sicher würde mir – bis alle herunterkämen – genügend Zeit bleiben, um den Frühstückstisch zu decken. Ich dekorierte ihn mit Tannenzweigen und weihnachtlichen Kerzen und stellte Gebäck und Kuchen bereit. Tee und Kaffee wollte ich erst frisch aufbrühen, wenn der erste zum Frühstück erschien. Nur mir selbst bereitete ich eine starke Tasse Kaffee zu, die ich zur Weihnachtsausgabe der Tageszeitung genießen wollte.

Ich holte die Zeitung aus dem Briefkasten und machte es mir beim Frühstückstisch bequem. Die Schlagzeilen zu den Weihnachtsfeiertagen waren offensichtlich darum bemüht, nicht nur über Terror und Elend, sondern auch über manch ein erfreuliches Ereignis zu berichten. Vielleicht auch deshalb bestand der Politik- und Wirtschaftsteil an diesem fünfundzwanzigsten Dezember aus nur wenigen Seiten. Umso ausführlicher wurde über diverse kulturelle Veranstaltungen im In- und Ausland berichtet. Ich nahm einen Schluck Kaffee und blätterte weiter. Plötzlich wurde mein Blick von der mächtigen Schlagzeile des Kulturteils gefangen genommen. Mir stockte der Atem, als ich sie las:

*David Lamontaine während Konzert zusammengebrochen.*

Blankes Entsetzen fuhr mir in die Glieder und verhinderte einen Moment lang, dass ich weiterlas. Wenige Zeilen beschrieben die erschütternde Nachricht:

*Bei seinem letzten Konzert der Europatournee am 22. Dezember in London brach der weltberühmte Pianist David Lamontaine plötzlich am Klavier zusammen. Der Notarzt war sofort zur Stelle und diagnostizierte Herzversagen. Die umgehend eingeleiteten Wiederbelebungsversuche waren erfolgreich, und der gefeierte Beethoven-Interpret wurde in die Intensivstation der St. Edward's Privatklinik eingeliefert. Nach Auskunft des behandelnden Arztes, Dr. Frank Sherman, ist der Zustand seines berühmten Patienten stabil. Erst vor wenigen Wochen hatte der 45-jährige David Lamontaine ein vielbejubeltes Konzert im Wiener Musikverein gegeben.*

»Guten Morgen, Victoria, du bist ja schon auf!« sagte eine fröhliche Stimme neben mir. Dagmar hatte das Speisezimmer betreten, ohne dass ich es bemerkt hatte. Ich erwiderte ihren Gruß nicht. »Victoria!« rief sie auf einmal. »Du bist ja ganz blass! Was ist los?«
»Hier – lies das!« Ich reichte ihr die Zeitung und deutete auf die Schlagzeile.
»Um Gottes willen!« Entsetzt sah sie mich an. »Das ist ja furchtbar!«
Ich stand auf, mir zitterten die Knie. Schon zweifelte ich, ob mich meine Beine tragen würden. »Bitte entschuldige mich«, flüsterte ich, »wartet nicht mit dem Frühstück auf mich. Ich habe keinen Appetit mehr.«

»Victoria, wo gehst du hin?«
»Auf mein Zimmer, ich muss jetzt allein sein.«
Dagmar verstand, dass es keinen Sinn hatte, mich aufzuhalten. Langsam, wie in Trance, stieg ich die Treppe empor.

Ich legte mich aufs Bett, starrte an die Decke. Auf einmal war mir schrecklich kalt. Es war, als lastete ein großer Eisblock auf meiner Brust und versuchte mich zu erdrücken. Meine Hände schienen zu gefrieren, frostige Schauer liefen mir über den Rücken. Einige wenige Zeilen in einer Zeitung hatten mir den Boden unter den Füßen weggezogen. Sie hatten meine überragende Zuversicht, meine glänzende Laune der letzten Wochen in wenigen Sekunden zunichte gemacht. Traurig und trostlos war meine Stimmung, trüb und grau waren meine Gedanken.

Hatte ich meine Gefühle für David Lamontaine immer unterschätzt? Hatte ich nicht wahrhaben wollen, wie viel er mir bedeutete? Hatte ich sie immer unterdrückt, um nicht zu vergessen, wie unerreichbar er für mich war? Ich fühlte eine Betroffenheit, wie man sie nur für einen nahen Verwandten, einen guten Freund empfinden kann; es war die Sorge um einen geliebten Menschen und die Angst, ihn zu verlieren. Ich hatte es mir nie eingestehen wollen: es war keine Schwärmerei – es war Liebe.

Und nun lag ich auf meinem Bett, untätig, betrübt und bedauerte mich selbst und meine unerfüllte Sehnsucht. Wie dumm und kindisch ich mir plötzlich vorkam. Es war Zeit, etwas zu unternehmen, anstatt mich hilflos der Verzweiflung hinzugeben.

Entschlossen sprang ich aus dem Bett und stürzte zum Computer. Die Homepage der St. Edward's Klinik war augenblicklich gefunden und die Telefonnummer in Windeseile gewählt. Einige Male war die Leitung besetzt, doch dann klappte endlich die Verbindung. Es meldete sich die Telefonzentrale des Krankenhauses. Man würde mir wohl keine Auskunft geben wollen, kam es mir ängstlich in den Sinn, aber versuchen musste ich es. Ich musste glaubwürdig und überzeugend klingen, deshalb stellte ich mich als enge Freundin von Mr Lamontaine vor, die unbedingt über seinen Gesundheitszustand unterrichtet werden wollte. Doch wie befürchtet, nützte mir auch meine Hartnäckigkeit nichts. Es werde an niemanden – ausnahmslos – telefonische Auskunft erteilt, lautete die Meldung. Nur persönlich würden Verwandte und engste Freunde über Mr Lamontaines Befinden informiert werden. Soll mir recht sein, dachte ich, und legte auf.

Wenn ich telefonisch nichts erfahren konnte, musste ich eben hinfahren. Unverzüglich rief ich die Buchungszentrale des Flughafens an, doch auch von dort kamen nur ernüchternde Auskünfte: zu den Weihnachtsfeiertagen seien alle Flüge nach London ausgebucht. Trotzdem ließ ich mich nicht entmutigen. Ich gab an, dass es sich um einen Notfall handle und dass ich um jeden Preis fliegen müsse. Man setzte mich auf die Warteliste und notierte meine Telefon- und Kreditkartennummer.

Kaum zehn Minuten dauerte es, bis das Handy läutetet und mir ein Flug nach London Heathrow noch für den selben Nachmittag bestätigt wurde. Mein Herz klopfte wild vor Aufregung. Den ersten Schritt hatte ich geschafft. Neue Hoffnung und vorsichtiger Optimismus erwachten in mir. Jetzt musste nur noch meine Familie dafür Verständnis haben, dass ich sie zu den Weihnachtsfeiertagen allein ließ.

Schon war ich im Begriff hinunterzulaufen, als es an meiner Tür klopfte. »Tante Victoria, bist du da?« hörte ich Katrins Stimme rufen. Ich öffnete.

»Hallo Katrin, komm herein! Ich wollte ohnehin gerade mit dir reden.«

Sie zögerte kurz, dann setzte sie sich aufs Sofa. Ich setzte mich neben sie. »Warum bist du nicht zum Frühstück gekommen?«

»Bist du mir böse deswegen?«

»Nein.«

»Das freut mich. Ich wollte dir soeben alles erklären. Heute Morgen telefonierte ich mit London. Ein guter Freund von mir ist ziemlich krank, und ich würde gerne zu ihm fahren. Kannst du das verstehen?«

Sie nickte. »Wann fährst du denn?«

»Heute Nachmittag schon. Ich weiß, es ist Weihnachten, und ich lasse euch nicht gern allein, aber es bedeutet mir sehr viel, zu ihm zu fahren. Vielleicht kann ich etwas für ihn tun.«

»Wie heißt dein Freund?«

»David, er heißt David.«

»Du hast nie etwas von einem David in London erzählt.«

»Ja, ich weiß, aber ich hoffe, dass du ihn eines Tages kennen lernen wirst. Er ist ein ganz wundervoller Mensch.«

»Magst du ihn sehr?«

»Ja.«

»Warum hast du dann nie etwas von ihm erzählt?«

»Weil ich nicht wusste, ob ich ihn jemals wiedersehe. Aber ich verspreche dir, wenn ich zurückkomme, erzähle ich dir genau von ihm, einverstanden?«

Wieder nickte sie.

»Und du bist mir auch nicht böse, dass ich jetzt zu ihm fahre?«

Sie schüttelte den Kopf, aber es war nicht zu übersehen, dass sie ein wenig traurig war.

»Danke, Katrin.«

»Wie lange wirst du wegbleiben?«

»Nur ein paar Tage. Ich komme so schnell wie möglich zurück. So, und jetzt muss ich noch deinem Bruder und deinen Eltern von meiner Reise erzählen. Sind sie noch beim Frühstück?«

»Ja, ich glaube schon.«

Gemeinsam gingen wir hinunter, wo die drei bei Tisch zusammensaßen.

»Tante Victoria fährt heute zu David nach London!« posaunte Katrin die Neuigkeit aus.

Drei erstaunte Gesichter sahen mich an.

»Wer ist *David*?« fragte Daniel verwirrt.

»Ein guter Freund von Tante Victoria, der sehr krank ist und den sie in London besuchen möchte!« erklärte Katrin informiert.

Irgendwie war ich erleichtert, dass sie mir mit dem Verkünden der Nachricht zuvorgekommen war. Aus ihrem Mund klang sie einleuchtend.

»Musst du wirklich heute schon fahren?« fragte mich Daniel enttäuscht. »Wir wollten doch Eis laufen gehen!«

»Ich weiß, Daniel, aber nur wenn ich jetzt fahre, kann ich vielleicht helfen. Und umso schneller bin ich wieder da. Das Eislaufen holen wir dann sofort nach, versprochen!«

Er schmollte ein wenig, doch schließlich erklärte er sich mit seinem typischen »Okay« einverstanden.

»Und jetzt meine Lieben«, sagte Richard bestimmt, »möchten eure Mutter und ich auch gerne mit Tante Victoria sprechen. Lasst uns bitte allein!«

Widerwillig, aber gehorsam kamen die Kinder der Aufforderung ihres Vaters nach.

»Was ist das für eine verrückte Idee, Victoria?« fragte mich Richard vorwurfsvoll. Natürlich hatte er den Zeitungsartikel längst gelesen und wusste, wer *mein guter Freund David* war. Auch seine Reaktion war genau, wie ich sie erwartet hatte.

»Für dich mag es eine verrückte Idee sein. Für mich ist es das, was ich unbedingt tun *muss*.«

»Ich finde, dass du deine Begeisterung für David Lamontaine gewaltig übertreibst. Was erwartest du dir? Dass du ihn treffen wirst? Dass du ihm helfen kannst?«

»Dass ich zumindest in Erfahrung bringe, was nach einem Herzversagen unter *stabilem Zustand* zu verstehen ist. Ich versuchte eine telefonische Auskunft zu erhalten – chancenlos. Dazu müsse ich schon persönlich erscheinen, sagte man mir.«

»Und du meinst, dass ausgerechnet *dir* der behandelnde Arzt Auskunft über das Befinden seines prominenten Patienten geben wird?«

»Ja, das meine ich. Du weißt, wie hartnäckig und stur ich sein kann.«

»Allerdings, das beweist du ja gerade!«

»Hört auf! Was soll das?« mischte sich Dagmar ein. »Wollt ihr streiten? Es ist Weihnachten! Richard, warum lässt du sie nicht einfach fahren, wenn sie es unbedingt will?«

»Natürlich, du unterstützt sie auch noch bei ihren Verrücktheiten!«

»Das tue ich nicht. Aber sie ist alt genug, um selbst zu wissen, was ihr wichtig ist.«

»Als ihr älterer Bruder sehe ich es immer noch als meine Pflicht, sie vor augenscheinlichen Dummheiten zu bewahren. Und diese Reise ist eine Dummheit.«

Beinahe wären sich Dagmar und Richard meinetwegen in die Haare geraten. »Bitte Richard«, unterbrach ich ihn, »ich schätze deine Meinung sehr, aber ich erwarte nicht, dass du mich verstehst – dazu bist du ein viel zu ausgeprägter Vernunftmensch. Ich erwarte nur, dass du meinen Entschluss respektierst, und hoffe außerdem, dass du mir nicht böse bist. Ich fliege heute um vierzehn Uhr nach Heathrow und werde von dort direkt nach Kensington ins St. Edward‹s Hospital fahren, das steht fest. Alles Weitere werde ich nach den Umständen, die ich dort vorfinde, entscheiden – auch das Hotel, in dem ich wohnen werde.«

Richard sah mich missbilligend an. »Du bekommst immer, was du dir in den Kopf setzst, nicht wahr? Ich hoffe nur, dass diese Reise keine herbe Enttäuschung für dich sein wird.«

»Das Risiko muss ich eingehen. Ich hätte keine ruhige Minute mehr, wenn ich nicht fahren würde. Und in ein paar Tagen bin ich wieder da. Ich rufe euch an, sobald ich weiß, wo ich wohnen und wann ich zurückfliegen werde.«

Dass ich Richard von meiner Entscheidung nicht überzeugen konnte, war mir klar. Doch das Thema war ausdiskutiert, kein weiteres Wort würde er darüber verlieren. Dagmar, die für meine Handlungsweise volles Verständnis hatte, lächelte mich zustimmend an.

Eilig trank ich noch eine Tasse Kaffee, dann lief ich zurück in mein Zimmer, um meine Reisetasche zu packen. Ich wollte nur wenig mitnehmen. Wahllos nahm ich einige legere Kleidungsstücke aus dem Schrank und stopfte sie in die Tasche. Auch den beigefarbenen, seidenen Morgenmantel, den ich immer noch trug, steckte ich dazu. Jeans und meine warme Daunenjacke richtete ich mir für die Reise her. In knapp einer halben Stunde war alles gepackt.

Ein Blick auf den Londoner Stadtplan verriet mir, wie ich am schnellsten von Heathrow zum Krankenhaus käme. Es lag zentral in einem der vornehmsten Bezirke Londons, und war direkt mit der U-Bahn erreichbar: mit der Piccadilly Line bis South Kensington, dann ein paar Straßen zu Fuß, und nach kaum einer Stunde wäre ich an Ort und Stelle. Vielleicht hätte ich Glück und könnte noch an demselben Abend mit Dr. Sherman sprechen.

Ich war innerlich ganz ruhig geworden. Jetzt freute ich mich nur mehr auf die Reise. Einige wenige Stunden und meine Ungewissheit könnte ein Ende haben.

# Getrübtes Wiedersehen

Dagmar und Richard brachten mich zum Flughafen. Trotz seiner ungebrochenen Skepsis wünschte mir auch Richard für mein Vorhaben viel Glück. Mit einer herzlichen Umarmung verabschiedeten wir uns.

Pünktlich um vierzehn Uhr startete das Flugzeug Richtung London. Ich war erleichtert, dass wir ohne Verspätung wegkamen. Der Flug war angenehm und ruhig. Ungestört konnte ich meinen Gedanken nachhängen. Sie führten mich zurück in den Musikvereinssaal, zu meiner Begegnung mit David Lamontaine. Wie strahlend jung und gesund er ausgesehen hatte! Und doch hatte er nach dem Konzert völlig erschöpft gewirkt. Ob er damals schon krank gewesen war oder ob er sich auf seiner langen Tournee überanstrengt hatte? Die Vorstellung, dass dieser attraktive, hochbegabte Mann in einer Intensivstation vielleicht um sein Leben kämpfte, ließ mir Tränen in die Augen treten. Aber ich wollte positiv denken. Sicher war er in den besten medizinischen Händen, und alles Menschenmögliche wurde für ihn getan. Vielleicht war es nur ein Erschöpfungszustand gewesen, und er hatte sich längst wieder davon erholt.

Planmäßig landete die Maschine am Heathrow Airport. Grau in grau, von Regenwolken verhangen, präsentierte sich der englische Himmel. Da ich nur mit Handgepäck reiste, konnte ich auf direktem Weg zur U-Bahn laufen. Die Piccadilly Line schlängelte sich durch die dämmrigen Vororte und brachte mich nach einer dreiviertel Stunde ins Zentrum von London. Als ich in Kensington endlich ins Freie trat, hatte es leicht zu nieseln begonnen. Es war dunkel geworden und kalt, hatte höchstens ein paar Grade über Null. Wie gut, dass ich meine Daunenjacke angezogen hatte, denn sie wärmte mich, als ich durch die weihnachtlich geschmückten Straßen marschierte. Mit meiner Annahme lag ich ziemlich richtig: es war kurz vor achtzehn Uhr, als ich vor dem St. Edward's Hospital eintraf.

Auf dem Weg durch die hell erleuchtete Einfahrt sah ich mich um. Die Klinik bestand aus mehreren modernen, nur wenige Stockwerke hohen Gebäuden und lag inmitten eines weitläufigen Parks. Die ganze Anlage hätte man durchaus für einen Hotelkomplex halten können, und ich vermutete, dass sich hier wohl nur begüterte Patienten eine Behandlung leisten konnten.

Als ich die Empfangshalle betrat, stieß ich mit einer Gruppe Frauen und Männer zusammen, die mit Mikrofonen und Kameras ausgerüstet waren. Zweifellos waren es Journalisten, und weswegen sie gekommen waren und worauf sie lauerten, konnte ich mir lebhaft vorstellen. Zielstrebig bahnte ich mir den Weg an ihnen vorbei zum Informationsschalter. Eine jüngere, rothaarige Krankenschwester saß dahinter und fragte mich freundlich nach meinem Anliegen.

»Guten Abend«, begann ich ebenso freundlich, »mein Name ist Victoria Bergmann. Ich bin eine gute Freundin von Mr Lamontaine und möchte mich über seinen Gesundheitszustand erkundigen. Deshalb würde ich gerne mit Dr. Sherman sprechen.«

»Es tut mir leid, Miss, aber Dr. Sherman ist nicht zu sprechen, und ich darf ich Ihnen keine Auskunft geben.«

Natürlich war dies die Standardantwort, mit der ich gerechnet hatte, deshalb wollte ich beim zweiten Anlauf an ihr Verständnis und Mitleid appellieren. »Bitte Schwester«, fuhr ich etwas eindringlicher fort, »heute morgen rief ich aus Wien an, aber man wollte mir telefonisch keine Auskunft geben. Also nahm ich das nächste Flugzeug und flog hierher. Ich muss wissen, wie es Mr Lamontaine geht. Ich bin in großer Sorge. Sie müssen mir helfen!«

»Es tut mir leid, Miss, aber ich darf Ihnen keine Auskunft geben!« wiederholte sie so stereotyp, als ließe sie ein Tonband ablaufen. Doch dann fügte sie mit einem kurzen Blick auf die Menschenmenge beim Eingang hinzu: »Dasselbe sage ich seit Stunden den Journalisten dort!«

»Ich bin aber keine Journalistin!« protestierte ich heftig, und in meinem Tonfall klangen Ungeduld und Aggression mit. »Was würden *Sie* tun, wenn Sie gerade tausendfünfhundert Kilometer geflogen wären, um zu erfahren, wie es einem kranken Freund geht, und Sie würden keinerlei Informationen erhalten? Ich kann Ihnen sagen, was *ich* jetzt tun werde: ich werde Dr. Sherman selber suchen!« Fest entschlossen, meine Ankündigung in die Tat umzusetzen, ergriff ich meine Reisetasche und machte mich auf den Weg zum Fahrstuhl.

»Das dürfen Sie nicht!« rief sie und sprang aufgeregt vom Stuhl.

»Dann helfen Sie mir und rufen Sie ihn!« Mein wilder Blick überzeugte sie davon, dass ich mich keinesfalls abwimmeln ließ.

»Nehmen Sie bitte Platz!« sagte sie mit merklich gedämpfter Stimme. »Ich werde sehen, was ich tun kann.«

»Danke!« sagte ich leise und setzte mich auf einen Lehnstuhl in der Halle. Die Schwester griff zum Telefonhörer. Obwohl ich nicht verstehen konnte, was sie sagte, war an ihrer Mimik und ihren erregten Handbewegungen zu erkennen, dass sie ihrem Gesprächspartner die eben erlebte Situation schilderte. Schließlich nickte sie und legte auf. Großartig! dachte ich. Entweder hatte sie Dr. Sherman selbst verständigt oder ein anderer behandelnder Arzt war gerufen worden, um mit mir zu sprechen.

Ich wartete, sah mich um. Auch im Inneren hatte das Gebäude mehr von einem Hotel als von einem Krankenhaus. Ein mächtiger Kronleuchter prangte in der Mitte der Empfangshalle, moderne Bilder dekorierten die lachsfarbenen Wände, auf dem glänzenden Parkettboden führte ein dunkelroter Teppichläufer vom Eingang zum Informationsschalter. Wäre nicht ab und zu eine Gestalt im weißen Kittel vorbeigegangen, hätte nichts auf einen Spitalsbetrieb hingewiesen.

Nach wenigen Minuten stand die Schwester hinter dem Schalter auf und kam zu mir. »Würden Sie bitte mit mir kommen!« sagte sie mit grimmiger Miene.

Schweigend stand ich auf, ergriff meine Reisetasche und folgte ihr zum Fahrstuhl. Wir fuhren in die dritte Etage, gingen einen breiten Korridor mit hellgrünen Wänden entlang und blieben schließlich vor einer undurchsichtigen Glastür stehen. Das darauf angebrachte Schild trug die Aufschrift *Dr. Frank Sherman, Ärztlicher Leiter*.

Die Schwester klopfte an die Tür. »Herein!« rief eine tiefe Stimme. Die Schwester öffnete die Tür, ließ mich eintreten und schloss sie hinter mir. Hinter einem ausladenden viktorianischen Schreibtisch saß ein knapp fünfzigjähriger Mann im weißen Kittel, mit graumelierten Haaren und dem Vertrauen erweckenden Gesicht eines Arztes. Im gedämpften Licht der Schreibtischlampe merkte ich, wie mich seine Augen musterten. Ihr Ausdruck war zwiespältig, nicht ablehnend, aber auch nicht kritiklos. Hielt er mich für eine Geliebte von David Lamontaine oder hatte er bloß meine Hartnäckigkeit als unverschämt empfunden?

»Dr. Sherman?« fragte ich, um sicher zu gehen.

Er nickte und bat mich, auf dem Stuhl vor dem Schreibtisch Platz zu nehmen.

»Ich möchte Ihnen dafür danken, dass Sie sich die Zeit nehmen, um mit mir zu sprechen. Bitte verzeihen Sie, dass ich so beharrlich auf diesem Gespräch bestehen musste, aber es bedeutet mir unsagbar viel zu wissen, ob es Mr Lamontaine schon besser geht.«

Noch immer ruhte sein Blick auf mir. Noch immer schwieg er. Er schien darauf zu warten, dass auf die Höflichkeitsfloskeln endlich eine Aufklärung meiner Identität folgen würde.

Intuitiv verstand ich, dass mir jetzt nur die Wahrheit weiterhelfen konnte. »Ich möchte ganz ehrlich zu Ihnen sein, Doktor. Ich bin keine gute Freundin von Mr Lamontaine. Tatsächlich begegnete ich ihm nur ein einziges Mal in Wien nach einem Konzert, aber ich bin eine glühende Verehrerin seiner Musik und seines Könnens und …« Verzweifelt suchte ich nach Worten, wie ich meine Gefühle unverfänglich beschreiben könnte.

Meine Offenheit zeigte Wirkung. Dr. Sherman lächelte. Vielleicht ahnte er, was ich sagen wollte und half mir aus der Verlegenheit. »Danke, Miss …«

»Bergmann, Victoria Bergmann.« Ich wollte es dabei belassen, dass er mich für unverheiratet hielt.

»Ms Bergmann«, wiederholte er, »danke, dass Sie so ehrlich waren!« Ich lachte ihn an. Das Eis war gebrochen. »Sie werden verstehen«, fuhr er fort, »dass wir sehr vorsichtig sein müssen. Die Journalisten der Boulevardpresse lauern ständig auf neue Sensationsmeldungen.«

»Dr. Sherman« unterbrach ich ihn, »ich kann es beweisen, dass ich keine Journalistin bin.« Ich holte aus meiner Reisetasche die Identitätskarte der Uni und hielt sie ihm hin. »Ich bin Lektorin an der Universität Wien. Und ich versichere Ihnen, dass ich jedes einzelne Wort, das Sie mir sagen, absolut vertraulich behandeln werde.«

Er machte einen flüchtigen Blick auf meinen Ausweis. »Vielen Dank, aber ich glaube Ihnen gern, dass Sie ein wirklicher Fan von Mr Lamontaine sind und allein aus Sorge um ihn so eine weite Reise auf sich nahmen.«

Er schien mich auf die Folter spannen zu wollen. »Bitte, Doktor«, sagte ich beinahe flehend, »wie geht es ihm?«

»Nun, Ms Bergmann, was ich morgen in einer kurzen Pressekonferenz bekannt geben werde, kann ich Ihnen gerne schon heute sagen. Es geht Mr Lamontaine den Umständen entsprechend gut.« Ein Hauch von Erleichterung streifte mich. »Er erholt sich langsam von seiner Herzinsuffizienz, weshalb wir ihn bereits von der Intensivstation auf die Kardiologie verlegen konnten. Wir sind sehr zuversichtlich, dass er in ein paar Tagen kräftig genug sein wird, damit wir ihn operieren können.«

Die Erleichterung war verflogen. »Operieren? Wieso müssen Sie ihn operieren?« Ich spürte, wie mir das Herz vor Aufregung bis zum Hals schlug.

Dr. Sherman sah mich ernst an. »Mr Lamontaine leidet an einem Herzklappenfehler. Er hätte sich schon vor Jahren operieren lassen sollen, doch auf Grund von beruflichen Verpflichtungen hat er die Operation immer wieder verschoben. Jetzt ist sie unerlässlich geworden, aber wir können ihn erst operieren, wenn sein Zustand wieder völlig stabil ist.«

Die Nachricht war ein Schlag für mich. Ich hatte es nicht glauben wollen, dass er tatsächlich krank war. Ich nahm meine ganze Kraft zusammen, um Näheres zu erfahren. »Ist diese Operation gefährlich?« fragte ich vorsichtig.

»Eine Operation am Herzen birgt natürlich immer ein gewisses Risiko in sich. Aber ich kann Sie insoweit beruhigen, dass wir hier in der St. Edward's Klinik Operationen dieser Art sehr oft – und mit sehr großem Erfolg – durchführen.«

Ich atmete ein wenig auf. »Werden Sie Mr Lamontaine selbst operieren?« Er nickte. »Und wird er nachher wieder ganz gesund werden?«

»Die Chancen dafür stehen sehr gut, ich denke schon.«

»Gott sei Dank!« sagte ich leise. Sein letzter Satz hatte meine Ängste endlich etwas zerstreuen können. »Dr. Sherman«, fuhr ich fort, »ich kam nicht nur hierher, um zu erfahren, wie es Mr Lamontaine geht. Ich würde so gerne etwas für ihn *tun* – egal, was es ist! Ich bin zu allem bereit.«

Er lächelte anerkennend. Ich schien in seiner Achtung gestiegen zu sein. »Ihr Angebot ist äußerst lobenswert, aber im Augenblick gibt es leider nichts, was Sie für ihn tun könnten.«

Diese Antwort hatte ich befürchtet, aber es war den Versuch

wert gewesen. Da fiel mir etwas ein. »Dann lassen Sie mich zumindest Blut spenden, Doktor! Sicher sind Sie nicht darauf angewiesen, aber ich selbst hätte das beruhigende Gefühl, irgendwie geholfen zu haben.«

»Natürlich sind wir für eine Herzoperation bestens mit Blutkonserven ausgerüstet, aber wir können nie genug Spenderblut haben. Welche Blutgruppe haben Sie?«

»Null positiv.«

Er lächelte vielsagend. »Ein gemeinsamer Bekannter von uns hat dieselbe Blutgruppe.«

Ich verstand. »Tatsächlich? Sie meinen, es gebe – rein theoretisch – die Möglichkeit, dass Sie für die Operation auf mein Spenderblut zurückgreifen?«

»Nun, man kann nie wissen …«

»Das wäre zu schön, um wahr zu sein! Aber ich bin schon zufrieden, wenn ich nützlich sein kann.« Ich strahlte ihn an. Meine Reise würde also nicht vergeblich sein, sondern in jedem Fall einem guten Zweck dienen.

»Dann darf ich Sie bitten«, fuhr Dr. Sherman fort, »dass Sie gleich morgen früh zum Blutspenden kommen. In welchem Hotel wohnen Sie?«

»Das weiß ich noch nicht. Ich muss mir erst eines suchen.«

»Das wird zu den Weihnachtsfeiertagen sicher nicht leicht sein.« Er überlegte. »Ich mache Ihnen einen Vorschlag. Da wir vielen Patienten gestatteten, Weihnachten zu Hause zu verbringen, gibt es derzeit bei uns genügend freie Zimmer. Wenn Sie möchten, können Sie gerne heute Nacht bei uns bleiben. Sie werden sehen, dass unsere Zimmer durchaus komfortabel sind.«

Davon war ich – nach meinen bisherigen Eindrücken von der Klinik – felsenfest überzeugt. »Vielen Dank, Doktor, ich nehme Ihr Angebot gerne an. Selbstverständlich werde ich die Nächtigung bezahlen.«

Er nickte beschwichtigend. »Es ist eine reine Formsache, aber ich muss Sie bitten, ein Patientenblatt mit Ihren Daten auszufüllen.« Er griff in seine Schreibtischlade und reichte mir ein hellgrünes Formular. Im Nu hatte ich die gewünschten Fragen beantwortet. Er warf einen interessierten Blick auf meine Angaben und erhob sich von seinem Stuhl. »Ich werde Sie jetzt zu Ihrem Zimmer begleiten«, sagte er freundlich.

»Vielen Dank, Doktor«, antwortete ich, und wir verließen gemeinsam sein Büro.

In der Abteilung für Innere Medizin im fünften Stock wies er mir ein Zimmer zu. »Wenn Sie bitte morgen um sieben Uhr im Labor im ersten Stock zur Blutabnahme erscheinen würden. Ich werde Sie anmelden. Das Frühstück bekommen Sie sofort danach. Gute Nacht, Ms Bergmann.«

»Gute Nacht – und nochmals vielen Dank!«

Ich betrat mein Zimmer und sah mich um. Es wirkte hell und freundlich. Ein breites Rollbett mit einer dicken, Komfort versprechenden Matratze stand nahe dem Fenster. Der pastellgrüne Lehnstuhl und die Spiegelkommode aus weiß lackiertem Holz erweckten den Eindruck von Gemütlichkeit. Auch das angeschlossene Badezimmer war in demselben Grünton gehalten.

Das Telefon auf dem Nachtkästchen erinnerte mich, dass ich zu Hause anrufen wollte. Ich sah auf meine Armbanduhr, es war kurz vor zwanzig Uhr. Vielleicht sollte ich noch etwas warten, dachte ich, bevor ich mich auf die Suche machte. Bald würde im Krankenhaus Nachtruhe herrschen. In der Zwischenzeit konnte ich in Ruhe telefonieren.

Zufällig war Richard am Apparat. Er freute sich, mich zu hören, und musste anerkennend zugeben, dass ich bei meinem Vorhaben schon recht erfolgreich gewesen war. Falls ich am nächsten Tag zurückfliegen würde, versprach ich, ihm rechtzeitig Bescheid zu geben.

Durch mein Telefonat waren kaum zehn Minuten vergangen. Aber ich konnte nicht länger warten. Eilig zog ich meine Straßenkleider aus und schlüpfte in Morgenmantel und weiche Pantoffel. Dann wusch ich mir gründlich Gesicht und Hände, schließlich musste ich für mein Unterfangen so sauber wie möglich sein. Nervös sah ich noch einmal auf die Uhr. Mit etwas Glück würde ich keinem Spitalspersonal mehr auf den Gängen begegnen.

Vorsichtig öffnete ich die Zimmertür und sah mich um. Auf dem Korridor war kein Mensch zu sehen. Leise trat ich hinaus und schloss die Tür hinter mir. Mit flinken Schritten eilte ich zum Fahrstuhl. In der Kabine fand ich durch die etagenweise Beschriftung der Krankenstationen bestätigt, was mir vorhin schon aufgefallen war: die Herzstation lag auf der gegenüberliegenden Seite von Dr. Shermans Büro. Ich drückte den Knopf für den dritten Stock, und der Lift setzte sich in Bewegung.

Keinesfalls darf ich Dr. Sherman in die Arme laufen, dachte ich ängstlich, als ich mich mit verstohlenen Blicken nach rechts und links aus dem Fahrstuhl wagte. Weit und breit war niemand zu sehen. Leise schlich ich auf die undurchsichtige Glastür zu, auf der in großen Buchstaben *Kardiologie* geschrieben stand. Die automatische Tür öffnete sich, langsam und lautlos trat ich hindurch. Der Gang war hell erleuchtet, doch menschenleer. Kein Laut war zu hören.

Aufmerksam las ich die Türschilder an den Krankenzimmern. Plötzlich, als der Flur eine Biegung nach rechts machte, vernahm ich Schritte und Stimmen, die immer näher kamen. Klar und eindeutig war die tiefe Stimme von Dr. Sherman zu erkennen, der sich offenbar mit einer Krankenschwester unterhielt. Aufgeregt sah ich mich um. Wo sollte ich mich so schnell verstecken? In wenigen Sekunden würden sie hier sein, mich fragen, was ich hier zu suchen hätte, warum ich nicht in meinem Zimmer sei! Zurücklaufen konnte ich nicht, dafür war ich von der Glastür schon zu weit entfernt. Also blieb mir nur eine einzige Möglichkeit: ich sah mich nach dem nächsten Krankenzimmer um, drückte die Türschnalle und verschwand hinein.

Im Zimmer war es dunkel, alles war still – nur mein Herz klopfte laut vor Aufregung. Langsam und geräuschlos schloss ich die Tür hinter mir. Das Zimmer schien leer zu sein – Gott sei Dank! Ich atmete auf. Da hörte ich auch schon Dr. Sherman draußen vorbeigehen. Er sprach laut genug, dass ich selbst durch die verschlossene Tür seine Worte deutlich hören konnte: »Ich fürchte, wir können erst in einer Woche operieren. Setzen Sie die Operation für Freitag, den zweiten Januar fest!«

Natürlich sprach er von seinem berühmtesten Patienten, ich wusste es. Ob er gerade bei ihm gewesen war? Ich wartete einige Minuten, bis ich mich wieder auf den Korridor wagte. Dr. Sherman und die Schwester waren verschwunden. Ich ging weiter in die Richtung, aus der die beiden gekommen waren. Wieder las ich die Türschilder, auf allen standen unbekannte Namen. Beinahe verließ mich der Mut. Ob David Lamontaine auf einer separierten Abteilung untergebracht war? Nein, der Arzt hatte eindeutig die Kardiologie genannt, also musste er hier sein.

Das letzte Krankenzimmer war nicht beschriftet. Entweder war es leer, oder es gab den Namen seines prominenten Patienten absichtlich nicht preis. Ich musste es versuchen. Lautlos drückte ich die Türschnalle. Kurz erschrak ich, als durch den Türspalt schwaches Licht drang. Doch es blieb alles ruhig. Ich fasste neuen Mut und warf einen vorsichtigen Blick hinter der Tür hervor. Die Beleuchtung ging von einer kleinen Nachttischlampe aus. In dem breiten Rollbett an der rechten Wand waren die Umrisse einer männlichen Gestalt zu erkennen. Sie schien fest zu schlafen.

Langsam wagte ich mich hinter der Tür hervor und schloss sie hinter mir. Das Zimmer erinnerte an eine Suite in einem Vier-Sterne-Hotel. Eine dunkle Sitzgarnitur beherrschte den

Raum. Zusammen mit einem modernen Schreibtisch und einer hohen gläsernen Stehlampe war sie auf einem edlen roten Teppich gruppiert. Schwere Dekorvorhänge säumten die beiden Fenster und sorgten für eine wohnliche Atmosphäre. Plötzlich fiel mein Blick auf einen überdimensionalen Stereoturm mit mannshohen Lautsprechern daneben. Dies war der eindeutige Beweis: ich war im richtigen Zimmer.

Von der Tür bis zum Bett waren es wenige Meter. Ganz langsam und fast geräuschlos setzte ich einen Fuß vor den anderen, bis ich das untere Ende des Bettes erreicht hatte. Ich hielt den Atem an. Ich hatte mich nicht getäuscht. Es war David.

Er schlief ruhig und fest. Nur schwach streifte der matte Schein der Lampe sein Gesicht. Ich hatte ihn endlich gefunden! Mein Puls raste, meine Wangen glühten vor freudiger Aufregung. Und doch nahm mich gleichzeitig eine überwältigende Traurigkeit gefangen.

Hatte ich mir so unser Wiedersehen erträumt? Wahrlich nicht. Bezaubernd lächelnd und mit strahlendem Blick hatte ich ihn wiederzusehen erhofft. Strotzend vor jugendlichem Elan und mit blendendem Aussehen hatte ich ihn in Erinnerung behalten. Es tat unsagbar weh, ihn hier so liegen zu sehen, angeschlossen an Geräte, die seine Herztöne überwachten, an den Armen bestückt mit Nadeln, durch die er Infusionen erhielt.

Ein paar Schritte – und ich stand auf Kopfhöhe vor ihm. Er sah schmal und müde aus, und seine Züge zeugten von Schmerz und Erschöpfung. Die Krankheit hatte deutliche Spuren in seinem Gesicht hinterlassen.

Ich stand nur da und sah ihn an, wagte kaum zu atmen, damit ich ihn nicht weckte. Wie gerne hätte ich ihn berührt, ihm übers Haar gestrichen! Wie groß war mein Verlangen, ihm in dieser schweren Zeit beizustehen!

Beinahe hätte ich seine Hand angefasst, doch im letzten Moment zuckte ich zurück. Nein, ich durfte nicht riskieren, ihn zu wecken. Ganz behutsam strich ich stattdessen nur über die Bettdecke.

Plötzlich bewegte er sich leicht. Ich erschrak, zog meine Hand blitzschnell zurück. Vielleicht war sein Schlaf doch nicht so fest, wie ich angenommen hatte. So schwer mir der Entschluss auch fiel, es war an der Zeit, mich zurückzuziehen. Lautlos trat ich den Rückweg an. Ich hatte die Hand bereits an der Türschnalle, als ich plötzlich seine Stimme hinter mir hörte.

»Schwester!« rief er.

Wie angewurzelt blieb ich stehen. Was sollte ich jetzt tun? Weglaufen? Mich zu ihm drehen? Ich war wie gelähmt.

»Schwester!« rief er noch einmal und drehte das Licht auf seinem Nachtkästchen heller. Jetzt konnte er mich deutlich erkennen. Jetzt brauchte ich nicht mehr zu überlegen, ob ich weglaufen sollte.

»Sie sind keine Krankenschwester! Wer sind Sie? Was tun Sie hier?« fragte er laut.

»Ich werde die Schwester sofort holen!« antwortete ich unsicher und drehte mich zu ihm.

»Nein!« befahl er gebieterisch. »Nein, kommen Sie zu mir! Ich will Sie sehen!«

Er darf sich bloß nicht aufregen! flehte ich. Die beklemmende Angst, ihm mehr zu schaden, als ich ihm jemals hätte helfen können, erfasste mich. Es blieb mir keine Wahl, als seinem Befehl zu gehorchen. Mit zaghaften Schritten ging ich auf ihn zu. Auf Knopfdruck stellte er sich die Lehne seines Bettes höher. Sein forschender Blick ruhte auf mir, als ich langsam näher kam.

»Ich kenne Sie!« sagte er plötzlich, und ich verharrte auf der Stelle. »Nein, kommen Sie her zu mir!« wiederholte er streng. Zögernd ging ich weiter, bis ich knapp vor ihm stand. »Setzen Sie sich!« befahl er und deutete auf einen Stuhl neben dem Bett. Ich gehorchte.

»Wir sind uns schon einmal begegnet, nicht wahr?« Ich nickte – immer noch ängstlich, er könnte sich über meine Anwesenheit aufregen. »Sagen Sie nichts«, fuhr er fort, »ich weiß auch, wo wir uns begegneten.« Er überlegte kurz. »In Wien nach dem Konzert.«

Allmählich fiel die beklemmende Anspannung von mir ab. Ich lächelte ihn an. »Sie erinnern sich an mich?«

»Natürlich! Wie könnte ich *Sie* vergessen? Ihr Auftritt machte Eindruck auf mich. Ich weiß sogar noch Ihren Namen – Victoria, nicht wahr?«

Ich nickte lachend, strahlte ihn an. Wie weggeblasen waren meine Ängste. Ich konnte es kaum fassen, dass er sich an mich erinnerte. »Bitte, verzeihen Sie mir, David, dass ich so einfach zu Ihnen kam, aber ich musste es tun. Ich musste wissen, wie es Ihnen geht. Bitte seien Sie mir nicht böse!« Ich atmete tief durch. Endlich war es draußen, was mir auf der Seele gelegen hatte.

Doch meine Erklärung stellte ihn nicht zufrieden. »Wieso sind Sie in London, Victoria? Was tun Sie hier in dieser Klinik?«

Scheinbar war er nicht auf den Gedanken gekommen, dass ich nur seinetwegen hier war. »Das ist nicht wichtig. Jetzt zählt nur, wie es *Ihnen* geht. Wie fühlen Sie sich, David?«

»Sagen wir, ich fühlte mich schon einmal besser.«

»Ja, ich erinnere mich!« sagte ich in Anspielung auf unsere erste Begegnung. »Damals waren Sie in großartiger Form. Und genauso gut werden Sie sich bald wieder fühlen!«

Er seufzte, wandte sich ab. Er wirkte nachdenklich, fast geistesabwesend. Hatte ich etwas Falsches gesagt? Glaubte er denn nicht daran, dass er bald wieder ganz gesund werden würde? Ich hatte ihn aufheitern wollen – und vielleicht unbewusst betrübt. Wie sollte ich mich weiter verhalten? Am besten wollte ich etwas Unverfängliches sagen.

»Möchten Sie, dass ich jetzt die Schwester hole?«

»Nein, nein, nicht nötig«, antwortete er und wandte sich wieder zu mir. Sein Blick war immer noch ernst.

»Ich werde Sie jetzt allein lassen, David. Sie müssen sich ausruhen. Gute Nacht!« Ich stand auf. Als ich mich umdrehen wollte, ergriff er plötzlich meine Hand.

»Victoria«, sagte er leise und versuchte meinen Blick einzufangen, »kann es sein, dass Sie nur *meinetwegen* nach London kamen?«

»Das sage ich Ihnen morgen! Gute Nacht!« Ausgezeichnet, dachte ich, jetzt hat er etwas anderes, worüber er grübeln kann!

Nur zögernd ließ er meine Hand los. An der Tür drehte ich mich noch einmal um, lächelte ihm zu. Dann verschwand ich unbemerkt auf mein Zimmer.

Als ich im Bett lag, schien es mir unglaublich, beinahe unwirklich, was ich erlebt hatte. Und doch war ich bei ihm gewesen, hatte mit ihm gesprochen, und er hatte sich an mich erinnert. Überglücklich schlief ich ein.

# Glückstrahlend

Pünktlich um sieben Uhr fand ich mich am nächsten Morgen im Labor ein. Eine junge blonde Ärztin erwartete mich schon. Sie bat mich, auf einem bequemen Lehnstuhl Platz zu nehmen, als hätte sie Erfahrung damit, dass ihr Patienten bei der Blutabnahme in Ohnmacht fielen. Dann zückte sie eine riesige Nadel, suchte auf meinem linken Unterarm nach einer sichtbaren Vene, und schon sah ich mein Blut in einen Plastikbeutel rinnen. Den Stich hatte ich gar nicht gespürt, die junge Ärztin war mir auf Anhieb sympathisch.

Als das Säckchen gefüllt war, zog sie die Nadel aus meinem Arm und forderte mich auf, noch einige Minuten in meiner Sitzposition zu verweilen. Dazu erklärte ich mich umso lieber bereit, als auch schon mein Frühstück gebracht wurde, das überaus reichlich und verlockend aussah.

Ich hatte kaum zu Ende gegessen, als sich wieder die Tür öffnete und Dr. Sherman eintrat. Ich war erstaunt, ihn so früh am Morgen zu sehen, doch dann fiel mir ein, dass er wegen seines prominenten Patienten vielleicht sogar während der Nacht hier gewesen war. Erneut las ich Kritik in seinen Augen.

»Guten Morgen, Ms Bergmann«, sagte er kühl, »alles gut überstanden?«

»Guten Morgen, Doktor«, antwortete ich, »ja, danke.«

Mit einer Kopfbewegung deutete er der Laborärztin, dass sie uns allein lassen sollte. Schweigend kam sie seiner Aufforderung nach. Jetzt, dachte ich, würde ich sicher erfahren, warum er mir an diesem Morgen so reserviert begegnete.

»Eigentlich müsste ich auf Sie sehr böse sein!« begann er. Ich hatte nicht die geringste Ahnung, worauf er anspielte, doch bevor ich etwas erwidern konnte, sprach er schon weiter: »Ich kann mich nicht erinnern, dass ich Ihnen erlaubt hätte, Mr Lamontaine zu sehen!«

*Das* war es also. Er wusste es – nur von wem? Von David? Oder hatte mich gestern Abend jemand beobachtet? Beschämt senkte ich meinen Blick. Er brauchte nicht weiterzureden. Er hatte ja Recht. Ich hatte eigenmächtig gehandelt – aus Liebe, Sehnsucht, aus Egoismus? Und ich hätte David damit sehr schaden können. Über die möglichen Konsequenzen meines unerlaubten Handelns hatte ich wohl nie nachgedacht.

Wahrscheinlich würde mich Dr. Sherman jetzt auffordern, das Krankenhaus so schnell wie möglich zu verlassen. Und es geschah mir ganz recht. Wortlos war ich bereit, seine Kritik über mich ergehen zu lassen.

»Da Sie gegen meine Anordnungen verstießen, sollte ich Sie unverzüglich der Klinik verweisen!« Ich hatte es befürchtet, mein unbedachtes Handeln würde mir zum Verhängnis werden. »Und ich würde es auch sofort tun«, fuhr er fort, »wenn Mr Lamontaine nicht gerade nach Ihnen verlangt hätte!«

Ich war mir nicht sicher, ob ich ihn richtig verstanden hatte. »Wie bitte? Was sagten Sie?«

»Sie verstehen mich schon richtig: er verlangt nach Ihnen!«

Ungläubig sah ich ihn an. Er lächelte. Jetzt hatte er wieder den gütigen Gesichtsausdruck des *lieben Onkel Doktor*. »Sie wissen hoffentlich, dass Ihre Aktion äußerst leichtsinnig war«, sagte er mahnend, doch mit einem schelmischen Augenzwinkern fuhr er fort, »aber da Mr Lamontaine Sie unbedingt sprechen möchte und sich heute viel besser fühlt als in den vergangenen Tagen, will ich Ihnen ausnahmsweise verzeihen!«

Ich lachte ihn nur an. Zu erleichtert, zu glücklich war ich, um meine Gefühle in verständliche Worte zu fassen. »Danke, Doktor«, stammelte ich, »danke.«

»Gehen Sie zu ihm, er wartet auf Sie!«

»Ja, ich ziehe mich nur schnell um!«

In Windeseile rannte ich hinauf auf mein Zimmer. Dass man

mir gerade Blut abgenommen hatte, schien mich nicht zu beeinträchtigen. Hastig tauschte ich meinen Morgenmantel gegen meine Jeans und eine weiße Bluse, kämmte mir die Haare und warf einen prüfenden Blick in den Spiegel. Wahrscheinlich hätte ich mir auch einen Sack überstülpen können, und ich hätte mir trotzdem gefallen. Die Aussicht, David zu treffen, ließ mich einfach hübsch aussehen.

Eilig lief ich die Treppe hinunter. Vor seinem Zimmer verschnaufte ich kurz, dann klopfte ich. »Ja, bitte!« rief er, und ich trat ein.

»Guten Morgen, David!«

»Guten Morgen, Victoria! Danke, dass Sie gekommen sind!«

»Gerne!« Ich schloss die Tür hinter mir.

»Würden Sie sich zu mir setzen?« Er saß in einem der Lehnstühle und deutete auf den zweiten neben ihm. In seinem dunkelblauen Morgenmantel sah er frisch und munter aus. Er wirkte kräftiger und gesünder als noch am Vorabend. Jetzt klang in seiner Stimme kein Befehlston mehr. Freudig kam ich seiner Einladung nach.

»Sie sind mir noch eine Antwort schuldig, Victoria!«

Ich lachte. »Sie haben also nicht darauf vergessen?«

»Nein, und ich gestehe, ich wollte nicht so lange auf die Antwort warten. Deshalb sprach ich heute Morgen mit Dr. Sherman. Er bestätigte mir, dass Sie gestern nur meinetwegen aus Wien kamen. Und vor einer halben Stunde spendeten Sie für meine Operation Blut.«

»Sagen wir, ich spendete Blut, ja!«

»Warum tun Sie das, Victoria?«

»Das habe ich früher schon getan. Tausende Menschen tun das, um anderen zu helfen.«

»Das ist keine Antwort auf meine Frage, Sie weichen mir aus!«

»Ja, ich weiß. Aber ich *will* Ihnen keine andere Antwort geben.«

Er schmunzelte. »Sie sind eine bemerkenswerte Frau, Victoria! Das fiel mir damals in Wien schon auf.«

»Tatsächlich? Und *was* fiel Ihnen auf?«

»Nun, ich könnte Ihrer Frage jetzt ebenfalls ausweichen, aber *ich will* Ihnen eine ehrliche Antwort geben.« Er stützte die Ellbogen auf die Knie und sah mir tief in die Augen. »Mir fiel auf, dass Sie eine sehr schöne Frau sind …« Er begriff sofort, als ich meinen Blick abwandte, dass mir jetzt nicht der Sinn nach dieser Art von Komplimenten stand. Also änderte er seine Taktik. »… und die Art, wie Sie mich ansprachen – so natürlich und selbstbewusst. Ich muss zugeben, das passierte mir bisher noch nie!«

Ich war erleichtert. Die Verlegenheit fiel von mir ab. »Und da waren Sie *irritiert*?«

»Vielleicht. Aber es beeindruckte mich – *Sie* beeindruckten mich!«

Meine Straßenkleidung zog plötzlich seine Aufmerksamkeit auf sich. Das unbeschwerte Lächeln verschwand aus seinem Gesicht und wich einem ernsten, nachdenklichen Ausdruck. »Sie fliegen heute nach Wien zurück, nicht wahr?«

»Ja, das hatte ich eigentlich vor«, ich zögerte einen Augenblick, »es sei denn …«

»Es sei denn …?« wiederholte er und sah mich fragend an.

»Es sei denn – ich werde hier noch gebraucht!« antwortete ich bestimmt.

»Und wenn dem so wäre …?«

»… würde ich selbstverständlich noch bleiben!«

»Das würden Sie wirklich tun?«

»Ja!«

»Aber sicher wartet jemand zu Hause auf Sie!«

Welch ein plumper Versuch, mich auszuhorchen, dachte ich. Ich musste ihn noch ein wenig auf die Folter spannen. »Natürlich warten einige sehr liebe Menschen zu Hause auf mich.«

»Ihre Kinder?« sagte er zu meiner Überraschung.

»Nein«, gestand ich, »Kinder habe ich keine.«

»Das klingt, als würde es Ihnen leidtun!«

»Nein, eigentlich nicht. Vielleicht gab es einmal eine Zeit, in der es mir leidtat. Aber seit meiner Scheidung bin ich sehr froh darüber, dass ich noch keine Kinder habe.«

»Ich verstehe«, sagte er. Es war ihm also doch gelungen, mich auszufragen. Jetzt wirkte er irgendwie unsicher, wie er das Gespräch weiterführen sollte. Ich wollte ihm aber nicht zuvorkommen.«Und wird *man* es daheim verstehen, wenn Sie noch einige Tage hier bleiben?« formulierte er vorsichtig seine Frage.

»Ja sicher, wenn ich erkläre, dass *man* mich hier noch braucht.«

Der heitere Ausdruck kehrte in sein Gesicht zurück. Ein freudiger Blick funkelte unter seinen Brauen hervor. Er lächelte mich an. Wir waren uns einig, auch wenn wir es nicht direkt ausgesprochen hatten: ich würde noch bleiben. Und ich hoffte, er würde in meinen Augen lesen, dass es nichts gab, was ich lieber täte.

Ich merkte, dass er erst jetzt in die Laune kam, unbeschwert mit mir zu plaudern. Wieder versuchte er, mehr über mich zu erfahren. »Was tun Sie in Wien, Victoria – ich meine, was machen Sie beruflich?«

»Ich bin Lektorin für englische Literatur an der Universität.«

»Ah! Jetzt ist mir alles klar. Daher Ihr fabelhaftes Englisch! Aber Sie waren auch für längere Zeit in England, nicht wahr?«

»Ja, für zwei Jahre. Ich studierte in London.«

»Welch eine faszinierende Kombination«, sagte er mehr zu sich selbst, »eine wunderschöne und gebildete Frau!«

»Es gibt aber nur wenige Männer, die das mögen.«

»Tatsächlich? Nun, für die Masse kann ich dann nicht sprechen. Ich schätze es, wenn eine Frau Bildung besitzt, aber auch Herzensbildung – wie Sie!«

Wieder sah er mir tief in die Augen und machte mich verlegen.

Wieder verschlug es mir die Sprache. Diesmal rettete mich das Eintreten der Krankenschwester aus meiner Befangenheit. Sie brachte zwei große Infusionsbeutel mit und montierte sie auf dem Gestell neben dem Bett. »Mr Lamontaine, es wäre dann Zeit für Ihre Infusionen!« sagte sie höflich und machte keine Anstalten, das Zimmer wieder zu verlassen.

»Ich schätze, mein Frühstück ist da!« scherzte er. Sein Humor freute mich, er war ein weiterer Beweis dafür, dass er sich besser fühlte. »Ich fürchte, Victoria, wir müssen unser Gespräch für heute beenden. Aber ich hoffe, wir können es morgen fortsetzen.«

Ich nickte und bestätigte damit endgültig meine Absicht, noch nicht abzureisen.

»Danke«, flüsterte er.

»Auf Wiedersehen, David! Bemühen Sie sich nicht, ich finde allein hinaus!« sagte ich lächelnd und stand auf.

»Bis morgen, Victoria!« Die neugierigen Blicke der Schwester folgten mir, als ich das Zimmer verließ.

Glückstrahlend lehnte ich mich von außen an die geschlossene Tür. Mein Herz jubelte, meine Freude kannte keine Grenzen. Ich hätte mein Glück hinausschreien und dem Nächstbesten um den Hals fallen mögen. Alles, wovon ich in den letzten Monaten geträumt hatte, ja, wovon ich kaum zu träumen gewagt hatte, schien Gestalt anzunehmen. Der berühmte David Lamontaine, der Mann meines Herzens, zeigte Interesse an mir! Ich schloss die Augen, atmete tief durch. Mein Puls raste vor freudiger Erregung. Ich musste mich dringend beruhigen, wenn ich nicht von meinem Überschwang mitgerissen werden wollte.

Am liebsten wäre ich sofort auf mein Zimmer gelaufen und hätte Dagmar angerufen. Ich wollte ihr alles erzählen und sie an meiner Freude teilhaben lassen, bevor ich selbst zu zweifeln begann, ob ich alles wirklich und wahrhaftig erlebt hatte. Doch nein, zuvor musste ich unbedingt mit Dr. Sherman sprechen.

Unmittelbar vor seinem Büro kam er mir entgegen. Schon von weitem lächelte er mir zu. Meine Glückseligkeit war mir offenbar ins Gesicht geschrieben.

»Darf ich Ihrer Hochstimmung entnehmen, dass Sie uns noch nicht verlassen werden?«

»Wie kommen Sie darauf, Doktor?« fragte ich leicht verwirrt.

»Ganz einfach. Mr Lamontaine kündigte mir bereits an, worum er Sie bitten möchte.»

»Ah, ich verstehe.«

»Und – werden Sie noch bleiben?«

»Ja, Doktor, natürlich – wenn es möglich ist?«

»Von mir aus spricht nichts dagegen, ich begrüße es sogar. Ihre Anwesenheit dürfte einen positiven Einfluss auf sein Befinden haben. Offen gesagt, bin ich sehr froh, dass Sie noch nicht abreisen.« Er sah auf die Uhr. »In einer Stunde findet die Pressekonferenz statt, und dann muss ich leider weg. Morgen aber«, sagte er mit Nachdruck in der Stimme, »vielleicht um elf Uhr dreißig, wenn es Ihnen recht ist, würde ich gerne etwas mit Ihnen besprechen.«

»Selbstverständlich, Doktor!«

»Gut, dann bleibt mir vorerst nur, Ihnen einen angenehmen Aufenthalt bei uns zu wünschen. Bitte betrachten Sie sich von nun an für Aufenthalt und Verpflegung als von uns eingeladen.«

»Das kommt überhaupt nicht in Frage!«

»Aber es ist der ausdrückliche Wunsch von Mr Lamontaine – und wie Sie bald bemerken werden, duldet er keinen Widerspruch!«

»Er wird ihn dulden müssen, wenn ihm daran gelegen ist, dass ich noch bleibe!«

Dr. Sherman lächelte. »Ganz wie Sie möchten. Auf Wiedersehen, Ms Bergmann!«

»Auf Wiedersehen, Doktor!«

Er verschwand in seinem Büro. Im Laufschritt erklomm ich die beiden Stockwerke bis zu meinem Zimmer. Jetzt endlich wollte ich Dagmar anrufen.

Zwar hatte ihr Richard bereits einiges erzählt, doch jetzt brannte sie darauf zu erfahren, wie es seit meinem gestrigen Anruf weitergegangen war. In Bezug auf Davids Krankengeschichte musste ich sie auf die Pressemeldungen vertrösten, doch über meine Begegnungen mit ihm durfte sie alles ganz genau wissen. Dagmar war entzückt. »Ich freue mich so sehr für dich!« sagte sie immer wieder, und ihre Begeisterung war durchs Telefon spürbar. Schließlich musste ich ihr versprechen, dass ich sie jeden Tag anrufen und auf dem Laufenden halten würde.

Es war ein trüber, regnerischer Wintertag, wie er zu dieser Jahreszeit in London oft vorkommt. Ich hüllte mich in meine warme Daunenjacke und fuhr mit der U-Bahn zum Hyde Park. Nur wenige Spaziergänger wagten sich bei dem unfreundlichen Wetter ins Freie. In den Bäumen und auf den Wiesen hing der Nebel wie ein schweres, mattes Tuch. Es nieselte leicht. Die leuchtenden Laternen entlang der Wege zeichneten glitzernde Sterne in das fahle Grau.

Ich liebte diese Stimmung. Ich hatte sie damals schon geliebt, vor zehn Jahren, als ich in dieser Stadt eine unbeschwerte, glückliche Zeit verbracht hatte. Jetzt war ich zurück, und so wie damals lief ich quer über die Wiesen, lief, bis der Regen meine Stiefel durchtränkt und meine Haare durchnässt hatte; lief, bis ich nicht mehr konnte, weil mir der Atem ausging. Und auch jetzt war ich wieder glücklich: ich sah David vor mir, wie ich ihn am Morgen erlebt hatte – hörte seine Stimme, die Worte, die er zu mir gesagt hatte. Nein, es war kein Traum gewesen. Was dann? Die einladende Hand des Lebens, die darauf wartete, dass ich sie ergriff? Mein eigener Wille hatte mich zu David geführt, und mein Schicksal ließ mich gewähren. Es schien, als wäre es mir endlich gut gesinnt.

# Die einzig wahre Liebe

Mit unbändiger Freude erwartete ich den nächsten Morgen. Schon zeitig in der Früh stand ich auf, nahm mein Frühstück zu mir und zog mich an. Den örtlichen Gegebenheiten entsprechend wollte ich mich unauffällig, für David aber auch ein wenig aufreizend kleiden. Ein warmes Hellbraun schien dafür genau die richtige Farbe zu sein, das Sortiment in meiner Reisetasche ließ mir ohnehin keine große Wahl. Deshalb entschied ich mich für das kurze Trikotkleid, das meine Figur elegant unterstrich und dennoch zurückhaltend wirkte.

Am Vortag war ich schon kurz nach acht Uhr bei David gewesen. Nein, so früh würde er mich heute sicher nicht sehen wollen. Alle paar Minuten sah ich auf meine Armbanduhr. Es wurde neun, es wurde halb zehn. Vielleicht, dachte ich, muss er sich wieder einigen Untersuchungen unterziehen, vielleicht bekommt er Infusionen, vielleicht hat er Besuch. Wir hatten ja auch keine Uhrzeit vereinbart, nur ich war ganz automatisch davon ausgegangen, dass wir uns wieder am Vormittag sehen würden.

Ich konnte es nicht verhindern, dass ich von Minute zu Minute unruhiger wurde. Vielleicht war etwas passiert, vielleicht ging es ihm nicht gut! Ich beschloss, etwas gegen meine Nervosität zu unternehmen. Ich verließ mein Zimmer und ging langsam die Treppe zum vierten Stock hinunter. Einige Schwestern kamen mir entgegen und grüßten mich freundlich. Es schien mir, als wüsste das gesamte Spitalspersonal, wer ich war, denn niemand wunderte sich über meine Anwesenheit.

Als ich auf der Treppe zum dritten Stock angelangt war, vernahm ich auf einmal ungewöhnlich laute Stimmen. Ich erschrak und blieb stehen, bevor ich die Sprecher sehen konnte. Es waren zwei junge Stimmen, die einer Frau und eines Mannes, beide waren mir völlig fremd. Offenbar hatten sie eine erregte Auseinandersetzung.

»Sie werden die Klinik jetzt sofort verlassen, Miss!« sagte die männliche, ziemlich raue Stimme.

»Das werde ich nicht tun! Ich will ihn sehen!« erwiderte die zarte weibliche Stimme.

»Aber *er* will *Sie* nicht sehen!«

»Das muss er mir schon selber sagen!«

»Mr Lamontaine wird nichts dergleichen tun!«

Ich zuckte zusammen. Wer waren die beiden? Vorsichtig und lautlos stieg ich einige Stufen tiefer. Falls sie zum Fahrstuhl gingen, würden sie mich nicht bemerken, wenn ich sie vom Treppenhaus her beobachtete.

»Hören Sie auf, Sie tun mir weh!« protestierte die junge Frau mit weinerlicher Stimme.

Noch einen Schritt – jetzt konnte ich die beiden endlich sehen. Der Mann war groß und kräftig gebaut, hatte schütteres Haar und eher derbe Gesichtszüge. Er trug eine klobige, schwarze Lederjacke, die seine Gestalt umso bedrohlicher wirken ließ. Er hielt die junge Frau am Oberarm fest und schleppte sie zum Fahrstuhl. Auf Grund ihrer zierlichen Gestalt hatte sie kaum die Möglichkeit sich zu wehren. Obwohl ich sie nur flüchtig zu sehen bekam, konnte ich doch erkennen, dass sie außergewöhnlich hübsch war. Ihr langes brünettes Haar umschmeichelte ihr liebliches Gesicht, hautenge Jeans betonten ihre perfekte Figur.

»Bitte, Miss«, sagte der Kraftprotz um Verständnis heischend, »ich bin nur sehr ungern grob zu Ihnen, aber Sie lassen mir keine andere Wahl!«

Sie fluchte, stieß ein paar deftige Schimpfworte aus und versuchte noch einmal, sich aus seinem festen Griff zu befreien. Schließlich zerrte er sie in den Fahrstuhl, der sich sofort Richtung Erdgeschoß in Bewegung setzte.

Fassungslos stand ich auf der Treppe. Die Szene hatte mich schockiert. Es war eindeutig: so hübsch, wie die junge Frau war, konnte sie nur eine Freundin von David sein. Und das Kraftpaket war wohl einer seiner Leibwächter. Ich fragte mich, was der Grund dafür sein könne, dass David sie nicht mehr sehen wollte, ja dass sie mit Gewalt von ihm fern gehalten wurde. Ich war ratlos, was ich von alldem halten sollte. Irgendwie tat mir die junge Frau leid.

In Gedanken versunken drehte ich mich auf der Treppe um und ging zurück zu meinem Zimmer. Meine Nervosität war verschwunden, viel zu sehr hatte mich meine Beobachtung mitgenommen. Als ich die Tür zum Zimmer öffnete, läutete das Telefon. Schnell hob ich den Hörer ab.

»Victoria? Da sind Sie ja – Gott sei Dank! Einen Augenblick dachte ich, Sie sind weg.« Es war Davids Stimme, sie klang unruhig, beinahe aufgeregt.

»Aber David, ich habe es doch versprochen!«

»Ja – natürlich. Ich würde Sie gerne sehen, Victoria. Hätten Sie Lust, zu mir zu kommen?«

»Ja, ich bin schon auf dem Weg.«

»Danke!« sagte er und legte auf.

Irgendetwas war passiert, ich spürte es. Ich hatte es in seiner Stimme gehört. Eilig lief ich zu ihm hinunter. Ich staunte, als er mir selbst die Tür öffnete.

»David«, sagte ich freudig überrascht, »wie schön, Sie auf zu sehen!«

Ein schwaches Lächeln lag auf seinen Lippen, doch es konnte nicht darüber hinwegtäuschen, dass ihn etwas bedrückte. Nachdem ich eingetreten war, warf er noch einen prüfenden Blick auf den Korridor. Sichtbar erleichtert, dass niemand zu sehen war, schloss er die Tür. Jetzt ahnte ich, was ihn beunruhigte.

»Sie ist weg!« sagte ich intuitiv.

Überrascht sah er mich an. «Wer? Patricia? Sie haben sie gesehen?»

»Ich sah eine junge hübsche Frau, die von Ihrem Bodyguard ziemlich unsanft abgeführt wurde.«

»Ich gab strikte Anweisung, dass ich sie keinesfalls sehen will. Und doch hätte sie es beinahe geschafft, bis hierher vorzudringen.« Er wirkte verärgert, doch ich war mir nicht im Klaren darüber, was ihn mehr störte, die Nachlässigkeit seines Leibwächters oder die Hartnäckigkeit seiner Ex. In meinem kritischen Blick schien er zu lesen, dass ich solch derbe Methoden missbilligte.

»Ich weiß«, sagte er beschwichtigend, »Jack ist mitunter ein wenig grob. Aber Patricia verdient es nicht anders. Sie will einfach nicht wahrhaben, dass es vorbei ist.«

»Ich hatte den Eindruck, dass sie sehr traurig war, weil sie nicht zu Ihnen durfte.«

»Oh ja! Das glaube ich sofort. Vor allem war sie traurig darüber, dass es noch nichts zu erben gibt!«

»David!« Ich war entsetzt. »Wie können Sie so etwas sagen?«

»Es tut mir leid, Victoria. Ich wollte Sie nicht schockieren. Doch das können Sie nicht verstehen. Das Einzige, was Patricia an mir interessierte, war mein Geld. Aber im Grunde kann ich es ihr nicht einmal übel nehmen.«

Enttäuschung und Zorn standen ihm ins Gesicht geschrieben. Er drehte sich um, machte einige Schritte und blieb vor dem Stereoturm stehen. Er steckte die Hände in die Taschen seines Morgenmantels und wandte sich wieder zu mir. Nachdenklich sah er mich an.

»Ich habe nie viel Zeit und Mühe in eine Beziehung investiert. Ob ich immer die falschen Frauen traf?« Ein bereuendes Lächeln streifte seine Lippen. Er schien trüben Gedanken nachzuhängen, sein starrer Blick war ins Leere gerichtet. Seine Stimme klang ernst und verbittert, als er fortfuhr: »Mein ganzes Leben war die Musik – nur für sie tat ich alles. Mehr als drei Jahrzehnte schuftete ich, um so weit zu kommen. Und was habe ich jetzt davon?«

Plötzlich zog er die Hände aus den Taschen und streckte sie mir entgegen. Sie zitterten.

»Hier! Sehen Sie das, Victoria? *Sehen Sie das*?« wiederholte er laut. »Wie soll ich mit diesen Händen Klavier spielen?« Dann ballte er seine Hände zu Fäusten und schloss gequält die Augen.

Ich zögerte nicht. Ich dachte nicht nach. Allein mein Gefühl sagte mir, was zu tun sei: Ich lief zu ihm, umfing seine verkrampften Fäuste mit meinen warmen Fingern und drückte sie an meine Lippen. Zärtlich liebkoste ich seine Hände. Dann trafen sich unsere Blicke.

»Sie *werden* spielen, David«, sagte ich leise, aber umso eindringlicher, »genauso genial wie vorher. Geben Sie sich Zeit – sich selbst und Ihren Händen! Ihr Publikum wird auf Sie warten und Sie mehr denn je lieben und verehren!«

Das Funkeln kehrte in seine Augen zurück. Sie strahlten wieder – lebendig und kraftvoll. Es war mir gelungen, ihn zu trösten. Jetzt fiel es mir nicht schwer, seinem Blick standzuhalten.

Vorsichtig befreite er seine Hände, fasste mich sanft an den Oberarmen und zog mich zu sich hin. Ich erbebte. Immer näher kam ich ihm, bis ich die erregende Wärme seines Körpers spürte. Zärtlich strich er mir über Haar und Schultern, bevor er mich ganz mit seinen Armen umfing. Seine Berührung durchströmte mich wie ein glühender Funke. Sein Blick brannte wie flackerndes Feuer. Ich schmiegte mich an ihn, und er drückte mich liebevoll an sich.

Er neigte den Kopf. Noch immer hielt mich sein Bick gefangen. Er öffnete seine Lippen nur leicht, doch hindurch drang sein heißer Atem. Meine Lider fielen zu, und ich sog seinen Atem tief in mich ein. Endlich fühlte ich sie – weich und warm, sanft und betörend spürte ich seine Lippen auf den meinen. Sinnlich liebkoste er meinen Mund, bevor sich unsere Zungen voll Hingabe berührten. Seine Empfindsamkeit hüllte mich ein, seine Leidenschaft durchdrang mich. Erregend streichelte sein Kuss meine Lippen, meine Zunge – zärtlich stillte er mein seelisches und körperliches Verlangen.

Kein Mann hatte mich je so geküsst wie er. Niemals zuvor waren die Sehnsüchte meines Herzens und die Begierde meines Körpers in einem einzigen Kuss so befriedigt worden. Nie zuvor hatte ich mich in den Armen eines Mannes so begehrt und zugleich so geborgen gefühlt. Ich hatte es geahnt: David war die Erfüllung meiner sehnlichsten Wünsche. Er vereinte in sich, wonach ich mein Leben lang gesucht hatte. Aus tiefster Seele fühlte ich, er war die einzig wahre Liebe meines Lebens.

Noch einmal berührten sich innig unsere Lippen, bevor sich seine Umarmung lockerte und unsere Blicke begegneten.

»Wer bist du, Victoria?« sagte er, als zweifle er an meiner Realität. »Wo kommst du her?« Weder seine Worte, noch sein fragender Gesichtsausdruck erwarteten eine Antwort. Mit einer Hand hielt er mich umschlungen, mit der anderen strich er mir sanft über Wange und Haar. »Wieso erzähle ich dir alles? Wieso fühle ich mich in deiner Gegenwart so wohl?« Er schüttelte ratlos den Kopf. »Wieso habe ich das Gefühl, dass ich dir blind vertrauen kann?«

»Vielleicht weil du spürst, dass du es *tatsächlich* kannst!«

Er lächelte nur. Dann schloss er für einige Sekunden die Augen und atmete schwer.

»David! Ist alles in Ordnung? Geht es dir gut?« fragte ich besorgt.

Er öffnete die Augen. »Es geht mir gut!« sagte er leise, doch ich war mir nicht sicher, ob er ehrlich war.

»Komm, wir setzen uns – bitte!« Ich nahm ihn bei der Hand und führte ihn zum Sofa. Ohne Widerspruch folgte er mir und setzte sich neben mich. Mit beiden Händen hielt er meine Hand und drückte sie fest.

»Du sorgst dich wirklich um mich, nicht wahr?« Ein fragender, fast forschender Blick traf mich.

»Wäre ich sonst hier?«

Er wandte sich ab, schmunzelte, schüttelte den Kopf. »Entweder weichst du meinen Fragen überhaupt aus, oder du beantwortest sie mit einer Gegenfrage!«

»Und trotzdem erfährst du alles, was du wissen möchtest.«

»Da bin ich mir nicht so sicher!« Er lächelte mich an. »Ich bin noch nie einer Frau wie dir begegnet.« Er hielt inne, schien nach den Worten zu suchen. »Ich verstehe es nicht: seit du hier bist, habe ich so ein merkwürdiges Gefühl. Ich grüble nicht mehr darüber, was geschehen ist. Ich denke auch nicht daran, was mir noch bevorsteht. Vielmehr ertappe ich mich dabei, dass ich wieder an die Zukunft denke!«

»Genauso soll es sein«, fiel ich ihm ins Wort mit der Absicht, seine Gedanken weiter zu formulieren, »in ein paar Tagen hast du alles überstanden, in ein paar Wochen alles vergessen, und ich sehe dich schon wieder im Konzertsaal, umjubelt und gefeiert von deinen Fans! Du bist jung und stark, David, es wird alles gutgehen, ich weiß es!«

Er schmunzelte. »Für wie *jung* hältst du mich denn?«

»Soll ich ehrlich sein oder dir schmeicheln?«

»Verdammt, Victoria«, rief er, »du sollst *ehrlich* sein!«

Dachte er denn nicht, dass ich auf seiner Website nachgesehen hätte? »Sechsundvierzig?«

»Das ist nicht fair! Du machst mich älter, als ich bin. Ich bin erst fünfundvierzig geworden!« protestierte er amüsiert. »Und das Schlimmste ist, deine Unverschämtheit scheint dir auch noch Vergnügen zu bereiten!«

Tatsächlich konnte ich nur schwer verbergen, dass ich es genoss, ihn zu necken. Es war herrlich! Seine trüben Gedanken waren verflogen, und er war in bester Stimmung. Sicher würde ihn die Tatsache, dass ich ihn absichtlich älter geschätzt hatte, noch länger beschäftigen und bei Laune halten.

Plötzlich fiel mir mein Termin bei Dr. Sherman ein, und meine Armbanduhr bestätigte, dass ich spät dran war.

»Es tut mir leid, David, aber ich muss jetzt weg«, rief ich hektisch, »Dr. Sherman erwartet mich!«

»Was will er von dir?«

»Ich weiß es nicht. Aber ich versprach, um halb zwölf in seinem Büro zu sein, und es ist schon halb vorbei.«

»Hältst du immer, was du versprichst?«

»Ich verspreche ungern, was ich nicht halten kann.«

»Natürlich! Eine typisch ausweichende *Victoria-Antwort*! Aber bevor du gehst«, sagte er und hielt meine Hand fester denn je, »sag mir, wann ich dich wiedersehe!«

»Das liegt ganz bei dir, David.«

Er überlegte kurz. »Ich fürchte, heute Nachmittag muss ich mit meinem Manager sprechen. Und für morgen Vormittag hat sich mein Bruder angesagt. Aber vielleicht hättest du Lust, mir morgen Abend bei einem romantischen Krankenhaus-Dinner Gesellschaft zu leisten?«

»Gerne«, antwortete ich amüsiert, »wie könnte ich so einer verlockenden Einladung widerstehen?«

»Gut. Dann bis morgen um sechs.« Zärtlich drückte er meine Hand an seine Lippen und küsste sie. Er begleitete mich zur Tür, erst dann ließ er mich los.

»Bis morgen, David!«

Sein sanftes Lächeln verabschiedete mich.

# Wendepunkt?

Als ich Dr. Shermans Büro betrat, wartete er bereits auf mich. Ich entschuldigte mich für meine Verspätung, doch er kommentierte sie nur mit der Bemerkung: «Darf ich annehmen, dass Mr Lamontaine sie aufgehalten hat?« Ich nickte. »Nun, dann sei Ihnen Ihr Zuspätkommen ausnahmsweise verziehen!«

Er bat mich, Platz zu nehmen. Dann verschränkte er die Arme vor sich auf dem Schreibtisch und setzte jene bedeutungsvolle Miene auf, die ich schon zuletzt bei ihm gesehen hatte.

»Ms Bergmann«, begann er, »ich muss zugeben, dass ich noch vor zwei Tagen die Bedeutung Ihres Aufenthalts hier unterschätzte. Mittlerweile ist es medizinisch messbar, dass sich Mr Lamontaines Gesundheitszustand seit Ihrem Eintreffen deutlich verbesserte. Deshalb erwäge ich auch die Vorverlegung der Operation auf kommenden Dienstag.«

»Aber das ist ja schon in drei Tagen!«

»Ja, je früher desto besser! Wir wollen keine unnötige Verzögerung riskieren. Es ist auch Ihnen zu verdanken, dass sich seine Stimmung und die Einstellung gegenüber seiner Krankheit sehr zum Positiven änderten. Wussten Sie, dass Sie der einzige Besuch sind, den er bisher empfing? Alle anderen wies er entweder ab oder ließ sie ziemlich unfreundlich aus der Klinik werfen.«

Ich schwieg. Irgendwie wusste ich nicht recht, ob ich mich darüber freuen sollte. Aber Dr. Sherman schien ohnehin auf keine Antwort zu warten.

»Wenn man bedenkt, dass Mr Lamontaine Ihnen vorher nur ein einziges Mal begegnete!« Seine Feststellung klang eher wie eine provokante Frage, als erwarte er hier und jetzt ein Geständnis von mir.

»Es ist die Wahrheit, Doktor!« bekräftigte ich und sah ihn ernst an. »Wir trafen uns nur ein einziges Mal nach dem Konzert im

September, und wir unterhielten uns damals kaum länger als eine Minute. Fragen Sie ihn selbst!«

»Nein, nein, ich glaube Ihnen. Es wundert mich nur ...« Er hielt inne, sah mich prüfend an, dann lächelte er. »Nein, eigentlich wundert es mich nicht, wenn ich Sie so ansehe!«

Mein Lächeln kam gekünstelt über die Lippen, denn sein Kompliment berührte mich nur wenig.

»Nun, Ms Bergmann«, fuhr er bedeutungsvoll fort, »was ich im Grunde sagen möchte, ist, dass Mr Lamontaines psychische Verfassung nicht hoch genug bewertet werden kann. Sie ist für seine völlige Genesung von mindestens derselben Bedeutung wie der operative Eingriff. Je besser seine Stimmung ist, desto größer sind seine Chancen, dass er alles ohne bleibende Spätfolgen übersteht.«

Die Worte des Arztes schockierten mich. »Was heißt *bleibende Spätfolgen*, Doktor? Was meinen Sie damit? Sie sagten doch, er werde wieder völlig gesund!«

»Ja, dazu stehe ich auch. Durch die Operation wird es uns sicher gelingen, die volle Leistungsfähigkeit seines Herzens wiederherzustellen.«

»Aber was meinen Sie dann? Ich verstehe Sie nicht?« Unaufhaltsam stieg meine Anspannung.

»Ich will es Ihnen ganz allgemein erklären«, sagte er und bemühte sich um einen bewusst ruhigen Tonfall. »Der auf Grund eines Herzversagens eingetretene klinische Tod – und sei er noch so kurz – geht an keinem Menschen spurlos vorüber. Er führt bei den meisten Betroffenen zu einem Umdenken, zu einem bewussteren, sinnhafteren Leben. Er bringt aber auch oft eine latente Angst mit sich, die das zukünftige Leben negativ beeinflussen kann. Natürlich wird jeder Mensch anders damit fertig, manche leichter, manche schwerer. Künstler sind, wie wir wissen, zumeist sehr sensible Menschen und überstehen einen derart gravierenden Einschnitt in ihr Leben oft viel schlechter als andere.

Im Falle von Mr Lamontaine liegt die Sache medizinisch ziemlich eindeutig. Auf Grund der raschen Hilfe, die ihm zuteil wurde, war sein Gehirn nur wenige Sekunden ohne Sauerstoff. Somit lässt sich praktisch ausschließen, dass es Schaden genommen hat. Doch wir sprechen hier nicht von einem Menschen, der bloß eine außergewöhnliche Fingerfertigkeit und ein absolutes Gehör besitzt. Seine Perfektion ist weit mehr als das: sie setzt Nervenstärke, ungeheure Willenskraft und hundertprozentige Konzentrationsfähigkeit voraus. Sollte auch nur einer dieser Faktoren gelitten haben, besteht durchaus die Möglichkeit, dass seine künstlerischen Fähigkeiten beeinträchtigt sind.«

Jetzt verstand ich, was er meinte, und die Vorstellung davon ließ mich erschaudern. »Wollen Sie damit sagen, Doktor«, fragte ich mit bebender Stimme, »dass er nicht mehr Klavier spielen kann?«

»Nun, so krass würde ich das nicht formulieren. Tatsache ist lediglich, dass wir noch nicht abschätzen können, wie stark die psychosomatischen Auswirkungen sein werden. In seinem speziellen Fall könnten auch die kleinsten Beeinträchtigungen zur künstlerischen Katastrophe führen.«

»Nein, Doktor«, warf ich energisch ein, »das darf nicht passieren! Er würde es nicht überstehen. Die Musik ist sein Leben! Von dem unendlichen Verlust, den die Musikwelt erleiden würde, ganz zu schweigen!«

»Ich bin mir alldessen bewusst. Trotzdem können wir im Moment nur abwarten.«

»*Abwarten*?« wiederholte ich schroff. »Das kann nicht Ihr Ernst sein? Wollen Sie zusehen, wie einer der größten Pianisten unserer Zeit zu Grunde geht?«

»Ms Bergmann – bitte! Regen Sie sich nicht auf! Ich versuchte gerade Ihnen zu erklären, dass speziell *Ihr* Einfluss viel zu Mr Lamontaines völliger Genesung beitragen kann.» Dr. Shermans Blick war ernst, doch seine Stimme klang ruhig und besänftigend.

Ich erkannte sofort, dass meine hitzige Reaktion übertrieben und verfehlt gewesen war. »Verzeihen Sie, Doktor! Ich war ein wenig heftig. Aber ich bin ziemlich durcheinander. Ich muss gestehen, dass ich solche Konsequenzen seiner Krankheit niemals für möglich gehalten hätte. Es fiel mir zwar auf, dass sich Mr Lamontaine um seine künstlerische Perfektion Sorgen macht, doch ich hielt seine Bedenken für völlig unbegründet.«

»Vielleicht sind sie das – hoffen wir es! Vielleicht werden ihn die Gefühle, die er *Ihnen* entgegenbringt, von seinen Sorgen ablenken und ihn weiterhin zuversichtlich stimmen.« Und mit verschmitztem Lächeln fügte er hinzu: »Wenn ich mich nicht sehr täusche, ist er in Sie verliebt!«

»*In mich verliebt*?« wiederholte ich und lachte. »Nein, Doktor, das bezweifle ich. Sie glauben doch nicht wirklich, dass man sich in einer so extremen Lebenssituation, wie er sie gerade durchmacht, ernsthaft verlieben kann?«

»Vielleicht gerade dann! Aber wer sagt Ihnen, dass er sich nicht schon bei ihrer ersten Begegnung im September in Sie verliebte?«

»Auch das halte ich für ausgeschlossen. Aber vielleicht bin ich für ihn tatsächlich die willkommene Ablenkung – das, was er jetzt dringend braucht: jemand, der ihm Mut und Zuversicht gibt.«

»Unterschätzen Sie sich bloß nicht!«

»Ich versuche nur realistisch zu bleiben!« antwortete ich und stand auf. Unsere Unterhaltung war wohl beendet. Auch Dr. Sherman erhob sich.

»Danke, Ms Bergmann!« sagte er und schüttelte mir die Hand. »Danke auch, dass Sie dieses Gespräch wie alles andere vertraulich behandeln. Mr Lamontaine wurde von den möglichen Folgen, wie ich sie Ihnen gerade beschrieb, nicht näher informiert. Diese Art von Ehrlichkeit würde ihm nicht helfen, sondern nur zusätzlich Sorgen bereiten.«

Ich nickte ernst, um zu bekräftigen, dass meine Verschwiegenheit selbstverständlich war – mehr noch, ich fühlte mich außerordentlich geehrt, dass er so großes Vertrauen in mich setzte. Ich erwiderte kurz sein Lächeln, dann verließ ich sein Büro.

Eigentlich hatte ich beabsichtigt, am Nachmittag alte Freunde aus meiner Londoner Studienzeit zu besuchen. Doch jetzt stand mir nicht mehr der Sinn danach, über alte Geschichten zu plaudern. Ich wollte allein sein, über so vieles nachdenken, das mich beschäftigte, aufwühlte, nicht mehr zur Ruhe kommen ließ. Und doch gab es für dieses Vorhaben keinen besseren Ort als das alte College, in dem ich einst zwei Jahre verlebt hatte.

Ich schlüpfte in warme Kleidung und machte mich auf den Weg. Absichtlich wählte ich jene Straßen, die ich damals tagaus, tagein gegangen war. Nur wenig hatte sich verändert. Die ausgeflippten Geschäfte, in denen wir Studenten die alternativen Klamotten gekauft hatten, waren größtenteils dieselben geblieben, einige waren noch hinzugekommen. Sogar den kleinen Supermarkt, der uns so oft das eintönige College-Essen aufgebessert hatte, gab es noch. Und ein vorsichtiger Blick hinein bestätigte mir, dass immer noch die alte, dicke – mittlerweile ältere, noch dickere – Frau hinter der Kassa stand. Alles war mir so vertraut, als wäre ich gestern zum letzten Mal hier gewesen. Beinahe fühlte ich mich, als wäre ich auf dem Heimweg.

In dichten Nebel gehüllt, tauchte schließlich *mein* altes College vor mir auf. Das ehrwürdige Gebäude war renoviert worden und erstrahlte im hellen Karminrot seiner Backsteinfassade. Natürlich war es jetzt während der Weihnachtsferien ziemlich leer und verlassen. Umso beschaulicher konnte ich durch die alten Höfe spazieren und meinen Gedanken nachhängen. Zielstrebig suchte ich im dritten Stock des mittleren Trakts das Fenster meines ehemaligen Zimmers. Mit verschränkten Armen stand ich da und blickte hinauf. Tausende Male hatte ich durch dieses Fenster in den weitläufigen Hof geschaut. Ob mir seine viktorianische

Schönheit damals so aufgefallen war wie heute? Magisch zog mich der hohe Brunnen in der Mitte des Hofes an. Ich lächelte ihn an, als begrüßte ich einen alten Freund. Noch immer umringten ihn dieselben eisernen Parkbänke, auf denen ich an milden Frühlingstagen literarische Meisterwerke verschlungen oder stundenlang mit Freunden geplaudert hatte. Jetzt war das Wetter feucht und kalt, doch es konnte mich nicht davon abbringen, auf einer von ihnen Platz zu nehmen.

Ich sah mich um – der Hof war menschenleer, das Gebäude schien verwaist. Beinahe gespenstisch wirkte es in seinem nebeligen Mantel. Welch reges Treiben hier während des Semesters herrschte! Erst tausende Studenten vermochten diesen alten Mauern junges Leben einzuhauchen.

Die Erinnerung an unzählige, unwiederbringliche Erlebnisse holte mich ein. Wie viel Spaß und Freude ich hier erlebt hatte! Wie unbeschwert und sorglos diese zwei Jahre gewesen waren! Zusammen mit meinen Freunden hatte ich es verstanden, das Beste aus unserer Studienzeit zu machen. Wir waren jung, ausgelassen, übermütig gewesen, hatten wilde Parties gefeiert und nächtelang die heißesten Lokale Londons unsicher gemacht, waren für *Friede und Freiheit* lautstark protestierend durch die Straßen gezogen.

Dann war ich heimgekommen nach Wien – den Kopf voll verrückter Ideen. Und die verrückteste von allen war, mich in einen Mann zu verlieben, der im Grunde ganz anders war als ich, ihm mit Haut und Haar zu verfallen, ihm seinen Mangel an Empfindsamkeit zu verzeihen, ihn zu heiraten und zu glauben, dass mein Leben von nun an in glücklichen, geplanten Bahnen verlaufen werde.

Es musste alles ganz anders kommen, damit ich reifer und erwachsener wurde. Es gab keine Bahnen, in die sich mein Leben fügte, keine, die mir mein Schicksal vorzeichnete. Ich sollte sie mir wieder von Neuem erkämpfen müssen.

Ob ich jetzt und hier wieder an einem Wendepunkt meines Lebens angelangt war? Ob ich endlich erwachsen genug war, damit mir mein Schicksal ein fast märchenhaftes Glück gönnte? Zu schön war diese Vorstellung, als dass ich an sie glauben wollte. Zu sehr glich meine Begegnung mit David einem Traum, aus dem es wieder ein Erwachen gab. In seinen Armen hatte ich zum ersten Mal vollkommenes Glück erfahren. Ob ich dieses Glück auf Dauer für mich in Anspruch nehmen durfte?

Ich war von meinen eigenen Gefühlen so sehr überwältigt, dass ich bisher kaum darüber nachgedacht hatte, was David für mich empfand. Ob er tatsächlich in mich verliebt war, wie Dr. Sherman gesagt hatte? Wie kam er zu dieser Annahme? Beruhte sie auf Davids eigenen Worten? Es fiel mir so schwer, daran zu glauben, dass David mich lieben könnte. Erst vor wenigen Tagen war er knapp dem Tode entkommen, schon bald würde er sich einer schweren Herzoperation unterziehen müssen, und zu alldem machte er sich – nicht unberechtigt – Sorgen um seine künstlerischen Fähigkeiten. Wie sollte er sich in dieser Situation neu verlieben können? Wie konnte ich mehr für ihn sein als ein willkommener Trost in schwerster Zeit?

Und doch hatte ich so viel Liebe in seinen Augen gelesen, so viel Wärme in seinen Armen gespürt, so viel Hingabe in seinem Kuss empfunden. Irgendwie fühlte er sich zu mir hingezogen, dessen war ich mir sicher. Ich gefiel ihm, und ich verstand es, ihn aufzuheitern. Es rührte ihn, dass ich mich um ihn sorgte, als gäbe es in seinem Leben niemanden, der sich um seine Person und nicht nur um den großen Pianisten sorgte.

Ja natürlich lag mir seine Gesundheit noch mehr am Herzen als seine künstlerische Perfektion. Dr. Shermans Worte hatten mich zwar erschüttert, doch je länger ich darüber nachdachte, desto stärker kehrte mein Glaube an Davids unvergängliche Begabung zurück. Ich wusste, er würde seine Genialität niemals verlieren.

Er war noch so jung, und so viele Menschen warteten darauf, ihn wieder spielen zu sehen. Vielleicht würde es einige Zeit dauern und ihn viel Kraft kosten, bis er wieder große Konzerte geben konnte. Doch sein Wille war ungebrochen, seine Nerven waren stark, und seine Konzentrationsfähigkeit würde wiederkehren. Die Krankheit würde es nicht schaffen, ein Genie zu zerstören.

Der Gedanke, dass es mir bereits gelungen war, sein Befinden positiv zu beeinflussen, ihn heiter und zuversichtlich zu stimmen, gab mir Auftrieb. Als ich ihn heute Mittag verlassen hatte, war er in bester Laune gewesen und hatte davon gesprochen, endlich wieder Besuche empfangen zu wollen. Vielleicht unterschätzte ich mich wirklich, wie Dr. Sherman gesagt hatte. Vielleicht empfand David mehr für mich, als ich wahrhaben wollte.

Plötzlich bemerkte ich, dass es leicht zu nieseln begonnen hatte. Auch fröstelte mich ein wenig. Ich hatte wohl sehr lange auf meiner unbequemen Parkbank ausgeharrt – tatsächlich, meine Armbanduhr zeigte bereits halb fünf.

Zu Fuß durch die engen, vertrauten Gassen trat ich den Rückweg an. In der Auslage einer kleinen Modeboutique zog ein kurzes, dunkelblaues Kleid meinen Blick auf sich. Es war aus weich fallendem Chiffon gearbeitet, mit langem Schalkragen, weiten, durchscheinenden Ärmeln und schlanker Silhouette. Es entzückte mich sofort. Es war genau richtig für meinen bevorstehenden Abend mit David. Kurz entschlossen probierte ich es an, und wie vermutet passte es hervorragend. Von meiner Neuerwerbung hellauf begeistert, sprang ich in den nächsten Bus und fuhr zurück zur Klinik.

# Die Erfüllung aller Wünsche

Ein letzter Blick in den Spiegel bestätigte mir, dass ich mit meinem Aussehen für diesen besonderen Abend zufrieden sein konnte. Das blaue Kleid schmeichelte meiner Figur, hochhackige Pumps betonten meine schlanken Beine. Meine Haare fielen in geschmeidigen Wellen über die Schultern, nur zwei schlichte goldene Ohrringe blitzten darunter hervor.

Es war kurz vor sechs Uhr. Langsam stieg ich die zwei Treppen zum dritten Stock hinunter. Je näher ich Davids Zimmer kam, desto lauter vernahm ich einzigartige Klavierklänge. Ich lauschte kurz an seiner Tür. Es war Beethovens Sonate *Pathétique*, und ich tippte sofort auf eine seiner berühmten Live-Aufnahmen. Die sanften Harmonien des zweiten Satzes waren zu erhebend, als dass ich ihn dabei stören wollte. Ich wartete, zögerte, dann klopfte ich aber doch – zu leise scheinbar, denn nichts rührte sich. Noch einmal versuchte ich es lauter, doch er schien mich nicht zu hören. Also öffnete ich die Tür und trat lautlos ein.

Der Schein der Stehlampe tauchte den Raum in weiches Licht. David saß auf dem Sofa, hatte die Arme hinter dem Kopf verschränkt und gab sich mit geschlossenen Augen der Musik hin. Ich genoss es, ihn ungestört beobachten zu können. Er trug eines seiner typischen weißen Hemden mit weiten Ärmeln und Stehkragen und eine dunkle, maßgeschneiderte Hose. Er sah hinreißend aus.

Als die Tür hinter mir ins Schloss fiel, riss ihn das Geräusch aus seiner Konzentration. Er öffnete die Augen. »Victoria!« rief er. »Verzeih, ich habe dich nicht gehört!« Schon wollte er zur Fernbedienung greifen, um die Musik abzustellen.

»Bitte nicht, David!« protestierte ich. »Ich würde es gerne zu Ende hören.«

Er stand vom Sofa auf, kam mir entgegen und nahm mich zärtlich in die Arme. »Ganz wie du möchtest«, sagte er und drückte mir einen sanften Kuss auf die Lippen.

»Der Mitschnitt aus der Carnegie Hall in New York ist auch eine *meiner* liebsten Aufnahmen«, erklärte ich.

Er ließ mich los und sah mich völlig überrascht an. »Du weißt, welches Konzert das war?«

»Natürlich – ich besitze fast alle deine Aufnahmen auf CD, die ersten sogar noch auf Langspielplatte!«

Ungläubig schüttelte er den Kopf. »Ich fasse es nicht!«

»Wieso erstaunt dich das? Ich liebe deine Musik, David!«

Anstelle einer Antwort schenkte er mir ein bezauberndes Lächeln, und während die fröhlichen Klänge des dritten Satzes ertönten, füllte er beim Tisch ein Champagnerglas und reichte es mir. »Auf uns!« sagte er und prostete mir mit seinem Glas zu.

»Und auf deine Musik!« ergänzte ich, und wir leerten die Gläser.

»Setz dich doch bitte!« sagte er und rückte meinen Stuhl vom Tisch gerade so weit weg, dass ich mühelos davor treten konnte. Mir fiel auf, dass der schlanke Couchtisch einem gemütlichen Esstisch gewichen war. Mit den vollendeten Manieren eines Gentleman schob David mir den Stuhl her, und ich nahm darauf Platz. Er setzte sich gegenüber und zündete die beiden auf dem Tisch stehenden Kerzen an. Ihr sanfter Schimmer spiegelte sich verführerisch in seinen Augen.

Andächtig lauschten wir der ausklingenden Sonate. Dabei trafen sich immer wieder unsere Blicke. Er ergriff meine Hand und hielt sie fest. Welch ein berauschendes Glücksgefühl erfasste mich, als ich seine Musik so nah an seiner Seite hörte! Stunden hätte ich so verbringen mögen, doch allzu bald kam der Schlussakkord, und der frenetische Applaus beendete die Aufnahme.

David schenkte in mein Glas Champagner nach, in sein eigenes goss er Mineralwasser. Gedankenverloren und immer noch im Bann der Musik gefangen, fragte ich: »Du trinkst keinen Champagner?«

»Nein«, antwortete er lächelnd, »so knapp vor der Operation gönnen sie mir nur noch Tee und Mineralwasser.«

Da erwachte ich aus meinem Gefühlsrausch. Meine unbedachte Bemerkung kam mir voll zu Bewusstsein. »Also doch übermorgen ...?« stammelte ich verlegen.

»Ja, übermorgen um elf. Ich dachte, du wüsstest es!«

»Dr. Sherman erwähnte zwar, dass er die Operation vorverlegen wolle, aber dass es endgültig ist, wusste ich nicht.«

»Er meinte, es gehe mir schon so gut, dass wir nicht länger warten sollten. Dem konnte ich freilich nur zustimmen.«

Langsam gewann ich meine Fassung zurück. Ob es David bemerkt hatte, wie peinlich mir meine Gedankenlosigkeit war? Zu sehr hatte ich mich von der Musik und meinen Gefühlen mitreißen und aus der Wirklichkeit entführen lassen. Doch schon fiel mir eine Möglichkeit ein, wie ich die Situation geschickt retten konnte. »Der Champagner schmeckt ziemlich schal«, sagte ich, nahm mein Glas und prüfte die Flüssigkeit, »er sieht auch seltsam aus, findest du nicht?«

Er nahm mein Glas und roch daran. »Tatsächlich! Ich werde ihn sofort zurückschicken!«

Inzwischen hatte ich ein Wasserglas vom Tisch genommen und es mit Mineralwasser gefüllt. »Ich glaube, das wird nicht nötig sein. Mineralwasser ist genau das, was ich jetzt gerne trinken möchte!«

Einen Augenblick lang schien er verwirrt. Dann stellte er das Champagnerglas ab, lehnte sich zurück und verschränkte die Arme. »Ich verstehe!« schmunzelte er.

Nein, nach Champagner stand mir nicht der Sinn, wenn ich ihn allein trinken musste. Sofort kam mir der Gedanke, dass wohl auch das Menü für uns beide unterschiedlich ausfallen würde. Zumindest das wollte ich rechtzeitig verhindern. »Solltest du für mich Kaviar bestellt haben«, fuhr ich provokant fort, »und du selbst bekommst Haferbrei serviert, kann ich dir jetzt schon versichern, dass ich den Kaviar nicht essen werde!«

Er nickte amüsiert. »Ich habe das bestimmte Gefühl, dass du das alles sehr ernst meinst!«

»Ganz genau«, antwortete ich, und wir lachten.

Er griff zum Telefon auf dem Schreibtisch, wählte eine Klappe und änderte die Bestellung für das Abendessen auf *zweimal Filet natur*. »Zufrieden?« fragte er dann.

»Ja sehr!«

Wieder ergriff er meine Hand. »Sagte ich dir schon, dass du eine faszinierende Frau bist?«

»Nein – zuletzt sagtest du *bemerkenswert*!«

»Richtig!« Das amüsierte Lächeln machte einem verführerischen Platz. »Aber du bist faszinierend – und bildschön!«

Rasch versuchte ich seinem Blick auszuweichen. Der Abend war noch viel zu jung, um mich mit Komplimenten aus der Fassung zu bringen. Noch war mein vordringliches Bestreben, ihn zu erheitern und bei bester Laune zu halten.

»Und wie vielen Frauen hast du das schon gesagt?«

Sofort ließ er meine Hand los und lehnte sich befremdet zurück. »Moment einmal! Jetzt weiß ich es! Du hältst mich für einen Frauenhelden, nicht wahr?«

»Das habe ich nicht gesagt!«

»Aber du denkst es!«

»Ich denke, dass dir deine weiblichen Fans zu Füßen liegen.«

»Selbst wenn es so wäre, heißt das noch lange nicht, dass ich es ausnütze.«

Ich schwieg, sah ihn nur fragend an. Eigentlich hatte ich ihn nur necken wollen, doch jetzt wirkte er nachdenklich.

»Vielleicht hast du sogar Recht. Es gibt so manches in meinem Leben, das ich bereue, das ich mir hätte ersparen können. Aber ich war in keiner einzigen Beziehung jemals wirklich glücklich.«

»Möglicherweise stellst du zu große Ansprüche an eine Frau.«
Er lächelte wehmütig. »Ist es wirklich zu viel verlangt, wenn ich mir wünsche, dass sie liebevoll und treu ist, dass sie Verständnis für meine Musik hat und nicht bloß hinter meinem Geld her ist?«
»Wenn das alles ist?«
Er wunderte sich, ob er in meiner ernst gemeinten Frage einen ironischen Unterton vernommen hatte. »Trotzdem konnte mir keine Frau *das alles* auf Dauer bieten. Ich bin eben nie einer Frau wie dir begegnet!«
»Aber du kennst mich doch gar nicht!«
»Dann wird es Zeit, dass du mir von dir erzählst«, sagte er, und jetzt war es *seine* Stimme, die ironisch klang. »Jetzt hast du dir mit deiner Bemerkung ein Eigentor geschossen, jetzt kannst du nicht mehr aus!«
Er hatte Recht. Es blieb mir nichts anderes übrig, als seine Neugier ein wenig zu befriedigen. Schon während des Essens begann er mich auszufragen. Also erzählte ich ihm von meiner Arbeit an der Uni, von meiner Familie, meinen Interessen. Ich bemühte mich um allgemeine Schilderungen und vermied es, ins Detail zu gehen. Meine Ehe versuchte ich mit nur wenigen Worten zu streifen, doch ich ahnte schon, dass er sie zu seinem Lieblingsthema erklären würde.
»Wie lange warst du verheiratet?« fragte er sofort.
»Acht Jahre!«
»Eine lange Zeit!«
»Ja, sehr lang – viel zu lang!«
»Ihr müsst sehr jung geheiratet haben!«
»Ich war einundzwanzig damals.«
»Und seit wann seid ihr geschieden?«
»Seit über einem Jahr.« Sehr gentlemanlike hatte er es angestellt, mein Alter zu erfahren.
»Und warum habt ihr euch …? Ich meine … «

»Warum wir uns scheiden ließen?« vollendete ich seinen Satz. »*Ich* ließ mich scheiden. Michael hat mich mehrmals betrogen, und alle unsere Freunde wussten davon – nur ich selbst nicht. Heute kann ich mich kaum mehr erinnern, was schmerzhafter war, seine Untreue an sich oder die Schadenfreude der anderen. Ich schätze, ich verschwendete die besten Jahre meines Lebens an einen Mann, der es nicht wert war.«

»Das klingt ziemlich verbittert.«

»Oh nein! Heute ist nur mehr ein schwaches Gefühl des Bereuens übrig. Wie du vorhin schon sagtest: etwas, das ich mir hätte ersparen können.«

Fast ungewollt waren die Worte aus mir herausgesprudelt. Durch seine Fragen hatte ich mich dazu verleiten lassen, zu viel von meinen Emotionen preiszugeben. Schließlich war das Thema meiner gescheiterten Ehe nicht dazu geeignet, uns diesen Abend zu verschönern. So rasch wie möglich musste ich davon ablenken. »Aber warum erzähle ich dir das eigentlich? Das ist alles längst vorbei!« Ich lehnte mich auf den Tisch und lächelte ihn an.

Er begegnete mir mit jenem sanften, verführerischen Lächeln, das ich so sehr an ihm liebte. »Aber du irrst dich, Victoria«, sagte er leise und zog meine Hände zu sich hin, »du hast dein ganzes Leben noch vor dir. Ich bin fest davon überzeugt, dass deine schönsten Jahre noch kommen werden.« Er hielt meine Hände ganz fest. »Du bist noch so jung – und so wunderschön. Selbst wenn ich so etwas schon einmal zu einer Frau gesagt haben sollte – so empfunden wie bei dir, habe ich noch nie.«

Sein gefühlvoller Blick nahm mich vollends gefangen. Seine Worte bewegten mich. Jetzt wollte ich mich nicht mehr gegen seine Schmeicheleien wehren. Er blies die Kerzen aus – meine Hände noch immer fest in den seinen haltend. Er stand auf und trat vor mich hin, dann führte er meine Hände zu seinem Mund und küsste sie. Ich erhob mich ebenfalls, und er zog mich zärtlich zu sich hin. Die wärmende Geborgenheit seiner Arme hüllte mich ein, die betörende Sinnlichkeit seiner Lippen verführte mich. Ich schloss die Augen und versank hingebungsvoll in seinem Kuss. Wie berauscht war ich immer noch, als sich seine Lippen von den meinen lösten und ich ihn flüstern hörte: »Lass mich heute Nacht nicht allein, Victoria!«

Überrascht sah ich ihn an. Seine Augen funkelten begierig, sein Blick durchdrang mich mit sehnsüchtigem Verlangen. «David, wir dürfen nichts Unüberlegtes tun!»

»Ich werde nichts tun, was mir schaden kann. Ich verspreche es dir! Ich tue es auch nicht eigenmächtig – bitte, glaub mir das!«

Seine Worte verwirrten mich. Was wollte er damit sagen? Was meinte er mit *nicht eigenmächtig*? Hatte er sich bei Dr. Sherman vergewissert, ob er gesund genug war, um mich körperlich zu lieben – heute Nacht, zwei Nächte vor der Operation? Verzweifelt kramte ich in meinem mageren medizinischen Wissen. Außer der Tatsache, dass der ansteigende Blutdruck während des Liebesakts zu einer zusätzlichen Belastung des Herzens führt, wusste ich nicht viel. Aber es genügte, um mich zu beunruhigen, und ein Abbild meiner Gedanken in mein Gesicht zu schreiben.

»Du machst dir Sorgen, ich sehe es dir an. Aber das ist nicht nötig! Ich werde dich davon überzeugen, dass es mir großartig geht.« Er hatte kaum zu Ende gesprochen, da hob er mich hoch und trug mich zu seinem Bett.

»Lass mich herunter!« protestierte ich.

»Das tue ich sofort«, sagte er, legte mich auf die weiche Decke und setzte sich neben mich.

»Na?« fragte er schmunzelnd. »Bin ich nicht stark wie ein Bär?«

»Irgendwie kann ich über deine Witze nicht lachen!«

»Das sollst du auch nicht! Du sollst einfach nur glücklich sein!« Langsam beugte er sich über mich, küsste mich sanft auf den Hals, aufs Dekolleté, auf den Mund. Wie sollten meine Ängste jetzt noch aufbegehren? Wie sollte ich noch die Stimme meiner Vernunft hören, die mir zurief, unsere körperliche Vereinigung könnte ihm Schaden zufügen? Nein, ich musste, ich wollte ihn lieben, ihn mit dem Überschwang meiner Gefühle beschenken und mit den Reizen meines Körpers verwöhnen. Zu übermächtig war meine Liebe, als dass sie ihm würde schaden können. Ich würde seine Sehnsucht stillen, sein Begehren befriedigen und ihn über alle Maßen glücklich machen.

Mit einer Hand öffnete er die Schleife, die mein Kleid seitlich zusammenband. Mit der anderen strich er mir sanft über die Beine. Bewundernd ruhte sein Blick auf mir, als er mein Kleid vorne entfaltete. Er atmete erregt, legte seine Hand auf meinen BH. Ich ergriff sie, drückte sie fest an mich und schloss die Augen. Es war, als strömte eine Quelle der Leidenschaft aus seiner Hand tief in mich hinein.

»Dein Körper ist wie ein Kunstwerk«, flüsterte er, »geschaffen, um zu lieben und geliebt zu werden.«

»Lass mich das tun!« sagte ich leise, als er die Knöpfe seine Hemds öffnen wollte. Er ließ mich gewähren, lächelte mich nur an. Mit jedem einzelnen Knopf, den ich öffnete, stieg meine Erregung. Dann streifte ich das Hemd von seinem Oberkörper. Er war vornehm muskulös. Begierig berührte ich seinen Nacken, seine Schultern. »Wie wundervoll du bist!« flüsterte ich und streichelte seine Brust. Seine starken Arme umfingen mich, ich schloss die Augen und genoss die durchdringende Wohltat seiner warmen, duftenden Haut.

Noch einmal entschwebte ich im Zauber seines atemraubenden Kusses. Da fühlte ich, wie sich das Kleid von meinem Körper löste, wie sich der Verschluss meines BHs öffnete und die Träger herabfielen. Ich lehnte mich zurück in Davids sichere Arme. Sein heißer Atem kam näher, seine weichen Lippen liebkosten meine Brust. Er erregte sie zart mit seiner Zunge. Seine stimulierende

Berührung durchströmte meinen ganzen Körper und erzeugte ein nie zuvor erlebtes Glücksgefühl.

Langsam gaben seine Arme nach, und er ließ mich in den weichen Polster sinken. Ich ahnte, dass er sich nun seiner Hosen entledigen würde, und beobachtete ihn mit Bewunderung. Nie zuvor hatte ich einen so makellosen männlichen Körper gesehen. Den Gedanken, dass man ihn schon bald am Herzen operieren würde, verdrängte ich sofort wieder und war froh, dass David nichts davon bemerkt hatte.

Aufreizend rollte ich meine Strümpfe hinunter und warf den Slip ans Bettende. Sein sehnsüchtiger Blick streifte über meinen nackten Körper. »Wie eine Göttin ...«, flüsterte er.

Gemeinsam schlüpften wir unter die Decke. Wir schmiegten uns aneinander und küssten uns. Immer wieder strichen seine Hände prickelnd über meine Haut. Dann griff er zärtlich zwischen meine Beine. Ein heißer Schauer der Wollust durchzuckte mich. Ungeahnte Begierde erfasste mich, als er sich auf mich legte. Sein Penis brannte sinnlich auf meiner Haut. Noch einmal trafen sich unsere begehrenden Blicke, dann drang er mit Hingabe in mich ein. Ich schloss die Augen, stöhnte vor unendlicher Lust. Er bewegte sich mit gefühlvoller, inniger Leidenschaft. Sein erotisches Feuer floss durch meinen Körper, immer tiefer, glühender spürte ich es in mir. Immer enger schmiegte ich mich an ihn, um seine brennenden Küsse auf meinen Lippen, meiner Zunge zergehen zu lassen, um seinen Atem in mir aufzusaugen und meinen Körper mit dem seinen zu verschmelzen.

»Du bist himmlisch«, hauchte ich ekstatisch.

»Meine Göttin«, stöhnte er, »du machst mich glücklich, so unsagbar glücklich!«

Gleich würde er seine Erfüllung tief in meinem Körper finden. Schon war auch meine Erregung ihrem Höhepunkt nah. Jetzt gab es keinen Zweifel mehr, dass unsere Körper von denselben

Sehnsüchten getrieben wurden, dass unsere Seelen dieselben erotischen Wünsche hegten. Vom zündenden Funken unserer Liebe entfacht, vereinigten sich unsere Körper – glühend vor Leidenschaft, in vollendeter Harmonie. Mein Körper erbebte im Rausch eines nicht enden wollenden Orgasmus. Meine Seele brannte vor inniger Liebe zu diesem faszinierenden Mann. Nach der Übermacht dieser Gefühle hatte ich mich ein Leben lang gesehnt. Endlich hatte ich erfahren, was vollkommenes Glück in einem Liebesakt bedeutet.

In den Zustand der Befriedigung mischte sich ein grenzenloses Wohlbefinden. Seine starken Arme hielten mich noch immer fest umfangen und spendeten mir vertraute Geborgenheit. Ich streichelte seine Schultern, seinen Nacken, sein dichtes, weiches Haar. Laut und heftig spürte ich sein Herz schlagen. Ganz unwillkürlich erwachte die Sorge in mir. »David«, fragte ich leise, »geht es dir gut?«

Er stemmte sich auf die Ellbogen, sah mich fröhlich an und flüsterte: »Es ist mir noch nie besser gegangen!« Noch einen sanften Kuss drückte er auf meine Lippen, dann legte er sich auf den Rücken. Ich schmiegte mich an ihn, lehnte meinen Kopf erleichtert an seine Schultern und strich ihm zärtlich über die Brust. Völlig entspannt ließ ich meine erfüllte Sehnsucht in mir ausklingen.

»Bist du glücklich?« fragte er leise.

»Ja, in meinem ganzen Leben war ich noch nicht so glücklich!«

»Ist das wahr? Sagst du das nicht bloß so?«

Ich richtete mich etwas auf, um ihm in die Augen sehen zu können. »Es war wie ein Traum, David, die Erfüllung all meiner Wünsche!«

Er lächelte zufrieden und zog mich wieder zu sich hin. Ich fühlte, dass auch er glücklich war, dass er genauso intensiv empfunden hatte wie ich. Eng aneinander geschmiegt genossen wir die körperliche Nähe und unsere seelische Verbundenheit.

»Jetzt habe ich keine Angst mehr«, sagte er plötzlich, »du machst mir Mut – weißt du das? Langsam glaube ich es selbst wieder, dass ich eines Tages in den Konzertsaal zurückkehren werde.«

Ich antwortete nicht, kuschelte mich nur noch enger an ihn. Es rührte mich fast zu Tränen, dass er mir so offen seine Gefühle gestand. Es war mir gelungen, ihn mit neuem Optimismus zu erfüllen, seine Lebensgeister zu stärken und ihm den Glauben an sein unbesiegbares Genie zurückzugeben. Dieses Bewusstsein ließ mein Glücksgefühl über alle Maßen steigen.

Plötzlich wandte er sich zu mir. Sein Gesicht strahlte. »Darf ich dich *Toria* nennen?« fragte er.

Er hatte mich aus meinen Gedanken gerissen. »Wie bitte?« antwortete ich überrascht, als hätte ich seine Frage nicht verstanden.

»Ich würde dich gerne *Toria* nennen!« wiederholte er.

»*Toria?*«

»Ja, es ist eine wohlklingende Abkürzung deines Names. Sie fiel mir gerade ein. Ich liebe deinen Namen – Victoria passt zu dir. Aber ich möchte dich anders nennen als alle anderen. Oder gibt es schon jemanden, der dich Toria nennt?«

»Nein!«

»Dann gefällt es dir?«

»Ja! Es ist – fantastisch!« Ich musste lachen vor Begeisterung. »Und so wie du es sagst, so melodisch und weich, klingt es einfach wundervoll!«

Tatsächlich hatte seine englische Aussprache des Namens mit dem angehauchten *T* am Anfang und dem schmeichelnden *R* in der Mitte etwas Klangvolles, beinahe Erotisches an sich. Ich war hingerissen von seiner Idee und hoffte, dass er die Freude in meinem Gesichtsausdruck lesen würde.

»Wie schön, dass es dir gefällt!« Er küsste mich sanft auf die Stirn und zog mir sorgsam die Decke über die Schultern. »Gute Nacht, Toria!« flüsterte er und drückte sich wieder an mich.

»Gute Nacht, David!« Selig schlummerte ich in seinen Armen ein.

# Überstanden

Am nächsten Morgen weckte mich sein zärtlicher Kuss. »Toria, Liebes«, hörte ich David in mein Ohr flüstern, »du musst aufwachen!«

Die wohlige Wärme seines Körpers verleitete mich viel eher dazu, weiter meinen Träumen nachzuhängen, als rasch wach zu werden. »Wie spät ist es?« fragte ich völlig verschlafen.

»Es ist gleich sieben. Um halb acht kommt die Schwester.«

Mit einem Schlag war ich hellwach. »Tatsächlich? Dann ist es höchste Zeit, dass ich mich anziehe.«

»Ja«, sagte er und drückte mich umso enger an sich, »hast du gut geschlafen?«

»Einfach herrlich! Ich habe wundervoll von dir geträumt!«

Er lächelte, dann legte sich ein nachdenklicher Schatten über sein Gesicht. »Ich werde deinen anschmiegsamen Körper in den nächsten Tagen sehr vermissen!«

»Oh nein! Das denke ich nicht!« scherzte ich, um seinen Anflug von Trübsinn abzublocken. »Du wirst damit beschäftigt sein, wie du am angenehmsten liegen und sitzen kannst, und die Ärzte werden dich mit so vielen Medikamenten vollpumpen, dass dir jeder Wunsch nach körperlicher Berührung schon im Ansatz vergeht!«

»Das sind ja großartige Aussichten!« sagte er und schmunzelte wieder.

»Und jetzt sollte ich wirklich gehen, bevor mich die Schwester nicht nur aus deinem Bett sondern auch aus der Klinik wirft.« Vorsichtig versuchte ich mich aus seiner Umarmung zu befreien. Nur widerwillig ließ er es zu. Dann sprang ich aus dem Bett und schlüpfte in meine Kleider. David zog seinen Morgenmantel an und begleitete mich zur Tür.

»Du weißt, dass wir uns heute nicht mehr sehen werden?« Ich nickte. »Dr. Sherman kündigte mir eine Reihe von Operationsvorbereitungen an, die sich über den ganzen Tag erstrecken werden.« Für einen letzten innigen Kuss hielt er mich noch einmal umfangen, dann ließ er mich gehen.

Ich hatte die Tür schon geöffnet, als er sagte: »Toria – wirst du morgen um elf zum Operationssaal kommen?«

»Natürlich!« antwortete ich lächelnd und schloss die Tür hinter mir.

In der darauf folgenden Nacht fand ich nur wenig Schlaf. Stundenlang wälzte ich mich im Bett hin und her. Selbst die Gedanken an unsere Liebesnacht ließen mich nicht zur Ruhe kommen: die Erinnerung wollte nicht in meine Träume einfließen. Kaum war ich eingeschlafen, wachte ich auf, ohne geträumt zu haben. Und der erste Gedanke nach dem Aufwachen drehte sich um die Operation. Bis ins Morgengrauen begleitete mich dieser unselige Rhythmus. Erst der anbrechende Tag brachte eine einzige Stunde Schlaf.

Ich konnte es mir nicht erklären, worauf sich diese übermäßige Nervosität begründete, da ich Davids Operation mit größter Zuversicht entgegensah. Mein Frühstück rührte ich nicht an. Ich hatte weder Hunger noch Appetit. Also versuchte ich es mit einem angenehm warmen Bad, um mich etwas zu entspannen. Ich legte mich in die randvolle Badewanne und schloss die Augen. Ich versuchte unsere Liebesnacht an mir vorüberziehen und meine Empfindungen aufleben zu lassen. Doch all das Glück, das ich erlebt hatte, vermochte den Gedanken an die Operation nicht zu verdrängen. Schließlich gab ich mich meiner inneren Unruhe geschlagen und sprang aus der Wanne. Ich föhnte mir die Haare, schlüpfte in meine Jeans und einen Pulli und lief hinunter in den dritten Stock.

Die Intensivstation und der angrenzende Operationssaal lagen nicht weit hinter Dr. Shermans Büro. Geschäftig liefen zahlreiche

Ärzte und Schwestern hin und her. Ich sah auf meine Armbanduhr: es war kurz vor halb elf. Die Vorbereitungen für Davids Operation waren voll angelaufen. Vor dem Eingang zur Intensivstation wartete ich. Alle grüßten mich freundlich, niemand nahm Anstoß daran, dass ich mich bis hierher gewagt hatte. Unbewusst sah ich aus dem Fenster, doch ich hätte nicht schildern können, was sich unten im Park abspielte. Viel zu teilnahmslos war mein Blick, viel zu abgelenkt waren meine Gedanken. Das dumpfe Geräusch eines rollenden Spitalsbetts zog sofort meine Aufmerksamkeit auf sich. Ich drehte mich um.

Zwei Krankenpfleger führten David in seinem Bett zum Operationssaal. Ich ging auf ihn zu. Als er mich sah, streckte er mir die Hand entgegen. »Wie schön, dass du da bist«, sagte er leise. Er wirkte benommen, offenbar hatte er eine erste Injektion als Narkosevorbereitung erhalten.

»Ich werde auch da sein, wenn du aufwachst«, antwortete ich mit heiterer Stimme und drückte ganz fest seine Hand. Ich begleitete ihn bis zum Eingang. »Bis später, David!« sagte ich fröhlich und bemühte mich um einen unbeschwerten Gesichtsausdruck. Noch einmal begegneten sich kurz unsere Blicke, dann musste ich seine Hand loslassen, und sie schoben ihn durch die automatische Tür zum OP.

Gedankenverloren trat ich den Rückweg an. Wenn mich Dr. Sherman nicht mit einem freundlichen »Guten Morgen, Ms Bergmann!« begrüßt hätte, wäre ich unweigerlich an ihm vorbeigegangen. Auch hätte ich ihn in der Operationskleidung gar nicht erkannt.

»Guten Morgen, Doktor!« antwortete ich erschrocken. Meine Anspannung war mir deutlich ins Gesicht geschrieben.

»Machen Sie sich keine Sorgen!« sagte er beruhigend. »Er wird es gut überstehen.«

»Ja, Doktor, das weiß ich. Er ist bei Ihnen in den besten Händen. Trotzdem bin ich ziemlich nervös.«

»Das ist verständlich. Versuchen Sie ein wenig auszuspannen, gehen Sie spazieren, lenken Sie sich ab! Die Operation wird sicher vier Stunden dauern.«

Ich nickte und versprach, seinem Ratschlag zu folgen. Dr. Sherman verschwand im OP, und ich lief auf mein Zimmer, um meine Jacke zu holen. Da fiel mir ein, dass Dagmar seit zwei Tagen auf meinen Anruf wartete, doch sie würde sich weiter gedulden müssen. Erst nach der Operation, so hoffte ich, wäre ich in der Stimmung, um ausführlich mit ihr zu plaudern. Jetzt musste ich unbedingt an die frische Luft gehen und mit meinen Gedanken allein sein.

In der Empfangshalle stieß ich auf eine Ansammlung von Presseleuten und Fotografen. Sie machten sich auf allen Sitzgelegenheiten breit, blockierten den Ausgang und unterhielten sich in einer Lautstärke, dass sie von den Krankenschwestern ermahnt werden mussten. Sie erinnerten mich an Geier, die auf ihr Opfer lauerten, um sich bei nächster Gelegenheit – der zu erwartenden Pressekonferenz nach der Operation – wie ausgehungert darauf zu stürzen.

Angewidert bahnte ich mir meinen Weg durch die Menge, verfolgt von neugierigen Blicken. Endlich erreichte ich den Ausgang, als ich wie angewurzelt stehen blieb. Jack, Davids Bodyguard, stand plötzlich vor mir. Doch er lächelte mich freundlich an, als ob er genau wüsste, wer ich war, und ließ mich vorbei.

Im Freien angekommen, atmete ich erleichtert auf. Die frische, kühle Luft belebte mich. Es war ein strahlend sonniger Tag – eine Seltenheit in London zu dieser Jahreszeit. Ein gutes Vorzeichen, dachte ich, dass die Operation erfolgreich sein werde.

Eigentlich hätte das Wetter zu einem langen Spaziergang nach Kensington Gardens verleitet. Doch mein Weg führte mich lediglich durch den Park, der weitläufig um das Krankenhaus angelegt war. Irgendwie schaffte ich es nicht, mich außerhalb des Areals zu bewegen. Ich wollte, ich musste in Davids Nähe bleiben. Zwar hatte sich meine Nervosität etwas gelegt, doch meine Gedanken kreisten unaufhörlich um die Operation.

Ablenkung hatte mir Dr. Sherman verordnet, also wollte ich sie mir auch verschaffen. Die gepflegte Parkanlage mit ihren Spazierwegen durch idyllische Baumalleen verdiente es, dass ich ihr meine Aufmerksamkeit schenkte. Welch ein sattes Grün, dachte ich flüchtig, die Natur in England auch im Winter trägt, ganz in Gegensatz zu meiner Heimat, wo sie unbarmherzig vom Frost in den Winterschlaf versetzt wird.

Ich wanderte auf und ab, setzte mich auf eine Parkbank, wanderte weiter. Alle zehn Minuten sah ich auf die Uhr. So verging eine Stunde, dann zwei. Jetzt hielt ich es nicht länger aus, ich musste zurück. Vielleicht würde die Operation doch nicht so lange dauern. In jedem Fall wollte ich lieber direkt vor der Intensivstation warten.

Wieder lief ich beim Eingang Davids Leibwächter in die Arme, wieder ließ er mich lächelnd passieren. Wieder drängte ich mich durch die lauernde Menge. Endlich brachte mich der Fahrstuhl in den dritten Stock.

Der Gang vor der Intensivstation war menschenleer. Nun ging ich hier auf und ab, lehnte mich an eine Fensterbank, ging weiter. Wie ein Raubtier im Käfig drehte ich meine monotonen Runden. Mein knurrender Magen erinnerte mich daran, dass ich den ganzen Tag noch nichts gegessen hatte. Doch keinen einzigen Bissen hätte ich jetzt heruntergebracht. Deshalb musste ein schwarzer Kaffee vom Automaten genügen, um mein Hungergefühl zu unterdrücken. Wieder sah ich auf die Uhr. Noch eine halbe Stunde. Noch ein letzter Schluck kalter Kaffee. Schließlich waren die längsten vier Stunden meines Lebens vorüber. Meine Nervosität steigerte sich wieder.

Da kam auch schon eine Operationsschwester im hellgrünen

Kittel aus dem OP. Sofort war ich bei ihr. »Bitte, Schwester«, fragte ich aufgeregt, »ist die Operation schon zu Ende?« Sie nickte freundlich. »Und ist alles gut verlaufen?«

Sie lächelte mitfühlend. »Dr. Sherman wird in wenigen Minuten herauskommen und mit Ihnen sprechen!«

»Danke«, sagte ich ein wenig enttäuscht, da sie mich nicht aus meiner Anspannung erlöst hatte.

Wie gebannt blickte ich auf die Tür zum OP. Immer wieder öffnete sie sich, einige junge Ärzte und Ärztinnen kamen heraus, Krankenschwestern folgten ihnen. Als letzter kam endlich Dr. Sherman, noch immer im grünen Kittel. Ich eilte auf ihn zu. Sein munteres Lächeln schien Gutes zu verheißen.

»Alles in Ordnung, er hat es bestens überstanden!« sagte er mit heiterer Stimme und packte mich freundschaftlich an den Schultern.

Sekundenlang brachte ich kein Wort heraus, lachte ihn nur an. Dann endlich stammelte ich ein leises »Gott sei Dank!«, während ich mit Mühe aufkommende Freudentränen unterdrückte. »Darf ich zu ihm, Doktor? Ich würde so gerne bei ihm sein, wenn er aufwacht!«

»Oh, es wird noch eine Weile dauern, bis die Narkose nachlässt. Ich würde vorschlagen, Sie kommen in zwei Stunden wieder. Dann werden wir Sie für die Intensivstation entsprechend einkleiden, und dann dürfen Sie zu ihm!«

»Vielen Dank, Doktor – für alles!« rief ich begeistert, drehte mich um und lief auf mein Zimmer. Ich fühlte mich so wohl, so erleichtert, von einer unerträglichen Last befreit. Es war überstanden, ich wusste es. David würde sich schnell erholen und bald wieder völlig gesund sein.

Jetzt meldete sich auch mein Appetit wieder. Man servierte mir ein spätes Mittagessen, das ich gierig verschlang. Dann wusch ich mir gründlich Gesicht und Hände, um mich so gut wie möglich auf den Besuch in der Intensivstation vorzubereiten.

Dort fand ich mich pünktlich wie vereinbart ein. Eine Schwester brachte mir einen langen, weißen Kittel, in den sie mich völlig einhüllte. Meine Straßenschuhe musste ich gegen spezielle Pantoffel eintauschen. Meine Haare band sie zu einem Pferdeschweif zusammen und steckte sie unter eine weiße Kappe. Gemeinsam betraten wir die Intensivstation, wo sie mich zu Davids Bett führte. Sie rückte mir einen bequemen Stuhl zurecht, auf dem ich Platz nahm. Schließlich machte sie mich mit einigen Verhaltensregeln vertraut und verließ den Raum.

David schlief tief und fest. Er atmete ruhig. Seine Herztöne erschienen auf einem Bildschirm als gleichmäßige Kurven. Aus einem Transfusionsbeutel tropfte Blut in seine linke Hand.

Diesmal bedrückte es mich nicht, ihn so hilflos hier liegen zu sehen. Es war geschafft, er hatte das Schlimmste überstanden. Jetzt würde es stetig bergauf gehen. Ich beobachtete seinen friedlichen Schlaf, streichelte seine Hand. Dann lehnte ich mich entspannt in meinem Stuhl zurück. Die Aufregung des ganzen Tages hatte mich mehr ermüdet, als mir bisher bewusst geworden war. Erschöpft schloss ich die Augen und genoss das Aufkommen innerer Ruhe und Ausgeglichenheit.

Die plötzliche Berührung meiner Hand ließ mich aufschrecken. Es waren Davids sanfte Finger, die ich auf den meinen spürte. Er lächelte mich an – noch ziemlich schwach, aber mit dem lebhaften Zwinkern seiner tiefblauen Augen.

»David«, rief ich begeistert, »du bist schon wach – wie herrlich!« Ich ergriff seine rechte Hand und hielt sie mit beiden Händen fest. »Du hast es geschafft!« strahlte ich, und die tiefe Stimme von Dr. Sherman ergänzte aus dem Hintergrund: »Das kann ich nur bestätigen. Sie können unbesorgt sein, Mr Lamontaine, die Operation ist problemlos und erfolgreich verlaufen. Sie sind bald wieder völlig in Ordnung!«

David schloss erleichtert die Augen. Die Worte des Arztes ließen ihn beruhigt aufatmen. »Mit etwas Glück«, fuhr Dr. Sherman fort, während er einige Aufzeichnungen auf Davids Krankenbericht machte, »können Sie unsere wunderschöne Klinik in zwei Wochen verlassen. Und in einem halben Jahr werden Ihre Fans Sie wieder bejubeln können!«

Dr. Shermans zuversichtliche Aussagen klangen wie Musik in meinen Ohren. Und ich wusste, dass sie nicht nur aufmunternd für David, sondern auch zutiefst ehrlich gemeint waren. Dr. Sherman und ich wechselten einen kurzen freudigen Blick. »In einigen Minuten muss ich Sie bitten zu gehen, Ms Bergmann!« sagte er mit heiterer, aber eindringlicher Stimme. Ich nickte zustimmend, und er zog sich zurück.

Davids Blick streifte langsam über meinen weißen Kittel. »Du siehst toll aus!« flüsterte er.

»Findest du?« Seine scherzhafte Bemerkung freute mich, denn sie bewies, dass er hoffnugsvoll und guter Dinge war. »Großartig – dann werde ich morgen genauso elegant wiederkommen!«

»Danke, dass du da bist!« hauchte er, aber es war nicht zu übersehen, wie sehr ihn das Reden anstrengte.

»Pst, David!« ermahnte ich ihn. »Du sollst nicht sprechen, du musst dich ausruhen. Zärtlich strich ich ihm übers Haar. Wie gerne hätte ich ihn geküsst, doch die Schwester hatte es mir ausdrücklich verboten, um jedes Infektionsrisiko zu vermeiden.

»Ich werde warten, bis du wieder eingeschlafen bist. Dr. Sherman lässt mich sicher so lange hier bleiben. Und dann werde auch ich bald zu Bett gehen. Es war ein ziemlich aufregender Tag!«

Er nickte lächelnd, dann schloss er die Augen. Ich betrachtete sein Gesicht. Seine Züge drückten Ruhe und Gelassenheit aus. Die eben überstandene, schwere Operation war ihm kaum anzumerken. Seine Kondition war stark, sein Wille ungebeugt, seine seelische Verfassung zuversichtlich. Ich saß einfach da und lächelte vor unendlicher Erleichterung.

Noch immer hielt ich seine Hand, als ich bemerkte, dass er eingeschlafen war. Leise erhob ich mich von meinem Stuhl, streichelte noch einmal seine Hand und verließ lautlos den Raum. Draußen legte ich meine weiße Verkleidung ab und lief glücklich hinauf auf mein Zimmer.

Endlich war ich in der richtigen Stimmung, um Dagmar anzurufen. Sie hatte schon sehr darauf gewartet, von mir zu hören. Überschwänglich schilderte ich ihr meinen Abend mit David. Kurz streifte ich das Thema seiner Herzoperation und dass er sie bestens überstanden hatte. Wie immer lauschte Dagmar aufmerksam und mit freundschaftlicher Anteilnahme meinen Worten. Doch sosehr sie sich für mein Glück freute, so deutlich war eine gewisse Besorgnis in ihrer Stimme zu vernehmen. Als ich zu Ende erzählt hatte, sagte sie: »In einer Woche sind die Weihnachtsferien an der Uni vorbei. Wirst du nach Hause kommen?«

»Natürlich!« antwortete ich ganz automatisch.

»Und wie wird es dann mit dir und David weitergehen?«

Ich schwieg. Ich wusste beim besten Willen keine Antwort auf ihre Frage. Darüber hatte ich mir noch keinerlei Gedanken gemacht. Viel zu intensiv hatte ich mein Glück mit David erlebt, viel zu besorgt war ich um ihn gewesen, viel zu sehr hatte mich die Gegenwart vereinahmt, als dass in meinen Gefühlen Spielraum für die Zukunft geblieben wäre.

»Ich weiß es nicht, Dagmar«, stotterte ich, »ich brauche noch ein paar Tage. Einverstanden?«

»Es ist dein Leben und deine Entscheidung, Victoria. Du weißt, wir würden dich niemals beeinflussen. Aber vielleicht solltest du darüber nachdenken, wie du dein Leben weiter gestalten möchtest. Du hast deine große Liebe in England gefunden, aber du hast deine beruflichen Verpflichtungen, deine Freunde, deine Familie hier.«

»Du hast schon Recht«, unterbrach ich sie, »in den letzten Tagen habe ich mich völlig von meinen Gefühlen mitreißen lassen. Es ist an der Zeit, auch wieder Vernunft walten zu lassen.«

»Nein, Victoria, du hast mich falsch verstanden. Ich spreche nicht von Vernunft. Ich spreche von deinen Wünschen und Hoffnungen. Nichts würde mich mehr freuen, als von dir zu hören, dass du mit David eine gemeinsame Zukunft planst. Ich weiß, ihr kennt euch erst ein paar Tage, und diese habt ihr unter extremen Voraussetzungen erlebt. Und doch entnehme ich aus deinen Worten, dass euch eine außergewöhnliche körperliche und seelische Verbundenheit zusammenfügt.«

»Keine Sorge, Dagmar, ich weiß schon, was du meinst. Und ich weiß auch, wie sehr du dir wünscht, dass ich glücklich werde. Das Einzige, das ich mit Sicherheit sagen kann, ist, dass ich in meinem ganzen Leben noch nie so tief und innig für einen Mann empfunden habe wie für David, und dass ich nie wieder für einen anderen so empfnden werde. Und doch bin ich nach wie vor davon überzeugt, dass sein ganzes Leben und seine wahre Liebe der Musik gehören. Ob in seinem Herzen auf Dauer Platz für mich sein kann, wage ich jetzt nicht zu beurteilen. In jedem Fall könnt ihr davon ausgehen, dass ich rechtzeitig zu Vorlesungsbeginn nach Hause kommen werde. Versprochen!«

Wir versuchten unser Gespräch in heiterer Stimmung ausklingen zu lassen. Dennoch hatten mich Dagmars Worte nachdenklich gemacht. Sie beschäftigten mich noch den ganzen Abend, bis ich irgendwann völlig erschöpft einschlief.

# Pläne und Ängste

In den darauf folgenden Tagen erholte sich David zusehends. Er sah jeden Tag frischer aus und wirkte kräftiger. Nach Aussage der Ärzte machte seine Genesung enorme Fortschritte.

Da er immer wieder nach mir verlangte, durfte ich ihn mehrmals besuchen. Am zweiten Tag nach der Operation hüllte man mich wieder in die weiße Kluft, am dritten durfte ich bereits in meiner eigenen Kleidung zu ihm. Die meiste Zeit verbrachten wir damit, gemeinsam seine Musik zu hören, und als Abwechslung dazwischen musste ich ihm ausführlich von meiner Studienzeit in London und meiner Liebe zur englischen Literatur erzählen. Meine kulturelle Bildung beeindrucke ihn, sagte er, endlich habe er eine faszinierende Frau getroffen, die auch sein künstlerisches Verständnis teile.

Am vierten Tag entließen sie David aus der Intensivstation und brachten ihn in sein gewohntes Zimmer zurück. Auch musste er bereits einen kleinen Spaziergang unternehmen. Gestützt von einer Schwester und mir machte er seine ersten unsicheren Schritte. Es war nicht zu übersehen, dass sie ihn noch ziemlich anstrengten und dass er mit Erleichterung in sein Bett zurückkehrte.

Als ich mich am Abend desselben Tages von ihm verabschieden wollte, hielt er mich zurück und sagte: »Toria, bitte bleib noch einen Moment! Ich muss dir etwas sagen.« Sein Blick und sein Tonfall waren ernst. »Langsam aber sicher wage ich es wieder, Pläne für die Zukunft zu machen. Ich würde mir wünschen, dass du ein Teil dieser Zukunft wirst. Du sagtest mir einmal, dass kein anderer Mann auf dich zu Hause wartet. Würdest *du* auf *mich* warten, bis ich wieder gesund bin?«

Tränen des Glücks traten mir in die Augen, doch meine Stimme versagte, und ich brachte keine einzige Silbe hervor. Ich senkte meinen Blick, um das Aufwallen meiner Gefühle vor ihm zu verbergen. Aber er bemerkte meine Verlegenheit sofort.

»Du brauchst jetzt nichts zu sagen«, fuhr er fort, »denk bitte darüber nach! Ich weiß, wir kennen uns erst wenige Tage, aber manchmal kommt es mir vor, als wärst du immer schon bei mir gewesen.«

Er nahm mich bei der Hand und zog mich zärtlich zu sich hin. Sanft berührten sich unsere Lippen, durchdringend trafen sich unsere Blicke. Ich hoffte wohl vergeblich, dass er das Glänzen meiner Augen nicht sehen und das Zittern meiner kalten Hände nicht spüren würde. »Schlaf gut, Liebes!« flüsterte er, strich mir noch einmal übers Haar, dann ließ er mich gehen. Eilig drehte ich mich um und verließ sein Zimmer.

Völlig aufgewühlt ging ich an diesem Abend zu Bett. Kaum wagte ich mir vorzustellen, was seine Worte bedeuten könnten. Ob mein Traum wahr werden sollte? Ob mir mein Schicksal tatsächlich so wohl gesinnt war, dass es mir ein Leben an Davids Seite gönnte? Der Versuch, mich nicht allzu sehr in die Erfüllung meines Traums hineinzusteigern, scheiterte kläglich, denn meine Wünsche und Hoffnungen gingen mit mir durch. Hin- und hergerissen von Zukunftsplänen und Zukunftsängsten schlief ich nach Stunden des Wachliegens endlich ein.

Wie üblich läutete am nächsten Morgen mein Wecker um halb acht. Ich war jedoch so müde, dass sein Klingeln mich nicht wachrüttelte. Ich stellte es einfach ab, drehte mich um und schlief seelenruhig weiter. Irgendwann klopfte es lautstark an meiner Tür. »Ms Bergmann«, rief eine weibliche Stimme, »möchten Sie heute kein Frühstück?«

Völlig verwirrt schreckte ich auf. Der Blick auf die Uhr entsetzte mich. Ich hatte total verschlafen, es war beinahe zehn. Blitzschnell sprang ich in meinen Morgenmantel und öffnete die Tür. Eine freundliche kleine Schwester brachte ein Tablett voller Köstlichkeiten und stellte es auf den Tisch. Inzwischen griff ich zum Telefonhörer, um mich bei David zu entschuldigen, dass ich nicht wie gewohnt um neun bei ihm gewesen war. Es läutete mehrmals, doch er hob nicht ab. Ich versuchte es noch einmal – wieder nichts.

»Falls Sie Mr Lamontaine anrufen wollten, Madam«, sagte die kleine Schwester, »er wurde gerade zu einer genauen Kontrolluntersuchung abgeholt.«

»Es ist doch hoffentlich alles in Ordnung?«

»Eine reine Routineangelegenheit.«

»Und wie lange wird das dauern?«

»Voraussichtlich zwei Stunden.«

Ich dankte ihr für die Information, und sie verschwand. Ein Blick aus dem Fenster verhieß einen regnerischen Tag. Also wollte ich es mir mit einem Buch gemütlich machen und einfach abwarten, bis sich David bei mir meldete.

Kurz nach drei Uhr Nachmittag läutete mein Telefon. »Toria, Liebes, bist du schon wach?« tönte es spöttisch in der Leitung.

»Aus deinem Zynismus schließe ich, dass es dir ausgesprochen gut geht!«

»Ja, nur das Lachen tut immer noch sehr weh!«

»Dann solltest du es dir verkneifen, gemeine Witze zu machen! So kommst du gar nicht in Versuchung zu lachen!«

Unser kleiner Wortwechsel amüsierte ihn – und mich freute seine gute Laune. Ob er es von der Krankenschwester wusste, dass ich bis zehn Uhr geschlafen hatte? Es spielte keine Rolle. Es erheiterte ihn, und nur darauf kam es an.

»Wenn du Zeit hast«, sagte er dann mit ernsterem Ton, »würde ich dir gerne jemanden vorstellen!«

»Ich bin gespannt!« antwortete ich, legte auf und lief hinunter.

Davids Besuch war ein dunkelblonder Mann um die Vierzig, gekleidet in Jeans, Poloshirt und einem legeren Sakko. Er hatte lustige Augen und ein sympathisches Lächeln, doch im Vergleich zu David fehlte es ihm an Attraktivität und Charisma. Er saß im zweiten Lehnstuhl neben David, auf dem Couchtisch vor ihnen lag eine Unmenge von wichtig aussehenden Unterlagen. Als ich das Zimmer betrat, erhob er sich höflich, um mich zu begrüßen.

»Toria, das ist Jeff Coburgh«, sagte David, »ein guter Freund und mein Manager seit über zehn Jahren.«

Mit den üblichen englischen Begrüßungsfloskeln machten wir uns bekannt. Dann drückte ich David einen zärtlichen Kuss auf den Mund. Jeff nahm wieder Platz, ich setze mich aufs Sofa gegenüber.

»Was hat deine Untersuchung heute Vormittag ergeben?« wollte ich von David wissen.

»Sie hat bestätigt, dass die Heilung problemlos voranschreitet.«

»Ich habe nichts anderes erwartet. Man sieht dir deine Genesung an. Du siehst schon wieder großartig aus! Finden Sie nicht, Jeff?«

»Ja, er sieht fabelhaft aus, vor allem richtig glücklich! Und das verdankt er – wie ich hörte – hauptsächlich Ihnen, Victoria!«

»Dann will ich gar nicht erst wissen, was Sie alles über mich hörten!«

»Nur das Allerbeste!« mischte sich David ein.

»Dann hast du maßlos übertrieben!«

»Das würde ich nicht sagen«, beschwichtigte Jeff, »jetzt, da ich Sie kenne, Victoria, glaube ich ihm jedes Wort.«

Zum Glück waren bald alle Höflichkeiten ausgetauscht, und David erklärte mir den eigentlichen Grund dieses Treffens. »Ich habe mit Jeff noch einige geschäftliche Angelegenheiten zu besprechen«, sagte er, »aber ich dachte mir, es könnte dich vielleicht interessieren und du würdest gern dabei sein.«

Ich war begeistert. »Danke, David. Diese Einladung freut mich sehr!«

Jeff überreichte David zuerst eine Liste mit allen Terminen, die auf Grund der plötzlichen Erkrankung abgesagt werden mussten;

dann eine Aufstellung jener Verpflichtungen, die zu einem späteren Zeitpunkt nachgeholt werden konnten. Anschließend legte er David einen Erfolgsbericht seiner Europatournee, die neueste Abrechnung seiner CD-Verkäufe sowie zahlreiche Anfragen betreffend Konzerttermine vor. Schließlich brachte er David noch einen prall gefüllten Aktenkoffer mit Genesungswünschen bedeutender Persönlichkeiten aus Politik und Kultur.

Fasziniert sah ich den beiden zu. Selbst ein Fremder hätte auf Anhieb erkennen können, wer von den beiden der Künstler und wer der Manager war. Während Jeff mit Begeisterung die weiterhin steigende Erfolgs- und Beliebtheitskurve des Pianisten Lamontaine darlegte, nahm David jede Liste nur kurz zur Hand, überflog die Ergebnisse und ließ den Redeschwall seines Freundes scheinbar unbeeindruckt über sich ergehen. Zweifellos waren die Statistiken für ihn von großer Bedeutung – andernfalls hätte er sie nicht verlangt –, doch die Hingabe, mit der Jeff seine Fakten und Zahlen präsentierte, konnte David mit seinem sensiblen Künstlerverstand nicht nachvollziehen.

Einige Berichte las David mir vor und fragte mich, wie ich sie beurteilen würde. Ich bemühte mich um ehrliche Einschätzungen, und tatsächlich schien er davon äußerst angetan. Trotzdem musste ich zugeben, dass ich in diesen geschäftlichen Belangen nicht sehr bewandert sei, was David gleichermaßen von sich selbst behauptete und treffend bemerkte: »Dazu habe ich ja Jeff!«

Plötzlich holte Jeff aus seiner Tasche ein dünnes, großformatiges Heft. »Und dies hier ist mein ganz persönliches Geschenk für dich, David. Damit du ganz schnell wieder gesund wirst!«

Dankend nahm es David in Empfang. »Oh mein Gott!« rief er hingerissen. »Das ist ja Chopins Handschrift! Wo hast du das her?«

»Das bleibt vorläufig mein Geheimnis!« grinste Jeff.

Auf Davids Gesicht vollzog sich eine magische Wandlung. Grenzenlose Euphorie ließ seine Züge erstrahlen. Seine Augen funkelten wie Sterne, seine Lippen formten sich zu einem berauschten Lächeln. »Das Original des *Nocturne Nr.8*, fantastisch, einfach fantastisch! Vielen Dank, Jeff! Du kannst dir nicht vorstellen, welche Freude du mir damit machst. Ich wünschte, hier gäbe es ein Klavier! Von einem Original zu spielen ist ein absolut erhebendes Gefühl. Jedes einzelne Motiv trägt das Leben des Komponisten unmittelbar in sich – seine Freude, Hoffnungen, Ängste. Wie Bilder seiner Seele reihen sich die Akkorde aneinander.«

Fasziniert beobachtete ich David und lauschte seinen Worten. Er lebte völlig auf. Die Handschrift von Chopin und die Vergegenwärtigung seiner Musik versetzten ihn in einen weltentrückten Zustand. Gebannt folgten seine Augen den Noten. Unverkennbar spielte er im Geiste das Stück. Er schien Jeff und mich und seine ganze Umwelt nicht mehr wahrzunehmen. Seine volle Konzentration wurde von Chopins Werk gefesselt. Es führte ihn zurück in *seine* Welt – in die Welt der unsterblichen Musik, die sein ganzes Leben beherrschte.

Und da wusste ich es: Er hatte es geschafft, er hatte seine Krankheit besiegt, seine Zweifel und Ängste überwunden. Alle Befürchtungen, die Dr. Sherman gehegt hatte, würden sich als unbegründet herausstellen. Stark und entschlossen, genial und unbeirrt würde er in den Konzertsaal zurückkehren.

Dieses Bewusstsein rief Gefühle in mir wach, die ich anfangs nur vage zu deuten vermochte. Es waren Freude, Stolz und Erleichterung, die sich in mir zu einem Empfinden glücklicher Zufriedenheit vereinten. Jetzt *fühlte* ich es, dass ich David Mut gemacht hatte, um die furchtbarste Krise seines Lebens durchzustehen. Vielleicht hatte ich ihn in seinem Glauben an sich selbst und sein unvergängliches Talent bestärkt. Vielleicht hatte ich ihm die seelische Kraft zurückgegeben, mit der er die körperliche Schwäche überwinden konnte. Vielleicht hatte ich ihm für diese extreme Zeit das notwendige, heilende Glück geschenkt.

Gleichzeitig wurde für mich die immer schon gehegte Vermutung zur absoluten Gewissheit, dass es in Davids Leben, vor allem in seinem Herzen, keinen dauerhaften Platz für eine Frau gab – auch für mich nicht. Bisher war ich an diese Tatsache eher mit Vernunft herangegangen, hatte mir eingeredet, dass es für ein Genie wie ihn ganz natürlich sei, sein Leben einzig und allein der Musik zu widmen. Hier und jetzt aber sprach nur mein Gefühl – hier und jetzt tat es zum ersten Mal tief in meiner Seele unsagbar weh.

»Toria«, rief David plötzlich und holte mich aus meinen Gedanken zurück, »du musst dir das unbedingt ansehen, es ist absolut faszinierend!«

Er reichte mir die Noten. Vorsichtig blätterte ich in den vergilbten Seiten. So wie ein altes Buch strahlten sie eine ehrfurchterregende Wirkung aus. Der Gedanke, dass auf diesen wenigen bekritzelten Blättern unsterbliche Klänge ihren Ursprung hatten, die seit eineinhalb Jahrhunderten die Menschen begeisterten, war in der Tat überwältigend. Doch ob dies der wirkliche Grund dafür war, dass mir auf einmal ein eiskalter Schauer über den Rücken lief, wusste ich nicht.

Als ich David die Noten zurückgab, bemerkte ich erst, dass Jeff all seine Unterlagen in seiner Tasche verstaut hatte. Er müsse jetzt gehen, sagte er, er habe uns ohnehin schon viel zu lange aufgehalten. Er verabschiedete sich herzlich von mir, kündigte David seinen nächsten Besuch für die kommende Woche an und verschwand im Eiltempo. Nur den Koffer mit den Glückwünschen ließ er als aufmunternde Lektüre für David zurück.

»So, ich glaube, jetzt ist es höchste Zeit für mich«, sagte David, »das Bett ruft nach mir.«

Tatsächlich wirkte er erschöpft. Offenbar war er den ganzen Nachmittag auf gewesen. Ich stützte ihn beim Aufstehen und begleitete ihn zu seinem Bett. Ich nahm ihm den Morgenmantel ab, dann legte er sich mit vorsichtigen Bewegungen nieder. Unverkennbar brauchte er dringend Ruhe.

»Du solltest ein wenig schlafen, David!« sagte ich besorgt und deckte ihn liebevoll zu.

Er nickte. »Ja, du hast Recht. Es war ein anstrengender Tag.«

»Ich werde dich jetzt allein lassen.«

»Nein, bitte geh noch nicht! Wie findest du Jeff?«

»Er scheint sehr nett zu sein und in geschäftlichen Dingen äußerst kompetent.«

»Ja, er studierte Betriebswirtschaft. Wir kennen uns schon seit der Studienzeit. Er ist zwar ein völlig anderer Typ als ich, aber wir kommen blendend miteinander aus.«

»Beides ist mir nicht entgangen«, bemerkte ich lächelnd.

»Ich hoffe, unser Gespräch hat dich nicht gelangweilt!«

»Keineswegs! Ich bin sehr froh, dass ich dabei sein durfte.«

»Ich schätze dein küstlerisches Verständnis und deine persönliche Beurteilung sehr!«

»Danke, David«, sagte ich erfreut, »aber du musst dich jetzt wirklich ausruhen. Schlaf gut!«

»Ich werde von dir träumen«, flüsterte er. Ich küsste ihn sanft zum Abschied, dann verließ ich ihn.

# Flucht

Auch ich träumte in dieser Nacht von David – doch anders, als ich es mir gewünscht hätte. Ich träumte, dass ich vor dem großen alten Gebäude stand, in dem Michael seine Kanzlei hatte. Ich träumte, dass ich die drei Stockwerke ohne Pause hinauflief. Vor der Eingangstür angekommen, erschrak ich. Eine kräftige männliche Gestalt mit schütterem Haar und klobiger, schwarzer Lederjacke stand davor. Ich versuchte an ihr vorbeizukommen, doch sie blockierte die Tür.

»Sie werden das Gebäude jetzt sofort verlassen!« sagte die ziemlich raue Stimme.

»Das werde ich nicht tun! Ich will ihn sehen!« erwiderte ich.

»Aber *er* will *Sie* nicht sehen!«

»Das muss er mir schon selber sagen!«

»Er wird nichts dergleichen tun!«

Ich zuckte zusammen. Die kräftige Gestalt packte mich am Oberarm und versuchte mich zum Fahrstuhl zu schleppen. »Bitte, Miss«, sagte der Kraftprotz um Verständnis heischend, »ich bin nur sehr ungern grob zu Ihnen, aber Sie lassen mir keine andere Wahl!«

Ich fluchte, stieß ein paar deftige Schimpfworte aus und versuchte noch einmal, mich aus seinem festen Griff zu befreien. Schließlich gelang es mir. Ich lief zurück und öffnete die schwere Eingangstür zur Kanzlei. Leise trat ich ein. Vorzimmer, Warteraum und Sekretariat waren menschenleer. Die hohen fensterlosen Räume wirkten bedrückend. Die großen Doppelflügeltüren standen offen. Nur die rot gepolsterte Tür zu Michaels Büro war geschlossen. Wie magisch davon angezogen, ging ich auf sie zu. Ich hatte die Hand schon zum Anklopfen gehoben, als ich aus dem Büro eigenartige Geräusche vernahm: lautes Stöhnen und verspieltes Gelächter wechselten sich ab. Ich zuckte zusammen.

Kein Gedanke mehr ans Anklopfen. Instinktiv drückte ich die Türschnalle und stand im nächsten Augenblick im Büro.

Auf dem beigen Ledersofa lag Patricia, spärlich bekleidet in roter Unterwäsche. Über sie gebeugt war ein Mann – *mein Mann* – mit nacktem Oberkörper und zerzausten Haaren. Er kniete vor dem Sofa, hielt sie fest umschlungen und küsste sie.

Entgeistert blickten sie hoch, als sie mich im Zimmer stehen sahen. Patricia stieß einen kurzen Entsetzensschrei aus, und mein Mann stammelte mit weit aufgerissenen Augen ein fassungsloses »*Toria!*«.

*Es war nicht Michael – es war David!*

Ich wachte auf, schweißgebadet, mit rasendem Puls. Ich zitterte am ganzen Körper. Immer wieder erschienen die geträumten Bilder vor meinen Augen, beharrlich und mit derselben Intensität kehrten sie zurück.

Ich stand auf und lief zum Fenster. Draußen war es stockdunkel. Es musste mitten in der Nacht sein. Meine Stirn glühte, meine Hände waren eiskalt. Kurz dachte ich, ich hätte Fieber. Ich öffnete das Fenster, lehnte mich hinaus. Erregt sog ich die kühle Luft tief in mich ein. Nach einigen mächtigen Atemzügen beruhigte sich mein wildes Herzklopfen ein wenig. Doch eisige Schauer liefen über meinen ganzen Körper.

Also schloss ich das Fenster und kroch zurück unter die Bettdecke. Ich drehte das Licht meiner Nachttischlampe an, um zu verhindern, dass die quälenden Bilder in der Dunkelheit wiederkamen. Auch wagte ich es nicht mehr, die Augen zu schließen. Regungslos, wie apathisch lag ich da und starrte an die Decke.

Nicht noch einmal! schrie eine innere Stimme, nicht noch einmal! Nie wieder wollte ich so betrogen werden! Nie wieder wollte ich dasselbe durchmachen wie damals! Doch warum sollte mich David betrügen, nur weil es Michael getan hatte? Die beiden hatten nichts gemeinsam. Wie konnte ich dann David an Michaels

Stelle sehen? Wie konnte ich in meinen tiefsten Ängsten, meinen schlimmsten Befürchtungen David dasselbe zutrauen wie Michael?

Ich zermarterte mir das Hirn, suchte in meiner Erinnerung nach Gründen, warum mich solch ein Albtraum heimgesucht hatte. Ich verachtete Michael schon so lange für sein erbärmliches Verhalten. Ich hasste mich selbst dafür, dass ich all die Jahre meines jungen Lebens wertlos an ihn verschwendet hatte. Ich bereute meine Naivität, die Michaels miesen Charakter so lange vor mir verborgen gehalten hatte.

Und ich liebte und verehrte David mit meinem ganzen Herzen und der verzehrenden Leidenschaft meines Körpers. Wie wohl und geborgen ich mich in seiner Nähe fühlte, welch überwältigendes Glück er mir schenkte, wie übermäßig er das Verlangen meines Körpers befriedigte! Nein, David würde mich niemals betrügen, mich niemals so schändlich behandeln wie Michael.

Doch welche Ängste peinigten mich dann? Warum hatte David in meinem Traum Michaels elende Rolle gespielt? Warum hatte ich Patricia anstelle der Sekretärin gesehen? Warum war es mir selbst wie Patricia ergangen – abgewiesen und weggeschleppt von Davids Bodyguard? Hatte mich dieses Erlebnis damals so sehr erschüttert, dass ich fürchtete, irgendwann so zu enden wie Davids Ex?

Aber David hatte davon gesprochen, dass ich *ein Teil seiner Zukunft* werden solle – was auch immer darunter zu verstehen war. Mein Gefühl sagte mir, dass er wohl nicht die Absicht hatte, mich zu heiraten. Nein, eine *Mrs Lamontaine* würde es sicher niemals geben! Was dann? Wollte er mich als seine Freundin – auf Zeit –, bis die nächste kam, die ihn faszinierte, und er mir durch seinen Leibwächter zu verstehen gab, dass er genug von mir hatte?

Schließlich stellte ich mir eine allerletzte, wohl alles entscheidende Frage: Was empfand David eigentlich für mich? In den wenigen Tagen, die wir zusammen verbracht hatten, in all den glücklichen, all den kritischen Momenten, ob zärtlich in seinen Armen geborgen, ob besorgt seine Hand haltend, war kein einziges Wort darüber gefallen, was er wirklich für mich fühlte. Er hatte mich mit Komplimenten überhäuft, hatte davon gesprochen, wie *bemerkenswert* und *faszinierend* ich für ihn sei, wie sehr er mir vertrauen und wie glücklich ich ihn machen würde. Doch was hatte ich hören wollen: dass er mich liebt?

Tränen der Enttäuschung traten in meine Augen. Doch vielleicht wären Tränen des Bereuens angebrachter gewesen. Warum hatte *ich* meine Gefühle David nicht offenbart? War ich davon ausgegangen, dass er es *wissen musste*, wie sehr ich ihn liebte, weil ich aus Besorgnis zu ihm gekommen war?

Beschämt wischte ich mir die Tränen aus den Augen. Wie ungläubig hatte ich noch vor kurzem über Dr. Shermans Annahme, David hätte sich in mich verliebt, gelacht. Wie überzeugt war ich gewesen, dass sich David in dieser Lebenskrise nicht ernsthaft verlieben könne. Als *willkommene Ablenkung* hatte ich mich selbst bezeichnet, und jetzt heulte ich, weile ich Angst hatte, nicht mehr als das für ihn zu sein.

Ich heulte, weil ich wusste, dass David schon bald in seine Welt zurückkehren würde, zu seiner einzig wahren Liebe, der Musik; weil ich es fühlte, dass er mich dort nicht mehr brauchte; weil ich es fühlte, dass ich meine selbst auferlegte Schuldigkeit getan hatte. Also war es an der Zeit, dass ich mein eigenes Leben weiterführte.

Wie von einer inneren Stimme getrieben, stand ich auf, rückte einen Stuhl zur Kommode und griff zur bereit liegenden Schreibmappe. Ich riss ein weißes Blatt heraus und schrieb die Worte nieder, die mir mein Herz diktierte:

*Geliebter David,*
*bitte verzeih mir, aber ich muss so handeln. Es ist höchste Zeit, dass ich in meine eigene Welt zurückkehre. Du selbst wirst in Kürze das*

*Gleiche tun. Die unsterbliche Musik ruft nach deiner Kunst. Dein Publikum erwartet Dich. Die großen Konzertsäle der Welt sehnen sich nach den Klängen Deiner begnadeten Hände und dem tosenden Applaus Deiner Fans. Du wirst mich in dieser Welt nicht vermissen. Vielleicht denkst du gelegentlich an unsere wenigen gemeinsamen Tage zurück – ich hoffe, du tust es dann mit Freude! Vielleicht werde ich Dich sogar eines Tages wiedersehen, als einer von tausenden Fans, die Dich bejubeln. Und wenn nicht ... Ich werde Dich niemals vergessen.*
*In Liebe, Toria*

Tränen verschleierten meinen Blick, als ich den Brief in einen Umschlag steckte. Dann schrieb ich einige Zeilen des Dankes und eine kurze Erklärung an Dr. Sherman und bat ihn darin, David meinen Brief zu überreichen.

Jetzt sah ich zum ersten Mal auf die Uhr, es war sechs Uhr morgens. Entschlossen packte ich meine Sachen und zog mich an. Den Flug nach Wien wollte ich erst am Flughafen buchen, jetzt war ich nicht in der Verfassung dazu.

Mit der Reisetasche und dem Brief in der Hand verließ ich mein Zimmer. Auf den Gängen war es noch ruhig. Doch bald würden die Tagschwestern ihren Dienst antreten und die ersten Patienten wecken. Unbemerkt drang ich bis zu Dr. Shermans Büro vor. Ich musste sicher sein, dass *er* den Brief bekam, damit er ihn David persönlich überreichen konnte. Daher wollte ich den Umschlag direkt auf seinem Schreibtisch hinterlassen.

Ich klopfte. Als mir niemand antwortete, drückte ich die Türschnalle. Die Tür war offen. Leise trat ich ein. Zusammen mit dem Dankschreiben und einer meiner Kreditkarten legte ich den Brief auf die Schreibunterlage. Dann verließ ich ungesehen das Büro.

Einen letzten Blick wagte ich in die Richtung von Davids Zimmer. Sicher schlief er noch fest, träumte vielleicht von mir. Leb wohl, David! rief mein Herz.

Wie ein Dieb stahl ich mich aus dem Krankenhaus, unbemerkt im Morgengrauen. Es war kalt und regnete – ein Abbild meines Seelenzustands. Für gewöhnlich warteten mehrere Taxis vor der Klinik, doch eben nicht um diese frühe Morgenstunde. Also lief ich hinaus auf die belebte Straße, wo die Chancen gut standen, rasch zu einem Taxi zu kommen. Doch es war wie verhext, sämtliche Taxis, die an mir vorüberfuhren, waren schon mit Fahrgästen besetzt. Ich lief weiter, verfolgt von meinen Gedanken.

Dr. Sherman würde wie immer zwischen sieben und halb acht in die Klinik kommen. Er würde wie immer in sein Büro gehen, würde meine Nachricht und den Brief finden. Ob er schockiert wäre? Oder doch Verständnis hätte? Wie auch immer – es durfte keine Rolle für mich spielen.

Früher oder später würde er David meinen Brief überreichen. Wie David wohl reagieren würde? Enttäuscht? Verletzt? Wütend? Wenn er sich bloß nicht aufregt! Wenn meine egoistische Flucht nur nicht seine Genesung gefährdet! dachte ich. Mit jeder anderen Reaktion würde ich leben können.

Das Prasseln der Regentropfen dröhnte in meinen Ohren. Tränen verschleierten meinen Blick. Der Regen behinderte zusätzlich meine Sicht auf die spiegelnd-nasse Straße. Endlich sah ich auf der gegenüberliegenden Fahrbahn ein freies Taxi kommen. Ich nahm meine Reisetasche fester in die Hand und winkte dem Taxifahrer. Schon setzte ich dazu an, die Straße zu überqueren und dem Wagen entgegenzulaufen, als mir der Linksverkehr plötzlich zu Bewusstsein kam. Doch es war schon zu spät, um noch nach rechts zu sehen. Ich war bereits auf der Fahrbahn. Ein lautes Quietschen und der entsetzte Aufschrei einiger Passanten war das Letzte, was an meine Ohren drang. Dann verspürte ich einen Aufprall am Rücken, einen heftigen Schmerz. Ich fiel, und es wurde schwarz vor meinen Augen.

# Grausame Wahrheit

Als ich das Bewusstsein wiedererlangte, waren zahlreiche Köpfe über mich gebeugt. Ihre Gesichter waren ernst und mir völlig fremd. Ihre dazugehörigen Körper steckten in weißen, hochgeschlossenen Kitteln. Irgendwo in der Ferne hörte ich eine Stimme sagen: »Sie kommt zu sich!« Die Stimme sprach in einer mir geläufigen Sprache, doch war es nicht meine Muttersprache.

Ich versuchte meinen Kopf in die Richtung zu wenden, aus der die Stimme gekommen war. Doch schon die leichteste Drehung verursachte mir heftige Kopfschmerzen. Also gab ich mein Unternehmen auf und schloss wieder die Augen.

»Ms Bergmann«, hörte ich plötzlich eine vertraute Stimme sagen. »Victoria!« wiederholte sie, und jemand griff an meine Schultern. Ich öffnete die Augen. Ein bekanntes Gesicht beugte sich über mich. »Erkennen Sie mich, Victoria?«

Ich antwortete nicht. Angestrengt prüfte mein Blick das Gesicht über mir.

»Ich bin Dr. Sherman, erinnern Sie sich?«

»Dr. Sherman?« wiederholte ich unsicher.

»Ja!«

Der Name – ja natürlich – ich kannte ihn! London – das Krankenhaus – die Operation. Bruchstücke der Erinnerung stürzten auf mich nieder und vereinigten sich in meinem Unterbewusstsein zu einem einzigen Gedanken, einem einzigen Wort: »David« kam es ganz leise über meine Lippen.

»David geht es gut. Machen Sie sich keine Sorgen!« sagte die ruhige Stimme von Dr. Sherman. Er sprach Englisch – natürlich! Scheinbar war ich immer noch in London. War ich nicht weggelaufen? Wieso war ich immer noch hier? Unzusammenhängende Gedankenfetzen quälten mein Gedächtnis.

»Wo bin ich? Was ist passiert?« fragte ich instinktiv in englischer Sprache.

»Sie sind wieder in der St. Edward's Klinik, Victoria. Sie hatten einen Unfall. Erinnern Sie sich nicht daran?«

»Nein!«

»Sie wollten ein Taxi aufhalten und die Fahrbahn überqueren, da hat Sie ein Lastwagen niedergestoßen.«

Taxi – ja – endlich kam eines! Ich wollte hinüberlaufen ... das Quietschen – das Schreien – der Schmerz! Und dann? Nichts mehr. Ein Lastwagen, oh mein Gott! Panische Angst erfasste mich. »Was ist mit mir? Bin ich schwer verletzt?«

»Sie haben eine Gehirnerschütterung, Victoria. Sie müssen ganz ruhig liegen bleiben!«

Aber ich lag doch ganz ruhig da! Am Rücken, ganz flach. Ich wollte mich bewegen, doch ich schaffte es nicht. Wie in einen Panzer gezwängt fühlte sich mein Körper. »Ich kann mich doch gar nicht bewegen!«

»Ja, ich weiß. Wir mussten Sie in ein Korsett legen, damit Sie sich nicht bewegen!«

»Aber warum? Warum darf ich es nicht?«

»Weil Sie sich auch einen Lendenwirbel gebrochen haben!«

*Einen Lendenwirbel gebrochen* – was heißt das?«

»Das können wir zu diesem Zeitpunkt noch nicht definitiv sagen. Auch lässt sich noch nicht abschätzen, inwieweit das Rückenmark in Mitleidenschaft gezogen wurde. Aber seien Sie jetzt ganz ruhig, Victoria! Sagen Sie mir nur, ob Sie mich spüren können?«

Spüren – was? Was sollte ich spüren? Ich spürte gar nichts. Mit Entsetzen sah ich, dass sich etwas unter meiner Bettdecke bewegte und Dr. Sherman seine Hand darunter hervorzog. Fragend sah er mich an.

Tränen der Angst traten mir in die Augen. Welch grauenvolle Ahnung schlich sich in mein Herz! Von Panik ergriffen fasste ich mit beiden Händen unter die Bettdecke. Ich erschrak, als ich das Korsett wie eine harte Schale, in die mein Körper gebettet war, ertastete. Kaum wagte ich es, meine Haut zu berühren. In schicksalhafter Anspannung glitten meine Finger über meinen Bauch zu den Hüften und weiter zu den Oberschenkeln. Ein Albtraum wurde Wirklichkeit.

»Nein, nein! Oh Gott nein!« schrie ich. »Meine Beine, meine Beine, ich kann sie nicht mehr spüren!« In rasender Verzweiflung versuchte ich mich aufzurichten, doch mehrere Hände drückten mich in meinen Polster zurück. Unaufhaltsam strömten meine Tränen, ich schluchzte laut und heftig. Immer wieder schrien dieselben Worte aus mir: »Nein, nein! Oh Gott nein!«

»Schnell, Schwester, schnell!« drang es an mein Ohr. »Bevor sie einen Nervenzusammenbruch bekommt!« Eine bedrohliche Spritze tauchte vor meinen verschleierten Augen auf – dann ein Stich in den Arm. Beklemmende Müdigkeit überfiel mich. Jemand strich mir übers Haar.

»Ganz ruhig, Victoria, ganz ruhig!« sagte eine entfernte Stimme, dann fielen mir die Augen zu.

Irgendwann erwachte ich aus meinem tiefen Schlaf. Greller Sonnenschein drang durch das Fenster und erfüllte das Zimmer mit weißem Licht. Es blendete mich, schmerzte in meinen Augen. Angestrengt versuchte ich meine Umgebung auszumachen. Vier kahle helle Wände starrten mich an. Ich konnte mich nicht entsinnen, jemals zuvor in diesem unfreundlichen Raum gewesen zu sein.

Doch es spielte ohnehin keine Rolle. Ich wollte mich nur noch anziehen und so rasch wie möglich diese unwirtliche Umgebung verlassen. Ich wollte mich aufrichten und aus dem Bett aufstehen. Doch sofort wurde mein Bemühen von heftigem Schwindel verhindert. In meinem Kopf drehte sich alles, ich war wie benommen. Ich schloss die Augen, versuchte meine Gedanken zu ordnen und zu ergründen, was geschehen war.

Langsam kam die Erinnerung wieder – die Erinnerung an den Unfall, an mein Erwachen danach, an die Worte von Dr. Sherman. Der Versuch, meine Beine zu bewegen, bestätigte mir die grausame Wahrheit. Es war kein Albtraum gewesen. Meine Beine gehorchten mir nicht mehr, sie waren völlig gefühllos, als gehörten sie nicht mehr zu mir.

Wie eine Schlinge legte sich die Angst um meinen Hals. Sie zog sich immer enger zusammen, versuchte mir den Atem abzuschnüren. Sekundenlang bekam ich keine Luft mehr. Ich wollte schreien, mir dadurch Erleichterung verschaffen, doch ich konnte es nicht. Ich hatte keine Kraft mehr. Zu tief lastete der Kummer auf meiner Seele, als dass er nach außen dringen konnte.

Nur langsam nahm die Beklemmung ab und ließ mich wieder atmen. Einige wenige Tränen rollten über meine Wangen. Das Zufallen einer Tür lenkte meine Aufmerksamkeit auf sich. Dr. Sherman und eine Krankenschwester kamen auf mich zu. Es war die Schwester, die mir die Spritze gegeben hatte.

Wie von selbst kamen die flehenden Worte »Nein, bitte nicht mehr!« über meine Lippen. Die Schwester blieb stehen. Dr. Sherman beugte sich über mich. »Keine Angst, Victoria, Sie brauchen keine Spritze mehr!« Mit seinem vertrauensvollen Blick lächelte er mich an. »Die Schwester wird Ihnen nur eine neue Infusion gegen die Schmerzen geben. Sie haben fast vierundzwanzig Stunden geschlafen. Wie fühlen Sie sich jetzt?«

Zögernd richteten sich meine Augen auf ihn. »*Fühlen*?« sagte ich leise. »Was ist das? Ich *fühle* gar nichts!« Apathisch beobachtete ich, wie die Schwester den leeren Infusionsbeutel von dem Gestell neben meinem Bett nahm und ihn gegen einen vollen tauschte. Eine farblose Flüssigkeit begann in den Infusionsschlauch zu tropfen und durch eine Kanüle in meinen linken Handrücken zu rinnen.

»Bitte, Victoria, Sie dürfen jetzt nicht den Mut verlieren! Die

Lähmung Ihrer Beine kann auch nur vorübergehend sein, wir müssen abwarten!«

»Wie lange?«

»Ein paar Tage – vielleicht zwei Wochen!«

Irgendetwas sagte mir, dass er mich nur trösten wollte. Doch ich wollte keinen Trost, wenn er Lüge war. Ich wollte keine Hoffnung, wenn sie ein Trugbild auf Zeit malte. Im Moment erschien mir die Ungewissheit noch grausamer als die Wahrheit selbst. Das Aussprechen der Frage verlangte mir alle Kraft ab: »Wie groß sind meine Chancen, Doktor?«

»Victoria, ich sage Ihnen ja gerade …«

»Bitte, Doktor, ich will die Wahrheit wissen – jetzt! Erinnern Sie sich, als ich hierher kam? Sie wollten, dass ich ehrlich zu Ihnen bin – und ich war es. Dasselbe erwarte ich jetzt von Ihnen!« Tränen erstickten meine Stimme, doch ich schaffte es, ihm beharrlich in die Augen zu sehen.

Er ergriff meine Hand. »Gut, Victoria, Sie sollen alles wissen, was ich Ihnen heute sagen kann. Auf den ersten Röntgenbildern, die wir gestern sofort nach Ihrer Einlieferung machten, ist eindeutig eine Fraktur des fünften Lendenwirbels zu erkennen. Diese entstand zweifellos durch den heftigen Aufprall. Ob auch die Verschiebung des Wirbels, die ebenfalls deutlich sichtbar ist, durch den Aufprall oder erst durch Ihren Sturz verursacht wurde, lässt sich nicht mit Sicherheit sagen. Eine klare Diagnose zum jetzigen Zeitpunkt wird vor allem dadurch erschwert, dass sich um die Bruchstelle eine massive Schwellung gebildet hat. Auch diese kann natürlich auf das Rückenmark drücken und die Lähmung hervorrufen. Kurz gesagt, derzeit lässt sich nicht eindeutig feststellen, ob eine Verletzung des Rückenmarks vorliegt oder ob andere Faktoren für die Lähmung verantwortlich sind.«

»Und falls das Rückenmark verletzt ist …?«

»Dann kommt es auf den Grad der Schädigung an, welche Nervenbahnen betroffen sind. Doch darüber sollten Sie sich heute keine Gedanken machen. Durch starke Medikamente hoffen wir, die Schwellung zum Abklingen zu bringen und den Zustand des Rückenmarks besser beurteilen zu können.«

»Sie haben meine Frage noch nicht beantwortet, Doktor!«

»Wie groß Ihre Chancen sind? Ich wünschte, ich wüsste es. Ich selbst bin Herzchirurg und kein Neurologe. Aber ich kann Ihnen versichern, dass Ihnen zum jetzigen Zeitpunkt auch der beste Neurologe keine andere Antwort geben könnte. Trotzdem werde ich schon in den nächsten Tagen erfahrene Kollegen zu Rate ziehen, die Sie gründlich untersuchen werden. Im Augenblick können wir nur hoffen. Ich wünschte, ich könnte Ihnen etwas Erfreulicheres sagen. Aber Sie sind eine starke Frau, Victoria, das haben Sie schon bewiesen. Ich glaube fest daran, dass alles wieder gut werden wird.«

»Ich habe Angst, Doktor, so furchtbare Angst!« Ich wandte mich ab und schloss die Augen. Unaufhaltsam liefen Tränen über meine Wangen.

»Ich weiß, Victoria, ich weiß. Glauben Sie mir, es geht mir persönlich sehr nahe, was Ihnen passierte. In den wenigen Tagen habe ich Sie sehr schätzen gelernt. Bitte gehen Sie davon aus, dass ich alles Menschenmögliche unternehmen werde, um Ihnen zu helfen.«

»Danke, Doktor«, seufzte ich und bemühte mich um ein schwaches Lächeln. Er drückte noch einmal meine Hand, dann ging er zur Tür. Wir waren allein, irgendwann musste die Schwester unbemerkt das Zimmer verlassen haben. Zumindest *eine* Last musste mir Dr. Sherman noch von der Seele nehmen.

»Doktor«, rief ich mit zaghafter Stimme. »Geht es David gut?«

Er drehte sich nochmals um, zögerte einen Moment, dann nickte er leicht.

»Haben Sie ihm meinen Brief gegeben?«

»Natürlich, so wie Sie es wollten!«

Erleichtert atmete ich auf. »Dann hat es ihn nicht allzu sehr getroffen?«

Dr. Sherman senkte erst seinen Blick, dann sah er mich ernst an. »Sagen wir, er vermisst Sie sehr!«

»Das geht vorüber! Er wird mich vergessen. Er weiß doch nichts davon, oder?« Dr. Sherman schüttelte den Kopf. »Bitte Doktor«, flehte ich eindringlich, »Sie müssen mir versprechen, dass er es niemals erfahren wird – bitte! Ich könnte es nicht ertragen! Er soll glauben, dass ich wieder nach Hause fuhr.«

Dr. Sherman schwieg. Er wirkte nachdenklich, lächelte gezwungen. Dann nickte er. »Gut, Victoria, ganz wie Sie möchten!«

»Kann er mich hier auch nicht finden? Wo bin ich hier eigentlich?«

»Sie sind im zweiten Stock in der Neurologie. Ich werde dafür sorgen, dass er Sie nicht finden kann.«

»Danke, Doktor. Danke.«

Dr. Sherman kam wieder zu mir zurück und nahm noch einmal meine Hand. »Versprechen Sie mir auch etwas, Victoria?«

Fragend sah ich ihn an.

»Versprechen Sie mir dafür, dass Sie nicht den Mut verlieren? Sie sind viel zu jung und viel zu hübsch, um sich einfach aufzugeben!«

»Ich will es versuchen, Doktor!« flüsterte ich.

Mit seinem gütigen, aber forschenden Blick sah er mich an, als wolle er sich der ehrlichen Absicht hinter meinen Worten vergewissern. »Versuchen Sie zu schlafen!« sagte er leise, streichelte kurz meine Hand, dann verließ er das Zimmer.

# Die Diagnose

Wenn wir Menschen nicht die Gabe hätten, das Schreckliche in unserem Leben zu verdrängen oder sogar zu vergessen, würden wir Schicksalsschläge niemals verwinden können. Nur wenige Einzelheiten, vage Gefühle und Stimmungen, die jenseits unseres Einflusses liegen, bleiben davon als mahnende Zeugen in unserem Gedächtnis haften.

Auch die schrecklichsten Tage meines Lebens sind längst in ihrer grausamen Intensität verblasst. Nur Bruchstücke der Erinnerung halten mir bis heute vor Augen, durch welch eine Hölle ich einst gegangen bin.

Das ständige Schwanken meiner Stimmung zwischen Verzweiflung und Hoffnung, zwischen Mutlosigkeit und störrischer Auflehnung werde ich sicher niemals ganz vergessen können. Die sinnlose Frage, die sich wohl alle ähnlich betroffenen Menschen stellen und die mich Tag und Nacht peinigte: *Warum ich, warum ausgerechnet ich?*

Was hatte ich verbrochen, dass mich mein Schicksal so grausam strafte? Weil ich es einmal, nur ein einziges Mal in meinem Leben erfahren hatte, was es bedeutete, vollkommen glücklich zu sein? Und wenn nicht deswegen – warum dann?

Der Tag wurde zur Nacht, die Nacht zum Tag – spurlos ging die Zeit an mir vorüber. Ich verspürte weder Hunger noch Durst, aß und trank nur dann, wenn mir die Schwestern damit drohten, dass sie mich künstlich ernähren wollten. Es war mir ohnehin lieber, wenn sie mich an Infusionen hängten: Da ich mich kaum aufrichten konnte, waren auch Essen und Trinken nur eine Qual.

Dr. Sherman machte sein Versprechen wahr und ließ die beiden erfahrensten Neurologen Londons in die St. Edward‹s Klinik kommen. Sie untersuchten mich mit den modernsten bildgebenden Verfahren, führten diverse Tests durch und ließen die Daten vom Computer auswerten.

Schließlich unterbreiteten sie mir mit ratlosen Gesichtern, aber umso wissenschaftlicheren Unterlagen die mir schon bekannte vorläufige Diagnose: Man müsse abwarten, ich müsse Geduld haben, es sei viel zu früh, um Definitives sagen zu können. Positiv zu bewerten sei, dass die Ruhigstellung den gebrochenen Wirbel korrekt verheilen lasse. Den Zustand des Rückenmarks könne man jedoch erst genau beurteilen, wenn die Schwellung völlig abgeklungen sei. Als ich sie mit der Frage nach meinen Chancen konfrontierte, gaben sie mir zögernd zu verstehen, dass durch die Verschiebung an der Bruchstelle eine Verletzung des Rückenmarks »durchaus im Bereich des Möglichen liege«.

Ich konnte nicht dagegen an, dass sie mir mit ihren Worten die letzte Hoffnung nahmen. Ihre vagen Formulierungen ließen mich ahnen, dass sie mich schonend auf die Wahrheit vorbereiten wollten. Und die Wahrheit würde bedeuten, dass ich nie wieder würde gehen können.

Das war es also gewesen – mein Leben –, mein noch so junges Leben! Was hatte es mir noch zu bieten? Was durfte ich noch erwarten?

Zum ersten Mal manifestierte sich vor meinen Augen das bemitleidenswerte Leben eines behinderten Menschen – gefangen von seinem eigenen Körper, abhängig von der Hilfe anderer, angestarrt von der Umwelt, lebenslang an einen Rollstuhl gefesselt! *Rollstuhl* – mein Gott! Allein das Wort ließ mich innerlich zu Eis erstarren. Nein, niemals konnte ich so leben!

Weinkrämpfe schüttelten mich in der Nacht, ließen mich ohne Schlaftablette kein Auge zutun. Es erschreckte mich selbst, als ich mich bei dem Wunsch ertappte, eines Abends einzuschlafen und nie wieder aufzuwachen.

Mein seelischer und körperlicher Schmerz hatte fast jeden Bezug zur Wirklichkeit unterbunden. Nur der Gedanke an meine Familie, die sicher schon ungeduldig daheim auf mich wartete, drängte sich immer wieder in mein Bewusstsein. Was sollte ich ihnen sagen? *Wie* sollte ich es ihnen sagen? Nein, ich konnte es nicht. Also bat ich Dr. Sherman, es für mich zu tun. Er sollte sie schonend auf alle möglichen Konsequenzen meines Unfalls vorbereiten und sie bitten, mich am Englischen Institut der Universität krankheitshalber zu entschuldigen. Vor allem aber sollte er sie – um Himmels willen – davon abhalten, hierher zu kommen. Er würde sie ständig über meinen Zustand am Laufenden halten, bis ich mich selbst wieder dazu imstande fühlte.

Natürlich wusste ich, dass ich meine Familie damit in größte Besorgnis stürzte und dass es auch nicht fair war, Ihnen den Besuch bei mir zu verbieten. Doch ich war einfach nicht in der Lage, sie zu sehen. Ich konnte, ich wollte niemanden sehen und niemanden sprechen. Selbst die Anwesenheit der Krankenschwestern war mir ein Gräuel – wie sie mich pflegten, bemutterten, behandelten als wäre ich kein vollwertiger Mensch. Dr. Sherman war der Einzige, dessen Gegenwart ich nicht als unerträglich empfand.

Doch auch er konnte es nicht verhindern, dass mich die Polizei aufsuchte, um den Unfallhergang genau zu rekonstruieren. Obwohl die Spurensicherung und die übereinstimmenden Beobachtungen aller Zeugen den Lenker des Lastwagens für schuldlos erklärten, musste natürlich auch meine Aussage gehört werden. Soweit meine Erinnerung reichte, bemühte ich mich, die Theorie der Polizei zu bekräftigen und den Lastwagenfahrer von jeder Schuld freizusprechen. Warum auch sollte ich ihn belasten? Er konnte nichts dafür, dass ich – die zwei Jahre in London gelebt hatte und den Linksverkehr genau kennen musste – gedankenverloren über die Fahrbahn rannte. Nein, ich hatte mir mein Unglück selbst zuzuschreiben. Es gab keinen anderen, den ich dafür verantwortlich machen konnte.

Es musste eine Woche vergangen sein, als man mir ein Stützkorsett anlegte, das mir erlaubte, aufrecht zu sitzen. Dies brachte –

zugegeben – eine deutliche Erleichterung; dass mir dadurch auch etwas anderes ermöglicht werden sollte, hatte ich aber nicht erwartet.

Irgendwann öffnete sich die Tür, und eine Schwester kam herein. Sie schob einen Rollstuhl vor sich her und sagte mit fröhlicher Stimme: »So, Ms Bergmann, heute werden wir unseren ersten kleinen Ausflug machen!«

Der Anblick des Rollstuhls schnürte mir die Kehle zu, die unsensiblen Worte der Schwester trieben mich zur Raserei. »Sie werden dieses verdammte Ding sofort nehmen und damit aus meinen Augen verschwinden!« schrie ich. »Ich brauche es nicht, ich werde es niemals brauchen!«

»Aber Miss, wer wird denn gleich so heftig …«

»Sie sollen verschwinden, sagte ich, hören Sie schlecht?« Meinem hasserfüllten Blick und meinem bedrohlichen Tonfall schien sie zu entnehmen, dass ich es todernst meinte. Und wenn sie nicht auf der Stelle mein Zimmer samt Rollstuhl verlassen hätte, wäre ich wohl imstande gewesen, den nächstbesten Gegenstand zu ergreifen und nach ihr zu werfen.

Als ich wieder allein war, merkte ich erst, wie mein Puls vor Aufregung raste und mir das Herz bis zum Hals schlug. Ich versuchte mich zu beruhigen, doch die Vorstellung des Rollstuhls verfolgte mich wie ein Sinnbild des Grauens. Zweifellos hatte die Schwester Dr. Sherman über meinen Gefühlsausbruch informiert, denn in den darauf folgenden Tagen unternahm man denselben Versuch nicht noch einmal.

Dr. Sherman hatte sich von Anfang an mit beinahe väterlicher Sorge um mich gekümmert. Doch je mehr Zeit verging, desto spürbarer wurde – auch für mich – seine Unruhe. Die Tatsache, dass meine Gehirnerschütterung völlig auskuriert war, teilte er mir mit merklich gedämpfter Freude mit. Offenbar erfüllte es ihn mit ernster Besorgnis, dass ich auch nach zehn Tagen nicht das geringste Gefühl in den Beinen hatte. Als er schließlich mit den neuesten CT-Aufnahmen vor mir stand, las ich die niederschmetternde Nachricht schon in seinem Gesicht.

»Sie brauchen nichts zu sagen, Doktor, ich kann es mir denken!« kam es verbittert über meine Lippen. Ich sah es ihm an, wie erschüttert er war.

»Die Schwellung ist zwar nur leicht zurückgegangen«, erklärte er mit gezwungen ruhiger Stimme, »aber mittlerweile steht zu befürchten, dass auch das Rückenmark in Mitleidenschaft gezogen wurde. Es tut mir leid, Victoria.«

Ich nickte, schloss die Augen. Gefasst nahm ich das Urteil, das man über mich verhängt hatte, entgegen. Was konnte schlimmer sein als lebenslängliches Gefängnis? Die Todesstrafe?

»Bitte, Victoria«, drangen Dr. Shermans flehende Worte an mein Ohr, »bitte lassen Sie den Kopf nicht hängen! Es sieht zwar nach einem Querschnitt aus, aber er muss nicht vollständig sein. Es müssen nicht alle Nervenbahnen betroffen sein. Ihr Zustand kann sich immer noch bessern, aber Sie müssen es wollen! Sie müssen kämpfen!«

Einige dicke Tränen lösten sich aus meinen Augen, als ich sie öffnete, um Dr. Sherman anzusehen. »Kämpfen?« flüsterte ich gebrochen. »Wofür?«

»Für Ihr junges Leben, für die Menschen, die Sie lieben. Kämpfen Sie gegen die himmelschreiende Ungerechtigkeit, die Ihnen das Schicksal antun will! Sie kamen hierher, um einem anderen Menschen zu helfen – und das soll jetzt der Lohn dafür sein? Victoria, Sie *müssen* kämpfen!«

Seine eindringlichen Worte dröhnten laut in meinen Ohren. Sein erregter Blick schüchterte mich ein. »Ich kann nicht mehr!« schluchzte ich. »Mein Schicksal hat mir schon so viel angetan – jetzt hat es endgültig gewonnen!«

»Nein, Victoria, nein! So etwas will ich nicht hören! Sie tragen

Ihren Namen nicht umsonst. *Sie* sind es, die gewinnen wird – ich weiß es!«

Ich sah ihn nur noch an. Ich spürte, wie mir die Kraft ausging, um noch etwas zu antworten. Erschöpft schloss ich die Augen. Er streichelte meine Hand, fuhr mir sanft übers Haar. »Wir werden einen Weg finden, Victoria! Ich verspreche es Ihnen!« hörte ich seine Stimme in der Ferne sagen. Doch seine Worte konnten mich nicht mehr trösten. In meinem Herzen regte sich nur noch der verzweifelte Wunsch zu sterben.

# Das Experiment

Am Morgen des nächsten Tages betrat ein junger Mann mit blonden Haaren und Nickelbrille mein Zimmer. Er trug einen weißen Kittel, und als er auf mich zukam, fiel mir auf, dass er mit dem linken Bein leicht hinkte.

»Hallo Victoria«, sagte er freundlich und sehr selbstbewusst, »ich bin Collin. Ich weiß, du hast nicht um meinen Besuch gebeten, aber ich glaube, du brauchst dringend jemanden, der dein Problem versteht.«

Erzürnt sah ich ihn an. Wer war er? Wie konnte er sich unterstehen, sich ohne meine Erlaubnis in mein Leben einzumischen? Er verdiente es, dass ich ihn augenblicklich in die Schranken wies, doch für eine Auseinandersetzung fühlte ich mich nicht stark genug. Also wandte ich mich ab, um ihm zu verstehen zu geben, dass ich auf seine Anwesenheit keinen Wert legte.

Doch er ignorierte meine Ablehnung und sprach mit unbeeindruckter Beharrlichkeit weiter. »Ich war einmal Krankenpfleger in dieser Klinik«, sagte er und setzte sich unaufgefordert auf einen Stuhl neben meinem Bett, »bis zu meinem schweren Motorradunfall vor zwei Jahren.«

Unweigerlich ließen mich seine Worte aufhorchen. Ernst sah ich ihn an.

»Die Diagnose damals war brutal und eindeutig: Querschnittslähmung – beide Beine waren betroffen, und ich hatte auch organisch schwere Probleme. Aber wie du siehst, sitze ich nicht im Rollstuhl, ich habe den Aussagen der Ärzte, den CTs und MRTs und allen Röntgenbildern getrotzt.

Na und, wirst du jetzt sagen – was geht mich das an? *Er* hatte eben Glück! Aber genau aus diesem Grunde bin ich hier, Victoria: es war kein Glück. Es war ein steiniger Weg und ein erbitterter Kampf. Ich saß ein Jahr lang im Rollstuhl und würde es immer noch tun, wenn ich mich aufgegeben hätte. Und glaube mir, ich war immer wieder ganz nah dran! Vielleicht hätte ich mich sogar aufgegeben, wenn mich meine damalige Freundin – und heutige Frau – nicht zum Durchhalten ermutigt hätte.

Ich musste eine Operation und zahlreiche Therapien über mich ergehen lassen – mit dem Erfolg, dass mein rechtes Bein wieder voll funktionsfähig ist, und mich die zerstörten Nervenbahnen des linken Beins kaum mehr beim Gehen behindern. Es ist dir sicher aufgefallen, dass ich hinke. Aber es stört mich nicht mehr. Und vielleicht schaffe ich es irgendwann sogar, durch intensives Muskeltraining auch diese Kleinigkeit wettzumachen.«

Scheinbar teilnahmslos hatte ich seinen Redeschwall über mich ergehen lassen. Natürlich klang seine Geschichte äußerst beeindruckend, beinahe heldenhaft. Doch woher sollte ich wissen, ob er sie nicht erfunden hatte, um mir Mut zu machen. Und selbst wenn es sich so zugetragen hatte, konnte es sich in seinem Fall nur um eine völlige Fehldiagnose der Ärzte gehandelt haben.

Wozu also diese ganze Geschichte? Wer hatte ihn mir geschickt, um mir das Märchen von der wundersamen Heilung des Gelähmten zu erzählen? Um mir vorzumachen, dass man allein durch Kampfbereitschaft und Willensstärke kaputte Nervenbahnen reparieren konnte?

Eine Mischung aus Abscheu und Wut erfasste mich. Dass man versuchte mich für dumm zu verkaufen, empfand ich als Zumutung. Jetzt hatte ich lange genug Geduld gehabt und mir seinen Unsinn angehört. Jetzt war es Zeit, dass er mich endlich von seiner lästigen Gegenwart befreite.

Doch bevor ich irgendetwas sagen konnte, holte Collin eine kleine Glasflasche mit weißen Pillen aus seinem Mantel und hielt sie mir hin.

»Wenn man aber nicht kämpfen *will*, Victoria«, sagte er plötzlich, »gibt es auch eine andere Möglichkeit.« Er drückte mir das

Glasfläschchen in die Hand. Ich wehrte mich nicht. Ganz automatisch umschloss ich es mit den Fingern. Wie gebannt richtete sich mein Blick darauf. »Hier – nimm es!« sagte er mit ernster Stimme. »Es ist ganz leicht und tut überhaupt nicht weh! In ein paar Minuten ist alles vorbei.«

Wie ein Blitz traf es mich, was er meinte. Starr blickte ich auf das Fläschchen in meiner Hand. Meine Hand begann zu zittern. Mein Herz schlug schneller, heftiger, lauter. Mein rasender Puls drückte mir auf die Kehle, schnitt mir den Atem ab. Panische Angst ließ mich tief nach Luft ringen.

Im nächsten Moment schloss ich die Augen und schleuderte das Fläschchen gegen eine Wand, wo es lautstark zerschellte. Ich verbarg mein Gesicht in den Händen. Ein tiefes Schluchzen und ein Schwall befreiender Tränen brachen aus mir hervor. Der bittere Nachgeschmack von Todesangst ließ mich aus tiefster Seele weinen.

Sekunden, vielleicht Minuten vergingen. Nur langsam beruhigte ich mich und wischte mir die Tränen aus den brennenden Augen.

»Ich gratuliere dir, Victoria!« sagte Collin mit sanfter Stimme. »Du hast dich soeben fürs Kämpfen entschieden!«

Entsetzt sah ich ihn an.

»Aber es ist ohnehin viel besser so, glaube mir, du hättest von der ganzen Packung Pfefferminzbonbons nur eine schreckliche Magenverstimmung bekommen.«

»Was?« stammelte ich leise und sah ihn zweifelnd an. »Das waren also keine ...«

»Schlaftabletten? Dachtest du, ich gebe dir eine Packung Schlaftabletten in die Hand und riskiere, dass du dir in einem Anfall von Selbstmitleid etwas antust?« Er lächelte mich an. »Ich hoffte zwar, dass du so reagieren würdest – trotzdem, das wäre mir zu gefährlich, und Dr. Sherman hätte es nie zugelassen!«

»Dr. Sherman?« fragte ich erstaunt. »Hat *er* dich zu mir geschickt?«

Collin nickte und grinste mich an. »Natürlich! Er ist großartig. Ich bewundere ihn. Er hat mir nach meinem Unfall sehr geholfen. Er ermöglichte mir sogar die Operation, die ich mir selbst niemals hätte leisten können!«

»Dann ist deine Geschichte also wahr?«

Er lachte. »Du hast es nicht geglaubt – ich sah es dir an!«

»Sie klingt nun einmal wie ein schlechtes Drehbuch.«

»Ja, das stimmt«, sagte er amüsiert, »aber sie ist kein Einzelfall. Auch Ärzte sind nur Menschen und können sich irren. Die Neurologie im Besonderen gibt den Ärzten nach wie vor Rätsel auf. Durch meine Ausbildung zum Krankenpfleger bekam ich einiges an medizinischem Wissen mit. Meine Röntgenbilder und CT-Scans waren ziemlich eindeutig – kompletter Querschnitt! An der Diagnose hätte ich nur verzweifeln können. Erst bei der Operation stellte sich heraus, dass weit weniger Nervenbahnen verletzt waren als ursprünglich angenommen.«

Ich schloss kurz die Augen, atmete tief durch. Collin entging nicht, dass mir der Schrecken seines Experiments noch in den Gliedern steckte. Er drückte meine Hand und sah mich reumütig an. »Das vorhin war ziemlich grausam, ich weiß. Kannst du mir verzeihen?« Mit einem schwachen Lächeln bejahte ich seine Frage. »Dr. Sherman probierte dasselbe vor zwei Jahren an mir aus. Ich wage zu behaupten, dass ich in einem ähnlichen seelischen Zustand war wie du jetzt. Aber mir wurde dadurch bewusst, wie gern ich noch leben wollte, ja dass es gar keine andere Möglichkeit gab als zu kämpfen. Man wirft sein Leben nicht einfach weg, es ist viel zu kostbar, noch dazu wenn man so jung ist. Es lohnt sich, darum zu kämpfen!«

Ganz plötzlich empfand ich eine Art Dankbarkeit, dass Collin gekommen war. Ich hätte nicht behaupten können, dass ich neuen Mut gefasst hatte, doch es war ihm gelungen, mich aus meiner tragischen Teilnahmslosigkeit zu befreien. Sein grausames

Experiment hatte auch mir vor Augen geführt, wie sehr ich an meinem jungen Leben hing und dass der Wunsch weiterzumachen immer noch stark genug war.

»Dann war es auch Dr. Shermans Idee, das Experiment an mir auszuprobieren!«

Collin nickte lächelnd. Er macht sich große Sorgen um dich. Ich glaube, er mag dich sehr! Außerdem ...«, er beugte sich näher und flüsterte, als ob noch jemand im Raum wäre, der das Geheimnis nicht hören dürfe, »bin ich mir ziemlich sicher, dass du ihm gefällst!«

Welch eine Idee! dachte ich und musste lachen.

Collin sah mich begeistert an. »Wie schön es ist, wenn du lachst – es steht dir fantastisch! Ich hoffe, du bewahrst dir dieses Lachen bis morgen, bis ich wiederkomme!« Er stand auf und ging zur Tür. »Dann bis morgen um neun!«

»Collin!« rief ich ihm nach. Er drehte sich um. »Danke«, sagte ich leise.

»Nein, nein!« erwiderte er schroff. Ich möchte nicht, dass du mir dankst. Noch gibt es keinen Grund dafür. Aber du kannst mir etwas versprechen: Eines Tages, wenn du wieder auf deinen eigenen zwei Beinen stehst, dann ruf mich an oder schreib mir ein SMS, um mir zu danken. Okay?«

Ich nickte lächelnd, und er verschwand.

# Ein Hauch von Zuversicht

Tatsächlich hätte ich am nächsten Morgen meine Uhr nach Collin stellen können. Punkt neun stand er vor mir. Prüfend sah er mich an.

»Nun ja, sehr viel ist nicht mehr übrig«, sagte er unzufrieden, »aber das kriegen wir wieder hin!«

»Wovon sprichst du?« fragte ich verwirrt.

»Von deinem Lachen, mit dem du mich gestern verabschiedet hast.« Auf seine Bemerkung hin konnte ich mir ein Lächeln nicht verkneifen. »Immerhin«, scherzte er, »es ist ein Anfang!«

Plötzlich zog das Frühstück auf meinem Nachtkästchen seine Aufmerksamkeit auf sich. Neugierig hob er die metallenen Deckel von den Tellern. Ein herrlicher Duft verbreitete sich, unangetastete Speisen kamen zum Vorschein. »Wie köstlich!« rief Collin begeistert. »Schinken mit Ei – und Tomaten – und Kuchen – und Joghurt – und jede Menge Toast! Isst du das nicht?«

»Nein«, antwortete ich ohne hinzusehen, »ich habe keinen Hunger.«

»Wie schade – ich schon!« Gierig stürzte er sich über das Essen. »Schmeckt einfach grandios«, sagte er schmatzend, »du kannst dir gar nicht vorstellen, was du versäumst!«

Ich sah ihn an. Er hatte sich zum Essen nicht einmal hingesetzt. Wie ausgehungert verschlang er Ham and Eggs mit Toast, dann machte er sich über den Kuchen her. »Collin – bitte«, rief ich, »dein Appetit ist erschreckend!«

»Ja, ich weiß, tut mir leid!« antwortete er mit vollem Mund, öffnete das Joghurt und schenkte sich Kaffee ein.

Das Aroma des frischen Kaffees ließ mir endgültig das Wasser im Mund zusammenlaufen. »Bitte, Collin«, wiederholte ich eindringlich, »das ist ja nicht auszuhalten! Gib mir auch eine Tasse Kaffee – und einen Toast!«

Augenblicklich hielt er inne und sah mich erstaunt an. »*Du willst etwas essen*? Ich dachte, du hast keinen Hunger!«

»Hatte ich auch nicht. Los, gib schon her!«

Er reichte mir Kaffee und Toast. »Ich dachte, du wolltest dich zu Tode hungern!« sagte er vorwurfsvoll.

Jetzt endlich begriff ich. »Ich verstehe schon, was du damit bezweckst«, sagte ich befangen und trank einen Schluck Kaffee. Er schmeckte mir, sehr sogar. Auch der Toast war eine Gaumenfreude. Doch es erschütterte mich, wie leicht mich Collin schon wieder hatte manipulieren können.

Collin aß keinen einzigen Bissen mehr. Reglos und ernst sah er mir beim Essen zu. »Dr. Sherman sagte mir, dass du fast alle Speisen unberührt zurückschickst. Sicher hast du schon einiges an Gewicht verloren. Ich wünschte, ich könnte verstehen, was *du* damit bezweckst. Glaubst du wirklich, dass du dir damit hilfst?«

»Ich hatte einfach keinen Hunger.«

»Selbst wenn es so wäre – was ich nicht ganz glauben kann –, müsstest du dich zwingen!« Collin setzte sich zu mir aufs Bett. Tief und durchdringend sah er mir in die Augen. »Versprichst du mir, dass du von jetzt an wieder ganz normal essen wirst?«

Ich nickte. »Ich verspreche es dir!«

»Gut«, sagte er lächelnd.

»Collin?« fragte ich leise und fasste ihn am Arm. »Warum versuchst du mir zu helfen? Warum kümmerst du dich so sehr um mich?«

»Es ist mein Job«, antwortete er mit einem schelmischen Augenzwinkern.

»Nein, bitte – sei ernst! Ist es nur, weil Dr. Sherman dich schickte?«

Der fröhliche Ausdruck verschwand aus seinem Gesicht. So nachdenklich hatte ich ihn bisher nicht erlebt. »Er schickte mich – ja. Und weißt du auch, warum er es tat? Ganz einfach: Nur wer es am eigenen Leib erfahren hat, kann wirklich nachfühlen, was es bedeutet, wenn einem die Beine plötzlich ihren so selbstverständlichen Dienst versagen, wenn die einfachsten, alltäglichen Dinge im Leben zum Problem werden, wenn einem die Hilfe anderer Menschen nicht unangenehm, sondern immer willkommen sein muss. Nur wer das alles selbst durchmachte, ist in der Lage, einem ähnlich Betroffenen zu helfen.«

Ich sah es ihm an, wie seine eigenen schmerzhaften Erinnerungen lebendig wurden, wie sehr das vergangene Leid sein Leben und seine Persönlichkeit geprägt hatte. Doch er ließ seine wehmütigen Gedanken nicht erst aufkommen. Schon hatte er sie wieder unter Kontrolle und lachte mich an.

»Um aber auf deine Frage zurückzukommen«, sagte er und lehnte sich fast aufreizend zu mir aufs Bett, »ich habe selten so hübsche Patienten wie dich! In der Klinik, in der ich jetzt als Krankenpfleger arbeite, liegt das Durchschnittsalter meiner Patienten bei fünfundsechzig Jahren. Kannst du dir also vorstellen, welch eine angenehme Abwechslung du bist?«

Wieder einmal hatte er es geschafft, mich zum Lachen zu bringen. Auch empfand ich sein Kompliment als eines der herzlichsten, die ich jemals bekommen hatte. So regte sich auch in mir das Bedürfnis, ihm endlich etwas Nettes zu sagen. »Du bist ein wirklich toller Typ, Collin«, kam es unbeholfen über meine Lippen. Doch vielleicht ahnte er, dass ich damit sagen wollte, für welch einen großartigen, bewundernswerten Menschen ich ihn hielt.

»Und du bist eine wunderschöne Frau«, sagte er ablenkend, »aber damit sage ich dir sicher nichts Neues.«

»Nein, nein – eine wunderschöne Frau mit gelähmten Beinen.«

»Täusche ich mich, oder klingt in deiner Stimme so etwas wie Selbstmitleid? Ich schätze, du hast außer deinen Beinen noch eine Menge anderer Vorzüge zu bieten!«

»Collin, was soll das? Machst du dich lustig über mich?«

»Das würde ich niemals tun! Aber ich weiß selbst, wie leicht man seine ganze Persönlichkeit vergisst und sein gesamtes Denken und Fühlen auf zwei gelähmte Beine konzentriert. Und damit hat man sich unweigerlich dem Selbstmitleid ausgeliefert.« Sein Blick war stechend, sein Tonfall mahnend ernst. »Selbstmitleid ist das Schlimmste an allem – schlimmer als die Lähmung selbst. Es frisst dich auf, lässt deinen seelischen Schmerz zu einem unbesiegbaren Ungeheuer heranwachsen. Es nimmt dir den Glauben an jede ehrliche Zuneigung anderer Menschen. Es lässt dich denken, dass man dich nicht mehr lieben kann, nur weil deine Beine nicht mehr funktionieren. Mich hat es sogar dazu getrieben, an der aufrichtigen Liebe meiner Freundin zu zweifeln und ihr damit ganz furchtbar Unrecht zu tun.

Wehre dich, Victoria! Bekämpfe es! Lass es nicht in dir leben! Lass nicht zu, dass es dir immer wieder wehtut und dich irgendwann kaputt macht! Es wird nicht leicht sein, aber du musst es versuchen! Versprich mir, dass du es versuchen wirst?«

Seine Worte hatten mich völlig in ihren Bann gezogen. Ob ich ihre schicksalhafte Bedeutung damals schon abschätzen konnte? In jedem Fall war es unmissverständlich, wie bitter ernst er seine Warnung meinte. »Ich will es versuchen, Collin!« erwiderte ich fast eingeschüchtert.

Wieder änderte sich sein Gesichtsausdruck. »Dann wirst du es auch schaffen!« sagte er aufmunternd. »Es wäre doch gelacht, wenn du diesen Kampf nicht gewinnen würdest! Ich schätze, du bist viel stärker, als ich es damals war. *Du* lässt dich nicht unterkriegen, ich weiß es!«

Natürlich war mir klar, dass Collins letzte Worte nur dazu gedacht waren, um mir neuen Mut zuzusprechen. Doch er tat es mit so viel Überzeugungskraft, dass sie ihre Wirkung nicht verfehlten.

Als er mich an diesem Vormittag verließ, breitete sich zum ersten Mal ein Hauch von Zuversicht in mir aus. Die Absicht zu kämpfen und diesen Kampf auch zu gewinnen war auf einmal ein zulässiger Gedanke. Der Wunsch zu leben, noch einmal einen neuen Anlauf in meinem jungen Leben zu wagen ergriff Besitz von meiner verwundeten Seele.

Zum ersten Mal fühlte ich mich stark genug, um meine Familie anzurufen. Der späte Vormittag war genau die richtige Zeit dafür. Richard würde in der Firma und die Kinder in der Schule sein. Dagmar wäre sicher allein zu Hause, und nur mit ihr wollte ich sprechen.

Meine Vermutung war richtig. Als Dagmar meine Stimme hörte, war sie zu Tränen gerührt. »Victoria! Mein Gott – endlich! Wir sind in solcher Sorge um dich. Wie geht es dir?«

»Mir geht es erträglich – meinen Beinen schlecht. Aber das weißt du sicher alles von Dr. Sherman – auch, dass eine Rückenmarksverletzung wahrscheinlich ist.«

»Ja, das sagte er. Er sagte aber auch, dass immer noch Hoffnung besteht.«

»Ich weiß. Hier versuchen alle, mir Hoffnung zu machen. Und mittlerweile bin ich sogar entschlossen, mich an diese Hoffnung zu klammern, selbst wenn sie nur dazu dient, meinen Lebensmut zu stärken.«

Es war nicht zu überhören, wie mitgenommen Dagmar war. Sie bemühte sich, es mich nicht merken zu lassen, dass sie gegen ihre Tränen kämpfte. »Wir alle lieben dich, Victoria«, sagte sie mit schwankender Stimme, »bitte vergiss das nie – trotz deines schrecklichen Kummers! Wir erwarten sehnlichst den Tag, an dem wir dich nach Hause holen können.«

»Danke, Dagmar. Es wird zwar noch etwas dauern, bis ich nach Hause darf – denn die erste Physiotherapie hat bereits begonnen –, aber es ist ein beruhigendes Gefühl zu wissen, dass ich mich auf euch verlassen kann.«

»Victoria, wir sind deine Familie, und wir vermissen dich ganz furchtbar. Wir werden immer zu dir stehen, was auch passiert.«

Nur wenige Menschen besitzen die nötige Einfühlsamkeit, um in einer heiklen Situation tröstende Worte zu finden. Dagmar gehörte zu ihnen. Sie wusste genau, worauf es jetzt ankam, was ich jetzt unbedingt hören wollte, hören *musste*: dass meine Familie für mich da war, mir Sicherheit und Rückhalt bot, dass ich nicht auch noch befürchten musste, allein gelassen zu sein.

Gerne hätte ich ihr zu verstehen gegeben, wie viel mir ihre Worte bedeuteten, doch wie schon zuvor bei Collin fühlte ich mich außerstande, mein Empfinden auszudrücken. Ein leises »Danke, Dagmar, ihr seid großartig!« war alles, was über meine Lippen kam.

»Du brauchst dir auch keine Sorgen wegen der Uni zu machen«, fuhr sie mit betont heiterer Stimme fort, »Richard hat persönlich mit dem Vorstand des Englischen Instituts gesprochen. Natürlich erzählte er keine Einzelheiten, sondern nur, dass du nach einem Verkehrsunfall in London im Krankenhaus liegen würdest und dort noch einige Zeit bleiben müsstest. Deine Vorlesungen und Seminare würden die Assistenten zu Ende führen, sagte der Institutsvorstand. Er schickt dir die allerbesten Wünsche und lässt dich bitten, dich während der Semesterferien im Februar bei ihm zu melden.«

»Das klingt fast so, als wenn ich meinen Job nocht nicht los wäre!«

»Was für eine Idee! Warum solltest du deinen Job verlieren?«

»Nun ja, wir werden sehen. In jedem Fall auch dafür vielen Dank! Ich hoffe, du verstehst es, wenn ich jetzt wieder auflege.«

»Natürlich. Wir denken an dich. Bitte sei nicht verzagt!«

»Ich melde mich wieder, bis bald!«

Wie ich es geahnt hatte, war der vorsichtige Optimismus, der in mir keimte, durch das Gespräch mit Dagmar noch verstärkt worden. Ihre Worte waren von Trost, Zuversicht und tiefer Zuneigung geprägt gewesen – keine Silbe des Vorwurfs, keine quälenden Fragen waren über ihre Lippen gekommen. Vorwürfe und quälende Fragen würde ich von Richard früher oder später ohnehin zu hören bekommen. Und früher oder später würde ich auch in der Lage sein, sie über mich ergehen zu lassen und Richard darauf zu antworten.

Jetzt aber war ich dankbar dafür, dass ich Dagmar hatte sprechen können. Ich freute mich, ihre Stimme gehört zu haben, und beinahe empfand ich so etwas wie Sehnsucht, wieder nach Hause zu kommen.

# Der neue Freund

Collin besuchte mich jeden Tag. Eines Morgens schaute er lachend zur Tür herein und sagte: »Hallo, Victoria! Ich habe dir heute jemanden mitgebracht. Darf ich ihn hereinführen?«
»Wer ist es?« fragte ich unsicher.
»Ein Freund«, rief er.
Noch bevor ich mich näher nach seinem Freund erkundigen konnte, hatte ihn Collin auch schon in mein Zimmer geführt und die Tür hinter sich geschlossen. Beim Anblick *seines Freundes* lief mir ein kalter Schauer über den Rücken.
»Das ist also dein Freund?« fragte ich entsetzt.
»Er war es – ein ganzes Jahr lang –, und jetzt wird er *dein* Freund sein!«
»Nein, Collin – bitte, ich kann nicht!« flehte ich.
»Doch, Victoria, du kannst, du *musst*! Oder willst du in diesem Bett versauern? Ich weiß, was für eine Überwindung es ist, glaube mir!« *Er* ist nicht dein Feind – du bist es selbst, wenn du *ihn* ablehnst. Er ist ein Mittel zum Zweck – sonst gar nichts. Aber wenn du versuchst dich mit ihm anzufreunden, wirst du sicher leichter mit ihm leben können.«
Collin merkte, wie nahe ich den Tränen war. »Soll ich dich ein paar Minuten allein lassen?« fragte er rücksichtsvoll.
»Nein – Collin, bleib hier!« antwortete ich entschlossen, es war endlich an der Zeit, der Wahrheit ins Auge zu sehen. »Ich benehme mich idiotisch, nicht wahr?«
»Nein, Victoria, das tust du nicht. Du hast Angst. *Ich* hatte Angst – damals. Das erste Mal ist grausam, ich weiß. Aber wenn du dich *einmal* überwunden hast, lässt es sich ertragen.«
»Na schön, dann bringen wir es hinter uns!« sagte ich mit einem verkrampften Lächeln, doch meine eigenen Worte erschreckten mich.

Ich schlug die Bettdecke zurück und setzte mich auf. Vorsichtig nahm Collin meine Beine und drehte mich so weit herum, dass ich auf der Bettkante sitzen konnte. Er half mir in die Pantoffel und den Morgenmantel. Mit der Hebevorrichtung senkte er mein Bett ab, bis es mit der Sitzfläche des Rollstuhls auf gleicher Ebene war. Geduldig erklärte er mir, wie ich mich am leichtesten allein in den Rollstuhl setzen konnte. Doch da mich das Korsett dabei sehr behinderte, half er mir und hob mich behutsam hinein.

Er setzte sich aufs Bett und sah mich lächelnd an. »Überstanden?« fragte er mitfühlend.

Ich holte tief Atem, schloss für einen Moment die Augen und nickte. »Überstanden!«

»Gut«, schmunzelte er, »jetzt zeige ich dir, wie man mit deinem neuen Freund umgeht. Es ist eigentlich ganz leicht. Ich hatte den gleichen Rollstuhl – er ist der beste, glaube mir! Er ist vom Gewicht her sehr leicht und in der Handhabung einfach. Natürlich hat er keine Armlehnen, damit der Oberkörper genug Freiraum hat.«

Collin bemühte sich um eine gewissenhafte, einfühlsame Erklärung. Und ich bemühte mich, ihm zuzuhören, soweit es mir meine Anspannung erlaubte. Er meinte zwar, er wolle mich mit seinen Ratschlägen nicht gleich überfordern, doch im Grunde ließ er erst locker, als ich seine Anweisungen in die Tat umsetzen konnte.

»Na großartig!« rief er, als ich den Rollstuhl mühelos wendete. »Noch ein bisschen Übung, und du wirst sehen, wie viel Freiheit er dir bietet!«

Jetzt fand ich, dass Collin mit seiner Aufmunterung maßlos übertrieb. *Freiheit* hatte ich immer ganz anders definiert. Doch vielleicht war die Zeit gekommen, auch meine Ideale an die neue Lebenssituation anzupassen.

Ich hatte getan, was Collin von mit verlangte: ich hatte mich überwunden, mich in den Rollstuhl gesetzt, mich bemüht, mit ihm umzugehen. Doch wie ein Eisblock lastete die Angst auf meiner Seele. Grauenvolle Bilder tauchten vor meinen Augen auf und zeigten mir mein zukünftiges Leben – daheim, auf der Uni, bei Freunden, denn viel mehr würde es ohnehin nicht mehr geben. Wenn ich es schon kaum ertragen konnte, hier in diesen vier Wänden – nur in Anwesenheit eines ehemaligen Leidensgenossen – im Rollstuhl zu fahren, wie musste es erst draußen sein unter wildfremden Menschen, in einer Welt, die nur Hindernisse für mich zu bieten hatte?

Ich fuhr zum Fenster, richtete meinen starren Blick hinaus in diese Welt, die mir plötzlich so fremd war, die ich von nun an als behinderter Mensch, im Rollstuhl sitzend, erleben sollte. Wie weggeblasen war der zarte Optimismus, der so vorsichtig in mir erwacht war. Grenzenlose Traurigkeit und erdrückende Angst zogen wieder in meiner Seele ein. Tränen traten in meine Augen, so unaufhaltsam und beharrlich, dass ich sie kaum wegwischen konnte.

Collin rückte sich einen Stuhl ans Fenster und setzte sich neben mich. Er reichte mir ein Taschentuch, und ich wischte mir die Tränen von den Wangen. Ich fühlte, dass er meinen Kummer genau kannte. Ein paar Minuten lang schwieg er, sah mich nur ruhig und verständnisvoll an.

»Die Welt ist voller Hindernisse, ich weiß«, sagte er schließlich und blickte selbst aus dem Fenster, »sie ist nur geschaffen für perfekte, gesunde und glückliche Menschen. Und die Menschen sind grausam zu jedem, der nicht perfekt, gesund und glücklich ist, zu jedem, der anders ist als sie selbst. Sie lassen es dich fühlen, dass du anders bist, starren dich an, geben dir zu verstehen, dass du nicht zu ihnen gehörst.

Hilfe ist ihnen entweder eine Peinlichkeit oder ein Opfer, für das sie Dank und Huldigung erwarten. Sie haben vergessen, dass die Worte *Mitleid*, *Mitgefühl* ihren Ursprung darin haben, mit anderen Menschen *mit*zuleiden, *mit*zufühlen. Es sind Worte, die sie beunruhigen, mit denen sie nicht umgehen können, weil sie etwas mit Schwäche zu tun haben. Und Schwäche hat keinen Platz in unserer modernen Leistungsgesellschaft.

Und doch, Victoria, wirst du in dieser Welt der Stufen und mitleidigen Blicke Menschen begegnen, die all die Unmenschlichkeit Lügen strafen; Menschen, die nicht den Rollstuhl und deine gelähmten Beine, sondern deine Schönheit und deinen Liebreiz sehen, die deine Persönlichkeit, deine Intelligenz, deinen Charakter schätzen; Menschen, die dich mit Freude in ihrer Mitte aufnehmen und dir mit natürlicher Selbstverständlichkeit ihre Hilfe anbieten.«

»Verdammt, Collin!« schrie ich. »Hör auf, ich kann es nicht mehr ertragen! Warum bleibst du nicht bei der Wahrheit? Ich bin ein *Krüppel – das* ist die Wahrheit! Warum sprichts du dieses Wort nicht aus? Weil es genauso wehtut wie die Wahrheit selbst? Sieh mich an, Collin, sieh mich doch an! Und jetzt sag mir ehrlich, ob du zuerst mein hübsches Gesicht siehst! Nein, wenn du ehrlich bist, musst du zugeben, dass sogar *du* zuerst den Rollstuhl und dann erst mich siehst! Die *arme hübsche Frau im Rollstuhl* ist wohl das größte Kompliment, das ich noch zu erwarten habe. Mein Gott, wie stolz war ich immer auf meine Beine! Nein, Collin, mit meiner Schönheit ist es vorbei. Aber das wäre nicht einmal das Schlimmste – viel schlimmer ist, dass ich zu nichts mehr zu gebrauchen bin, dass ich allen nur mehr zur Last fallen werde.«

In einem tiefen Schluchzen brach mein Kummer erneut hervor. Ich verbarg mein Gesicht in den Händen, spürte, wie mein Körper zu zittern begann – ob vor Angst, Trauer oder gekränkter Eitelkeit hätte ich nicht unterscheiden können. Zum ersten Mal hatte das Selbstmitleid gnadenlos über mich triumphiert.

Collin wusste es, doch er verstand auch, dass ich Trost jetzt viel dringender benötigte als einen weiteren Vortrag über Selbstmitleid. Er legte seine Arme um mich, strich mir sanft übers Haar. Hilfesuchend legte ich meinen Kopf an seine Schultern.

»Ich habe so furchtbare Angst, Collin«, seufzte ich, »ich glaube, ich kann nie wieder unter Menschen …«

»Doch, Victoria, du kannst!« flüsterte er. »Es geht vorbei, glaube mir! Du gewöhnst dich daran. Bald merkst du es nicht mehr, wenn sie dich anstarren. Bald wirst du deine Kraft zurückgewinnen, wirst selbstständiger werden, wirst dein Leben neu und anders ordnen, sodass du auf die Hilfe anderer immer weniger angewiesen sein wirst. Und damit vergeht automatisch das Gefühl, anderen zur Last zu fallen. Dein Selbstbewusstsein wird zurückkehren, und die Befürchtung, nutzlos zu sein, verschwindet ganz von selbst.«

Seine Einfühlsamkeit und sein Verständnis weckten plötzlich das schlechte Gewissen in mir. Vorsichtig löste ich mich aus seinen Armen, wischte mir die letzten Tränen weg und sah ihn reumütig an. »Vorhin habe ich dich völlig zu Unrecht angeschrien – es tut mir leid!«

»Schon vergessen!« sagte er lachend.

»Du gibst dir solche Mühe mit mir, und ich benehme mich wie ein Ekel!«

»Aber du bist ein hübsches Ekel!«

»Collin – bitte!«

»Auch wenn du es jetzt nicht wahrhaben willst, aber du wirst es erleben: einer schönen Frau verzeiht man eine ganze Menge – zu viel wahrscheinlich: zum Beispiel, wenn sie in einem Anfall von Selbstmitleid unerträglich ist!« Er zwinkerte mir zu. »Du wirst noch an mich denken, wenn sich die Männer darum reißen, dir zu helfen!«

Ich musste schmunzeln. Collin war wirklich ein lieber Freund, dachte ich, und all sein Bemühen lohnte ich ihm mit Abscheulichkeit. Scheinbar nahm ich mir jetzt schon das Recht heraus, auf Grund meines Kummers unausstehlich sein zu dürfen. Ich ließ meinen Schmerz an anderen aus, die mich mochten und sich um mich sorgten. Der Gedanke erschreckte mich: würde sich durch mein Leid auch meine Persönlichkeit verändern? Würde ich die Menschen, die mich liebten, durch schlechte Laune und ekelhaftes Benehmen für mein Schicksal büßen lassen? Dann würde ich wirklich nur mehr eine Last für sie sein! Nein, so weit durfte es nicht kommen! Ich durfte mich nicht so gehen lassen. Ich musste lernen, mich zu beherrschen und mit meinem Kummer umzugehen.

»So, und jetzt wieder ab ins Bett mit dir! Wir wollen es für den Anfang nicht übertreiben.« Er half mir zurück ins Bett. »Deinen neuen Freund lasse ich dir hier«, sagte er mit einem Augenzwinkern, »damit ihr euch aneinander gewöhnen könnt.«

»Collin«, rief ich, als er im Begriff war zu gehen, »bist du mir wirklich nicht böse? Es ist sonst nicht meine Art, jemanden so anzuschreien!«

»Das weiß ich doch. Bitte, Victoria, denk nicht mehr daran! Ich habe nicht den geringsten Grund, dir böse zu sein. Denkst du, ich habe vergessen, wie ich damals war? Dein lauter Tonfall von vorhin war harmlos und verständlich – nichts gegen meine einstigen Wutausbrüche! Ich brauchte verdammt lange, um meinen Schmerz unter Kontrolle zu bringen und ihn nicht an anderen auszulassen.«

Mit nachdenklichem Gesichtsausdruck setzte er sich noch einmal auf mein Bett. »Ich erzähle dir etwas im Vertrauen«, sagte er ernst, »vielleicht denkst du einmal daran, wenn du in Versuchung gerätst, Menschen, die dich lieben, zu verletzen.

Es ist ungefähr eineinhalb Jahre her. Meine Freundin und ich waren zu einem Fest eingeladen. Es wurde tolle Musik gespielt. Ich ermunterte sie immer wieder, doch mit jemandem zu tanzen. Als sie es schließlich tat und sich von ihrem Tanzpartner mit einem Kuss auf die Wange verabschiedete, erfasste mich blinde Eifersucht. Sofort wollte ich das Fest verlassen, und wir fuhren nach Hause. Dort stellte ich sie zur Rede, machte ihr Vorwürfe, und in einem hysterischen Anfall von Selbstmitleid schimpfte ich sie eine billige Schlampe.«

Er atmete tief durch. »Noch heute leide ich darunter, dass mir diese Worte damals über die Lippen kamen. Gott sei Dank hat sie mir längst verziehen. Und in ihrer Großherzigkeit verstand sie schon damals, dass nicht mein Herz, sondern gekränkter Stolz aus mir gesprochen hatte.«

Collin lächelte wieder. »Soviel noch einmal zum Thema Selbstmitleid – und wozu es einen treiben kann! Und jetzt ruhe dich ein bisschen aus, bevor es später mit der Physiotherapie weitergeht. Bis morgen, Victoria!« Er zwinkerte mir noch einmal zu und verließ mich.

# Abschied

Drei Wochen nach meinem Unfall verpasste man mir ein spezielles Stützkorsett für die Lendenwirbel, das dem Oberkörper mehr Freiraum bot. Dadurch sollte mir sowohl die Handhabung des Rollstuhls als auch das Wechseln auf eine andere Sitzfläche erleichtert werden. Mein Oberkörper war jedoch durch die lange Ruhigstellung so verspannt, dass erst nach tagelanger gezielter Physiotherapie der gewünschte Effekt eintrat.

In der Klinik könne man nichts mehr für mich tun, hieß es, und so wurde ein genauer Plan erstellt, welchen Neurologen ich in Wien aufsuchen sollte und welche Therapien in den kommenden Wochen dringend angeraten waren. Mit den neuesten CT-Aufnahmen, die zwar keine Veränderung zeigten, eine Besserung jedoch nicht ausschließen würden, wollte man mich zur weiteren Behandlung nach Wien entlassen.

Als der Tag meiner Heimreise feststand, gab ich Dagmar Bescheid. Sie kündigte mir an, dass sie mich gemeinsam mit Richard abholen werde. Es sei schon alles für meine Rückkehr vorbereitet, sagte sie – was genau damit gemeint sei, solle aber eine Überraschung für mich sein. Nur die Frage, ob ich von meinem Zimmer im ersten Stock lieber in eines der großen Gästezimmer im Erdgeschoß umziehen würde, wollte sie jetzt noch mit mir klären. Zwar hatte ich darauf noch keinen Gedanken verschwendet, doch es war eine gute Idee. So umsichtig, wie ich Dagmar kannte, hatte sie sicher schon vieles bedacht, und so überließ ich ihr gern die Entscheidung, das geeignete Zimmer für mich auszuwählen.

Meine letzten Tage in der Klinik nützte Collin dazu, um mich auf die hindernisreiche Welt vorzubereiten. Er brachte mir zahlreiche Tricks und Kniffe bei, die mir im täglichen Leben nützlich seien: wie ich mir das Badezimmer erobern, in ein Auto ein- und ausklettern, leichte Steigungen ohne fremde Hilfe überwinden konnte. Obwohl sich Collin redlich bemühte, sämtliche Lebenssituationen so echt wie möglich nachzustellen, blieben sie in der Abgeschiedenheit meines Zimmers oder des Therapieraums doch nur graue Theorie. Dennoch war ich für seine Anregungen mehr als dankbar und fest entschlossen, sie zu beherzigen. Dass mich meine Rückenschmerzen dabei quälten, ließ Collin nicht als Ausrede gelten. Ich müsse mich *durchbeißen*, meinte er streng. Erst wenn ich mir ein Minimum an Selbstständigkeit und Unabhängigkeit erworben hätte, wolle er mich in die raue Wirklichkeit entlassen.

Am Tag vor meiner Abreise schließlich musste die gelehrige Schülerin vor ihrem gestrengen Lehrer die abschließenden Prüfungen ablegen. Collin vergewisserte sich noch einmal ganz genau, wie viel ich mir von seinen Anweisungen gemerkt hatte und wie gut ich mit dem Rollstuhl zurechtkam. Für eine *Auszeichnung* reiche es wohl nicht, meinte er scherzhaft, doch ein *Sehr gut* könne er mir ruhigen Gewissens verleihen. Ein endgültiges Zeugnis darüber, wie ich mein Leben im Rollstuhl meistere, könne mir ohnehin nur der hindernisreiche Alltag ausstellen. Doch Collin war zuversichtlich, dass ich auch dort mit erstklassigen Noten bestehen würde.

Rechtzeitig zur *Zeugnisverleihung* betrat Dr. Sherman mein Zimmer. »Wie sieht es aus?« meinte der Schuldirektor zum Lehrer, als ob die Schülerin gar nicht anwesend wäre. »Können wir sie getrost in die unbarmherzigen Fänge des Alltags entlassen?«

»Zweifellos!« antwortete der Lehrer mit gespieltem Ernst. »Natürlich ist es eine Frage der Zeit und der Routine, aber sie wird es schaffen!« Collin zwinkerte mir zu.

»Das freut mich zu hören!« sagte Dr. Sherman mit einem erleichterten Lächeln und setzte sich auf einen Stuhl neben mich. »Im Grunde zweifelte ich nie daran – sie ist eine starke und bewundernswerte Frau.«

Bevor sich die beiden über meinen Kopf hinweg mit ermutigenden Phrasen übertrafen, wollte ich sie ein wenig einbremsen. »Es ist zwar rührend, wie großzügig Ihr Vorschusslorbeeren verteilt, doch bisher habe ich nicht einmal die Feuerprobe bestanden. Noch immer habe ich höllische Angst davor, wieder unter Menschen zu kommen. Und doch«, sagte ich mit einem Blick zu Collin, »hat mir dein geduldiges, unablässiges Bemühen ein wenig Mut gemacht. Ich weiß nicht, was ich ohne dich getan hätte!«

Collin machte eine beschwichtigende Handbewegung, und setzte dazu an, etwas zu antworten, als ungewöhnlicher Straßenlärm unsere Aufmerksamkeit auf sich zog. Laute Stimmen mischten sich in schallenden Applaus und drangen bis in mein Zimmer im zweiten Stock. Collin, der nahe dem Fenster stand, warf einen Blick hinunter.

»Was ist das?« fragte ich eher beiläufig. Collin und Dr. Sherman sahen einander vielsagend an. Sie machten mich neugierig. »Collin! Was ist da unten los?« wiederholte ich, aber er zögerte immer noch mit seiner Antwort. Also fuhr ich mit dem Rollstuhl zum Fenster, um die Lärmquelle selbst herauszufinden. Ich hatte das Fenster noch nicht erreicht, als mich Collin plötzlich fragte: »Bist du sicher, dass du wirklich hinuntersehen möchtest?«

Verblüfft sah ich ihn an. Seine Frage verwirrte mich. Was konnte sich auf der Einfahrt zur Klinik schon abspielen, das ich nicht sehen sollte? Ich wurde misstrauisch. An ihren Gesichtern war leicht zu erkennen, dass Collin und Dr. Sherman genau wussten, was unten vor sich ging.

Entschlossen versuchte ich eine Position einzunehmen, die mir eine gute Sicht auf die Einfahrt ermöglichte. Ich lehnte mich leicht auf die Fensterbank, und dann sah ich sie – die riesige Menschenmenge, die sich vor der Klinik versammelt hatte. Sie jubelte, applaudierte, drängte zum Eingang. Dort ragten zahlreiche Mikrofone aus der Menge empor – und alle waren sie auf eine Person gerichtet. Auf ihr – auf *ihm* – blieb mein Blick wie gebannt hängen. Sekundenlang schloss ich die Augen, atmete tief durch.

»David«, kam es unwillkürlich über meine Lippen. Ein heißer Schauer durchströmte mich. Ich stützte mich so weit wie möglich auf die Fensterbank, um ihn besser sehen zu können, doch die drängenden Journalisten verstellten mir immer wieder die Sicht. Es gelang mir schließlich, ihn von der Seite, einmal sogar von vorne zu sehen. Er trug den Kragen seines dunkelblauen Mantels hochgestellt, sein dichtes, schon ziemlich langes Haar wehte verführerisch im Wind.

Wie hinreißend er aussah! Die tiefsten Regungen meines Herzens, die von meinem Schmerz so lange unterdrückt worden waren, brachen übermächtig in mir hervor. Nein, es tat nicht weh, ihn zu sehen – im Gegenteil. Sein Anblick streifte mich wie ein Hauch vergangenen Glücks, wärmte meine frierende Seele, erfüllte sie noch einmal mit dem belebenden Zauber seiner Gegenwart.

Ohne mein Zutun zeichneten meine sehnsüchtigen Gefühle ein Lächeln auf meine Lippen. Ich konnte meinen Blick nicht von ihm abwenden. Es tat so wohl, ihn zu beobachten, wie freundlich er mit den Menschen sprach, wie geduldig er die wohl sehr persönlichen Fragen über sich ergehen ließ. Gerne hätte ich seine Stimme gehört, doch aus Angst, er könnte mich entdecken, wagte ich es nicht, das Fenster zu öffnen.

Je länger ich ihn ansah, desto ruhiger, desto friedlicher wurde es in mir. Die Rückkehr in seine Welt der Musik war fast vollzogen. Sein Publikum hatte ihm die Treue gehalten, liebte und verehrte ihn mehr denn je; und es ließ ihn seine Liebe und Verehrung spüren, gab ihm die Gewissheit, dass es sehnlichst darauf wartete, ihn wieder Klavier spielen zu sehen. Nur noch ein Konzert, und er würde der Alte sein – nein, er würde besser sein, er würde sich selbst übertreffen!

Plötzlich fühlte ich eine Hand auf meiner Schulter. »Er hat es geschafft«, sagte Dr. Sherman leise, »und Sie, Victoria, trugen viel dazu bei.«

»Mag sein«, antwortete ich, »doch im Grunde ist es die Musik, die ihm auf Dauer Kraft und Zuversicht verleiht. Sehen Sie doch, Doktor, sehen Sie, wie sie ihn anhimmeln, wie sie ihn lieben! *Das* ist es, was er braucht: die Musik und die Liebe seines Publikums – nicht die Liebe einer einzigen Frau!«

»Und deswegen wollten Sie ihn verlassen, nicht wahr?«

Ich antwortete nicht, senkte nur kurz meinen Blick.

»Ich glaube, Victoria«, fuhr Dr. Sherman unbeirrt fort, »Sie unterschätzten seine Gefühle für Sie. Er litt sehr darunter, dass Sie ihn verließen – so sehr, dass es sogar seine Genesung beeinträchtigte.«

»Was wollen Sie damit sagen, Doktor?« Ängstlich sah ich Dr. Sherman an.

»Dass es ihm einige Tage sehr schlecht ging.«

»Aber Sie sagten doch, es gehe ihm gut, ich solle mir keine Sorgen machen!« erklärte ich aufgeregt.

»Das sollten Sie auch nicht! Wir alle hier hatten genug Sorgen mit Ihnen beiden.«

»Was war mit ihm?« fragte ich und richtete meinen Blick wieder auf David.

»Er bekam plötzlich hohes Fieber. Wir befürchteten schon eine Infektion. Wir verabreichten ihm hochdosierte Antibiotika, auf die er zum Glück sofort ansprach. Trotzdem dauerte es fast eine Woche, bis er sich von seinem Rückfall erholt hatte. Ich weiß, als Herzchirurg dürfte ich so etwas nicht sagen, aber wenn ich Psychologe wäre, würde ich behaupten, es war der Kummer, weil Sie ihn verlassen hatten.«

Beschämt wischte ich mir zwei einsame Tränen aus den Augen. »Aber jetzt geht es ihm doch wieder gut?« fragte ich nachdrücklich. »Er sieht so großartig aus!«

»Ja«, antwortete Dr. Sherman lächelnd, »er ist wieder ganz gesund. Er muss sich jetzt nur noch etwas schonen. Soviel ich weiß, wird er die kommenden acht Wochen in seinem Sommerhaus auf Korsika verbringen. Und dann darf er endlich wieder in den Konzertsaal zurück.«

In einem tiefen Atemzug drückte sich meine Erleichterung aus. Plötzlich zog eine große, dunkle Limousine, die in der Einfahrt geparkt war, meine Aufmerksamkeit auf sich. Der Chauffeur stieg aus und öffnete die rechte hintere Wagentür. Er blieb daneben stehen und wartete. Langsam bahnte sich David seinen Weg durch die begeisterte Menge. Vor dem Wagen angelangt, drehte er sich noch einmal um und winkte ihnen zu. Dann hob er den Kopf und ließ seinen Blick über das Spitalsgebäude streifen.

Augenblicklich schreckte ich vom Fenster zurück. Nein, er hatte mich sicher nicht gesehen. Und doch wagte ich es nicht mehr, mich wieder auf die Fensterbank zu lehnen. Erst als ich das Zuschlagen einer Wagentür vernommen hatte, warf ich noch einmal einen vorsichtigen Blick hinunter. Schon setzte sich die Limousine in Bewegung. Durch die Heckscheibe konnte ich David gerade noch ausmachen. Ein letztes Mal winkte er den Fans und Journalisten. Jetzt – zum Abschied – winkte auch ich.

# Heimkehr

Am Tag darauf, es war Freitag, der 30. Januar, kamen Dagmar und Richard, um mich abzuholen. Sie hatten die Frühmaschine nach Heathrow genommen und trafen gegen zehn Uhr im Krankenhaus ein. Meine Sachen waren gepackt, und ich erwartete sie in Dr. Shermans Büro, wo ich die finanziellen Belange meines Aufenthalts regelte. Ich trug meine Jeans, einen warmen Pullover und einen Blazer darüber. Meine dicke Daunenjacke hatte ich in der Reisetasche verstaut, da sie mich im Rollstuhl nur einengen würde. Lieber wollte ich frieren, als mir noch eine zusätzliche Behinderung schaffen.

Dagmars Begrüßung war offenherzig und spürbar mitfühlend. Als mich Richard umarmte und mir kurz in die Augen sah, las ich in seinem Blick nicht nur brüderliche Sorge, sondern auch den längst erwarteten, unausbleiblichen Vorwurf. Dr. Sherman überreichte uns sämtliche Untersuchungsergebnisse, und ich musste ihm versprechen, so rasch wie möglich den von ihm empfohlenen Neurologen in Wien aufzusuchen. Noch einmal zum Abschied fand Dr. Sherman ermutigende Worte für die Patientin und deren Familie. Doch mittlerweile kannte ich ihn gut genug, um dazwischen herauszuhören, wie nahe ihm mein Schicksal ging, und wie sehr es ihn bedrückte, dass er nicht mehr für mich hatte tun können.

Dr. Sherman ließ es sich nicht nehmen, uns hinauszubegleiten. Vor seinem Büro wartete Collin auf uns.

»Collin!« rief ich erfreut. »Wie schön, dich zu sehen! Ich hatte schon Angst, du würdest nicht mehr kommen!«

»Du glaubst doch nicht, dass ich meine Lieblingspatientin so einfach abreisen lasse, ohne ihr Lebewohl zu sagen?«

Ich lächelte ihn an und machte ihn mit Dagmar und Richard bekannt.

»Nach allem, was wir über sie hörten, Collin«, sagte Richard in kühlem Ton«, hat Ihnen meine Schwester viel zu verdanken.«

»Keineswegs«, beschwichtigte Collin, »ich habe einen ähnlichen Leidensweg hinter mir und versuchte Victoria daher zu überzeugen, wie wichtig es ist, dass man niemals aufgibt.« Collins Lächeln wirkte natürlich. Richard dagegen musste sich zu seinem zwingen. Man sah es ihm an, dass er Collins positive Einstellung nicht teilte. Dagmar schien für den Hauch von Optimismus eher dankbar zu sein.

Die Befangenheit meiner Familie blieb Collin nicht verborgen. »Ich schätze, euer Taxi wartet schon!« sagte er fröhlich. Dann zwinkerte er mir zu. »Gibst du mir noch einmal die Ehre?«

Ich nickte. Collin führte mich mit dem Rollstuhl zum Ausgang. Dagmar, Richard und Dr. Sherman folgten uns schweigend. Tatsächlich war das Taxi zur Abfahrt bereit. Der Fahrer verstaute meine Reisetasche im Kofferraum. Als er mich sah, kam er mir entgegen und fragte höflich: »Kann ich Ihnen helfen, Miss?«

»Danke«, antwortete ich und ergänzte nach einer kurzen Pause, »danke, *nein!*« Collin klopfte mir leicht auf die Schulter, als wolle er damit sagen: Gut gemacht, du schaffst das auch ohne Hilfe!

Ich atmete tief durch. Das ist also die Feuerprobe! dachte ich. Alle starrten mich an, warteten darauf, ob ich es allein schaffen würde, vom Rollstuhl in den Wagen zu gelangen. Collin überzeugte sich davon, dass innen, oberhalb der hinteren Autotür auch wirklich ein Haltegriff angebracht war. Zufrieden nickte er mir zu. Gut, dachte ich, dann beweise ihm, dass du eine gelehrige Schülerin warst!

Knapp neben dem Einstieg stellte ich den Rollstuhl fest. Mit der rechten Hand stützte ich mich auf den Sitz, mit der linken umklammerte ich den oberen Haltegriff, dann zog ich mich kraftvoll auf den Rücksitz hinüber. Zuletzt hob ich meine Beine in den Wagen. Ein tiefer Atemzug. Es war geschafft.

Collin nickte mir begeistert zu. Sein Gesichtsausdruck schien zu sagen: Du hättest dir doch eine *Auszeichnung* verdient!

Auch Dr. Sherman nickte mit einem zufriedenen Lächeln. Nur auf den Gesichtern von Dagmar und Richard war betretenes Staunen zu lesen.

»Wollen wir fahren?« fragte ich, um sie aus ihrer Verlegenheit zu befreien. Sie verabschiedeten sich und stiegen ins Taxi.

»Alles Gute, Victoria!« sagte Dr. Sherman sichtlich gerührt und reichte mir seine Hand. »Lassen Sie von sich hören – bitte!«

»Mach ich, Doktor, und vielen Dank für alles!« Er lächelte mich noch einmal an, dann trat er vom Wagen zurück.

»Leb wohl, Collin!« sagte ich mit bewegter Stimme.

»Mach's gut, Victoria!« Er beugte sich zu mir in den Wagen und küsste mich auf die Wange.

»Wie soll ich dir jemals danken, Collin?«

»Ganz einfach – hast du unsere Abmachung vergessen? Ruf mich an, oder schreib mir ein SMS, wenn es soweit ist!«

Ich musste lachen. Nein, ich hatte es nicht vergessen.

Er zwinkerte mir noch einmal zu, dann schloss er die Wagentür. Das Taxi setzte sich in Bewegung. Ich winkte Collin und Dr. Sherman, bis ich sie aus den Augen verlor.

Einem kurzen letzten Blick auf das Spitalsgebäude konnte auch ich nicht widerstehen. Vor fünf Wochen war ich hierher gekommen, nur wenige Tage hatte ich bleiben wollen. Jetzt kehrte ich heim – anders, als ich es je vermutet hätte –, gezeichnet fürs Leben.

Fünf Wochen, die mir das größte Glück und den grausamsten Schmerz beschert hatten. Fünf Wochen, die mich aus den himmlischen Sphären erfüllter seelischer und körperlicher Liebe brutal in die Gefangenschaft eines behinderten Körpers gerissen hatten. Doch selbst wenn mein Schicksal so grausam wäre, mich für die wenigen glücklichen Tage mit David ein Leben lang büßen zu lassen, würde ich es niemals bereuen, dass ich hierher gekommen war. Warum auch? Was konnte David für meine Dummheit? Wen sollte ich verantwortlich machen außer mich selbst?

Sollte ich Michael noch mehr verachten, als ich es ohnehin tat – dafür, dass die schäbige Szene mit seiner Sekretärin so tief in meinem Unterbewusstsein vergraben war? Dafür, dass sie mir in einem abscheulichen Albtraum die Angst einflößte, David könnte mich genauso betrügen? Dafür, dass sie mich in blinder Flucht über eine belebte Fahrbahn laufen ließ? Nein, damit würde ich sogar Michael Unrecht tun. Wie sehr die Ängste der Vergangenheit in mir lebten, hatte sich mit brutaler Grausamkeit gezeigt.

Und David? Woher sollte er ahnen, dass ich von wilder Panik erfasst war, so zu enden wie Patricia? Woher sollte er wissen, wie sehr ich fürchtete, in seinem Herzen immer nur die *zweite Geige* zu spielen, in ewiger Konkurrenz mit der Musik? Woher – schlicht und einfach – sollte David wissen, wie sehr ich ihn liebte?

Nein, ich würde keinen anderen Schuldigen finden, den ich dafür zur Rechenschaft ziehen konnte, dass ich niemals imstande gewesen war, meine Vergangenheit zu bewältigen, aufzuarbeiten und sie ein für alle Mal in mir abzuschließen. Wovor, fragte ich mich, war ich denn in meiner blinden Panik davongelaufen? Nur vor den Enttäuschungen aus meiner Vergangenheit und der Angst, sie könnten sich wiederholen? Oder vielleicht auch vor meinen eigenen Wünschen und Hoffnungen, meiner Liebe zu David? Vielleicht nur vor meinen eigenen Schwächen. Jetzt würde ich Zeit genug haben – vielleicht ein Leben lang – um darüber nachzudenken.

Meine Heimreise gestaltete sich weniger bedrückend, als ich befürchtet hatte. Es gab nur vereinzelt Situationen, in denen ich die stechenden Blicke meiner Mitmenschen auf mir spürte, etwa als mich Richard durch die Abfertigungshalle in Heathrow und die Ankunftshalle in Wien Schwechat führte. Sonst wurde mir zumeist eine Sonderbehandlung zuteil, die zwar ungewohnt, aber durchaus erträglich war. Man brachte mich als Erste ins Flugzeug und ließ mich als Letzte aussteigen. Das Flugpersonal kümmerte sich mit ungezwungener Freundlichkeit um mich und gab mir das Gefühl, dass behinderte Fluggäste normal und alltäglich waren.

Dagmar und Richard sprachen während der ganzen Reise nur wenig. Bis auf zahlreiche besorgte Fragen – ob es mir gut gehe, ob ich es bequem hätte, ob sie etwas für mich tun könnten – kam ihnen nicht viel über die Lippen. Ich konnte fühlen, welch große Schwierigkeiten sie hatten, mit der neuen Situation umzugehen, doch ich wusste auch, dass es ihnen aus völlig verschiedenen Gründen schwer fiel.

Dagmar, die im Flugzeug neben mir saß, sah mich immer wieder mitfühlend an. Einige Male nahm sie meine Hand und drückte sie fest. Sie war in der Lage, *mit mir* zu fühlen, doch sie hatte Angst, etwas Falsches zu sagen oder ein Thema anzuschneiden, das mich verletzen könnte. Offenbar war es ihr am Telefon viel leichter gefallen, die passenden Worte zu finden.

Richard vermied es überhaupt, mir in die Augen zu sehen. Wenn es zufällig doch geschah, lächelte er gezwungen. Sonst lag ein ernster, nachdenklicher Ausdruck auf seinem Gesicht. Ich fragte mich, wie lange er mit seinen Vorwürfen warten würde; wann ich es zu hören bekäme, dass er die Reise nach London für verrückt gehalten habe und ich seine Warnungen in den Wind geschlagen hätte; ob ich mir bewusst sei, dass ich mein Leben zerstört hätte, ob ich jetzt endlich damit zufrieden sei, dass David Lamontaine wieder gesund und ich dafür ein Krüppel sei.

An diesem dreißigsten Januar lag in Wien fast meterhoch der Schnee. Auch als Richard mit dem Wagen aus der Flughafengarage kam und Dagmar und mich bei der Ankunft abholte, begann es leicht zu schneien. Es dauerte fast eine Stunde durch die matschigen Straßen, bis wir die Villa am Fuße des Brunner Bergs erreicht hatten.

Ein seltsam gemischtes Gefühl des freudigen Heimkehrens und der Angst vor meinem Leben in diesem alten Haus erfasste mich, als wir durch die Einfahrt fuhren. Der Garten lag unter einer weißen, unberührten Schneedecke verborgen. Die großen alten Bäume trugen schwer unter ihrer weißen Last. Kurz fragte ich mich, ob mir das stattliche Gebäude ungehinderte Geborgenheit schenken oder mich durch seine zahlreichen Stufen in wenigen Zimmern gefangen halten würde.

Sorgfältig hatten die Räumfahrzeuge die Einfahrt vom Schnee befreit. Als wir vor dem Haus anhielten, fiel mir auf, dass die wenigen Stufen, die zum Haustor führten, auf der rechten Seite mit einer flach ansteigenden Holzrampe überdeckt worden waren.

Ich sah Dagmar an, dann Richard, sie lächelten beide. »Danke«, sagte ich gerührt, »das ist lieb von euch!«

Dagmar schien ihre Befangenheit endlich etwas abzulegen. »Du wirst drinnen noch einige erfreuliche Überraschungen erleben. Willkommen zu Hause, Victoria!« Sie öffnete mir die Wagentür, und Richard holte den Rollstuhl aus dem Kofferraum. Plötzlich wurde das Haustor aufgerissen, und Katrin kam herausgestürmt.

»Tante Victoria, Tante Victoria!« rief sie, lief um den Wagen herum und blieb vor der geöffneten Beifahrertür stehen. »Endlich bist du wieder da!« Sie beugte sich in den Wagen und umarmte mich. »Du hast mir so gefehlt!«

»Du mir auch, Katrin«, antwortete ich mit bewegter Stimme, als ich ihre Umarmung erwiderte. Ihre natürliche Herzlichkeit und die freudige Begrüßung gingen mir so nahe, dass mir Tränen in die Augen traten.

»Tante Victoria, du weinst ja!« sagte sie, als sie es bemerkte.

Verlegen schüttelte ich den Kopf und wischte mir die Tränen weg. »Es ist nur, weil ich so froh bin, wieder bei euch zu sein.«

Katrin lachte mich fröhlich an. Als ihr Vater den Rollstuhl neben dem Wagen aufstellte, trat sie etwas beiseite und fragte: »Darf ich dir helfen?«

»Danke, Katrin«, antwortete ich erfreut über ihre Hilfsbereitschaft, »das Aussteigen ist zwar etwas mühsam, aber ich schaffe es schon!«

Richard schob den Rollstuhl knapp heran und fixierte ihn. Wie schon zuvor am Flughafen blieb er hinter dem Rollstuhl stehen, um mir notfalls helfen zu können. Ich rutschte auf dem Sitz so weit wie möglich nach außen, bis ich mich mit der rechten Hand sicher am Rollstuhl abstützen konnte. Mit der linken drückte ich mich vom Beifahrersitz weg und schwang mich hinüber. Schließlich hob ich meine Beine auf die Trittfläche des Rollstuhls.

Aufmerksam hatte mich Katrin beobachtet. »Darf ich dich führen?« fragte sie ungezwungen.

»Gern, Katrin, wenn dir das nicht zu schwer ist!«

»Keine Spur!« erklärte sie selbstbewusst, drängte ihren Vater weg und fasste den Rollstuhl an den Griffen an.

Es war verblüffend, wie geschickt sie sich anstellte, als hätte sie schon viele Male einen Rollstuhl geschoben. Dabei hatte sie so ein Ding sicher noch nie aus der Nähe gesehen. Gezielt nahm sie die Kurve, sogar die Steigung hinauf auf die Rampe bewältigte sie allein und lehnte schroff jede Unterstützung ihrer Eltern ab.

Sie öffnete das Haustor, und ich fuhr selbst in die Eingangshalle. Wie riesig und hoch mir plötzlich die tragenden Säulen vorkamen! Wie sehr sich die Dimensionen ändern, wenn man alles nur noch im Sitzen betrachten kann! Beinahe fremd und bedrückend wirkte die Halle auf mich.

Dagmar und Richard folgten uns und brachten meine Reisetasche mit. »Wo ist eigentlich dein Bruder?« fragte Richard seine Tochter.

Sie zuckte mit den Achseln. »Wahrscheinlich in seinem Zimmer.«

»Dann geh ihn holen! Er dürfte auf seinen Ohren sitzen.«

Eilig lief Katrin die große Treppe hinauf. Eine Tür schlug lautstark zu. Kurz darauf noch einmal. Katrin kam wieder herunter. Schweigend zeigte sich Daniel am oberen Ende der Treppe.

»Daniel«, rief ich erfreut, »ich dachte schon, du bist nicht da!«

Er antwortete nicht. Langsam, Stufe für Stufe kam er die halbkreisförmige Treppe herunter. Erwartungsvoll sah ich ihn an. Er wirkte verstört, beinahe ängstlich. Als er unten wie angewurzelt stehen blieb, fuhr ich ihm entgegen. Direkt vor ihm hielt ich an. Regungslos sah er auf mich herab. Ich streckte ihm die Hand entgegen, bemühte mich um ein vertrautes Lächeln. Zögernd ergriff er meine Hand.

»Hallo, Tante Victoria!« sagte er leise, ohne mir in die Augen zu sehen.

»Hallo, Daniel. Ich freue mich, dass du da bist. Ich habe dich vermisst.«

Er nickte leicht, drehte den Kopf zur Seite.

»Bekomme ich einen Kuss zur Begrüßung?«

Für den Bruchteil einer Sekunde sah er mir in die Augen, dann streifte sein eisiger Blick über den Rollstuhl. Er beugte sich zu mir und drückte mir einen kühlen Kuss auf die Wange. »Entschuldige, bitte«, sagte er förmlich, »ich habe noch Schulaufgaben zu machen.« Blitzschnell drehte er sich um und lief wieder die Treppe hinauf.

Als ich ihm mit den Augen folgte, überkam mich bitterste Enttäuschung. Seine unerwartete Ablehnung versetzte mir einen schweren Schlag.

»Daniel!« rief sein Vater laut und streng, doch Daniel war bereits in seinem Zimmer verschwunden und hatte die Tür hinter sich zugeknallt. Richard wollte ihm nachlaufen, doch ich konnte ihn gerade noch zurückhalten.

»Bitte Richard – *nicht*! Er kann nichts dafür!«

Mein Bruder ließ von seinem Vorhaben ab, doch Katrin rannte die Treppe hinauf und verschwand mit einem neuerlichen Zuschlagen der Tür in Daniels Zimmer.

»Du darfst dir das nicht zu Herzen nehmen, Victoria«, sagte Dagmar und ging in die Knie, um auf gleicher Höhe mit mir zu sprechen, »ich fürchtete fast, dass so etwas passieren würde. Er nahm die Nachricht von deinem Unfall sehr schlecht auf. Bitte, du musst ihm etwas Zeit geben!«

»Okay, ich verstehe das«, wehrte ich mit gebrochener Stimme ab. Nach einigen tiefen Atemzügen gewann ich meinen Fassung wieder.

»Komm«, sagte Dagmar und richtete sich auf, »jetzt zeige ich dir etwas, das dich sicher freuen wird!«

Sie führte mich durch das Wohnzimmer in ein angrenzendes Gästezimmer. Es war das größte von allen, verfügte über ein eigenes Badezimmer und bot einen herrlichen Ausblick in den Garten. Mein Bett, meine Möbel und Bilder, alle Einrichtungsgegenstände meines Zimmers waren hierher transportiert und in der gleichen Anordnung aufgestellt worden. Da das Zimmer auch noch größer war als mein ehemaliges, waren alle Möbelstücke weit genug von einander platziert, sodass ich mich problemlos mit dem Rollstuhl bewegen konnte.

Dagmar hatte sich tatsächlich große Mühe gegeben. In den Kleiderschränken waren die obersten Fächer tiefer gesetzt worden, und im Hängeteil sollte mir ein spezieller Haken ermöglichen, meine Kleider selbst von der Stange zu holen. Der Bodensockel auf der Schwelle zum Badezimmer war verschwunden, sodass sich der Fußboden in gleicher Höhe fortsetzte. Im Badezimmer war der Spiegel über dem Waschbecken heruntergesetzt, und an verschiedenen Stellen waren Haltegriffe montiert worden.

»Ihr habt wirklich an alles gedacht«, sagte ich beeindruckt.

»An alles wahrscheinlich nicht«, beschwichtigte Dagmar, »aber ich hoffe, du wirst uns im Laufe der Zeit deine Wünsche ehrlich mitteilen, damit wir dir deinen Alltag so hindernisfrei wie möglich einrichten können.«

»Ja, das werde ich gewiss tun. Fürs Erste einmal – vielen Dank! Ihr habt genau das richtige Zimmer für mich ausgesucht.«

»Wir entschieden uns aus zwei Gründen für dieses Zimmer«, sagte Richard, der gerade hereinkam und meine Reisetasche auf einen Stuhl stellte, »da es genau unter deinem ehemaligen Zimmer liegt, dachte Dagmar, könntest du wieder die gewohnte schöne Aussicht in den Garten genießen. Ich fand außerdem, dass sich das Badezimmer in Größe und Aufteilung ideal für deine Bedürfnisse eignen würde.«

»Damit habt ihr beide völlig Recht.«

»Soll ich dir helfen, deine Tasche auszupacken?« fragte Dagmar.

»Nicht nötig, danke!«

»Gut, dann werden wir dich jetzt allein lassen, damit du dich in deinem neuen Heim einleben kannst.« Sie sah auf die Uhr. »In zwei Stunden gibt es Abendessen.«

Sie hatten die Tür schon fast hinter sich geschlossen, als sich Dagmar noch einmal umdrehte. »Selbstverständlich wagten wir es nicht, deinen Bücherschrank anzurühren. Solltest du also ein Buch von ganz oben brauchen, wirst du uns rufen müssen!«

Ich nickte lächelnd, und sie verschwand. Tatsächlich stand in meinem riesigen Bücherschrank jedes einzelne Buch an seinem gewohnten Platz. Wie sie es angestellt hatten, diesen Koloss völlig unverändert zu transportieren, war mir ein Rätsel.

Ich fuhr zum Fenster und schaute hinaus in den tief verschneiten Garten. Die weiße Pracht beeindruckte mich kaum. Daniels abweisende Haltung hatte sich mir schwer aufs Gemüt geschlagen. Wir hatten uns immer so gut verstanden, und plötzlich behandelte er mich wie eine Fremde – kühl, herablassend. Ob es nur der

Schock gewesen war, mich im Rollstuhl zu sehen? Nein, Dagmar hatte ein tiefgreifenderes Problem angedeutet. An allgemeinen Vorurteilen gegenüber behinderten Menschen konnte es nicht liegen, denn ich wusste, wie tolerant Dagmar und Richard ihre Kinder erzogen hatten. Vielleicht wusste er einfach nicht, wie er mich jetzt behandeln sollte, vielleicht hatte mich der Rollstuhl in seinen Augen zu sehr verändert.

In der eigenen Familie auf Ablehnung zu stoßen war wohl das Schlimmste, das mir noch hatte passieren können. Darauf, dachte ich wehmütig, hatte mich selbst Collin nicht vorbereitet! Dieses Problem würde ich ganz allein lösen müssen, und die Zeit, so hoffte ich, würde mir dabei helfen.

Nachdenklich ließ ich meinen Blick durch mein neues Zimmer streifen. Es wirkte freundlich, gemütlich, und doch erschienen mir all die vertrauten Gegenstände beinahe fremd. Ob es die neuen *vier Wände* waren oder der veränderte Blickwinkel hätte ich nicht zu sagen vermocht.

Nur mein alter schwarzer Stoffhund, der auch jetzt wieder auf meinem Bett saß und mich mit seinen großen, glänzenden Knopfaugen ansah, war mir wirklich vertraut. Er musste fast so alt sein wie ich, und sein zerzaustes, zum Teil zerrissenes Fell zeugte davon, dass auch an ihm die Jahre nicht spurlos vorübergegangen waren. Ja, mein Lieber, dachte ich, wir beide haben viel gemeinsam: das Leben hat uns ziemlich übel mitgespielt!

# Ein Anschein von Normalität

Ich packte meine Reisetasche aus und verstaute die sauberen Sachen sorgfältig im Schrank. Als Letztes fiel mir das dunkelblaue Kleid in die Hände, das ich an meinem Abend mit David getragen hatte. Wehmütig drückte ich es an die Lippen. Unwillkürlich roch ich daran. Es war mir, als duftete es immer noch nach ihm. Die Erinnerung an die glücklichsten Stunden meines Lebens holte mich ein.

Entschlossen legte ich das Kleid wieder weg. Nein, so würde ich es niemals schaffen, wenn ich einem Traum nachhing, den ich mir selbst zerstört hatte. Nur wenn ich lernte, das Geschehene und mein eigenes Verschulden zu akzeptieren, würde ich vielleicht in der Lage sein, mein jetziges Leben zu meistern. Nur wenn ich meine Gefühle für David tief in meinem Herzen begrub, würde es mir vielleicht gelingen, die wenigen schönen Dinge, die mir mein Dasein noch bieten konnte, zu genießen.

Ich wählte einen passenden Kleiderbügel und hängte das blaue Kleid hinauf auf die Stange. Ich hängte es ganz nach hinten, damit ich nicht allzu oft in Versuchung geriet, meine Erinnerung aufleben zu lassen. Ich würde es ohnehin nie wieder tragen können. Ja, es gab eine Menge schöner Stücke in meinem Kleiderschrank, die ich vermutlich nie wieder tragen würde. Verächtlich streifte mein Blick über die vielen Paar Schuhe mit den hohen Absätzen, über all die kurzen Kleider und Röcke, sie hatten wohl endgültig ausgedient. Von nun an würde ich nur noch Hosen tragen, um meine Beine, die immer dünner und unansehnlicher wurden, zu verbergen.

In zwei Stunden, hatte Dagmar gesagt, werde das Abendessen fertig sein. Ich sah auf die Uhr – eine halbe Stunde war bereits vergangen. Auch wenn ich für jede Kleinigkeit um vieles länger brauchte als früher, hätte ich Zeit genug, um ein Bad zu nehmen und mir die Haare zu waschen.

Während das Badewasser einlief, holte ich aus meinem Schrank eine schwarze Hose und eine dunkelrote Bluse, die ich zum Abendessen tragen wollte. Beides legte ich aufs Bett, wo ich mich erfahrungsgemäß am leichtesten anzog. Mein neues Leben war nicht nur viel zeitaufwändiger, es erforderte auch, dass ich immer im Voraus bedachte, was ich später vielleicht benötigen könnte. Im Badezimmer lag alles griffbereit. Dagmar hatte höchst umsichtig für mich gesorgt. Bademantel, Pantoffel, Handtücher und Schaumbad lagen in Reichweite neben der Wanne.

Ich freute mich auf das warme Bad, es würde mir sicher gut tun und mir helfen zu entspannen. Vorsichtig setzte ich mich auf den Rand und ließ mich langsam in die Badewanne gleiten. Das Wasser war angenehm temperiert, der Badeschaum prickelte wohlig auf meiner Haut. Ich hielt mich ganz fest an den Griffen oberhalb der Wanne und tauchte kurz unter. Ich schäumte mir die Haare ein und spülte sie ab. Dann lag ich regungslos da und genoss die Schwerelosigkeit, die das Wasser meinem Körper vortäuschte.

Schon nach wenigen Minuten trat die erhoffte Entspannung ein. Das Wasser hatte meinen Körper durchwärmt, und beinahe war es, als rege sich ein leises Gefühl in meinen Beinen. Langsam erholte sich mein geschwächter Körper von den Anstrengungen der Reise.

Auch mein Geist wurde ruhiger. Die Ängste, die mein erstes Erscheinen in der Öffentlichkeit begleitet hatten, fielen allmählich von mir ab. Ein erleichtertes Gefühl, endlich wieder daheim zu sein, breitete sich in mir aus.

Zwar bedrückte mich noch immer der Gedanke an Daniels Ablehnung, doch auch die Hoffnung, mit Geduld und Verständnis, bald wieder seine Zuneigung zu gewinnen, erwachte in mir. Sicher würde ich viel Beharrlichkeit und Zuwendung aufbieten müssen, um sein introvertiertes Gemüt zu erreichen. Auch mit schmerzlichen Erfahrungen musste ich dabei rechnen, doch ich durfte nichts unversucht lassen. Und wer weiß, vielleicht würde sich sogar während des Abendessens eine Gelegenheit dafür bieten.

Mit diesen Vorsätzen und in einer gestärkten körperlichen Verfassung zog ich mich nach einer halben Stunde aus der Badewanne. Die fachgerecht montierten Haltegriffe leisteten mir dabei unerlässliche Dienste. Wie bei all meinen *Ausflügen* war auch in diesem Fall die Rückkehr *in* den Rollstuhl weitaus mühsamer, doch es stärkte mein Selbstvertrauen, dass ich es auf Anhieb schaffte.

Ich schlüpfte in Bademantel und Pantoffel. Vor dem Spiegel kämmte ich mir die Haare. Zweifellos waren sie für mein neues Leben im Rollstuhl viel zu lang. Ständig riss ich mich selbst an den Haaren, wenn ich mich hinten anlehnte. Der Entschluss, sie in den nächsten Tagen kürzer schneiden zu lassen, war gefasst. Es war auch egal – wen wollte ich jetzt noch mit meiner Mähne betören?

Um meine Haare wie gewohnt in der Luft vortrocknen zu lassen, wollte ich mich zuerst anziehen. Also fuhr ich zum Bett, fixierte den Rollstuhl und schwang mich auf die weiche Matratze hinüber. Welch eine mühsame, langwierige Prozedur das Anziehen doch sein konnte! Wie kompliziert es doch war, in eine lange Hose zu schlüpfen, ohne sich dabei vorzukommen wie ein auf dem Rücken liegendes Insekt!

Voll bekleidet fuhr ich zurück ins Badezimmer. Gerade wollte ich zum Haartrockner greifen, als mich mein Spiegelbild innehalten ließ. Irgend etwas in meinem Gesicht irritierte mich, erschien mir fremd. Das grelle Licht zu beiden Seiten des Spiegels malte ungewohnte Schatten in mein Gesicht. So weit wie möglich lehnte ich mich auf das Waschbecken, um mich aus der Nähe zu betrachten. Der Ausdruck von Mund und Augen schien mir unverändert. Vielleicht war er nicht mehr so fröhlich wie früher – doch das konnte es nicht sein. Noch einmal studierte ich mein Spiegelbild von allen Seiten.

Natürlich – das war es, was mich stutzig gemacht hatte! Zwei dünne, senkrechte Linien hatten sich zwischen meine Augenbrauen gegraben und verliehen meinem Ausdruck eine fast erschreckende Ernsthaftigkeit. Ich konnte es kaum fassen, doch es gab keinen Zweifel, dass dies die Zeugen unzähliger Tränen waren, die ich in den letzten Wochen vergossen hatte. Mein seelischer und körperlicher Schmerz hatte es tatsächlich geschafft, in nur vier Wochen die ersten Spuren in meinem Gesicht zu hinterlassen.

Entsetzt rieb ich über meine Stirn, versuchte die unerwünschten Linien mit den Fingern glatt zu streichen. Doch sie waren hartnäckig und unerbittlich, und außer einem geröteten Fleck zwischen den Augen konnte ich nichts ausrichten.

»Tante Victoria?« hörte ich Katrin plötzlich rufen. Sicher hatte sie an meine Zimmertür geklopft, doch in meiner beirrten Eitelkeit hatte ich es überhört.

»Ich bin im Badezimmer, Katrin!« rief ich, als ich ihre Schritte auf dem Parkettboden meines Zimmers vernahm.

»Störe ich dich?« fragte sie und blickte neugierig zur Badezimmertür herein.

»Nein, ich bin sofort fertig! Ich muss mir nur noch die Haare trocknen.«

»Darf *ich* das tun? Bitte!«

»Natürlich, gerne! Es ist ohnehin sehr mühsam.«

Schon hatte sie mir den Haartrockner aus der Hand genommen und machte sich gekonnt über meine Haartracht her. Immer wieder fuhr sie mir mit ihren sanften Fingern durchs Haar. Ihre Berührung war so angenehm, dass ich in wohliger Hingabe die Augen schloss und Katrin gewähren ließ.

»Du hast so wunderschöne Haare!« sagte sie.

Lächelnd sah ich sie an. »Aber die hast du auch, Katrin, noch dazu sind deine blond!«

»Aber ich mag meine Haare nicht, sie sind viel zu glatt und viel zu dünn! Ich wollte immer schon so tolle Naturwellen haben wie du!«

»Trotzdem muss ich sie jetzt abschneiden lassen.«

»Nein, Tante Victoria, das darfst du nicht!« protestierte sie heftig. »Warum willst du sie abschneiden?«

»Weil ich mich ständig an sie anlehne und sie mich dadurch unnötig behindern. Du siehst es ja selbst, dass sie über die Rückenlehne des Rollstuhls hängen.«

»Aber nicht sehr viel!« versuchte sie mich zu beschwindeln. »Das sind höchstens fünf Zentimeter. Bitte lass dir nicht mehr als fünf Zentimeter wegschneiden!«

»Sagen wir zehn – einverstanden?«

Noch einmal prüfte sie genau, wie weit meine Haare die Oberkante der Rückenlehne überdeckten. »Na schön – zehn, aber wirklich nicht mehr! Versprochen?«

Ich musste lachen. Es war rührend, mit welchem Einsatz sie für fünf Zentimeter meiner Haarlänge kämpfte. »Versprochen!« antwortete ich amüsiert und zugleich nachdrücklich, sodass sie davon ausgehen konnte, ich würde mein Versprechen halten.

Sichtlich zufrieden föhnte sie meine Haare, bis sie völlig trocken waren. Dann kämmte sie sie und legte sie mir über die Schultern nach vorn.

»So, fertig«, sagte sie stolz, »jetzt stören sie dich auch nicht mehr.«

»Danke, Katrin« sagte ich schmunzelnd, »das hast du großartig gemacht. Ich hätte nichts dagegen, wenn du das öfter tätest!«

Ein herzhaftes Grinsen erschien auf ihren Lippen. Offenbar war sie von meinem Vorschlag sehr angetan. Noch einmal betrachtete sie mit Befriedigung ihr Werk, dann bemerkte ich in ihrem Spiegelbild, wie ihre Miene immer ernster wurde.

»Darf ich dich etwas fragen, Tante Victoria?« sagte sie schüchtern.

»Natürlich, Katrin, du kannst mich alles fragen. Wir sind doch gute Freundinnen, oder?«

Sie nickte mit gesenktem Blick, schien zu überlegen, wie sie ihre Frage formulieren sollte. Dann kniete sie sich neben mich und sah zu mir herauf. »Wirst du wirklich nie wieder gehen können?« fragte sie sichtlich traurig.

Ich wandte mich ab, sah in den Spiegel, als ob *er* mir eine Antwort geben könne. Nach einem tiefen Atemzug erwiderte ich: »Ich weiß es nicht, Katrin – wahrscheinlich nicht!«

»Macht dich das nicht furchtbar traurig? Ich kann mir gar nicht vorstellen, wie das ist. Ich glaube, ich wäre ganz schrecklich traurig, wenn ich nicht mehr gehen könnte.«

»Ja«, antwortete ich leise und sah ihr in die Augen, »manchmal bin ich es auch.«

»Aber ich mag nicht, dass du traurig bist, Tante Victoria!«

Ich lächelte. »Komm zu mir!« sagte ich und streckte ihr die Arme entgegen. Sie stand auf und umarmte mich. »Solange ihr alle mich lieb habt, bin ich nicht wirklich traurig.«

Sie richtete sich auf und sah mich überrascht an. »Aber natürlich haben wir dich lieb! Was dachtest du denn?«

»Bei deinem Bruder bin ich mir da nicht mehr so sicher!«

»Unsinn, natürlich hat er dich lieb! Er ist im Moment etwas komisch, ich weiß.«

»Und seit wann ist er so *komisch* und wortkarg? Vielleicht seit er von meinem Unfall erfahren hat?«

Sie überlegte, zuckte die Achseln. »Vielleicht. Ich kann mich nur erinnern, als uns Papa damals erklärte, dass du dich so schwer verletzt hast und wahrscheinlich nicht mehr gehen kannst, lief Daniel nachher sofort auf sein Zimmer und schloss sich dort ein.«

»Ich verstehe«, sagte ich leise, doch in Wahrheit war ich weit davon entfernt. Ein erster Anhaltspunkt war es dennoch: irgendetwas in Bezug auf meinen Unfall oder meine Behinderung hatte

Daniel so schockiert, dass er sich völlig in sich zurückzog und mit niemandem darüber sprechen wollte.

Doch Katrin schien nicht in der Laune zu sein, über ihren Bruder zu diskutieren. »Vergiss es einfach! Der wird schon wieder normal!« sagte sie mit einer geringschätzigen Handbewegung. Sie stellte sich hinter den Rollstuhl und legte noch einmal ihre Arme auf meine Schultern. »Für mich macht es jedenfalls keinen Unterschied, ob du gehen kannst oder nicht. Wir werden trotzdem viel Spaß haben, du wirst es sehen!«

»Ja, Katrin, sicher!« antwortete ich und lachte sie an. »Und es macht dir auch nichts aus, wenn ich dich manchmal um deine Hilfe bitte?«

»Natürlich nicht! Ich freue mich, wenn ich dir helfen kann!«

»Du bist ein Schatz, Katrin! Ich habe dich sehr lieb – ich hoffe, du weißt das!« Unsere Augen trafen sich im Spiegel. Sie grinste und nickte.

Ein Blick auf die Uhr bestätigte, dass wir uns beeilen sollten. »Komm, wir müssen hinübergehen!« sagte ich, doch schon im Moment des Aussprechens erschreckte mich meine Wortwahl. Wie seltsam, dachte ich, der Begriff *gehen* ist aus dem täglichen Sprachgebrauch einfach nicht wegzudenken!

Katrin führte mich ins Speisezimmer. Richard hatte gerade den Tisch fertig gedeckt. »Na großartig, Katrin«, sagte er mit ironischem Unterton, »du hast es wieder einmal geschafft, dich erfolgreich vor dem Tischdecken zu drücken!«

»Ich musste Tante Victoria die Haare föhnen!« wehrte sie sich lautstark.

Richard sah mich bewundernd an. »Nun ja«, fuhr er mit einem Augenzwinkern fort, »das hast du zumindest sehr schön gemacht!«

»Ich weiß«, erklärte sie stolz, »und weil ich es so schön gemacht habe, darf ich es von nun an immer tun!«

»Sagen wir, solange du Spaß daran hast«, ergänzte ich scherzhaft.

»Da seid ihr ja!« rief Dagmar und stellte einen riesigen Suppentopf auf den Tisch. »Nur Daniel fehlt schon wieder!« bemerkte sie verärgert.

Aber sie hatte ihn zu früh getadelt. Daniel stand bereits in der Tür. Schweigend setzte er sich auf seinen Stuhl. Wir alle nahmen unsere gewohnten Plätze bei Tisch ein. Nur von meinem Platz war der Sessel verschwunden. Wie immer hatte ich Katrin an meiner rechten und Daniel an meiner linken Seite. Dagmar schenkte die herrlich duftende Zwiebelsuppe aus.

»Hast du deine Aufgaben schon fertig, Daniel?« fragte ich und sah ihn ruhig an. Er erwiderte meinen Blick nicht, schüttelte nur den Kopf. »Für welchen Gegenstand machst du sie?«

»Für Deutsch und Englisch.«

»Sind sie schwer?«

Wieder schüttelte er den Kopf.

»Soll ich sie mir ansehen?«

»Ist nicht nötig, danke.« Stur, ohne vom Teller aufzusehen, löffelte er seine Suppe.

Ich begriff, dass es keinen Sinn hatte, ihn in ein erzwungenes Gespräch zu verwickeln und mit belanglosen Fragen zu quälen. Es war ein Versuch gewesen – mehr nicht. Vielleicht hatte er dadurch zumindest erkannt, dass ich ihm nicht etwa wegen seiner kühlen Begrüßung böse war. Sicher war es Erfolg versprechender, ein Gespräch unter vier Augen mit ihm zu führen.

Während des Essens erzählte man mir schließlich die Neuigkeiten der letzten fünf Wochen. Richard berichtete von einigen personellen Veränderungen in der Firma, Dagmar schilderte, wie sie die restlichen Weihnachtsfeiertage gestaltet hatten, und Katrin erzählte begeistert von einem Schiwochenende, das sie zusammen mit Schulkollegen in den Bergen verbracht hatte. Daniel sprach kein einziges freiwilliges Wort mehr. Nur wenn er direkt gefragt wurde, kam ihm statt der passenden Kopfbewegung ein leises *Ja* oder *Nein* über die Lippen.

Nur *das Thema*, das uns alle – jeden auf seine Art – bewegte, wurde vorerst zum Tabu erklärt. Während des ganzen Abends wagte es niemand, auch nur eine Silbe über meinen Unfall und dessen Folgen zu verlieren. Man hieß mich zu Hause willkommen, als ob ich von einer längeren Reise heimgekehrt wäre und alles wieder seinen gewohnten Gang nähme. Man bemühte sich um eine betont heitere Stimmung, einen unbeschwerten Tonfall und einen fast unnatürlichen Anschein von Normalität. Man vermied es, längere Schweigepausen aufkommen zu lassen, sodass auch während des Essens beinahe ständig geredet wurde. Daniels Schweigsamkeit hingegen wurde immer wieder geschickt überspielt.

Zweifellos trug auch *sein* Verhalten dazu bei, dass vorerst kein Wort über meine Behinderung verloren wurde. Hätte er genauso unbefangen reagiert wie Katrin, hätten die Kinder sicher ein offenes Gespräch darüber herbeigeführt. Doch im Grunde schienen auch Dagmar und Richard ganz froh darüber zu sein, dieses Thema fürs Erste nicht ansprechen zu müssen.

Also bemühte auch ich mich, die heraufbeschworene lockere Atmosphäre zu unterstützen, Daniels Schweigen zu ignorieren und so zu tun, als ob mir die Befangenheit meines Bruders und meiner Schwägerin verborgen geblieben wäre. Absichtlich bekundete ich wiederholt mein Interesse an den heimischen Ereignissen der letzten Wochen und forderte alle dazu auf, mir noch mehr darüber zu erzählen.

Als schließlich alle mit dem Nachtisch fertig waren, räumten Dagmar und Katrin den Tisch ab. Richard stand ebenfalls auf, um noch eine Flasche Rotwein aus dem Keller zu holen. Daniel und ich blieben für wenige Minuten allein am Tisch zurück. Schon überlegte ich mir, wie ich ihn am klügsten ansprechen sollte, da wandte er sich plötzlich zu mir und sagte mit versteinerter Miene: »Es tut mir leid wegen vorhin!«

Damit hatte ich nicht gerechnet. Bestürzt sah ich ihn an. »Aber du musst dich doch nicht entschuldigen, Daniel! Es ist ja nichts passiert!«

Kurz trafen sich unsere Blicke. Seine Gesichtszüge waren starr und unnahbar. Sie zeigten mir deutlich, dass seine Worte nicht von Herzen gekommen, sondern als Auftrag erledigt worden waren.

»Darf ich jetzt auf mein Zimmer gehen?« fragte er mit eisiger Stimme.

»Natürlich darfst du das!«

Er stand auf und lief aus dem Zimmer. Ich wusste nicht, was stärker in mir aufkeimte, Ärger oder Traurigkeit, ob die Tränen, die unwillkürlich in meine Augen traten, aus Wut oder Enttäuschung hervorbrachen.

Als Richard mit der Weinflasche in der Hand zurückkehrte, musste ich meinem Entsetzen Luft machen. »Sagtest *du* Daniel, dass er sich bei mir entschuldigen soll?« fragte ich gehässig.

»Ja sicher!«

»Aber warum hast du das getan?«

»Weil er sich schlecht und unhöflich benommen hat und weil ich das nicht dulde. Ich erwarte von ihm, dass er sich anständig benimmt!«

»Aber hier geht es doch nicht um *Anstand*, Richard! Hier geht es darum, dass Daniel ein Problem hat – ein Problem mit *mir*, mit meiner *Behinderung*! Glaubst du wirklich, dass du uns *damit* hilfst, dieses Problem zu lösen?«

»Wir alle haben *dieses Problem*, Victoria! Und trotzdem benehmen wir uns anständig, oder?«

Tief erschüttert sah ich ihn an. Gerne hätte ich ihm ins Gesicht gesagt, dass ich seine Bemerkung als äußerst unpassend empfand, doch ich merkte, dass mir für eine Auseinandersetzung mit Richard noch die Kraft fehlte. Stattdessen wollten wieder einmal meine Tränen die Oberhand gewinnen – mein Gott, wie sehr ich es hasste, dass ich mich immer noch nicht beherrschen konnte! Beschämt und gekränkt zugleich wandte ich mich ab.

Richard war sich wohl bewusst, dass er zu weit gegangen war. Er stellte die Flasche auf den Tisch, kam zu mir und umarmte mich von hinten – offenbar, um mir nicht in die Augen sehen zu müssen. »Es tut mir leid, Kleines«, flüsterte er, »ich wollte dich nicht kränken! Ich meinte nur, dass wir alle erst lernen müssen, *damit* umzugehen.« Er hielt inne, dann küsste er mich zärtlich aufs Haar. »Du kennst mich doch, Victoria, ich kann nicht so aus mir heraus. Aber es trifft mich so sehr! Dein schönes junges Leben – es ist so schrecklich!« Seine Stimme schwankte. So ergriffen hatte ich Richard zuletzt nach dem Tod unserer Eltern erlebt.

»Schon gut, Richard«, sagte ich leise und nahm seine Hände, »ich weiß doch, wie du es meinst, und ich weiß auch, wie betroffen du bist!«

Als Katrin und Dagmar plötzlich in der Tür standen, ließ er mich los. Ich senkte meinen Blick, um meine glänzenden Augen zu verbergen. »Ich bin ziemlich müde von der Reise«, sagte ich ablenkend, »ihr werdet es sicher verstehen, wenn ich heute früher zu Bett *gehe*.« Schon wieder dieses verdammte Wort! dachte ich, doch vermutlich fiel niemandem außer mir diese Spitzfindigkeit auf.

Ich wünschte allen eine gute Nacht, was sie mit denselben Wünschen erwiderten. Katrin gab mir noch einen herzlichen Gutenachtkuss. Als ich die drei im Speisezimmer zurückließ, herrschte betretenes Schweigen.

# Rückhalt

Ich hatte mich gerade niedergelegt, als es leise an meiner Tür klopfte. Ich setzte mich auf und schaltete die Nachttischlampe wieder an.

»Victoria, bist du noch wach?« drang es kaum hörbar in mein Zimmer.

»Ja, Dagmar, komm nur herein!«

Langsam trat sie ein und schloss die Tür hinter sich. Sie trug ihren smaragdfarbenen Morgenmantel, offenbar war auch sie im Begriff, zu Bett zu gehen.

»Ich weiß, du bist sehr müde«, sagte sie, »trotzdem würde ich gerne kurz mit dir sprechen.«

»Natürlich, Dagmar, bitte setz dich doch!« Ich deutete ihr, dass sie auf meinem Bett Platz nehmen könne. »Du kannst den Rollstuhl ans Bettende stellen«, sagte ich, als ich merkte, dass er ihr im Weg war. Zögernd fasste sie ihn an den Griffen und schob ihn zurück. Dann setzte sie sich zu mir aufs Bett.

»Gefällt dir dein neues Zimmer?« fragte sie.

»Ja, es ist perfekt.«

»Kommst du gut zurecht?«

»Ja, danke.«

»Sagst du uns auch ganz sicher, wenn du etwas brauchst?«

»Ja, natürlich!« Ich nahm ihre Hand und sah ihr tief in die Augen. »Bist du gekommen, um mich all das zu fragen?«

Sie schüttelte den Kopf. »Nein, bin ich nicht, Victoria.« Sie wich meinem Blick aus und überlegte, wie sie beginnen sollte. Dann plötzlich sah sie mich an. Das schummrige Licht konnte nicht verbergen, wie sehr ihre Augen glänzten. »Ich weiß, du hast dir deinen Empfang zu Hause anders vorgestellt – offener, herzlicher …«

»Bitte, Dagmar!«

»Nein, nein, lass mich ausreden! Aber das hat nichts mit unseren

Gefühlen für dich zu tun. Was ich dir am Telefon sagte, ist die Wahrheit – ich hoffe, du weißt das! Wir lieben dich, Victoria, und wir werden immer für dich da sein. Es ist nur ...«, Ihre Stimme schwankte, versagte. Dagmar holte tief Luft. »Es ist nur, weil wir so betroffen sind und ... weil wir es wahrscheinlich bis zum heutigen Tage nicht wahrhaben wollten!« Sie war den Tränen nahe. »Als ich dich heute zum ersten Mal im Rollstuhl sah, dachte ich, es bricht mir das Herz!«

Dagmar drehte sich zu mir, ich umarmte sie, dann stürzten endlich die befreienden Tränen aus ihr hervor. »Bitte entschuldige«, schluchzte sie, »anstatt dir eine Stütze zu sein, heule ich dir noch etwas vor.« Ein verzweifeltes Lachen mischte sich in ihre Tränen.

»Schon gut, Dagmar«, flüsterte ich, »schon gut!«

Sie löste sich vorsichtig aus meinen Armen und wischte sich die Tränen aus den geröteten Augen. »Vielleicht sollte ich dir kurz erzählen, wie es uns erging, als wir von deinem Unfall erfuhren. Vielleicht erscheinen dir dann die Reaktionen jedes Einzelnen von uns nicht mehr so ungewöhnlich.«

Bereit, ihr zuzuhören, lehnte ich mich in meinen Polster zurück. Mit gefasster Stimme begann sie ihre Erzählung.

»Ich erinnere mich genau, als damals das Telefon läutete, dachten wir, du wärst es, um uns den genauen Termin deiner Rückreise mitzuteilen. Aber es war Dr. Sherman, der uns von deinem Unfall erzählte. Richard und ich waren wie vom Blitz getroffen. Natürlich versuchte uns der Arzt zu beruhigen und uns Hoffnung zu machen, und natürlich klammerten wir uns an diese Hoffnung. Deshalb sagten wir den Kindern vorerst nur, dass du einen Unfall hattest, nicht aber, wie ernst es sei.

Richard und ich beruhigten uns gegenseitig, redeten uns ein, dass es nicht wahr sein könne, dass es nicht wahr sein *dürfe*, dass eine so junge, hübsche, gebildete Frau wie du solch ein Schicksal erleiden sollte. Doch all unsere zarten Hoffnungen wurden mit einem Schlag zunichte gemacht: Dr. Shermans Nachricht, dass du mit großer Wahrscheinlichkeit eine Rückenmarksverletzung erlitten hast, brach mit ihrer ganzen Trostlosigkeit über uns herein. Seit dem Tod seiner Eltern hatte ich Richard nicht mehr weinen gesehen – jetzt tat er es wieder. Er war völlig verzweifelt.

Ich selbst musste unentwegt an *dich* denken und wie *du* damit fertig würdest. Am liebsten wäre ich sofort zu dir gefahren, doch deinen Wunsch, niemanden zu empfangen, konnte ich verstehen und wollte ich selbstverständlich respektieren. Ich lag oft die ganze Nacht wach. Ich hatte solche Angst um dich, Victoria! Erst als ich zum ersten Mal deine Stimme hörte, wurde ich etwas ruhiger.

Auch machte ich mir Vorwürfe, dass ich dir gesagt hatte, du solltest dir Gedanken über dein weiteres Leben machen. Vielleicht, dachte ich, hattest du dich von mir gedrängt gefühlt …«

»So ein Unsinn, Dagmar!« unterbrach ich sie heftig. »Bitte rede dir das nicht ein! Es gibt nur einen, der an meinem Unglück schuld ist – und das bin ich selbst. Verzeih, wenn ich jetzt nicht darüber reden möchte, aber es hat nichts, nicht das Geringste mit dir zu tun!«

Ich nahm Dagmars Hand und drückte sie fest. Nur zögernd erwiderte sie meinen Blick. Dennoch hatte ich das Gefühl, dass ich ihre Selbstvorwürfe hatte zerstreuen können.

»Ist es schlimm für dich«, fragte sie plötzlich, »wenn ich dir all das erzähle?«

Natürlich bedrückte es mich zu erfahren, was ich mit meiner Dummheit auch meiner Familie angetan hatte. Und doch war es das Mindeste, was ich tun konnte, mir ihren Kummer anzuhören. Es war wichtig für Dagmar, sich endlich alles von der Seele zu reden. Also schüttelte ich den Kopf und sagte: »Nein, Dagmar, erzähl nur weiter!«

Sie nickte. »Schließlich mussten wir es auch den Kindern sagen.

Wir setzten uns alle zusammen, und Richard bemühte sich, ihnen mit leicht verständlichen Worten die Folgen deines Unfalls zu erklären. Katrin war so herzig«, Dagmar schmunzelte gerührt, als sie an Katrins Reaktion dachte, »sie sagte: ›Wieso kann man denn nichts dagegen machen? Wieso kann man Nerven nicht wieder zusammenflicken? Bei gebrochenen Knochen kann man das doch auch!‹ Also versuchte ihr Richard klar zu machen, dass das *Zusammenflicken* bei unterbrochenen Nervenbahnen ungleich komplizierter und manchmal auch unmöglich sei. Katrin war sichtlich enttäuscht von den beschränkten Möglichkeiten der Medizin und gab sich nur ungern mit der Erklärung zufrieden.

Daniel dagegen hatte Richards Ausführungen aufmerksam verfolgt, aber kein einziges Wort verloren. Kaum hatte Richard ausgesprochen, wollte er auf sein Zimmer gehen. Er lief hinauf und schloss sich dort ein. In den kommenden Tagen versuchte ich mehrmals, ihn auf deinen Unfall anzusprechen. Doch er wich mir stets aus, sprach überhaupt sehr wenig und verschwand nach jedem Essen sofort wieder in seinem Zimmer. Besonders eigenartig verhielt er sich vor ungefähr einer Woche, als er von der Schule heimkam. Er war gereizt, gab nur vorlaute Antworten und ging sogar ohne Abendessen zu Bett.«

Dagmars Schilderung erschütterte mich tief. So konnte es nicht weitergehen. Ich musste dringend etwas unternehmen, bevor sich Daniel von mir entfremdete. »Es gibt nur eine Möglichkeit, Dagmar«, sagte ich besorgt, »*ich* muss mit Daniel sprechen, und zwar unter vier Augen. Ihr könnte mir dabei nicht helfen, ich muss es allein schaffen, hinter sein Problem zu kommen.«

»Ich weiß«, antwortete sie zustimmend, »Richards Idee mit der Entschuldigung war nicht gerade hilfreich. Du hast wahrscheinlich Recht, ein Vieraugengespräch könnte eine Klärung bringen.«

Nach einer kurzen gedanklichen Pause setzte Dagmar dazu an, ihre Geschichte zu vollenden. »Und so begannen wir schließlich mit den Umbauarbeiten in der Villa. Richard stellte zwei Arbeiter aus der Firma ab, um das Erdgeschoß so rollstuhlgerecht wie möglich zu gestalten. In knapp fünf Tagen verschwanden alle Bodensockel, neben allen Stufen wurden Rampen errichtet, und dein zukünftiges Badezimmer wurde entsprechend adaptiert. Für mich war die Anwesenheit der Arbeiter sogar eine willkommene Ablenkung und ein Anlass, mich emotional nicht hängen zu lassen.

Katrin löcherte mich ständig mit Fragen, die ich kaum beantworten konnte. Ich sollte ihr erklären, wie ein Rollstuhl *funktioniert* und wie man mit ihm umgeht. Sie schien eine Aufgabe darin zu sehen, ihrer Tante Victoria zu helfen, und fragte mich mehrmals täglich, wann du endlich nach Hause kämst. Ich bewunderte sie: Innerhalb kürzester Zeit hatte sie sich mit der neuen Situation abgefunden und wollte das Beste daraus machen. Ob sie alt genug ist, um die tragische Bedeutung einer Behinderung zu verstehen, weiß ich nicht, vielleicht sieht sie vorerst nur die Rolle des Helfenden. Trotzdem beeindruckte es mich sehr, wie schnell sie lernte, Geschehenes zu akzeptieren.

Dasselbe hätte ich von mir nicht behaupten können. Als die Umbauarbeiten beendet waren und die Arbeiter deine Möbel heruntertrugen, stand ich ungläubig vor all den Veränderungen. Ich wollte es immer noch nicht wahrhaben: irgendetwas in mir lehnte sich dagegen auf, dich im Rollstuhl zu sehen. Ich *kann* es immer noch nicht akzeptieren, und ich *werde* es nie akzeptieren – es ist so ungerecht!« Dagmars Stimme zitterte vor leidenschaftlicher Anteilnahme. »Ich glaube ganz fest daran, dass du eines Tages wieder gehen können wirst – ich weiß, dass du es schaffen wirst, Victoria! Du wirst die besten Therapien erhalten, wir werden nichts unversucht lassen, es muss einfach eine Möglichkeit geben!«

Dagmars unerschütterlicher Glaube war ermutigend. Auch wenn ihre Worte von tiefer eigener Betroffenheit geprägt waren, erinnerten sie mich in ihrer Überzeugungskraft an Collin. So wie er mich aus den Fängen der Verzweiflung geholt hatte, würde mich Dagmar vielleicht davor bewahren, rückfällig zu werden. Vielleicht würde ihre Willenskraft für uns beide ausreichen, wenn mich wieder einmal der Mut verließ, wenn ich mich dem Trübsinn hingab, wenn mich das Selbstmitleid zu erdrücken drohte. Schon jetzt fürchtete ich die Situationen, in denen ich bereit wäre, mich geschlagen zu geben. Dass ich es dann nicht allein schaffen konnte, war mir jetzt schon klar. Dann würde ich wieder jemanden brauchen, der mir neue Kraft gab und mich ermutigte weiterzukämpfen.

»Danke, Dagmar«, sagte ich gerührt, »ich glaube, dass ich deine Zuversicht sehr nötig haben werde – spätestens dann, wenn mich meine eigene verlässt!«

»Wir kriegen das schon hin, mach dir keine Sorgen!« sagte sie und verlieh ihrem Tonfall einen unzweifelhaften Nachdruck.

Ein prüfender Blick auf die Uhr schien das schlechte Gewissen in ihr zu wecken. Beinahe reumütig sah sie mich an. »Verzeih mir bitte, dass ich dich mit all dem jetzt noch quälte!«

»Ach Dagmar«, seufzte ich, »verzeiht ihr mir lieber, dass ich euch so viel Kummer bereite, dass ich von nun an ständig eure Hilfe brauchen und euch immer wieder zur Last fallen werde!«

»*Zur Last fallen*? Was redest du da, Victoria? Wie kann einem jemand, den man liebt, zur Last fallen? Bitte vergiss diesen Unsinn sofort wieder!« Sie ergriff meine Hand. »Vielleicht wirst du es am Anfang nicht leicht mit uns haben. Wahrscheinlich werden wir dir dort unsere Hilfe aufdrängen, wo du sie am allerwenigsten möchtest – und dort, wo du unsere Hilfe erwartest, werden wir es vielleicht übersehen. Bitte sei uns dann nicht böse! Gib uns etwas Zeit – aber denke niemals, dass du uns zur Last fällst!« Mit einer herzlichen Umarmung unterstrich Dagmar ihre aufmunternden Worte. »Es wird alles gut werden!« flüsterte sie, als wir uns festhielten.

Dagmars Trost zu spüren, mir ihrer Unterstützung bewusst zu sein, tat unsagbar wohl. Das Gefühl vertrauter Geborgenheit, das ich während des ganzen Abends vermisst hatte, kehrte zurück. Um wie viel erträglicher Kummer und Leid doch wurden, wenn man sich damit nicht allein gelassen fühlte! In diesem Augenblick spürten wir beide, dass die innige Freundschaft, die uns seit über einem Jahrzehnt verband, von nun an mehr denn je gefordert sein würde.

»Schlaf gut, Victoria«, sagte Dagmar, »schlaf gut in deiner ersten Nacht zu Hause!« Vorsichtig löste sie sich aus meinen Armen und stand auf. Selbstsicher schob sie den Rollstuhl wieder näher heran und ging zu Bett.

# Ermutigende Aussicht

Meine ersten Tage zu Hause standen ganz im Zeichen des Eingewöhnens in meinen neuen Alltag. Dagmar hatte nicht zu viel versprochen. Im ganzen Erdgeschoß stieß ich auf kein einziges Hindernis, problemlos konnte ich mich in allen Wohnräumen bewegen. Sogar von der Terrasse in den Garten war eine flach ansteigende, kurvenförmige Rampe angelegt worden, die mir eine Benützung ohne fremde Hilfe ermöglichte. Zu meinem Bedauern verhinderte die extreme Schneelage, dass ich dieses Vorhaben sofort in die Tat umsetzen konnte.

Dagmar schien die Ansicht zu vertreten, dass *Beschäftigung* genau die Therapie sei, die ich vorerst am dringendsten benötigte. An den Vormittagen ließ sie mich meist in den Unterlagen für die Uni schmökern, doch spätestens zu Mittag, wenn sie von ihren Besorgungen zurückkam, versuchte sie mich in ihre täglichen Arbeiten soweit wie möglich einzubinden.

Besonders gerne teilte sie mich dazu ein, ihr beim Zubereiten der Mahlzeiten zu helfen. Das Kochen für die Familie gehörte zu jenen Aufgaben, die Dagmar am liebsten selbst erledigte und nur ungern – und daher selten – ihrer langjährigen Haushaltshilfe überließ. Dagmars erlesener Speisezettel stellte in der Tat hohe Anforderungen an meine mageren Kochkünste. Doch zumindest einen Großteil der Vorbereitungsarbeiten für das tägliche gemeinsame Abendessen konnte ich ihr abnehmen. Dagmar freute sich über meine Bereitschaft mitzumachen – und mir machte es unerwarteten Spaß.

Am Nachmittag verbrachte ich oft ein bis zwei Stunden mit Katrin, um ihr bei den Hausaufgaben zu helfen und anschließend mit ihr zu spielen. Ich konnte es kaum fassen, wie viele Gesellschaftsspiele sie besaß. Jeden Tag kramte sie ein neues hervor, und fast jeden Tag musste ich mich geschlagen geben – was sie mit augenscheinlicher Befriedigung genoss.

Die größte Freude machte ich ihr aber nach wie vor mit dem Trocknen und Kämmen meiner Haare. An jenem Nachmittag, als der Frisör ins Haus kam, um mir die Haare zu schneiden, war Katrin nach der Schule besonders pünktlich daheim gewesen. Mit prüfendem Blick stand sie in der Tür zu meinem Badezimmer und kontrollierte genau, dass er tatsächlich keinen Zentimeter mehr als vereinbart abschnitt. Anschließend erklärte sie ihm selbstbewusst, dass das Föhnen meiner Haare eindeutig *ihre* Aufgabe sei und er dazu nicht mehr benötigt werde.

Daniel dagegen bekam ich während meiner ersten Woche daheim kaum zu Gesicht. Nach der Schule, so sagte er seinen Eltern, wolle er mit Freunden für die nächste Mathematikschularbeit lernen, anschließend sollte für das bevorstehende Fußballmatch gegen eine Parallelklasse trainiert werden. Daher erschien er jeden Tag erst zum Abendessen zu Hause und zog sich anschließend sofort wieder auf sein Zimmer zurück. Die Konversation zwischen uns beiden beschränkte sich auf unverbindliche Fragen meinerseits und kurze, höflich-kühle Antworten seinerseits. Eine Gelegenheit für eine persönliche Aussprache unter vier Augen ergab sich nicht – und erzwingen wollte ich sie nicht. Ihn auf mein Zimmer zu holen und auf ihn einzureden hätte kaum den gewünschten Erfolg gebracht. Also blieb mir nichts anderes übrig, als mich weiter zu gedulden und den richtigen Augenblick abzuwarten.

Langsam gewöhnte ich mich an gewisse Abläufe in meinem neuen Alltag, langsam übte ich mich in meinen täglich wiederkehrenden Verhaltensweisen. Schon nach wenigen Tagen hatte ich meine geänderte Lebenssituation zu Hause so weit im Griff, dass ich mich in meiner eingeschränkten Umwelt sicher und selbstständig fühlte.

Doch langsam war es auch Zeit, an die Welt außerhalb der schützenden Mauern zu denken. Sooft ich meine Unterlagen für die geplanten Veranstaltungen des Sommersemesters in die Hand nahm, fragte ich mich, ob ich sie überhaupt noch brauchen würde. Längst hätte ich mich beim Vorstand des Englischen Instituts melden sollen, mehrmals hatte ich das Telefon schon in der Hand gehabt und jedes Mal wieder weggelegt. Die verborgene Angst vor einem möglichen Ende meiner beruflichen Laufbahn hatte mich mein Vorhaben immer wieder verschieben lassen.

Zwar kannte ich Prof. Flemming als sozialen, weltoffenen Vorgesetzten, der meine Arbeit stets unterstützt hatte, dennoch plagte mich mit jedem Tag mehr die Befürchtung, dass es Gründe genug geben könnte, um mir auf Grund meiner Behinderung den Lehrauftrag zu entziehen. Es war keine Frage der Qualifikation, sondern der Organisation. Der gesamte Ablauf des Lehrbetriebs sprach gegen einen Lektor im Rollstuhl – und so intensiv ich auch nachdachte, es war mir auf der ganzen Fakultät keiner bekannt.

Studenten im Rollstuhl gab es natürlich, und es war auch kein Problem, im Institutsgebäude mit den Fahrstühlen sämtliche Stockwerke zu erreichen. Ja sogar die Bibliothek bot eigene Plätze für Rollstuhlfahrer an. Aber es machte eben einen Unterschied, ob man nur teilnahm am Universitätsbetrieb oder ihn selbst mitgestalten musste. Wollte ich von nun an Studenten bitten, alle Unterlagen für mich von der Tiefgarage ins Institut hinaufzutragen? Wollte ich ab sofort Kollegen bitten, mir sämtliche Bücher in der Bibliothek aus den Regalen zu suchen? Wollte ich tatsächlich englische Liebeslyrik von Shakespeare und Byron im Rollstuhl zitieren?

Warum nicht? All das waren nur Nebensächlichkeiten. Hatte ich in Wahrheit nicht bloß Angst vor den mitleidigen Blicken von Studenten und Kollegen und redete mir daher ein, ich würde nicht mehr in den aktiven Universitätsbetrieb passen? Dabei wusste ich ganz genau, wie dringend ich meine Arbeit brauchte, vielleicht genauso dringend wie den Rückhalt meiner Familie. Mein Beruf war die einzig wahre Aufgabe, die mir geblieben war, er konnte meinem Leben wieder Sinn und Inhalt verleihen und mir noch einmal ein erfülltes Dasein ermöglichen.

Also fasste ich neuen Mut und beschloss, meine Ungewissheit zu beenden. Schon beim zweiten Versuch gelang es mir, Prof. Flemming ans Telefon zu bekommen. Er begrüßte mich freundlich, fast überschwänglich, offenbar freute er sich aufrichtig, von mir zu hören. Natürlich fragte er sofort nach meinem Befinden, ob ich mich von den Verletzungen meines Unfalls völlig erholt hätte. Doch aus meinen ausweichenden Antworten konnte er leicht schließen, dass dies nicht der Fall war. Am Telefon wollte ich mich nur kurz halten und bat ihn um ein baldiges persönliches Gespräch. Ich war überrascht, dass er mich sofort nach dem Wochenende, am Montagnachmittag, sehen wollte. Er erfüllte auch gern meine Bitte, unser Treffen nicht im Institut, sondern in einem Kaffeehaus hinter der alten Universität stattfinden zu lassen.

Mit steigender Anspannung sah ich dem Gespräch mit Prof. Flemming entgegen. Für fünfzehn Uhr dreißig hatten wir unser Treffen vereinbart, bereits um vierzehn Uhr war ich fertig angezogen und abfahrbereit.

Ich hatte mich klassisch elegant mit einem sandfarbenen Hosenanzug und einer beigen Hemdbluse gekleidet. Meine Haare hatte Katrin dezent glatt geföhnt. Ein zarter farbiger Schimmer glänzte auf meinen Lippen. Im Grunde war meine Aufmachung genau wie früher bei meinen Lehrveranstaltungen, doch für diesen Anlass wollte ich mehr als nur gepflegt wirken. War es die scheinbar unbesiegbare weibliche Eitelkeit, die mir einzureden versuchte, dass mein Aussehen immer noch eine entscheidende Bedeutung hatte? War es ein erster unbewusster Versuch, den Spieß umzudrehen, Mitleid zu heischen, zu hoffen, dass man der *armen hübschen Frau im Rollstuhl* nicht auch noch ihren Job wegnehmen würde? War es die plötzliche, vage Hoffnung, dass Collin mit seinen Worten doch Recht haben könnte und ein hübsches Gesicht zwei gelähmte Beine wettmachen würde? Lächerlich! Ich versuchte mir bloß etwas vorzumachen.

Viel sinnvoller wäre es gewesen, mir die unbestreitbaren Tatsachen vor Augen zu halten, dass ich mich mit einem fast doppelt so alten, grauhaarigen Mann traf, der mein unmittelbarer Vorgesetzter war, der sowohl mein hübsches Gesicht als auch meine Fähigkeiten seit langem kannte und der sich in seiner Position keinesfalls von emotionalen Beweggründen leiten lassen durfte. Möglicherweise würde die Entscheidung in meinem Fall auch nicht in seine alleinige Kompetenz fallen, sondern vom Rektorat mitgetragen werden.

Dagmar brachte mich mit ihrem Wagen bis direkt vor das Kaffeehaus. Auf einem gegenüberliegenden Parkplatz wollte sie auf mich warten. Dankend lehnte ich es ab, dass sie mich hineinbegleitete. Die wenigen Meter über den schneefreien Gehsteig würde ich allein schaffen.

Ein junger aufmerksamer Kellner bemerkte sofort, dass ich mir mit dem Öffnen der Eingangstür schwer tat und half mir. Mit ungezwungener Freundlichkeit bot er mir an, mich zu einem geeigneten Ecktisch am Fenster zu führen, und da ich die engen Gänge des Lokals in guter Erinnerung hatte, nahm ich seine Hilfe gerne an. Zahlreiche stechende Blicke verfolgten mich, als er mich an den anderen Gästen vorbeischob. Ich tat, als würde ich sie nicht bemerken, doch in Wahrheit brauchte ich nicht einmal hinzusehen, wie man mich anstarrte – ich *fühlte* es.

Der Platz, den mir mein zuvorkommender Kellner anbot, lag in einer gemütlichen Nische am Ende des Raums. Nur mein Rollstuhl ragte weit genug in den Gang hinaus, um schon von weitem erkennbar zu sein. Daher würde mich Prof. Flemming sofort sehen können, und während er zu mir nach hinten schritt, hätte er Zeit genug, um den ersten Schock zu überwinden.

Meine Uhr zeigte zehn Minuten nach drei. Ein großer Mokka sollte helfen, meine Nervosität zu vertreiben. Geistesabwesend blätterte ich in Zeitungen und Zeitschriften. Immer wieder versuchte ich mehr als nur die Überschrift eines Artikels zu lesen, doch mein Bemühen scheiterte kläglich. Die bange Frage, ob all die Jahre meiner Ausbildung und mein ganzes, mühsam erworbenes Fachwissen von geringerer Bedeutung wären als ein gebrochener Lendenwirbel, fesselte unablässig meine Gedanken.

Das Herannahen vertrauter Schritte lenkte meine Konzentration plötzlich ab. Unwillkürlich wandte ich mich in die Richtung, aus der ich sie vernommen hatte. Prof. Flemming kam direkt auf mich zu. Das zwanglose Lächeln konnte die Bestürzung in seinen Augen nicht verbergen.

»Guten Tag, Frau Bergmann«, sagte er höflich und reichte mir die Hand.

»Guten Tag, Prof. Flemming!« Etwas unsicher erwiderte ich seinen festen Händedruck. »Vielen Dank, dass Sie sich so rasch für mich Zeit nehmen konnten!«

»Das ist doch selbstverständlich! Ich habe mich sehr über Ihren Anruf gefreut.« Vorsichtig stieg er am Rollstuhl vorbei und setzte sich an meine rechte Seite. Die unerwarteten Umstände ließen sogar einen erfahrenen, selbstsicheren Mann wie Prof. Flemming einen Moment lang zögern und die passenden Worte suchen.

»Erlauben Sie mir, dass ich meiner tiefen Betroffenheit Ausdruck verleihe. Ihr Bruder erwähnte zwar, dass Sie bei Ihrem Unfall schwere Verletzungen erlitten hätten, doch ich gestehe, dass ich *damit* nicht gerechnet habe. Ihre Kollegen und ich, wir sprachen sehr oft von Ihnen und hofften, dass Sie gesund zu uns zurückkehren würden.«

»Danke, so etwas tut gut zu hören.« Seine aufrichtige Anteilnahme machte mich verlegen und verhinderte, dass ich seinen Blick erwiderte.

»Darf ich Sie fragen«, formulierte der Professor mit beinahe freundschaftlicher Besorgnis, »wie es Ihnen geht?«

Kurz sah ich ihm in die Augen. »Danke, es geht mir ganz gut – ich lerne *damit* zu leben.«

»Sie sagen das so – *endgültig!*«

Mit einem tiefen Atemzug setzte ich zu einer Erklärung an. »Man entließ mich aus dem Krankenhaus in London mit der *vorläufigen* Diagnose Querschnittslähmung – nicht, weil die Untersuchungsergebnisse so ermutigend gewesen wären, sondern, so vermute ich, weil man mir die Hoffnung nicht nehmen wollte.«

»Sind Sie noch in Behandlung?«

»Derzeit nicht, aber man empfahl mir hier in Wien einen ausgezeichneten Neurologen, den ich in zwei Wochen zum ersten Mal aufsuchen werde.«

»Sehr gut! Ich selbst werde mich auf der Universitätsklinik erkundigen, welche Neurologen sich auf Verletzungen dieser Art spezialisiert haben.«

Angenehm berührt sah ich ihn an. »Vielen Dank, Professor, das ist sehr nett von Ihnen!«

»Gerne!« antwortete er mit einem charmanten Lächeln.

Jetzt war wohl der Moment gekommen, um das eigentliche Thema unseres Treffens anzusprechen. »Prof. Flemming«, begann ich nach einer kurzen Pause, in der er seinen Kaffee bestellte, »Sie können sich sicher denken, warum ich Sie sprechen wollte!«

Er schien zu überlegen. »Ich nehme an, es geht darum, einige besondere Vorkehrungen für das Sommersemester zu treffen.«

»Sie meinen …«

»Ich meine, es wird nötig sein, dass Sie Ihre Vorlesung und Seminare in Hörsälen abhalten, die sie am bequemsten mit dem Fahrstuhl erreichen können!«

Ich traute meinen Ohren kaum. Hätte ich ihn nach der Uhrzeit gefragt, hätte er mit keiner größeren Selbstverständlichkeit antworten können! Erlösend drang die Bedeutung seiner Worte in mein Bewusstsein. Ich lachte, strahlte ihn an. »Dann wird mein Lehrauftrag bestehen bleiben?«

»*Ihr Lehrauftrag bestehen bleiben?*« wiederholte er ungläubig, als sein Kaffee gebracht wurde. »Aber natürlich! Das ist doch keine Frage?«

Meine offensichtlichen Zweifel hatten ihn schockiert. Entsetzt sah er mich an. »Ihr schrecklicher Unfall hat doch keinen Einfluss auf Ihre Qualifikation! Unser Institut könnte es sich gar nicht leisten, auf jemanden wie Sie zu verzichten! Ihr Fachwissen über Shakespeare, Byron, Wordsworth – um nur einige zu nennen – findet unbestrittene Anerkennung. Ganz abgesehen davon, dass Sie bei Ihren Kollegen und Studenten große Beliebtheit genießen. Als die Nachricht von Ihrem Unfall im Institut bekannt wurde, breitete sich eine wahrlich bedrückte Stimmung aus. Ihre Studenten hofften bis zum Schluss des Semesters, dass Sie noch rechtzeitig für die Abschlussprüfungen zurückkommen würden.«

Prof. Flemmings Worte überwältigten mich. Zwar hatte ich gewusst, dass meine Arbeit und auch meine Person am Englischen Institut geschätzt wurden, doch ein solches Maß an Würdigung war mehr, als meine geprüfte Seele ertragen konnte. Gerne hätte ich ihm für seine lobenden Worte gedankt, doch ich war zu sehr damit beschäftigt, meine Fassung zurückzugewinnen.

»In jedem Fall«, sagte Prof. Flemming mit der deutlichen Absicht, meine Rührung zu überspielen, »sind wir alle froh, dass Sie wieder da sind. Zweifellos werden Sie anfänglich mit gewissen Schwierigkeiten zu kämpfen haben.« Er überlegte, nahm einen Schluck Kaffee. »Wird Sie jemand zur Universität bringen und wieder abholen, oder haben Sie einen eigenen Wagen?«

»Ich habe noch keinen. Aber bis zum Beginn des Sommersemesters werde ich hoffentlich mein jetziges Auto gegen ein entsprechendes Fahrzeug eingetauscht haben!«

»Sehr gut! Dann werde ich veranlassen, dass alle Ihre Veranstaltungen auf höchstens drei Tage verteilt werden, damit Sie den Weg zur Universität nicht allzu oft auf sich nehmen müssen. Außerdem werde ich Ihnen einen Garagenplatz direkt neben dem Lift reservieren. Sicher wird man Ihnen gerne diesen Platz überlassen.«

Prof. Flemmings Entgegenkommen beeindruckte mich tief. »Ich kann Ihnen gar nicht sagen, wie dankbar ich Ihnen bin, Professor!«

»Dazu besteht nicht die geringste Veranlassung«, beschwichtigte er. »Das ist das Mindeste, was ich für Sie tun kann. Ich hoffe, Sie werden sich im Falle eventueller Probleme wieder an mich wenden!«

»Gerne werde ich das tun, vielen Dank!«

»Sehr gut! Dann würde ich vorschlagen, ich rufe Sie nächste Woche an. Bis dahin werde ich alles in die Wege geleitet haben. Am fünfundzwanzigsten Februar werde ich die übliche Institutsbesprechung mit dem Lehrpersonal abhalten. Vorlesungsbeginn wird wieder in der zweiten Märzwoche sein.« Prüfend sah er auf seine Uhr. »Ich habe noch einen Termin im dreiundzwanzigsten Bezirk. Wenn ich mich nicht täusche, liegt das in Ihrer Richtung – ich könnte Sie gerne mitnehmen!«

»Vielen Dank, aber das ist nicht nötig, meine Schwägerin holt mich ab.«

»Dann darf ich mich jetzt verabschieden«, sagte er und trank seinen Kaffee aus, »alles Gute, Frau Bergmann!«

»Auf Wiedersehen, Professor, und noch einmal vielen Dank!«

Mit seinem charmanten Lächeln und einem innigen Händedruck verließ er mich.

Jetzt endlich fiel die nervöse Anspannung von mir ab und wich einem fast euphorischen Gefühl von Zuversicht. Neues Selbstvertrauen keimte in mir. Seit meinem Unfall hatte ich nicht mehr so positiv gedacht, nicht mehr so hoffnungsvoll gefühlt! Zum ersten

Mal eröffnete sich mir eine neue ermutigende Aussicht in die Zukunft: Vielleicht würde ich dieses Leben doch meistern können, wenn es von geistigen Inhalten erfüllt und einer ansprechenden Tätigkeit geprägt war! Die Arbeit mit meinen Studenten hatte mir schon zweimal – nach dem Tod meiner Eltern und nach meiner Scheidung – über Krisen hinweggeholfen. Vielleicht würde sie es mir sogar ermöglichen, meine Behinderung zu akzeptieren. Vielleicht würde mir die berufliche Wertschätzung und der Spaß an der Arbeit auch mein verlorenes privates Glück ersetzen können.

Schnell nahm ich den letzten Schluck meines mittlerweile kalten Mokkas. Als ich die Rechnung bezahlen wollte, erfuhr ich von meinem freundlichen Kellner, dass dies bereits der ältere Herr an meinem Tisch übernommen habe. Höflich lehnte ich diesmal die Hilfe des Kellners ab, mich zurück zum Ausgang zu führen. Mein plötzlicher Anflug von Selbstsicherheit ließ es nicht zu, dass man mir half. Auch störten mich jetzt die mitleidigen Blicke der anderen Gäste nicht – zum ersten Mal gelang es mir, sie einfach zu ignorieren. Lediglich beim Öffnen der schweren Eingangstür war ich wieder auf fremde Hilfe angewiesen.

Als mich Dagmar kommen sah, sprang sie aus dem Wagen und lief mir entgegen. Mein strahlender Gesichtsausdruck verriet ihr sofort, dass alles erfolgreich verlaufen war. »Du hast deinen Job – ich wusste es doch!« rief sie erfreut.

»Ja, Dagmar, du hattest Recht!« antwortete ich begeistert und umarmte sie. Es war mir egal, dass wir uns mitten auf dem Gehsteig befanden und sich die Passanten nach uns umdrehten. Ich musste meine Freude und Erleichterung unbedingt mit Dagmar teilen.

»Er war so nett und entgegenkommend! Ich hätte nie zu träumen gewagt, dass man mich auf der Uni wirklich vermisst! Ich bin so froh, Dagmar, ich kann dir gar nicht sagen wie sehr!«

»Und ich bin so glücklich, dich wieder in großartiger Stimmung zu erleben. Aber jetzt komm! Es ist verdammt kalt, und du hast viel zu wenig an.«

Eilig führte sie mich zum Wagen. Auf der Heimfahrt konnte ich mich kaum zurückhalten, bis ins Detail von meinem Gespräch mit dem Professor zu erzählen. Wie von selbst sprudelten die Worte aus mir hervor. Es war mir fast unangenehm, wie mitteilsam ich plötzlich war.

# Die größte Hürde

Als wir in die Einfahrt zur Villa bogen, war ein roter Sportwagen links vom Haustor geparkt. Er kam mir sofort bekannt vor.

»Das ist eine Überraschung!« rief ich erfreut. »Der Wagen gehört Alex!« Direkt hinter dem auffälligen Sportcoupé hielten wir an.

»Victoria«, sagte Dagmar ernst, »Alex weiß es schon. Tut mir leid, ich vergaß völlig, dir davon zu erzählen. Er rief an, als du noch in London warst.«

»Das braucht dir nicht leidzutun, Dagmar. Ich bin froh, dass er es schon weiß, es erspart mir eine Menge unliebsamer Erklärungen.«

Während Dagmar den Rollstuhl aus dem Kofferraum holte, öffnete sich das Haustor, und Alex kam herausgelaufen. »Servus, Dagmar!« rief er flüchtig und rannte mit Riesenschritten zur geöffneten Beifahrertür. »Victoria!« keuchte er atemlos.

»Hallo, Alex!« rief ich mit einem strahlenden Lächeln. »Ich freue mich so, dich zu sehen!«

Er bemühte sich, mein Lächeln zu erwidern, doch sein Blick wanderte unsicher zwischen mir und dem von Dagmar herangeschobenen Rollstuhl hin und her. »Kann ich dir helfen?« fragte er aufgeregt.

»Nein, danke, ist nicht nötig.« Nervös verfolgten seine Augen jede meiner Bewegungen. Als ich sicher im Rollstuhl saß, reichte ich ihm die Hand. Noch immer sah er mich bestürzt und ungläubig an. Dann endlich schien die Verlegenheit von ihm abzufallen. Er beugte sich zu mir und umarmte mich herzlich.

»Victoria«, flüsterte er mitgenommen, »was machst du bloß für Sachen?« In seiner Umarmung spürte ich zugleich innige Zuneigung und tiefe Betroffenheit. »Ich hätte doch besser auf dich aufpassen sollen«, sagte er und zwinkerte mir mit traurigen Augen zu.

»Ja, Alex, *du* hättest sicher besser auf mich aufgepasst. Komm! Es ist kalt. Führst du mich hinein?«

»Ja, gerne!«

Dagmar war schon ins Haus vorausgegangen. Ihr Vorschlag, uns einen wärmenden Tee zu bereiten, klang vielversprechend. Alex brachte mich ins Wohnzimmer, wo ein helles Feuer im Kamin flackerte und für eine behagliche Atmosphäre sorgte.

»Wird dir schon warm?« fragte er mich, schob mich nahe genug ans Feuer und rieb mir einige Male liebevoll über die Oberarme.

»Ja, danke, ist schon viel angenehmer!«

Dagmar versorgte uns mit einer großen Kanne Tee, goss unsere Tassen voll und zog sich gleich wieder zurück. Sie meinte, wir hätten uns sicher eine Menge zu erzählen, wobei sie keinesfalls stören wolle. Sie ließ sich nicht einmal dazu überreden, eine Tasse Tee mit uns zu trinken.

Alex setzte sich in den Lehnstuhl neben mich und nahm meine Hand. In seinen Augen konnte ich erkennen, dass er den ersten Schock überwunden hatte. »Ich hoffe, du bist mir nicht böse, dass ich hier so hereinplatze, aber ich konnte nicht länger warten. Ich musste dich einfach sehen!«

»Aber Alex! Ich freue mich riesig, dass du gekommen bist, ganz ehrlich!«

Die Besorgnis in seinem Gesicht ließ sich nicht leugnen. »Wie geht es dir?« fragte er beinahe schüchtern.

»Wie es mir in den letzten Wochen ging, erzähle ich dir lieber nicht, aber heute geht es mir ausgezeichnet. Du hast dir genau den richtigen Tag für deinen Besuch ausgesucht. Ich komme gerade von einem Gespräch mit Prof. Flemming – erinnerst du dich an ihn? Er hat sich kaum verändert. Ich glaube, den grauen Anzug, den er heute trug, kenne ich noch von unseren Studienzeiten. Aber ich könnte mir keinen besseren Vorgesetzten wünschen. Er sagte mir, wie sehr man mich und meine Arbeit am Institut vermisst. Stell dir vor, Alex, ich kann meinen Job behalten!«

»Selbstverständlich. Was dachtest du denn?«

»Du redest genau wie Dagmar!«

»Aber Victoria! Wie konntest du bloß daran zweifeln – bei deiner Qualifikation?«

»Ich weiß es nicht. Vielleicht weil man in meiner Situation an allem zweifelt – an fast allem.«

»Ich hoffe, du zweifelst nicht an meiner Freundschaft!«

Ich lachte. »Nein, Alex, jetzt nicht – aber letzten Sommer hätte ich es beinahe getan. Damals fürchtete ich schon, du könntest dich von mir zurückziehen.«

»So ein Unsinn!« protestierte er heftig. »Da kennst du mich aber schlecht. Es ist zwar höchst bedauerlich, dass ich nicht *deine große Liebe* bin, aber deshalb würde ich doch niemals auf deine Freundschaft verzichten!«

*Meine große Liebe* – welch hochtrabende Worte! Unweigerlich versetzten sie mir einen Schlag. Nachdenklich starrte ich ins Feuer.

»Victoria?« sagte Alex leise, als ob er ahnte, was in mir vorging. »Entschuldige, das hätte ich wohl nicht sagen sollen!«

Ich lächelte ihn an. »Schon gut, Alex!«

»Möchtest du mir davon erzählen?«

»Wovon?«

»Von dem, was dich gerade beschäftigt.«

Mein Gefühl sagte mir, dass *Alex* gern darüber sprechen würde. »Darüber gibt es nicht mehr viel zu erzählen – es ist vorbei!«

»*Es ist vorbei?*« wiederholte Alex entsetzt. »Aber wieso? Doch nicht wegen deines Unfalls, oder?«

»Nein, das war vorher. *Er* weiß nichts von meinem Unfall und soll es auch nie erfahren. Wir haben uns vorher getrennt, oder sagen wir, *ich* habe *ihn* verlassen!«

»Aber warum? Ich dachte, ihr wärt so glücklich miteinander gewesen!«

»Ja, das waren wir auch. Trotzdem hätte es in seinem Leben niemals einen Platz für mich gegeben.«

»Das begreife ich nicht. Wie meinst du das?«

Jetzt hatte ich Alex mit meiner Bemerkung endgültig verwirrt. Es war wohl an der Zeit, ihm endlich die Wahrheit über jenen Mann zu sagen, den ich ihm vorgezogen hatte. Er verdiente es zu erfahren, wer dieser geheimnisvolle *englische Freund* war, der letzten Herbst von jedermann als *meine große Liebe* gehandelt worden war.

Und doch fragte ich mich, ob ich in der Lage wäre, über David zu sprechen. Seit meiner Heimkehr hatte ich zu niemandem ein Wort über ihn verloren, und es hatte auch noch niemand gewagt, mich nach ihm zu fragen. Auch Dagmar akzeptierte es, dass ich nicht über ihn sprechen wollte. Ich hatte versucht den Gedanken an David zu verdrängen, um diesen Traum endlich in mir abzuschließen, um nicht in Wehmut zu verfallen, um mit meinem Schicksal leben zu können.

Bisher hatte ich mich aber noch nie so wohl und stark gefühlt. Zuversicht und Selbstvertrauen verdrängten meine Ängste und Zweifel, und ich war fest entschlossen, für die optimistische Stimmung in mir zu kämpfen und mich erfolgreich gegen Rückschläge zu wehren.

Wenn ich Alex jetzt endlich aus seiner Ungewissheit befreite, würde ich mich gleichzeitig auf die Probe stellen. Vielleicht würde es mir die Frage beantworten, wie weit ich auf meinem Weg in mein neues Leben bereits gekommen war.

Als ob ich mir für mein Vorhaben Mut antrinken wollte, nahm ich einen Schluck Tee. Dann fuhr ich zum Musikschrank und öffnete ihn. Alex beobachtete mich mit wachsender Neugier. Mit einem zielstrebigen Griff wählte ich die gewünschte CD – ich hätte sie auch ohne hinzusehen gefunden. Jede einzelne war nach dem Komponisten und dem Datum der Aufnahme geordnet, jede einzelne hatte ich unzählige Male gespielt.

Ich nahm die silberne Scheibe aus ihrer Hülle und schob sie in den CD-Player. Ohne den Einband eines Blickes zu würdigen, legte ich ihn zusammen mit der Fernbedienung auf meinen Schoß. Dann kehrte ich um und fuhr zu Alex zurück. Er sagte kein Wort, nur erwartungsvolles Staunen stand in seinen Augen.

Nach einem tiefen Atemzug drückte ich auf die Fernbedienung und reichte Alex den Einband. Schweigend sahen wir uns an. Als die schweren Eröffnungsakkorde der *Pathétique* erklangen, senkte ich unwillkürlich meinen Blick. Alex richtete seinen auf die Hülle in seiner Hand. Die Abbildung zeigte den Pianisten an seinem Konzertflügel. Leise, fast andächtig las Alex die Worte, die darunter geschrieben standen: »Carnegy Hall, New York, 1995«, er hielt inne, »*David Lamontaine*!«

Verblüfft sah er mich an und zwang mich, seinem Blick zu begegnen. Er verstand auch ohne Worte. Mein zaghaftes Lächeln genügte, um seine Annahme zu bestätigen.

Sekundenlang fesselten sich unsere Blicke gegenseitig. Doch was Alex außer einer Überraschung empfand, hätte ich nicht zu sagen vermocht. Auch fühlte ich mich immer weniger imstande, mir darüber Gedanken zu machen.

Ich spürte, wie sich die vertrauten Klänge immer tiefer in meiner Seele entfalteten, wie sie mich aufwühlten, mich zurückführten zu jenem Abend, an dem ich sie zuletzt gehört hatte. Wie sollte ich verhindern, dass sie Erinnerungen wachriefen? Wie sollte ich mich ihrem Zauber entziehen?

Das flackernde Feuer im Kamin beflügelte meine Fantasie. Gebannt starrte ich in die hellen Flammen. Fast schien es mir, als bewegten sie sich zur Melodie der Sonate. Fast erschienen sie mir wie ein Spiegelbild meiner Gefühle – wild und unauslöschlich entbrannt für die Schönheit *seiner* Musik. In ihr spiegelte sich die ganze Faszination seiner Persönlichkeit wider. In ihr lebten das Feuer und die Empfindsamkeit seiner Seele. Jede sanfte Tonfolge, jeder leidenschaftliche Akkord streifte mich wie einst seine Berührung. Die betörenden Harmonien umfingen mich wie seine Umarmung, verzauberten mich wie sein Blick, verführten mich wie seine Lippen.

Kaum sechs Wochen war es her, dass sich die Sehnsucht meines Lebens erfüllt, dass ich den Mann meines Herzens geliebt hatte. Und schon sollte ich meine Gefühle für ihn ablegen können wie ein unpassendes Kleidungsstück. Wollte ich sie zusammen mit all meinen kurzen Kleidern und hochhackigen Schuhen in einen Schrank sperren und den Schlüssel dazu wegwerfen? War es das, was ich mir eingeredet hatte – dass ich die innigsten Empfindungen, die ich jemals für einen Mann gehegt hatte, in nur wenigen Wochen verdrängen konnte, nur weil es mir die Vernunft befahl?

Schon damals, als ich meinen Abschiedsbrief an David schrieb, hätte mir klar sein müssen, das dies nicht möglich wäre. Schon damals hätte mir bewusst sein müssen, dass die körperliche Trennung meine Gefühle nicht einfach würde schwinden lassen. Natürlich hatte ich gehofft, dass mit der Zeit die quälende Sehnsucht und das glühende Verlangen vergehen würden, dass die Leere, die mein zerstörter Traum in mir hinterlassen hatte, durch neue Lebensinhalte ausgefüllt werden könnte. Doch wie lange und wie sehr ich unter meinem eigenen Entschluss, David zu verlassen, leiden würde, hatte ich in meiner damaligen Gefühlsaufwallung sicher nicht bedacht.

Und jetzt sollte es mir plötzlich leicht fallen, David aus meinem Herzen zu verbannen, nur weil ich mit gelähmten Beinen im Rollstuhl saß? Nein, die körperliche Schwäche konnte es nicht verhindern, dass ich nach wie vor wie eine gesunde Frau fühlte, dass sich mein Herz immer noch nach David sehnte und die tiefe Empfindung für ihn weiter in mir lebte.

Doch es war höchste Zeit, die Wahrheit zu akzeptieren und mir die ewig romantischen Träume aus dem Kopf zu schlagen. Mein Schicksal hatte es so gewollt, dass ich auf grausame Weise erwachsen wurde. Wahrscheinlich hatte ich mich immer schon – wie Richard sagte – zu sehr von meinen Gefühlen leiten lassen. Jetzt zwangen mich die Umstände dazu, meine Gefühle unter Kontrolle zu bekommen und mein Leben maßgeblich mit Vernunft zu gestalten.

Zumindest so viel hatte ich herausgefunden: auf meinem Weg in mein neues Leben stand ich noch ganz am Anfang. Die wahrscheinlich größte Hürde – meine Liebe zu David in mir zu begraben – stand mir noch mit ganzer Härte bevor. Und Davids Musik zu hören war sicher kein Schritt in die richtige Richtung.

Mit dem Schlussakkord des ersten Satzes drückte ich wieder auf die Fernbedienung. Der Zauber war vorbei. Wie eigenartig, dachte ich, auch das Feuer brennt nicht mehr so hell!

»Er spielt fantastisch!« hörte ich Alex leise sagen.

»Ja«, antwortete ich gedankenverloren, »er hat begnadete Hände. Vielleicht verstehst du jetzt, warum an Davids Seite kein Platz für mich ist. Sein ganzes Leben ist die Musik.«

Alex antwortete nicht, er schien zu ahnen, wie sehr mich die Musik berührt hatte. »Verzeih mir bitte«, flüsterte er, »dass ich dieses Thema angeschnitten habe. Ich wollte keine unliebsamen Erinnerungen in dir wecken.«

»Aber Alex«, sagte ich mit einem tiefen Blick in seine Augen, »ich bin erleichtert, dass du es endlich weißt. Verzeih lieber *du mir*, dass ich so lange ein Geheimnis daraus machte. Außerdem wird es Zeit, dass ich den Tatsachen ins Auge sehe.«

»Mag sein, Victoria, aber …«, er schien zu überlegen, ob er die

Worte wirklich aussprechen sollte, »du liebst ihn immer noch, nicht wahr?«

Wieder verlor sich mein Blick im Feuer. Alex anzusehen hätte ich nicht gewagt. Das Leuchten in meinen Augen hätte seine Frage nur allzu sehr bejaht. Auch wusste er die Antwort ohnehin. Ob meine Stimme glaubwürdig klang, konnte nur Alex entscheiden. »Das ist aber kein Thema mehr!« sagte ich bestimmt. »Ich wollte es selbst so haben, und jetzt muss ich mit den Konsequenzen fertig werden. Mach dir keine Sorgen um mich, Alex! Heißt es nicht: die Zeit heilt alle Wunden? Und wenn schon nicht mein kaputtes Rückenmark, dann zumindest mein *gebrochenes Herz*! So, und jetzt genug mit dem sentimentalen Geschwätz! Ich hoffe, du hast auch etwas Erfreuliches zu berichten. Was macht dein Job?«

»Der entwickelt sich durchaus zufriedenstellend«, antwortete Alex etwas unsicher. Zwar schien er über den Themenwechsel erleichtert, doch ich wusste, dass ihn meinetwegen immer noch große Besorgnis plagte. Ich wollte ihn endlich davon überzeugen, dass die frohe Stimmung, in der er mich angetroffen hatte, auf ehrlicher Zuversicht aufbaute und dass ich fest entschlossen war, diese zu bewahren und zu fördern. Deshalb durfte ich auch keine Rührseligkeit mehr in unserem Gespräch aufkommen lassen.

»Machst du noch die Kulturreportagen, von denen du mir zuletzt erzähltest?«

»Nur mehr selten – als Abteilungsleiter habe ich nur noch wenig Zeit dafür.«

»Abteilungsleiter – sieh an!« sagte ich bewundernd und zugleich ein wenig vorwurfsvoll. »Wolltest du nicht etwas leiser treten und nicht schon wieder Karriere machen?«

»Du hast Recht, das wollte ich auch …«, lächelte er verlegen.

»Dann solltest du achtgeben, dass du nicht wieder dein Privatleben vernachlässigst!«

»Das würde mir im Moment sicher nicht gut bekommen!«

Ich horchte auf. »Gibt es da etwas, das ich noch nicht weiß?«

Er grinste. »Ja, sie heißt Isabell und ist eine ganz wunderbare Frau.«

»Alex, das ist ja toll«, strahlte ich, »erzähl mir von ihr! Wie ernst ist es zwischen euch?«

Jetzt endlich griff er entspannt zu seiner Tasse und trank den Tee. »Sagen wir, es könnte *ernst* werden. Wir sind zwar erst seit kurzem zusammen – wir lernten uns auf einer Weihnachtsparty kennen –, aber wir verbringen viel Zeit miteinander, und unsere Beziehung wird mit jedem Tag schöner.«

»Ich freue mich so für dich! Sag, was macht sie beruflich? Wie sieht sie aus? » Tatsächlich hatte mich brennende Neugier gepackt.

»Sie ist drei Jahre jünger als ich und wird im kommenden Sommer mit dem Psychologiestudium fertig. Übrigens erinnert sie mich sehr an dich.«

»Alex – bitte«, sagte ich entsetzt, »sag bloß, du suchst deine Freundin danach aus, wie ähnlich sie mir ist!«

»Nein, keine Sorge, das war nur ein Scherz! Ich meinte lediglich, dass sie die gleichen ausdrucksvollen Augen und ebenso schönes dunkles Haar hat wie du.« Auch wenn er seine Bemerkung jetzt abschwächte, fürchtete ich, dass ich mit meiner Vermutung richtig lag.

»Ich würde sie sehr gerne kennen lernen! Wenn ihr einmal nichts Besseres zu tun habt – und ich hoffe, das wird sehr bald sein –, dann kommt mich besuchen, einverstanden?«

»Wenn wir uns einmal mit einer bewundernswerten Frau unterhalten möchten, *dann* kommen wir dich besuchen, einverstanden? Und ich verspreche dir: es wird sehr bald sein!«

Er lachte mich an – und endlich sah ich sie wieder, die lustigen Grübchen in seinen Wangen, die ich früher schon so gemocht hatte, die aber bei unserem heutigen Wiedersehen der Besorgnis in seinem Ausdruck hatten weichen müssen.

»Ich muss jetzt gehen«, sagte er und drückte ganz fest meine Hand. Dann stand er auf, umarmte mich und küsste mich freundschaftlich auf die Wange. Noch einmal sah er mir tief in die Augen. »Ich hoffe, du weißt, dass ich immer für dich da bin!«

»Danke, Alex.«

»Wann immer du mich brauchst, ruf einfach an, okay?

Ich nickte. »Mache ich. Auf Wiedersehen, Alex!«

»Bis bald, Victoria!« Er ging zur Tür, drehte sich noch einmal um und zwinkerte mir zu.

Kurz darauf vernahm ich das dumpfe Motorengeräusch seines Sportwagens und das Quietschen anfahrender Reifen.

Das Feuer im Kamin loderte nur mehr schwach. Ich legte einige Holzscheite nach, bis es wieder hell aufflackerte. Dann nahm ich den Einband der CD, den Alex auf den Couchtisch gelegt hatte und fuhr damit zurück zum Musikschrank. Die CD verschwand in ihrer Hülle und nahm ihren gewohnten Platz zwischen all den berühmten Aufnahmen ein. Mit dem festen Vorsatz, keine von ihnen so bald wieder zu spielen, verschloss ich den Schrank.

# Feuerprobe

Der Termin bei meinem Wiener Neurologen brachte keine Änderung der Diagnose: das Rückenmark sei zweifellos in Mitleidenschaft gezogen, sagte er, ob es sich aber um einen kompletten Querschnitt handle, könne man noch nicht mit hundertprozentiger Sicherheit sagen. Er verschrieb mir eine mehrwöchige Therapie in einem Rehabilitationszentrum, das sich auf Wirbelsäulenverletzungen spezialisiert hatte. Dort sollte mit intensivem Training sowohl dem Muskelabbau in den Beinen als auch der Versteifung des Rückens entgegengewirkt werden. Unverzüglich begannen die Behandlungen, jeweils an zwei Vormittagen pro Woche, und bald stellte sich heraus, dass ich nach jeder einzelnen so erschöpft war, dass an keine weitere anstrengende Tätigkeit an diesen Tagen zu denken war. Meist verbrachte ich sie dann zu Hause, bereitete meine kommenden Lehrveranstaltungen vor und ruhte mich aus.

Als mich Prof. Flemming anrief und mir mitteilte, dass er alle geplanten Änderungen zufriedenstellend hatte erledigen können, war ich sehr erleichtert. Er hatte meine Vorlesung und die Seminare auf Montag, Mittwoch und Donnerstag gelegt, daher blieben mir Dienstag und Freitag für die Therapien. Besser hätte er es gar nicht einteilen können. Auch die Hörsäle drei und fünf, die er für meine Veranstaltungen ausgewählt hatte, lagen ideal neben den Fahrstühlen. Und der Parkplatz neben dem Lift in der Tiefgarage war mir ebenfalls gentlemanlike überlassen worden. Er freue sich, sagte der Professor abschließend, mich zur Institutsbesprechung endlich wieder im Kreise seiner Kollegen begrüßen zu können.

Auch die Kollegen schienen erfreut und zugleich tief bewegt, als sie mich wiedersahen. Mit einem großen Strauß weißer Rosen erwarteten sie mich am Gang vor dem Besprechungszimmer. Jeder Einzelne von ihnen schüttelte mir die Hand und fand zur

Begrüßung die für ihn charakteristischen Worte – ob aufrichtig mitfühlend, höflich distanziert oder peinlich verlegen.

Der Vorwurf, den mir Michael einst gemacht hatte, dass gewisse Kollegen ein Auge auf mich geworfen hätten, war mir stets unbegründet vorgekommen. Auch hatte ich umgekehrt immer nur kollegial bis freundschaftlich für sie alle empfunden. Dennoch erschien mir jetzt die Betroffenheit des einen oder anderen Kollegen tiefgreifender, als sie eine rein berufliche Beziehung bewirken konnte. Aber auf Grund meiner Behinderung hatte sich das Thema ohnehin erledigt.

Vor dem versammelten Lehrpersonal hieß mich Prof. Flemming herzlich willkommen. In wenigen Sätzen erklärte er die geringfügigen Änderungen von Ort und Zeit meiner Veranstaltungen, die auf Grund der *Umstände* – wie er es nannte – notwendig geworden wären. Anschließend erhielt auch ich die Möglichkeit, einige Worte an alle zu richten, was ich dazu nützte, um dem Institutsvorstand und den Kollegen für das bisherige Entgegenkommen und eine eventuelle zukünftige Hilfe zu danken. Dann wurden wie gewohnt in zwei Stunden die Einzelheiten zum aktuellen Lehrplan besprochen. Änderungen sollten wie bisher jeden zweiten Mittwoch bei den Institutsversammlungen bekannt gegeben werden.

Einer der jüngeren Kollegen ließ es sich nicht nehmen, mich nach der Besprechung in die Garage zu begleiten. Irgendjemand, so meinte er, müsse schließlich den Rosenstrauß für mich tragen. Dagmar wartete mit ihrem Wagen auf meinem Parkplatz, wo sie mich vorher auch abgesetzt hatte. Obwohl sie mir glaubwürdig versicherte, dass sie in der Zwischenzeit notwendige Einkäufe hatte erledigen können, war ich doch entschlossen, sie in Zukunft nicht mehr als meinen Chauffeur heranzuziehen.

Richard hatte es bereits in die Wege geleitet, dass mein schönes, dunkelgrünes Cabriolet gegen ein Behindertenfahrzeug derselben

Marke eingetauscht wurde. Ich musste mir eingestehen, dass ich mich nur schweren Herzens von meinem geliebten Cabrio trennte. Wie sehr hatte ich es immer genossen, in den warmen Monaten mit einem offenen Wagen zu fahren und – zugegeben – damit auch so manche Blicke auf mich zu ziehen. Aus finanziellen Gründen hätte ich mein Cabrio nicht verkaufen müssen. Ich hätte es genauso in unserer Garage abstellen und mir jeden Tag sehnsüchtig ansehen können, um mich ständig daran zu erinnern, dass ich damit nie wieder fahren, ja dass ich ohne fremde Hilfe nicht einmal einsteigen konnte. Ein weiterer Schritt in die richtige Richtung musste also sein, es so schnell wie möglich loszuwerden.

Mein neuer Wagen sollte mich auch nicht mehr an das Cabrio erinnern. Im Gegenteil, er sollte mir wieder ein Stückchen Freiheit mehr bieten, sollte mich vor allem bei meinen Fahrten zur Therapie und zur Uni unabhängig machen. Als das dunkelblaue Coupé geliefert wurde, fand ich äußerlich sofort Gefallen daran. Meine Freude steigerte sich noch, als ich merkte, welche Annehmlichkeit mir der elektrisch verstellbare Fahrersitz beim Aus- und Einsteigen bot und wie einfach es für mich war, den Rollstuhl zusammengeklappt auf die Rückbank zu heben. Das händische Bedienen des Wagens war zwar etwas gewöhnungsbedürftig, aber im Grunde kinderleicht.

Am zweiten Montag im März, dem Tag meiner ersten Vorlesung, sollte ich mich wieder einmal bewähren. Um zehn Uhr fünfzehn war Vorlesungsbeginn, um neun Uhr dreißig war ich bereits im Institut. Die ersten eifrigen Studenten informierten sich vor den Anschlagtafeln über wissenswerte Neuerungen im Semester. Die ersten bestürzten Blicke trafen mich, als ich an ihnen vorbeifuhr.

In meinem Büro erwartete mich der gewohnte Schreibtisch ohne den gewohnten Stuhl dahinter. Ich nahm die Aktenmappe von meinem Schoß, holte die Vorlesungsunterlagen heraus und breitete sie auf der Schreibtischunterlage aus. Noch einmal überflog ich einige Punkte, die ich rot angestrichen hatte – nicht um sie mir in Erinnerung zu rufen, nein, ich konnte meinen Vortrag beinahe auswendig –, sondern um mich abzulenken und meine Nervosität in Schach zu halten. Ich konnte mich nicht entsinnen, wann ich jemals vor einer Vorlesung so nervös gewesen war, nicht einmal vor meiner allerersten hatte ich so gezittert.

Die einleitenden Worte zu meinem Vortrag hatte ich mir genau überlegt. Trotzdem suchte ich unablässig nach anderen Formulierungen oder ob ich sie überhaupt weglassen sollte. Unschlüssig und dann wieder von der ursprünglichen Fassung überzeugt, legte ich meine Unterlagen beiseite und kramte in meiner Mappe nach dem Kosmetikspiegel. Ein prüfender Blick hinein beruhigte mich etwas. Die Lippen waren dezent geschminkt, die Wimpern leicht getuscht, die Haare ordentlich gekämmt. Auch waren der dunkelblaue Hosenanzug und die weiße Hemdbluse genau die richtige Aufmachung für diesen Tag.

Nervös sah ich auf die Uhr, sie zeigte zehn nach zehn. Es war Zeit, mich auf den Weg zu machen. Die geordneten Unterlagen verstaute ich in der Mappe und legte sie wieder auf meinen Schoß. Neugierige Blicke empfingen mich, als ich mein Büro verließ. Mitleidiges Staunen verfolgte mich bis zum Fahrstuhl. Ob es sich schon an der ganzen Fakultät herumgesprochen hatte, dass Frau Bergmann nach einem Unfall querschnittgelähmt im Rollstuhl saß? Erleichtert atmete ich auf, als ich allein im Lift fuhr. Mit tiefen Atemzügen wollte ich mich beruhigen, doch die Anspannung fiel nicht von mir ab.

Als ich im ersten Stock den Fahrstuhl verließ, machten mir die wartenden Studenten höflich Platz. Obwohl ich mich nicht umdrehte, konnte ich auch ihre Blicke deutlich spüren. Bis zum Hörsaal waren es noch wenige Meter. Die Tür zum unteren Eingang stand offen. Durch sie drang lautes Geschwätz bis weit auf den Korridor hinaus.

Es war soweit. Die nächste Feuerprobe stand mir bevor. Ein letzter tiefer Atemzug – und ich fuhr in den Hörsaal. Als ich die Tür hinter mir schloss, verstummten die Stimmen, eisiges Schweigen breitete sich aus. Zielstrebig fuhr ich zum Rednerpult, das man mir auf die richtige Höhe heruntergelassen hatte. Konzentriert ordnete ich darauf meine Unterlagen und startete den bereitstehenden Laptop.

Dann hob ich zum ersten Mal meinen Blick und ließ ihn über die dreißig nach hinten ansteigenden Sitzreihen schweifen. Der Saal war wie immer restlos gefüllt, in manchen Reihen drängten sich sogar viel mehr Studenten, als dafür vorgesehen waren. Noch immer herrschte Totenstille. Noch immer wanderte mein Blick durch den Saal. Viele Gesichter kamen mir bekannt vor, viele waren mir noch fremd. Auf allen lag ein erwartungsvoller Ausdruck.

Eigenartig, dachte ich – je länger ich meine Augen auf die gespannte Menge richtete, desto ruhiger wurde ich. Ganz langsam fühlte ich, wie meine Nervosität schwand, wie immer mehr von meiner früheren Sicherheit zurückkehrte. Vergessen waren alle wohl überlegten Worte. Wie so oft folgte ich einer plötzlichen Eingebung.

»Ich möchte Sie alle ganz herzlich zu meiner Shakespeare-Vorlesung in diesem Sommersemester begrüßen. Ich gehe davon aus«, sagte ich selbstbewusst, »dass Sie alle gekommen sind, um mit mir ein Stück Weltliteratur zu bearbeiten!« Ich pausierte und ließ – als wolle ich jedem Einzelnen ins Gewissen reden – meinen Blick erneut durch die vollen Reihen gleiten. Ich musste es schließlich wissen, ob sie mit Interesse und Kreativität bei der Sache waren oder ob andere Gründe sie hierher geführt hatten.

»Sollte aber der eine oder andere von Ihnen«, fuhr ich mit eindringlicher Stimme fort, »nur gekommen sein, um sich davon zu überzeugen, dass das Gerücht, das auf der ganzen Fakultät die Runde macht, wahr ist – nun, Sie haben sich davon überzeugt: *es ist wahr*, ich sitze im Rollstuhl! Und jetzt würde ich all jene bitten, den Hörsaal zu verlassen!«

Nichts rührte sich, alles blieb sitzen. Mein prüfender Blick ruhte mahnend auf der Menge. Dann plötzlich begannen einige auf die Pulte zu klopfen. Immer mehr und mehr setzten ein, bis schließlich alle wie wild auf ihre Pulte und Bänke klopften und der Hörsaal in einem ohrenbetäubenden Getöse versank. Nach traditioneller Studentenart hatten sie mir begeisterten Beifall gespendet.

Sekundenlang senkte ich meinen Blick. Die überwältigende Anerkennung der Studenten machte mich fast verlegen. Nur langsam verklang der tosende Applaus. Mit einem zufriedenen Lächeln sah ich wieder hinauf in die Menge. »Danke. Ich verspreche Ihnen, Sie werden es nicht bereuen, dass Sie hier geblieben sind!«

Einhelliges Gelächter drang aus allen Reihen. Wir hatten uns verstanden. Ich würde Ihnen vier Monate lang den lebendigen Unterricht, für den ich im ganzen Institut bekannt war, bieten, und sie würden mich in ihrem eigenen Interesse dabei unterstützen. All jene, die mich seit längerem kannten, würden mir mit bewährter Natürlichkeit begegnen, mit hilfsbereitem Engagement zur Seite stehen, und nach einiger Zeit würden sie den Rollstuhl vielleicht kaum noch wahrnehmen. Und all die anderen, die mich selbst gar nicht und meine anschauliche Lehrmethode nur vom Hörensagen kannten, wollte ich davon überzeugen, dass mich auch ein Rollstuhl nicht davon abhalten konnte, ihnen Shakespeares Werk interessant und unvergesslich nahe zu bringen.

Nachdem die Berührungsängste auf beiden Seiten ausgeräumt waren, stand einer produktiven Arbeitsbeziehung nichts mehr im Wege. Schon nach wenigen Minuten meines Vortrags merkte ich, wie die alte Routine zurückkehrte, wie ich mich mit voller Konzentration in den Lehrstoff vertiefte und für eineinhalb Stunden von meiner Umwelt nichts außer meiner Hörerschaft wahrnahm. Zum ersten Mal seit meinem Unfall gelang es mir, meine ganze

Aufmerksamkeit einem anderen Thema zu widmen und meine Behinderung für kurze Zeit zu vergessen. Erst das laute Klopfkonzert, das auf meinen Vortrag folgte, holte mich in die Wirklichkeit zurück.

Als ich den Hörsaal verlassen wollte, sprang ein dunkelhaariger Student aus der ersten Reihe hervor und öffnete mir höflich die Tür. Ich kannte ihn, er hatte schon mehrere meiner Vorlesungen und Seminare besucht und die Prüfungen mit ausgezeichneten Noten bestanden. Freundlich lächelte er mich an. Ich dankte ihm für seine zuvorkommende Hilfe. Draußen am Flur, als ich ihm schon den Rücken zugewandt hatte, rief er plötzlich: »Schön, dass Sie wieder da sind, Frau Bergmann!«

Überrascht drehte ich mich zur Seite. Schweigend lächelte ich. Dann fuhr ich weiter zum Fahrstuhl. Ich spürte, wie mir sein Blick folgte, doch es störte mich nicht – im Gegenteil. Ich fühlte mich großartig. Der Erfolg meiner ersten Vorlesung gab mir ungeahnten Auftrieb für den zukünftigen Verlauf meiner Veranstaltungen. Endlich hatte ich eine große Hürde auf meinem steinigen Weg überwunden.

# Versöhnung

Als ich an diesem ersten Arbeitstag nach Hause fuhr, war ich bester Laune. Das Seminar am Nachmittag war ebenso vielversprechend verlaufen wie die Vorlesung. Anschließend hatte ich mich noch mit drei meiner langjährigen Studenten unterhalten, die mir freiwillig ihre Hilfe bei der Beschaffung meines Lehrmaterials aus Bibliotheken und Kulturinstituten angeboten hatten. Damit erwiesen sie mir tatsächlich einen großen Dienst und ersparten mir viele hindernisreiche Wege, also hatte ich ihren Vorschlag dankend angenommen. Auch freute er mich umso mehr, als es sich dabei um einen Akt ehrlicher Hilfsbereitschaft handelte, denn alle drei mussten aus Erfahrung wissen, dass ihnen daraus keinerlei Bevorzugung im Universitätsbetrieb erwachsen würde.

Fröhliche Musik ertönte aus den Lautsprechern meines Autoradios und begleitete mich auf meinem Heimweg durch die belebten Straßen Wiens. Der dichte Abendverkehr störte mich nicht. Nach der Anspannung am Vormittag sollte mich heute wirklich nichts mehr aus der Ruhe bringen können.

Als ich um siebzehn Uhr die Universität verlassen hatte, war es noch taghell gewesen. Nur langsam brach im Laufe meiner halbstündigen Fahrt die Dämmerung herein. Jetzt merkte man schon deutlich, dass die Tage wieder länger wurden und die ersten Anzeichen des Frühlings nicht mehr aufzuhalten waren. Wärmere Temperaturen hatten in den letzten Tagen die dicke Schneedecke, die wochenlang über der Stadt gelegen war, weggeschmolzen. Auf den Bäumen entlang der Straßen zeigten sich die ersten zaghaften Triebe. Ich freute mich darauf, das junge Grün auch bald in unserem Garten erwachen zu sehen.

Noch einmal musste ich vor einer roten Ampel anhalten. Nur noch wenige Gassen bergauf waren es bis nach Hause. Gedankenverloren summte ich die beschwingte Melodie aus dem Radio.

Plötzlich spürte ich einen Blick auf mir. Ganz automatisch sah ich nach links. Der gutaussehende Fahrer des gelben Sportwagens neben mir lächelte mich aufreizend an. Einen Moment lang erwiderte ich seinen Blick, dann sah ich wieder nach vorn. Jetzt konnte auch ich mir ein amüsiertes Schmunzeln nicht verkneifen. Wenn *der* wüsste, dachte ich, was hinter mir auf der Sitzbank liegt, würde sein Lächeln bestenfalls noch mitleidig ausfallen!

Ich staunte aber auch über mich selbst. Früher hatten sich Männer oft nach nach mir umgedreht, und ich hatte es genossen. Jetzt, da mich ständig bedauernde Blicke trafen, war ich für die wenigen bewundernden umso empfänglicher geworden. Ja, ich musste mir eingestehen, es schmeichelte mir – also war ich immer noch unverbesserlich eitel! Wenn mein Selbstbewusstsein nur annähernd so stark wäre wie meine Eitelkeit, dachte ich, hätte ich sicher gute Chancen, mein neues Leben zu bewältigen.

Als die Ampel auf Grün schaltete, fuhr ich los und ließ meinen abgelenkten Bewunderer hinter mir zurück. Der gelbe Punkt in meinem Rückspiegel folgte mir, bis ich in die Einfahrt zur Villa bog.

Ich wunderte mich, dass Dagmars Wagen nicht zu sehen war, denn sie ließ ihn für gewöhnlich in der Einfahrt stehen und parkte ihn nur selten in der Garage. Doch dann fiel mir ein, dass sie Katrin vom Klavierunterricht abholen wollte. Richard war sicher noch nicht zu Hause, er kam keinen Tag vor halb sieben aus der Firma, und Daniel war sicher wieder bei seinen Freunden.

Umso mehr staunte ich, als ich das Haustor unversperrt vorfand. Vielleicht war die Haushälterin länger geblieben – nein, sie verließ das Haus meist pünktlich um vierzehn Uhr, und es gab keinen Anlass, warum sie ausgerechnet heute länger bleiben sollte.

Verwundert legte ich meinen Laptop und meine Aktenmappe auf die Kommode in der Eingangshalle. Kein Mantel, keine Jacke in der Garderobe deutete darauf hin, dass außer mir noch jemand im Haus war. Wahrscheinlich hatte Dagmar einfach vergessen abzuschließen.

Also machte ich mich auf den Weg in mein Zimmer. Plötzlich zuckte ich zusammen, als ich schnelle, herannahende Schritte vernahm. Sie schienen aus dem Wohnzimmer zu kommen.

»Wer ist da?« rief ich und fuhr langsam auf die Wohnzimmertür zu. Die Schritte kamen näher, doch niemand antwortete.

»Wer ist da?« wiederholte ich laut. Die unerwartete Anspannung ließ mir das Herz bis zum Hals schlagen.

»*Daniel*!« rief ich aufgeregt, als er auf einmal vor mir stand. »Mein Gott, hast du mich erschreckt!«

»Hallo«, sagte er ganz ruhig, würdigte mich eines kurzen, nichtssagenden Blickes und lief an mir vorbei zur großen Treppe. Er hatte mich so überrascht, dass ich einige Sekunden brauchte, um mir der störenden Veränderung in seinem Gesicht bewusst zu werden.

»Daniel!« rief ich ihm nach. Mitten auf der Treppe blieb er stehen. »Sieh mich an! Was ist mit deiner Stirn passiert?«

Regungslos stand er da, seinen Blick auf die Stufen vor sich gerichtet. Er überlegte, wie er sich verhalten sollte. Schließlich setzte er dazu an, weiter auf sein Zimmer zu laufen.

Jetzt hatte ich endgültig genug. »Daniel!« schrie ich so laut, dass mir meine eigene Stimme in den Ohren dröhnte. »Verdammt noch einmal, ich rede mit dir!«

Wie angewurzelt blieb er stehen. Diesen Tonfall hatte er nie zuvor von mir erlebt. Er schien zu begreifen, dass er mit seinem ablehnenden Verhalten zu weit gegangen war.

»Komm sofort herunter!« rief ich mit etwas gedämpfter Stimme. »Oder erwartest du, dass ich dir nachlaufe?«

Erschrocken sah er mich an. Langsam drehte er sich um und kam die Treppe herunter. Inzwischen versuchte ich mich etwas zu beruhigen. Meine Nerven waren mit mir durchgegangen. Ich hatte seine Abneigung nicht mehr ertragen können, und der demonstrative Ungehorsam hatte mich zusätzlich zur Raserei getrieben.

Endlich war die Gelegenheit da, um ihn zum Reden zu bringen und den Grund für seine Ablehnung herauszufinden, doch dafür musste ich meinen Tonfall deutlich mäßigen. Auch war es überhaupt nicht meine Art, Kinder anzuschreien. Verständnis war in den meisten Fällen zielführender als autoritäre Strenge.

Nach einem tiefen Durchatmen hatte ich meine Fassung wiedererlangt. Fast eingeschüchtert kam Daniel auf mich zu. Ein breites Wundpflaster klebte über seiner rechten Augenbraue. »Bitte komm mit mir ins Wohnzimmer«, sagte ich ruhig und fuhr voraus. Wortlos folgte er mir. Ich bat ihn, sich mir gegenüber zu setzen. Er gehorchte, vermied es aber, mir in die Augen zu sehen. Mit hängenden Schultern und verschränkten Armen saß er da.

»Ich wollte dich nicht anschreien, Daniel«, begann ich in der Hoffnung, für unsere Unterhaltung die nötige Grundlage zu schaffen, »es tut mir leid!«

Nur kurz hob er seinen Blick und sah mich mit erstaunten Augen an.

»Also«, fuhr ich fort, »was hat das Pflaster auf deiner Stirn zu bedeuten? Hast du dir wehgetan?« Er antwortete nicht. »Bist du hingefallen?« Er schüttelte den Kopf. Ich ahnte schon, dass unsere Unterhaltung wie ein großes, einseitiges Rätselraten beginnen würde. Ich überlegte, wie er sich verletzt haben könnte. Natürlich – woher sonst sollte diese typische Wunde herrühren?

»Hast du dich geprügelt?« Sein plötzliches Aufschauen verriet mir, dass ich mit meiner Vermutung richtig lag. »Und mit wem?« Er sah wieder zu Boden. Doch auch diese Antwort war nicht schwer zu erraten. »Mit deinen Freunden, nicht wahr?« Ein kaum merkliches Nicken bejahte meine Frage.

»Aber nicht etwa in der Schule, oder?« Er schüttelte den Kopf.
»Also erst am Nachmittag?« Wieder nickte er.
»Ist es schlimm? Tut es weh?« Noch einmal schüttelte er den Kopf.
Jetzt würde das Rätsel schon viel schwieriger werden. »Und warum habt ihr euch geprügelt?«
»Das kann ich dir nicht sagen!« erwiderte er bestimmt.
Sieh an, dachte ich, er kann auch sprechen! Scheinbar kamen wir der Sache langsam näher. »*Kannst* oder *willst* du es mir nicht sagen?«
»Ich *will* es dir nicht sagen!«
»Daniel«, begann ich mit betont ruhiger Stimme, »erinnerst du dich, wie oft ich zwischen dir und deinen Eltern, besonders deinem Vater, Streit schlichtete? Wie oft du zu mir kamst, wenn du mit ihm Probleme hattest? Waren wir denn nicht immer gute Freunde?«
»Ich kann es dir trotzdem nicht sagen!« antwortete er entschlossen.
Jetzt wusste ich mir keinen Rat mehr. Auch die Erinnerung an unser früheres freundschaftliches Verhältnis hatte ihn nicht im Geringsten bewegt. »Ich wünschte, ich könnte es verstehen«, kam es mit beginnender Verzweiflung über meine Lippen, »warum du mir ausweichst – als ob ich ein anderer Mensch wäre, nur weil ich nicht mehr gehen kann, warum du mir mit Abneigung begegnest, mir nicht einmal ein paar Fragen beantwortest …« Plötzlich kam mir ein bedrückender Gedanke. Entsetzt sah ich ihn an. »Kannst du es mir nicht sagen, weil es mit *mir* zu tun hat?«
Er schwieg. Nur für den Bruchteil einer Sekunde streifte mich sein bedeutungsvoller Blick. *Das* war es also.
»Oh Gott, Daniel!« stammelte ich verlegen. »Du hast dich *meinetwegen* mit deinen Freunden geprügelt?« Ich konnte es kaum fassen. Es ging mir so nahe, dass es meine Gedanken verwirrte.

Und doch musste ich gerade jetzt einen klaren Kopf bewahren. Es konnte nur eine einzige Ursache für alles geben – die Prügelei unter Freunden, sein ablehnendes Verhalten mir gegenüber. Es musste mir gelingen, meine Fragen so zu formulieren, dass es ihm nicht mehr schwer fiel, sie zu beantworten. Ich musste ihn davon überzeugen, dass ich ihm keinesfalls böse war, wenn er endlich über sein Problem sprach. Und mein Gefühl sagte mir, dass wir auf dem richtigen Weg waren.

»Die meisten deiner Freunde kenne ich«, begann ich vorsichtig, »sie sind eigentlich sehr nett und waren auch zu mir immer sehr freundlich. Aber sie müssen etwas gesagt oder getan haben, dass dich sehr verärgerte oder kränkte!«

»Bitte, Tante Victoria«, rief Daniel und sprang auf, »ich möchte wirklich nicht darüber reden!«

»Das müssen wir aber, Daniel! Ich glaube, dass dich etwas sehr belastet – und es ist dasselbe, das auch zwischen uns beiden steht. Daniel, du bist doch schon so vernünftig, mit dir kann man wie mit einem Erwachsenen sprechen. Komm, lass uns wie zwei vernünftige Erwachsene und wie zwei gute Freunde miteinander sprechen!« Der Appell an sein Alter und seine geistige Reife zeigten Wirkung. Schweigend setzte er sich hin.

»Okay, wir gehen also davon aus, dass deine Freunde etwas über mich sagten, das dich verärgerte. Hast du ihnen von meinem Unfall erzählt?« Er nickte. »Und sie wissen auch, dass ich im Rollstuhl sitze?« Wieder nickte er. »Dann wird es auch damit zu tun haben. Sagten sie das, was dich so verärgerte, heute zum ersten Mal?«

»Nein«, rief Daniel erregt, »sie sagten es schon so oft, weil sie genau wissen, dass ich es nicht ausstehen kann und weil sie mich damit nur ärgern wollen!« Ganz plötzlich brach die ungeheure emotionale Belastung aus ihm hervor. Aufgestaute Wut und verdrängter Kummer wollten sich endlich Luft machen.

»*Was*, Daniel?« fragte ich vorsichtig. »*Was* sagten sie schon so oft zu dir?«

»*Dass du ein Krüppel bist*!« schrie er und starrte mich an. Ich erschauderte. Unwillkürlich senkte sich mein Blick zu Boden. Ich hätte nicht sagen können, womit ich gerechnet hatte – doch offenbar nicht *damit*. Noch immer versetzte mir dieses Wort einen heftigen Schlag. Aber es ging hier nicht um mich, es ging um das Problem meines kleinen Neffen, und *ich* war die Einzige, die es mit ihm lösen konnte. Also bezwang ich meine Gefühlsaufwallung und sah ihm wieder in die Augen.

»Und was sagtest *du* zu ihnen?« fragte ich ruhig.

»Das erste Mal sagte ich, dass das nicht wahr ist. ›Meine Tante ist kein Krüppel‹, sagte ich, ›sie ist eine sehr hübsche Frau!‹ Später sagte ich dann gar nichts mehr darauf, und heute habe ich die beiden verprügelt, weil es mir einfach zu dumm wurde!«

Er schwieg, überlegte. Offensichtlich war seine Geschichte noch nicht zu Ende. Offensichtlich waren wir dem Kern seines Problems aber schon sehr nahe gekommen. Jetzt schien er auch darüber reden zu wollen, doch es fehlte immer noch der letzte Anstoß.

»Daniel«, sagte ich leise und versuchte dabei, seinen Blick auf mich zu lenken, »du weißt doch, dass Gewalt keine Lösung ist, nicht wahr?« Er nickte reumütig. »Gut. Trotzdem hast du etwas Außergewöhnliches getan, du hast mich gegen die Angriffe deiner Freunde verteidigt. Dazu gehört sehr viel Mut, weißt du das?« Ein zaghaftes Lächeln erschien auf seinen Lippen. Ich hoffte, meine Worte würden sein Vertrauen in mich wieder so weit stärken, dass er sich endlich seine Last von der Seele redete.

»Deinen Freunden gefiel es aber nicht, dass du mich verteidigt hast. Sie ärgerten dich weiter, stimmt‹s?«

Er nickte leicht. »Sie machten sich einen Spaß daraus, mir immer wieder nachzurufen: ›Sie ist es doch, sie ist es doch! Sie ist doch ein Krüppel!‹ Ich wollte ja gar nicht mehr hinhören, aber dann ... dann dachte ich mir, vielleicht haben sie ...« Mit glänzenden, hilfesuchenden Augen sah mich Daniel an. »Tante Victoria, ich möchte doch nur wissen, *ob sie Recht haben*! *Bist du ein Krüppel?*«

Ich schluckte. Mein Gott – welch eine Frage! Und doch würde meine Antwort alles entscheiden. Sie würde Daniels grundlegende Einstellung behinderten Menschen gegenüber beeinflussen; von ihr würde es vielleicht abhängen, ob er ihnen mit Aufgeschlossenheit und natürlicher Hilfsbereitschaft begegnen oder zu ihnen ein gestörtes Verhältnis entwickeln würde. Meine Antwort musste ihn zufrieden stellen – nur dann würde sie ihm auch das Vertrauen in mich zurückgeben. Doch für logische Erwägungen blieb mir keine Zeit. Vielleicht war es ohnehin am besten, wenn ich ihm eine einfache, ehrliche Antwort von meiner eigenen Warte aus gab. Offenbar begann sein Problem schon damit, dass auch er eine tiefgreifende Abneigung gegen *das Wort* empfand.

»*Krüppel* ist ein sehr hässliches Wort – findest du nicht auch, Daniel?« Er nickte. »Siehst du – so wie du empfinden die meisten Menschen. Es ist ein Wort, das einen mit Unbehagen, ja sogar Abscheu erfüllt. Es klingt verletzend und kränkend. Daher ist es auch ein Wort, das man jemandem nicht ins Gesicht sagt, sondern lieber hinter seinem Rücken ausspricht. Daher würde man es zu keinem Freund und keinem Menschen, den man liebt, sagen. Und trotzdem, Daniel, verwendet man es oft leichtfertig für einen körperbehinderten Menschen.

Weißt du, niemand kann sich vorstellen, dass er selbst mit diesem Wort bezeichnet werden sollte. Niemand verschwendet je einen Gedanken darauf, dass er selbst behindert sein könnte. Warum auch? So etwas – denkt man – passiert nur *den anderen*. Ich dachte es auch. Aber es geht so schnell, Daniel, es passiert ohne Vorwarnung, ohne Vorbereitung. Von einer Sekunde auf die andere funktioniert der Körper nicht mehr so selbstverständlich, wie er es bisher tat. Von einer Sekunde auf die andere verändert sich das ganze Leben. Für die Mitmenschen ist man plötzlich nicht mehr Mann oder Frau, sondern nur mehr ein Behinderter, ein Krüppel.

Somit beantwortet sich auch deine Frage ganz von selbst, Daniel. Glaube mir, es fällt mir verdammt schwer, es zuzugeben, aber deine Freunde haben Recht, wenn sie sagen, dass ich ein Krüppel bin. Und doch tröstet es mich, dass *du* es anders siehst, dass ich in deinen Augen immer noch eine Frau – eine hübsche Frau – bin. Das macht mich sehr glücklich. Danke, Daniel.«

Ich hielt inne, spürte, wie meine Stimme zu schwanken begann. Doch unter keinen Umständen durfte ich es zulassen, dass mich meine Gefühle jetzt überwältigten. Noch war ich mit meinen Ausführungen nicht zu Ende. Als ich merkte, dass Daniel ganz ruhig geworden war und mich mit erwartungsvollen Augen ansah, fiel es mir sofort leichter, mit meiner Erklärung überlegt fortzufahren.

»Es scheint, Daniel, dass du deinen Freunden einiges an Verständnis voraus hast. Im Grunde ist es sehr traurig, wenn sie es nicht wissen, es nicht *fühlen*, dass man sich über das Unglück eines anderen Menschen nicht lustig macht. Sicher würden sie, wenn sie selbst betroffen wären, den Spott der anderen am allerwenigsten ertragen können. Aber vielleicht meinen sie es gar nicht böse, sondern wollen dich bloß ärgern. Vielleicht macht es ihnen Spaß, dass du dich über ihre dummen Bemerkungen aufregst. Vielleicht solltest du sie das nächste Mal einfach ignorieren!«

»Das kann ich nicht!« warf Daniel gefühlsbetont ein. »Schon letztes Jahr, als sich ein Junge aus der Parallelklasse beim Eishockeyspielen schwer verletzte und monatelang im Rollstuhl saß, machten sie sich immer wieder über ihn lustig. Schon damals ging es mir schrecklich auf die Nerven, dass sie von ihm nur noch als dem *Krüppel von der 1c-Klasse* sprachen.«

»Aber sie sagten es ihm niemals ins Gesicht, oder?«

Daniel zuckte die Achseln. »Ich glaube nicht.«

»Und hast du jemals versucht mit ihnen darüber zu reden?«

»Nein, es störte mich, aber damals war es mir eigentlich egal. Jetzt ist es mir nicht mehr egal! Ich hasse es, wenn sie dich beschimpfen!« Die heftige Gefühlsregung ließ Daniels Stimme wieder lauter werden.

»Dann werden wir gemeinsam etwas dagegen unternehmen. Du wirst deine Freunde wieder einmal hierher einladen, und ich werde mit ihnen sprechen, einverstanden?«

»Das würdest du wirklich tun?« fragte er ungläubig.

»Aber natürlich! Bei deinen Parties verstand ich mich immer sehr gut mit deinen Freunden, weißt du nicht mehr? Keine Sorge, sie werden mir ihre blöden Sprüche nicht ins Gesicht sagen. Vielleicht begreifen sie es von selbst, wenn ich mich wieder ganz ungezwungen mit ihnen unterhalte, dass körperbehinderte Menschen keine Monster sind, über die man spotten muss, sondern Menschen wie sie selbst, die lediglich durch Krankheit oder Unfall – durch einen Schicksalsschlag also, vor dem niemand gefeit ist – an einer körperlichen Schwäche leiden; und dass sich diese Menschen von ihrer Umwelt nichts sehnlicher wünschen, als ganz normal behandelt zu werden. Zugegeben, sie sind öfter auf die Hilfe anderer angewiesen, aber das ist wohl kein Grund dafür, ihnen mit Spott oder Verachtung zu begegnen.

Und wenn es deine Freunde kapiert haben, dass ich kein Ungeheuer, sondern immer noch eine Frau bin, mit der man normal reden und viel Spaß haben kann, vergeht ihnen vielleicht selbst die Lust daran, dich weiterhin mit dämlichen Sprüchen zu ärgern. Vielleicht fällt ihnen ganz von selbst eine andere Bezeichnung außer *Krüppel* für mich ein.«

Daniel lächelte. »Aber du darfst ihnen nichts von unserem Gespräch erzählen – bitte!«

»Aber Daniel, es wird überhaupt niemand erfahren, worüber wir beide gerade sprachen, okay?«

Er nickte erleichtert. Dann stand er auf und stellte sich vor mich hin. Das schlechte Gewissen war ihm ins Gesicht geschrieben. »Bist du mir wirklich nicht böse, Tante Victoria?« fragte er mit gesenktem Kopf.

»Ganz und gar nicht, Daniel. Im Gegenteil, ich bin so glücklich, dass du endlich mit mir gesprochen hast! Ich dachte schon, du hast mich nicht mehr lieb.«

Noch immer wagte er es nicht, mir in die Augen zu sehen. Ich nahm ihn an den Händen, zog ihn zu mir her und umarmte ihn. Zögernd legte auch er seine Arme um mich. »Natürlich habe ich dich lieb«, flüsterte er, »ich wollte dich wirklich nicht kränken!«

»Das weiß ich doch, Daniel«, schluchzte ich, »ist alles längst vergessen! Es tut *mir* so leid, dass ich nichts von deinem Kummer wusste.« Tränen der Freude erstickten meine Stimme. Die lang ersehnte Versöhnung befreite meine Seele von einer drückenden Last. Sie weckte die Hoffnung, dass unsere alte Vertrautheit zurückkehren werde.

»So weine doch nicht, Tante Victoria«, sagte Daniel zerknirscht. Vorsichtig löste er sich aus meinen Armen und setzte sich neben mich. Endlich sah er mir wieder in die Augen. »Egal, was die anderen sagen, und egal, ob es stimmt oder nicht: für mich bist du kein Krüppel! Das Wort passt einfach nicht zu dir!«

Ich schmunzelte und wischte mir die Tränen weg. »Danke, Daniel. Sind wir jetzt wieder gute Freunde – so wie früher?«

»Na klar!«

»Tut mir so leid, dass ich das Eislaufen, das ich dir zu Weihnachten versprach, nicht mehr nachholen kann!«

»Vergiss es, ist nicht so wichtig!«

»Und du verstehst auch, dass ich mit dir und deiner Schwester nicht mehr so viel unternehmen kann wie früher?«

»Klar! Es wird uns trotzdem nicht langweilig werden.« Er lachte fröhlich. Voll Freude und Erleichterung schloss ich mich seinem

Lachen an. Es tat wohl, ihn wieder so natürlich und unbekümmert zu erleben. Ich spürte, wie froh auch er darüber war, dass die unerträgliche Spannung zwischen uns verschwunden war. Freilich musste ich noch mein Versprechen einlösen und seine Freunde zur Vernunft bringen. Erst dann würde sein Vertrauen in mich wieder dauerhaft und unerschütterlich sein.

»So, und jetzt verschwinde«, scherzte ich, »bevor ich vor Freude noch einmal zu heulen anfange!«

Er grinste, drückte mir einen herzhaften Kuss auf die Wange und lief auf sein Zimmer.

# Konfrontation

Dagmar konnte meiner Idee, mit Daniels Freunden zu reden, nichts Sinnvolles abgewinnen. Warum ich mir das antun wolle, fragte sie mich, ich müsse doch wissen, wie grausam Kinder in ihrer Offenheit sein könnten und wie unerfreulich solch eine Begegnung für mich verlaufen werde. Also erklärte ich ihr, dass Daniels Problem unmittelbar mit seinen Freunden zu tun habe und das Zusammentreffen unbedingt notwendig sei. Mehr konnte ich ihr allerdings nicht verraten, schließlich hatte ich Daniel mein Wort gegeben.

Wie sehr ich Dagmars Befürchtungen teilte, behielt ich lieber für mich. Natürlich musste ich damit rechnen, dass sich drei zwölfjährige Buben, die sich mit Vorliebe über körperbehinderte Menschen lustig machten, nicht gerade feinfühlig verhielten. Und so sicher, wie ich es Daniel gegenüber behauptet hatte, war ich mir keineswegs, dass sie mir nicht doch ihre unsensiblen Sprüche ins Gesicht schleuderten. Aber Daniel zuliebe wollte ich diese Begegnung ohne Rücksicht auf vielleicht eigene schmerzliche Erfahrungen auf mich nehmen.

Umso mehr freute es mich, dass das Treffen weniger unangenehm als erwartet verlief. Als Daniel Anfang April seine drei besten Freunde zu einem gemeinsamen Lernnachmittag einlud, holte er mich dazu, um ihnen bei der Korrektur der Englischaufsätze zu helfen. Mit eisigem Schweigen und betretener Miene begrüßten mich seine Freunde, ihre Augen starr auf meinen Rollstuhl gerichtet.

Doch schon bald, nachdem ich ihnen grammatikalische Tipps gegeben und zwanglos mit ihnen geplaudert hatte, war das Eis gebrochen. Sie begriffen rasch, dass sich mein Wesen und meine Art nicht geändert hatten. So ungezwungen wie früher unterhielten wir uns über die ungeliebte Schule und die noch weniger geliebten Lehrer, über die kleinen Probleme mit den Eltern und die umso größeren Freuden mit ihren Hobbies. Gemütlich saßen wir am Esstisch im Speisezimmer, aufgeweckt und ohne Hemmung unterhielten sie sich mit mir, ganz natürlich sahen sie mir in die Augen – wie vergessen schien der vorher noch alles beherrschende körperliche Unterschied.

Plötzlich fragte mich Philipp, der unverkennbare Anführer der Viererrunde, wie es zu meinem Unfall gekommen sei. Ich musste ihn sehr verblüfft angesehen haben, denn mit dieser inhaltlichen Wende unseres Gesprächs hatte ich kaum mehr gerechnet. Das lockere Klima unserer Unterhaltung hatte ihn scheinbar zu seiner Frage ermutigt. Doch auch auf den Gesichtern der beiden anderen war unverhohlene Neugier zu lesen. Ganz offensichtlich brannten sie darauf, eine Schauergeschichte aus erster Hand zu hören.

Also begann ich wahrheitsgetreu mit meiner Erzählung – schaurig war sie in der Tat genug. Soweit möglich bemühte ich mich um eine sachliche Schilderung und vermied emotionsgeladene Einzelheiten. Doch im Laufe meiner Erzählung wurde deutlich, dass Philipp und seine beiden Anhängsel immer stärker von unstillbarer Sensationslust gepackt wurden. Ein Gruselfilm im Fernsehen hätte sie nicht mehr fesseln können als die Geschichte meine Behinderung. Sie wollten alles ganz genau wissen, ungeniert versuchten sie mich auszuhorchen. Sie bombardierten mich mit Fragen, die jedem Erwachsenen zutiefst peinlich gewesen wären – wie es denn sei, wenn man seine Beine nicht mehr spüren könne, ob ich es ertragen könne, für immer gelähmt zu bleiben und Ähnliches mehr.

Wäre ich mir nicht bewusst gewesen, dass ihre Fragen aus unverblümtem Kindermund stammten, hätte mir unsere Unterhaltung seelisch sehr zugesetzt. So aber sah ich eine Möglichkeit, ihnen mein eigentliches Anliegen unterschwellig zu vermitteln. Je direkter sie mich fragten, desto mahnender fielen meine Antworten aus. Mein Bestreben war es nicht, sie zu belehren, sondern sie ein wenig zum Nachdenken anzuregen. Dass ich damit bis zu einem gewissen Grad Erfolg hatte, erkannte ich bald. Meine Bemerkung, dass ein ähnliches Schicksal jedem Menschen von einer Sekunde auf die andere widerfahren könne, brachte sie tatsächlich ins Grübeln. Als sie sich schließlich von mir verabschiedeten, machten alle drei einen verhältnismäßig besonnenen Eindruck auf mich.

Am Tag darauf bestätigte mir Daniel, dass ich mich nicht getäuscht hatte. Freudestrahlend berichtete er, dass seine Freunde von seiner »coolen Tante« gesprochen und sie als »schwer in Ordnung« bezeichnet hätten. Er war sich auch sicher, dass sie von nun an, keine *blöden Meldungen* mehr über mich *loslassen* würden. Er wirkte unendlich erleichtert und dankte mir für meine Unterstützung mit einer herzlichen Umarmung und einem dicken Kuss.

Von nun an begegnete mir Daniel wieder mit spürbarer Zuneigung und altgewohnter Vertrautheit. Die anfänglichen Schwierigkeiten, die er immer noch im alltäglichen Umgang mit meiner Behinderung hatte, versuchte ich dadurch auszuräumen, dass ich ihn oftmals bewusst um seine Hilfe bat. Bald verlor er die Scheu davor, den Rollstuhl anzugreifen oder mich darin zu führen. Und als er mir eines Tages freiwillig seine Hilfe anbot, wusste ich, dass er alle belastenden Erfahrungen im Zusammenhang mit meiner Behinderung überwunden hatte.

Auch Dagmar und Richard nahmen mit augenscheinlicher Erleichterung die Lösung unseres Problems zur Kenntnis. Endlich konnte man die gemeinsamen Stunden wieder in spannungsfreier Atmosphäre genießen. Endlich kehrte ein wenig der früheren unbeschwerten Fröhlichkeit in unseren Alltag zurück. Da nun beide Kinder gelernt hatten, mit meiner Behinderung zurechtzukommen, fiel es auch den Eltern bedeutend leichter.

Und doch hatte ich es die ganze Zeit über gewusst, dass mir *eine*

Auseinandersetzung noch bevorstand, dass etwas darauf wartete, ausgesprochen zu werden. Ich hatte mich schon gewundert, dass Richard bisher keinen Anlass gefunden hatte, um mich mit seinen Vorwürfen zu konfrontieren. Sicher hatte er aus Rücksicht und Mitgefühl stets davon Abstand genommen. Dass ich ihnen aber nicht ganz entgehen konnte, war mir klar. Der Wesenszug, jemandem Vorhaltungen zu machen, den er ausdrücklich vor den Konsequenzen seines Handelns gewarnt hatte, war charakteristisch für Richard und ein unverkennbares Erbe unseres Vaters.

Sosehr ich also darauf gefasst gewesen war, mich mit Richard wegen meiner schicksalhaften Reise nach London auseinanderzusetzen, sosehr ich mich auch argumentativ auf meine Verteidigung vorbereitet hatte, so wenig hatte ich mit dem Anstoß für unsere Diskussion gerechnet.

Wieder einmal saßen Richard, Dagmar und ich nach einem gemütlichen Sonntagsfrühstück beisammen, um in aller Ruhe Zeitung zu lesen. Die ersten warmen Tage Ende April erlaubten es auch wieder, diese Annehmlichkeit unter freiem Himmel auf der Terrasse zu genießen. Ich studierte gerade die aktuellen Theaterkritiken, als mir Richard plötzlich seine Zeitung reichte und sagte: »Hier, Victoria, ich nehme an, das wird dich interessieren!«

»Was meinst du?« fragte ich verwirrt.

»Die Kulturberichte meine ich.«

Ich war mir nicht sicher, ob ich in Richards Stimme einen zynischen Unterton vernommen hatte. Neugierig nahm ich die Zeitung zur Hand. Der Artikel sprang unübersehbar ins Auge:

*»David Lamontaine feiert triumphales Comeback«*

lautete die alles überragende Schlagzeile auf der Kulturseite. Die freudige Nachricht ließ mein Herz schneller schlagen. Wie gebannt las ich weiter:

*»Nach seinem plötzlichen Herzversagen während des Weihnachtskonzerts in London, einer anschließenden Herzoperation und einer viermonatigen Erholungspause feierte gestern der weltberühmte englische Pianist David Lamontaine ein triumphales Comeback in der Royal Albert Hall. Vor vollem Haus begeisterte er sein Publikum mit Werken von Mozart, Chopin und Beethoven und schloss damit nahtlos an seine großen Erfolge an. Wie sein Manager Jeff Coburgh verlauten ließ, befinde sich David Lamontaine wieder in bester körperlicher Verfassung. Die Entscheidung darüber, ob die geplante Tournee durch die Vereinigten Staaten noch im kommenden Herbst oder erst im darauf folgenden Frühjahr stattfinden werde, wolle er sich aber noch vorbehalten.«*

Die unendliche Erleichterung, mit der ich Davids gesundheitliche und künstlerische Wiederherstellung aufnahm, war mir zweifellos ins Gesicht geschrieben. Denn kaum hatte ich den Artikel zu Ende gelesen und die Zeitung weggelegt, fragte mich Richard: »Und? Bist du jetzt zufrieden?«

Überrascht, aber ohne eine Miene zu verziehen, sah ich ihn an. Jetzt ist es also soweit, dachte ich. Jetzt endlich hatte er den passenden Anlass gefunden, um seine Vorwürfe auf mich loszulassen. Dagmars Blick wanderte vielsagend zwischen uns beiden hin und her. Auch sie schien zu ahnen, dass eine unvermeidbare Konfrontation bevorstand.

»Ja, Richard«, sagte ich selbstbewusst, »ich bin zufrieden.«

»Wie schön«, erwiderte er gehässig, »dann hat deine Reise nach London doch einen Sinn gehabt.«

»Bitte Richard, verschone mich mit deinem Zynismus! Seit Monaten warte ich darauf, dass du es ehrlich ausspricht, was du denkst. Aber im Grunde weiß ich es ohnehin.«

»Gut, dann sag mir doch, was ich denke!«

»Du gibst David die Schuld an meinem Unfall!« erklärte ich ohne Umschweife.

»Warum sollte ich?« lachte Richard spöttisch. »Was könnte mich bloß auf diesen Gedanken bringen? Ich erinnere mich«, fuhr er ernsthaft fort, »dass du zwei Jahre in London gelebt und es immer geschafft hast, eine Fahrbahn unfallfrei zu überqueren. Nur diesmal – so wage ich zu behaupten – hattest du deine Gedanken nicht bei der Sache. Offensichtlich ist zwischen dir und *diesem David Lamontaine* etwas vorgefallen, das dich bewog, deinen angeblichen Traummann von einer Minute auf die andere zu verlassen.«

»Bitte Richard«, mischte sich Dagmar ein, »muss das wirklich sein? Warum kannst du sie nicht in Ruhe lassen?«

»*Warum*? Weil ich mich frage, was eine erwachsene, hochintelligente Frau dazu veranlasst, sich wie ein Teenager mit Hormonstau zu benehmen und völlig kopflos davonzulaufen. Oder hat sie *dir* jemals erzählt, warum sie bei Nacht und Nebel aus dem Krankenhaus weglief?«

»Nein«, verteidigte mich Dagmar, »das hat sie nicht! Aber das muss sie auch nicht! Nur weil sie mit uns zusammenlebt, muss sie nicht ihre intimsten Geheimnisse vor uns offenbaren!«

»Wenn sie mit *solchen* Konsequenzen verbunden sind, wäre es schon angebracht!«

»Hört auf, hört auf!« rief ich angewidert. Ich konnte es nicht mehr ertragen, dass sie über mich sprachen, als wäre ich nicht anwesend. Ich überlegte mir kurz, ob ich meiner Wut, die ich in diesem Moment auf Richard hatte, Luft machen sollte. Tatsächlich fand ich, dass er seine immer schon beanspruchten Rechte als älterer Bruder bei weitem überzog. Auch wenn ich mit ihm unter einem Dach – das schließlich zur Hälfte mir gehörte – wohnte, stand es ihm weder zu, meine Handlungsweise zu kritisieren, noch eine Begründung für sie von mir zu verlangen. Doch diesem inneren Drang, ihn lautstark zurechtzuweisen, konnte ich aus zweifachem Grund widerstehen: Zum einen wusste ich, wie sehr sich Richard seit dem Tod unserer Eltern und meiner Scheidung in einer unfreiwilligen Beschützerrolle für seine *kleine Schwester* sah – zum anderen hatte ich im Laufe von Jahrzehnten gelernt, dass er mir nur dann aufmerksam zuhörte, wenn ich besonnen und ruhig mit ihm sprach.

Also sollte er seine Antwort bekommen. Aber die ungeschminkte Wahrheit konnte es nicht sein. Wenn ich ihm erklärt hätte, dass mich ein furchtbarer Albtraum zu meiner Flucht veranlasst hatte, hätte er wohl an meinem Verstand gezweifelt. Auch erschien es mir nach so langer Zeit kaum noch möglich, meine damaligen Gefühle und Beweggründe in verständliche Worte zu fassen. Nein, für Richard gab es nur *eine* Erklärung, die er nachvollziehen konnte. Mit gespanntem Blick schien er auf sie zu warten.

»Du magst es mir glauben oder nicht, Richard, aber es war eine reine Vernunftentscheidung – genau das, was du so sehr schätzt!« sagte ich mit ruhigem, aber leicht ätzendem Tonfall. »Es ist nichts *vorgefallen* zwischen David und mir – kein Streit, keine Szene, nichts – im Gegenteil; es war bis zum letzten Augenblick harmonisch und unbeschreiblich schön! Aber ich musste einsehen, dass unsere Welten zu verschieden sind, dass in seinem Leben nur Platz für die Musik ist. Also entschloss ich mich, nach Hause zurückzukehren. Um aber David nicht noch einmal zu begegnen und auch nicht durch Dr. Sherman von meinem Vorhaben abgebracht zu werden, verließ ich die Klinik zu so früher Stunde. Aber du hast schon Recht, Richard, natürlich war ich emotional sehr belastet und daher unkonzentriert. Trotzdem hätte meine Reise nach London nicht so enden müssen. Aber du kannst David nicht die Schuld für meine Dummheit geben, das ist nicht fair!«

»*Fair*, Victoria?« wiederholte Richard mit ironischem Lächeln. »Ist es *fair*, wenn ich lese, dass der *große* David Lamontaine wieder in bester körperlicher Verfassung ist und wenn ich dich hier im Rollstuhl sehe?« Richard wandte sich ab, seine Stimme schwankte vor Erregung. »*Das*, Victoria, *ist nicht fair*! Während du für dein

Leben gezeichnet bist, feiert *er* wieder triumphale Erfolge, wird von seinen Fans umjubelt und angehimmelt, und wahrscheinlich hat er längst eine andere ...«

»Jetzt gehst du wirklich zu weit, Richard!« schrie Dagmar.

Peinlich berührt sah mich Richard an. Er begriff sofort, wie sehr mich seine letzte Bemerkung getroffen hatte. »Verzeih mir, Victoria!« sagte er leise. »Das hätte ich nicht sagen sollen, es tut mir leid!«

»Ist schon okay, Richard«, flüsterte ich, »auch das sollte mir längst egal sein. Doch das ist es nicht – noch immer nicht. Scheinbar brauche ich noch etwas Zeit.«

Betretenes Schweigen breitete sich aus. Jeder vermied es, den anderen in die Augen zu sehen. Richard hatte seine Emotionen wieder unter Kontrolle und verkroch sich verlegen hinter seiner Zeitung. Dagmar wirkte frustriert, weil sie einmal mehr daran gescheitert war, zwischen Geschwistern Streit zu schlichten. Von uns dreien fühlte ich mich noch am besten. Die längst befürchtete Konfrontation mit Richard war überstanden. Das Thema meiner Londonreise würde er von sich aus nie wieder anschneiden. Und vielleicht verstand er sogar, warum ich bisher kein einziges Wort über meine Beziehung zu David und meinen Abschied von ihm verloren hatte: weil ich mich seit Monaten vergeblich darum bemühte, ihn zu vergessen.

# Spätes Geständnis

Es war der erste Freitag im Mai, ein warmer, sonniger Frühlingstag. Den Vormittag hatte ich im Rehabzentrum verbracht, anschließend war ich zur Kontrolluntersuchung beim Neurologen gewesen. Er stellte zufrieden fest, dass die achtwöchige Therapie erste Erfolge zeigte, mein gesamter Bewegungsapparat sei daraus gestärkt und beweglicher hervorgegangen und der Muskelabbau in den Beinen sei deutlich verlangsamt worden. Das Korsett zu tragen sei nun nicht mehr erforderlich, meinte er, meine Rückenmuskeln hätten ausreichend Kraft, um die Wirbelsäule zu stützen. Er merkte sicher, dass ich mich seiner Begeisterung über die Behandlungserfolge nur begrenzt anschließen konnte, denn Gefühl in den Beinen hatte ich nach wie vor keines. Dies sei aber kein schlechtes Zeichen, sagte der Neurologe, und verschrieb mir zusätzlich zu weiteren muskelerhaltenden Therapien eine wöchentliche Akupunkturbehandlung, durch die die Schwellung an der Wirbelsäule endgültig abklingen sollte. Erst danach könne man über eine Operation oder alternative Behandlungsmethoden entscheiden.

In eher gedämpfter Stimmung kehrte ich nach Hause zurück. Zweifellos hatte sich der Neurologe sehr bemüht, den Funken Hoffnung am Glühen zu erhalten, doch wieder einmal war er nicht auf mich übergesprungen. Zumindest über das Ablegen des Korsetts wollte ich mich freuen, denn besonders an warmen Tagen hatte ich es längst als störend empfunden. Außerdem merkte ich selbst, dass meine eigenen Muskeln die Stützfunktion im Rücken wieder übernommen hatten. Ein ganz kleines Stückchen Freiheit mehr, dachte ich erleichtert, als ich das Korsett hinten im Schrank verstaute.

Um nicht länger über den Besuch beim Neurologen und dessen Aussagen zu grübeln, setzte ich mich hinter meinen Schreibtisch und machte mich über verschiedene Anträge auf Diplomarbeiten her, die einige Studenten bei mir abgegeben hatten. Tatsächlich gelang es mir, mich nach kürzester Zeit wieder voll auf meine Arbeit zu konzentrieren. Sie fesselte meine Aufmerksamkeit bald so sehr, dass ich nicht einmal das Motorgeräusch eines herannahenden Wagens durch das geöffnete Fenster vernahm. Erst das Zuschlagen einer Autotür ließ mich für einen Moment aufhorchen und auf die Uhr sehen. Es war kurz vor halb vier, und ich vermutete, dass Richard endlich einmal früher an einem Freitag nach Hause gekommen war.

Es mussten einige Minuten vergangen sein, als es an der Tür klopfte. Etwas ungehalten über die Störung rief ich ein schroffes »Herein!«. Ganz langsam öffnete sich die Tür und Dagmar trat ein. Sie sah blass aus, wirkte aufgeregt, beinahe verstört. »Victoria!« sagte sie fast unhörbar.

»Ja, Dagmar?« Sie antwortete nicht. Die Worte schienen ihr im Halse stecken zu bleiben. »Dagmar!« rief ich. »Was ist los? Du bist ja ganz blass!«

Sie sah mich an. »Du hast Besuch, Victoria!« stammelte sie.

»Ja und? Wer ist es?« Noch immer zögerte sie. »Dagmar, so sag schon, wer ist da?«

Endlich gab sie sich den befreienden Stoß und antwortete: »Es ist – *David*!«

Mein Atem stockte, ich bekam keine Luft mehr. Unwillkürlich griff ich mir an den Hals. Wie ein Felsen ruhte der Schock auf meiner Brust. Dass David nach mir suchen könnte, wäre mir niemals in den Sinn gekommen. »Nein!« kam es keuchend über meine Lippen. »Nein, ich kann nicht!«

»Victoria, er lässt sich nicht abweisen!«

Ich stützte mich mit den Ellbogen auf den Schreibtisch und vergrub mein Gesicht in den Händen. Langsam und tief versuchte ich zu atmen und meiner Beklemmung damit Herr zu werden.

Allmählich gelang es mir, mich etwas zu beruhigen. Natürlich würde sich ein Mann wie David Lamontaine nicht einfach wegschicken lassen, das wusste ich selbst. Also blieb mir keine Wahl. *Weglaufen* konnte ich wohl nicht mehr.

Plötzlich spürte ich Dagmars Hand auf meiner Schulter. »Geht es dir gut, Victoria?«

Erschrocken blickte ich auf. »Ja, ja – es geht schon wieder!« Ich überlegte. »Wo ist er?«

»Noch in der Halle. Ich bat ihn, einen Augenblick zu warten.«

»Gut. Du kannst ihn auf die Terrasse führen. Aber vorher musst du mir helfen, bitte! Gib mir den dunkelblauen Blazer, der dort auf dem Stuhl hängt!« Sie reichte ihn mir, und ich schlüpfte hinein. Er verlieh meinen Jeans und der weißen Bluse eine elegante Note.

»Würdest du auch meine Haarbürste aus dem Badezimmer holen?« Während Dagmar meiner Bitte nachkam, fuhr ich zur Spiegelkommode. Unaufgefordert kämmte mir Dagmar die Haare und legte sie mir über die Schultern.

»Du siehst großartig aus!« sagte sie und lächelte in den Spiegel.

»Großartig, ja!« wiederholte ich zynisch.

Dagmar fasste mich freundschaftlich an den Oberarmen. »Er weiß *es* doch nicht, oder?« Unsere Augen trafen sich im Spiegel.

Ich schüttelte den Kopf. »Natürlich nicht – *noch* nicht!«

Als wollte sie mir Mut machen, drückte sie noch einmal fest meine Oberarme.

»Okay. In einer Minute kannst du ihn hinausführen!« sagte ich entschlossen und machte mich auf den Weg durch das Wohnzimmer auf die Terrasse. Dort fuhr ich um den Esstisch herum und stellte mich an dessen rechte, dem Ausgang abgewandte Seite. Warum ich wollte, dass David meinen Rollstuhl erst auf den zweiten Blick sah, hätte ich nur intuitiv begründen können; vielleicht um ihm noch einen Moment der Wiedersehensfreude zu gönnen, bevor er die unvermeidbare Schrecksekunde erlebte; vielleicht weil ich hoffte, noch einmal für einen kurzen Augenblick sein bezauberndes Lächeln zu sehen.

Schon hörte ich seine entschlossenen Schritte. Mein Herz raste, meine Hände waren eiskalt. Ein letzter tiefer Atemzug – nein, es half nichts, meine Aufregung ließ sich nicht kontrollieren.

»Toria!« hörte ich ihn aus dem Wohnzimmer rufen. Ich zuckte zusammen, schloss die Augen. Dieses magische Wort – dieser Name konnte ein Märchen wahr werden lassen. Schmeichelnd und sanft klang es in meinem Ohren. Wie ich seine Stimme liebte! Nie hätte ich gedacht, sie noch einmal zu hören.

»Toria!« rief er wieder, als er aus dem Schatten des Wohnzimmers kommend auf die sonnige Terrasse trat. »Da bist du ja!« Er blieb stehen, wartete.

Endlich fasste ich den Mut, ihn anzusehen. In Jeans und Lederjacke faszinierte er nicht minder. Er strahlte mich an. Seine blauen Augen funkelten, sein dunkles Haar schimmerte in der Sonne, sein Lächeln verwandelte die Wirklichkeit in ein Märchen.

Sein Anblick und seine Nähe zerstörten jeden zarten Vorsatz der Vernunft, den ich im Laufe von Monaten so mühsam genährt hatte, der meinem Herzen die Liebe zu David hatte entreißen wollen. Wo waren die Argumente meines Verstands geblieben, die meiner Seele das Fühlen für David hatten verbieten wollen? Machtlos und fadenscheinig kämpften sie gegen die überwältigende Empfindung, die in mir lebte. Nein, ich liebte ihn mehr als je zuvor.

Und doch durfte ich meine Gefühle nicht mehr zeigen. Diese Begegnung durfte nicht in die Abgründe sentimentaler Wehmut abgleiten. So innig ich David auch liebte, so sehr musste ich meine Gefühle unter Kontrolle haben. Die Prinzessin konnte ihrem Prinzen nicht mehr in die Arme laufen. Ohne ein Happy End würde es auch kein Märchen geben.

Mit Mühe schaffte ich es, ein schwaches Lächeln auf meine

Lippen zu zaubern. Meine Augen jedoch aus seinem fesselnden Blick zu lösen, gelang mir nicht. Erwartungsvoll kam er näher. Plötzlich blieb er wie angewurzelt stehen. Sein Blick fiel unwillkürlich auf den Rollstuhl. Sein strahlendes Lächeln erstarb. Unendliche Bestürzung legte sich über sein Gesicht. Tiefe Betroffenheit überschattete seine Züge und ließ das Funkeln aus seinen Augen verschwinden. Er atmete schwer. Ganz leise seufzte er ein fassungsloses »Oh mein Gott!«

»Hallo David!« sagte ich – vielleicht nicht ganz so fröhlich wie bei unserer allerersten Begegnung – und reichte ihm die Hand. Er ergriff sie nur zögernd, dann aber drückte er sie umso inniger an seine Lippen. »Bitte setz dich doch!« sagte ich mit betont heiterer Stimme. »Es macht mich ganz nervös, wenn du stehst!«

Er wirkte völlig mitgenommen. Wie in Trance kam er meiner Aufforderung nach und setzte sich auf einen Stuhl gegenüber. Noch immer hielt er meine Hand fest in der seinen. »Toria«, hauchte er mit gebrochener Stimme, »was ist passiert? Was ist mit dir?«

»Ein Verkehrsunfall«, antwortete ich ruhig, »ein Lastwagen stieß mich nieder. Ich bin querschnittgelähmt, David.«

»Oh nein«, schluchzte er, schloss die Augen und wandte sich ab, um seine Gefühle vor mir zu verbergen.

Davids tiefe Ergriffenheit berührte mich mehr, als ich ertragen konnte. Aber sie bestärkte mich auch weiter darin, dass ich selbst noch viel gefasster wirken musste. Daher wäre es mir lieber gewesen, wenn er endlich meine Hand losgelassen hätte, wenn ich die durchdringende Berührung seiner begnadeten Hände nicht mehr gespürt hätte. Dann wäre es mir sicher leichter gefallen, auf seine unausbleiblichen Fragen zu antworten. Aber er drückte sie so fest, dass ich sie ihm nicht entreißen konnte.

Als er mich wieder ansah, waren seine Augen glänzend gerötet. »Wann ist es passiert? Und wo?«

»Damals in London – an jenem Morgen, als ich Dr. Sherman meinen Brief für dich gegeben hatte und nach Hause wollte. Es passierte nicht weit von der Klinik entfernt, als ich über die Straße lief, um ein Taxi zu erreichen. Sie brachten mich sofort wieder in die Klinik zurück.«

Blankes Entsetzen stand in seinen Augen. »... *in die Klinik zurück*?« wiederholte er fassungslos. »Aber dann warst du ...«

»Ja, ich war die ganze Zeit im Krankenhaus – sogar länger als du!«

»Und ich wusste von alldem nichts! Dr. Sherman sagte mir ...«

»Er sagte dir das, worum ich ihn gebeten hatte. Du solltest es niemals erfahren, David!«

Er ließ meine Hand los, verbarg sein Gesicht in beiden Händen. Plötzlich stand er auf und lief bis ans Geländer der Terrasse. Er stützte sich darauf, wandte mir den Rücken zu. Dann vernahm ich ein tiefes Schluchzen, und eine eindeutige Handbewegung verriet, dass er sich Tränen aus den Augen wischte. »Es ist alles meine Schuld!« kam es hörbar über seine Lippen.

»Was für ein Unsinn! Was redest du da?«

»Doch, Toria«, fuhr er unbeirrt fort, und während er sprach, war sein starrer Blick auf eine scheinbar endlose Weite zwischen Himmel und Erde gerichtet. »Ich habe deinen Brief immer wieder gelesen, hunderte Male. Und immer wieder fragte ich mich, warum du mich verlassen hast. Doch dann wusste ich es – ich wusste es in dem Augenblick, in dem ich mir über meine eigenen Gefühle im Klaren war: ich sagte dir nie, wie viel du mir bedeutest – und warum nicht? Weil ich es selbst nicht wusste, weil ich mir nicht eingestehen wollte, wie sehr ich dich brauche.

Erst als du weg warst, wurde mir klar, dass ich ohne dich nicht leben wollte. Nie zuvor hatte ich die Sehnsucht in mir verspürt, mein Leben mit einem anderen Menschen – einer Frau – zu teilen, in ihren Armen einzuschlafen, von ihrem Kuss geweckt zu werden. Nie zuvor hatte ich mich zu einer Frau so hingezogen, von ihr so verstanden, in ihren Armen so geborgen gefühlt.

Als du weg warst, fühlte ich mich zum ersten Mal in meinem Leben wirklich einsam und verlassen. Ich fühlte eine unsagbare Leere in mir, nichts konnte mich trösten – auch die Musik nicht. Ich weiß nicht, ob mich meine Krankheit so veränderte oder ob du es warst, aber ich erkannte plötzlich, dass die Musik nicht alles in meinem Leben sein konnte. Und so erwachte irgendwann in mir die Hoffnung, dich wiederzufinden, dir meine Gefühle zu offenbaren und dich zurückzugewinnen.«

Warum, fragte ich mich, musste das Leben so grausam sein? Warum musste man Fehler begehen, um klug und erwachsen zu werden? Warum waren manche Fehler mit so vernichtenden Folgen verbunden, dass man sie nie wieder gutmachen konnte, dass nur noch der vergebliche Wunsch übrig blieb, man hätte alles ganz anders entschieden? Vor vier Monaten hätte mich Davids Geständnis seiner Gefühle dazu bewogen, ein Leben an seiner Seite zu wählen. Jetzt gab es keine Wahl mehr. Mein Leben hatte längst für mich entschieden. Heute konnten seine Worte meiner hungernden Seele nur noch ein wenig Trost spenden.

»Und jetzt«, sagte er nach einer kurzen nachdenklichen Pause, »fürchte ich fast, du könntest mich für alles, was ich dir angetan habe, hassen!«

»*Dich hassen*?« wiederholte ich tief erschüttert. »Wie kannst du so etwas denken? Wie könnte ich dich jemals hassen?«

Sogleich drehte er sich um. Sichtbar erleichtert kam er zurück und setzte sich mir wieder gegenüber. Neuerlich nahm er meine Hand. »Kannst du mir verzeihen, Toria?« fragte er reumütig.

»Dir verzeihen? Was sollte ich dir verzeihen, David? Dass ich die schönsten Stunden meines Lebens mit dir verbrachte? Dass mich kein anderer Mann jemals so glücklich machte wie du?«

»Ich werde es wieder tun«, sagte er aufgeregt, und das Aufblitzen seiner Augen zeugte davon, dass seine Lebensgeister neu erwacht waren.

Ich fürchtete, dass ihm meine Worte zu falschen Hoffnungen Anlass gegeben hatten. Also musste ich ihn sofort wieder in die Wirklichkeit zurückholen. »Nein, David«, sagte ich bestimmt, »es ist vorbei!«

»*Vorbei*? Nein, das ist nicht wahr!« Und mit beinahe flehender Stimme fügte er hinzu: »Toria – ich liebe dich!«

Verzweifelt schloss ich die Augen. Die sinnlose Frage ans Schicksal drängte sich auf: *Warum jetzt?* Warum musste er jetzt diese Worte aussprechen? Warum hatte er es nicht *damals* getan, damals, als ich mich so nach ihnen gesehnt hatte? Jetzt erfüllten sie mein Herz nur noch mit Wehmut. Ich nahm all meine Kraft zusammen und sah ihm in die Augen. »Es ist zu spät, David!«

»Nein! Warum sagst du das? Es ist nie zu spät, solange du nur irgendetwas für mich …«

»David – bitte!« unterbrach ich ihn lautstark. »Begreifst du es nicht? Sieh mich an! Ich bin ein Krüppel – für den Rest meines Lebens an einen Rollstuhl gefesselt!«

»Nein. Du bist eine wunderschöne Frau«, sagte er ganz ruhig, »und ich werde es nicht zulassen, dass du dein Leben in einem Rollstuhl fristest. Ich werde mich damit nicht abfinden. Ich werde nicht aufgeben, bis ich eine Möglichkeit finde, dir zu helfen.«

Es schien, als wollte er mich nicht verstehen. Ich vermutete, dass ihn ein erster Anflug von Mitleid gepackt hatte und ihn veranlasste, das Leben, das er selbst führte, zu vergessen und mir seine Hilfe in rührender, aufopfernder Weise anzubieten. Also blieb mir nichts anderers übrig, als deutlicher zu werden. »Dieses Opfer ehrt dich sehr, David«, sagte ich beinahe schroff, »aber ich brauche dein Mitleid nicht!«

»*Opfer, Mitleid*? Wovon sprichst du?«

»Ich spreche von dem Leben, das ich führe und das sich aller Voraussicht nach nie wieder ändern wird – einem Leben, das du dir kaum vorstellen kannst. Mein Gott, David«, fuhr ich mit schwankender Stimme fort, »warum willst du es nicht begreifen, dass es jene Toria, die du gekannt hast, nicht mehr gibt?« Und mit beginnender Verzweiflung fügte ich hinzu: »Millionen Frauen liegen dir zu Füßen, du könntest doch *jede haben*!«

Er ließ meine Hand los. Ein wilder, erzürnter Blick blitzte aus seinen tiefblauen Augen hervor. »Ich spreche davon, dass ich dich *liebe*, dass du die einzige Frau bist, die ich jemals *geliebt habe*, und du schickst mich weg wie einen – *Playboy*! Was denkst du bloß von mir?«

Ich wandte mich ab, spürte, wie unser Wortwechsel an meiner Kraft zehrte. Ich spürte, wie sich ein Bündel übermächtiger Gefühle – Liebe, Angst, Verzweiflung – Luft machen wollte. Vorbei war es mit der auferlegten Beherrschung. Es fehlte nicht viel, und ich würde meine Tränen nicht mehr zurückhalten können. »Bitte, David«, flehte ich, »warum machst du es mir so schwer?«

»Weil ich es nicht glauben kann, dass es *meine* Toria nicht mehr gibt!« Seine Stimme war wieder ganz sanft geworden. »Aber ich werde es herausfinden – morgen Abend. Ich werde dich um sieben Uhr zu einem Dinner in meinem Hotel abholen.«

»Nein«, rief ich erregt, »nein! Bitte David, geh! Geh endlich! Lass mich allein!«

»Nur wenn du mir versprichst, dass wir morgen gemeinsam zu Abend essen!«

»Nein, bitte!« flehte ich verzweifelt, und die ersten Tränen liefen mir über die Wangen. »Du hättest niemals kommen dürfen! Wir hätten uns niemals wiedersehen dürfen!«

»Komm, sag ja! Schenk mir diesen Abend, bitte! Schick mich nicht einfach weg!« Er zwang mich, ihm in die Augen zu sehen. Sie funkelten vor sehnlicher Erwartung. Auf seinen Lippen spielte das sanfte Lächeln, dem ich so wenig widerstehen konnte. »Also bis morgen, einverstanden? Wirst du da sein?«

Seiner Überredungskunst hilflos ausgeliefert, nickte ich leicht. Er drückte meine Hand liebevoll an seine Lippen. »Danke!« flüsterte er und stand auf.

Er verließ die Terrasse, doch mein Blick folgte ihm nicht. Als eine Autotür zuschlug, ein Motor startete, ein Wagen anfuhr, konnte ich sicher sein, dass er fort war. Im nächsten Augenblick stürzten meine Tränen unbändig und befreiend hervor. Das unerwartete Wiedersehen, das späte Geständnis seiner Gefühle, meine eigene hell entfachte Sehnsucht drückten unbarmherzig auf meine Seele. Wie ein Kreisel drehten sich die beiden Worte immer wieder in meinem Kopf: *warum jetzt?*

Plötzlich kam Dagmar auf die Terrasse gelaufen. »Um Gottes willen, Victoria«, rief sie, »was ist passiert?«

Ich antwortete nicht. Noch schaffte ich es nicht, meine Tränen zu unterdrücken. Dagmar quälte mich nicht weiter mit Fragen, sondern setzte sich zu mir und nahm mich tröstend in die Arme. An ihren Schultern schluchzte ich noch einmal laut und heftig. Dann kamen die beiden Worte wie von selbst über meine Lippen: »Warum jetzt?« seufzte ich. »Warum jetzt, Dagmar?«

»Was meinst du?« flüsterte sie.

Langsam löste ich mich aus ihren Armen und sah sie mit hilfesuchenden Augen an. »Warum sagt er jetzt, dass er mich liebt?« In Dagmars Augen las ich keine Antwort auf meine Frage, aber mitfühlendes Verständnis. »Er will es nicht wahrhaben, dass es zu spät für uns ist. Nein, die Zeit lässt sich nicht zurückdrehen. Ich wünschte selbst, ich könnte mit den Erkenntnissen von heute alles noch einmal entscheiden!«

»Wirst du ihn wiedersehen?« fragte sie vorsichtig.

»Ich versuchte es zu vermeiden, aber er ließ es sich nicht ausreden, morgen mit mir zu Abend zu essen.« Und ohne es auszusprechen fragte ich mich, ob David immer alles bekam, was er sich in den Kopf setzte.

Allmählich ließ das Aufwallen meiner Gefühle nach, und ich begann mich von meinem aufreibenden Erlebnis zu erholen. Doch mehr als eine nachdenkliche Stimmung sollte an diesem Nachmittag nicht in mir aufkommen. Auch an Arbeit war nicht mehr zu denken. Jeder Versuch, mich darauf zu konzentrieren, scheiterte kläglich. Um auch keine Erklärungen abgeben und Fragen beantworten zu müssen, bat ich, dass man mich für den restlichen Tag ungestört lassen möge. Ich wollte mit meinen Gefühlen, meinen Erinnerungen und einer seltsam angstvollen Freude auf den bevorstehenden Abend mit David allein sein.

# Der englische Freund

Richard konnte es kaum glauben, dass der *große* David Lamontaine – wie er ihn zynisch genannt hatte – seine behinderte Schwester abholen sollte, um sie zum Abendessen auszuführen. Er könne doch nicht der gewissenlose Typ sein, für den er ihn gehalten habe, musste Richard kleinlaut zugeben. Vielleicht, so meinte er als Entschuldigung, habe er ihm mit seiner vorschnellen Verurteilung doch ein wenig Unrecht getan.

Dagmar hingegen war tief bewegt, dass mir David seine Liebe gestanden hatte. Als ich ihr am nächsten Morgen begegnete, war ihre romantische Stimmung unverkennbar. Die Tatsache, dass sein Geständnis *gerade jetzt* erfolgt war, schien sie mit neuer Zuversicht und Hoffnung zu erfüllen. Meine feste Überzeugung, dass es für David und mich keine gemeinsame Zukunft mehr geben könne, wollte sie nicht gelten lassen. In schwärmerischer Erwartung sah sie Davids Kommen am Abend entgegen. Für sie stand eindeutig fest, dass dies nicht sein letzter Besuch sein werde.

Auch die Kinder waren in helle Aufregung versetzt. Endlich war es soweit, dass sie meinen *englischen Freund* kennen lernen sollten. Ich hätte nie etwas von ihm erzählt, beklagte sich Katrin, obwohl ich es vor meiner Abreise nach London versprochen hatte. Deshalb wollten sie auf der Stelle erfahren, wer er sei und woher ich ihn kannte. Am meisten faszinierte sie aber, dass David so berühmt war, und Katrin fragte mich mit ernster Miene, ob sie es ebenfalls sein werde, wenn sie länger und öfter Klavier spiele.

Natürlich konnten auch die Fragen nach meinen Gefühlen für David nicht ausbleiben; ob ich ihn so lieb habe, dass ich ihn heiraten würde, ob er gekommen war, um mich zu sich nach England zu holen, wollten sie wissen. Mit Ausflüchten und Vertröstungen versuchte ich mich herauszureden und meine seelische Anspannung zu verbergen. Ich merkte zwar, dass sie mit meinen ausweichenden Antworten nicht zufrieden waren, aber sie wollten ohnehin erst beurteilen, ob David auch wirklich nett sei.

In jedem Fall fand Katrin, dass ich für diesen Abend mit David besonders hübsch aussehen müsse. Schon am frühen Nachmittag begann sie, mir die Haare zu waschen und lockig zu föhnen. Ich ließ sie gerne gewähren. Ich war auch froh darüber, dass sie bei mir war, denn jede Minute, die ich allein verbrachte, versetzte mich in unvermeidbare innere Unruhe.

Katrin ließ es sich auch nicht nehmen, mich bei der Auswahl meiner Kleidung mit jugendlichem Rat zu unterstützen. Nach längerer Diskussion und mehreren geschmacklichen Verirrungen einigten wir uns auf eine dezent-elegante Aufmachung. Vor dem langen Spiegel meiner Kommode stellte Katrin schließlich fest, dass mich das weiße, glitzernde Top, die weiße Abendjacke und die weite, schwarze Hose äußerst schick, aber nicht übertrieben kleideten. Mit etwas Wimperntusche, zartem Lippenstift und einer dünnen goldenen Halskette blieben wie immer auch Make-up und Schmuck unauffällig. Mich selbst hätte mein Spiegelbild bestenfalls dann in Entzücken versetzt, wenn es ein unübersehbares *Detail* nicht gegeben hätte – einen schwarzen, alles beherrschenden Rollstuhl.

Je näher der Abend rückte, desto unruhiger wurde ich, desto öfter fragte ich mich, warum ich meinem Vorsatz untreu geworden war und diesem neuerlichen Treffen zugestimmt hatte. Wozu sollte es gut sein? Um den endgültigen Abschied um einen weiteren Tag hinauszuzögern und mich dadurch noch mehr zu quälen? Um es David mit aller Eindringlichkeit noch einmal zu erklären, dass der weltberühmte, attraktive Pianist und eine Frau im Rollstuhl keine gemeinsame Zukunft haben konnten?

Und doch wäre es Selbstbetrug gewesen, mir nicht einzugestehen, wie sehr ich mich danach sehnte, ihn noch einmal zu sehen, seine Stimme zu hören, seine begnadeten Hände in den meinen zu halten, noch einmal einige Stunden mit ihm zu verbringen – einfach alles, Vergangenheit und Zukunft zu vergessen und vielleicht, ja vielleicht noch einmal aus tiefster Seele glücklich zu sein.

Mit steigender Spannung und belanglosen, der Beruhigung dienenden Gesprächen warteten wir im Wohnzimmer auf den *großen Unbekannten,* die *neue Hoffnung,* den *englischen Freund* – auf den Beginn eines letzten glücklichen Abends. Ab halb sieben fragten Katrin und Daniel abwechselnd alle fünf Minuten, ob es nicht schon sieben Uhr geworden sei. Und Richard und Dagmar antworteten abwechselnd, dass sie ihnen nicht auf die Nerven gehen sollten, dass David sicherlich bald kommen würde. Natürlich würde er das – so beharrlich, wie er auf diese Verabredung gedrängt hatte, bestand kein Zweifel daran, dass er sie auch einhielt. Trotzdem konnte auch ich nicht dagegen an, ständig – unbemerkt, so hoffte ich – auf die Uhr zu sehen.

Kurz vor sieben hielten es die Kinder nicht länger aus. Sie verschanzten sich hinter einem Fenster in der Eingangshalle, das ihnen die beste Aussicht auf die Einfahrt ermöglichte. Es war kaum eine Minute vergangen, als sie fast gleichzeitig durch die Wohnzimmertür zurückgestürmt kamen und in ohrenbetäubender Lautstärke riefen: »Er ist da! Er ist da!«

Ob mein plötzliches Herzklopfen auf Davids Ankunft oder das laute Geschrei der Kinder zurückzuführen war, hätte ich nicht sagen können. Auch Dagmar und Richard wirkten sichtlich aufgeregt. Sie erhoben sich, um David zu öffnen, Katrin und Daniel folgten ihnen auf dem Fuß.

»He, ihr beiden«, rief Richard energisch, »ihr werdet vorerst hier warten und David nicht sofort überfallen!«

Mit langen, enttäuschten Gesichtern setzten sie sich wieder aufs Sofa. Also beschloss ich, mit ihnen gemeinsam zu warten, und überließ es Dagmar und Richard, unseren Gast zu begrüßen.

»*Der* fährt einen *tollen Schlitten!*« flüsterte mir Daniel ins Ohr.

»Tatsächlich?« fragte ich amüsiert. »Aber damit ist er sicher nicht von England bis hierher gefahren. Den hat er sich sicher nur geliehen!«

»Wahrscheinlich hat er zu Hause noch einen größeren!« erklärte Daniel tief beeindruckt. Jetzt schien er auch eine Möglichkeit gefunden zu haben, um sich von Anfang an nichts entgehen zu lassen. Mit einem leisen »Pst!« deutete er seiner Schwester, dass sie ihm folgen solle. Sie schlichen bis hinter die halb geöffnete Wohnzimmertür und lauerten auf den Fahrer des beeindruckenden Wagens. Die beiden faszinierten mich in ihrer brennenden Neugier so sehr, dass ich meine eigene Nervosität beinahe vergaß.

Jetzt läutete es am Haustor. Es wurde geöffnet. Richard sprach höfliche Grußworte in flüssigem Englisch. Dann stellte er seine Frau Dagmar vor. Sie tat es ihm gleich. Endlich vernahm ich Davids wohlklingende Stimme. Er verlieh seiner Freude Ausdruck, dass er meine Familie kennen lernen durfte und auf keine sprachlichen Barrieren stieß.

Bevor sie ihn jetzt ins Wohnzimmer baten und mit häuslicher Familienidylle überhäuften, war es wohl besser, wenn wir ihn alle in der Halle begrüßten. Mit einer Handbewegung deutete ich den Kindern, dass sie jetzt lange genug gewartet hätten. Begeistert stürzten sie hinaus. Ich folgte ihnen langsam.

Ich hatte die Wohnzimmertür fast erreicht, als ich David plötzlich sagen hörte: »Nein, nein, nichts verraten! Ich glaube, ich erinnere mich an eure Namen!« Eine kurze Stille folgte. Neugierig wartete ich hinter der Tür.

»Catherine?« fragte er vorsichtig.

»*Katrin*!« korrigierte sie selbstbewusst.

»Tut mir leid! Katrin – natürlich! Und du bist – Daniel, nicht wahr?«

»Ja!« sagte er laut und offensichtlich stolz darauf, dass David *seinen* Namen richtig ausgesprochen hatte.

»Versteht ihr mich, wenn ich Englisch spreche?« fragte David betont langsam. »Ich kann leider nicht Deutsch.«

»Sicher verstehen wir Englisch, wir lernen es in der Schule!« prahlte Daniel in fast korrektem Englisch.

»Das ist großartig«, lachte David, »dann werden wir uns ja bestens verstehen!«

Wie gebannt lauschte ich der unvermuteten Unterhaltung zwischen David und den Kindern. Dass er sie in ein Gespräch verwickeln und so ungezwungen mit ihnen plaudern würde, hätte ich tatsächlich nicht erwartet. Noch mehr verblüffte mich, dass es ihm scheinbar richtigen Spaß machte. Daher wollte ich noch ein wenig weiter zuhören und verschob meine Absicht, David sofort zu begrüßen.

»Hallo Katrin, hallo Daniel«, sagte er, »ich bin David!«

»Ich weiß«, bemerkte Katrin und versuchte ebenfalls mit ihren Englischkenntnissen anzugeben, »aber wieso kennst *du* unsere Namen?«

»Eure Tante verriet sie mir. Damals als ich krank war und sie mich in London besuchte.«

»Und bist du jetzt wieder gesund?«

»Ja, Katrin, ich bin wieder gesund. Aber ohne deine Tante wäre ich vielleicht nicht mehr gesund geworden. Sie gab mir sehr viel Kraft.«

Im ersten Augenblick dachte ich, dass er jetzt absichtlich übertrieb, um auf die beiden Eindruck zu machen. Doch dann staunte ich doch ein wenig, dass ein so selbstbewusster Mann wie David ein derart offenes Geständnis auch vor meinem Bruder und seiner Frau äußerte.

»Bist du wirklich so berühmt, wie Tante Victoria sagt?« änderte Daniel das Gesprächsthema.

David lachte. »Ich weiß nicht. Was sagt sie denn?«

»Sie sagt, man kennt dich auf der ganzen Welt!«

»Nun ja«, versuchte David abzuschwächen, »sagen wir, ich bin schon ziemlich weit herumgekommen.«

»Und sie sagt auch, du spielst so toll Klavier!« platzte Katrin heraus.

Wieder lachte David. »Ganz gut, ja. Spielst du auch Klavier?«

Stille. Scheinbar hatte Katrin nur genickt.

»Aber das Üben freut dich nicht, oder?«

Auch jetzt hatte Katrin wohl nur schweigend zugestimmt.

»Ich kenne das, glaube mir!« sagte David aufmunternd. »Als ich so alt war wie du, freute es mich auch nicht. Aber irgendwann kannst du es so gut, dass es dir plötzlich Spaß macht!«

Bevor sie ihn auf der Stelle noch um eine Kostprobe seines Könnens bat, wollte ich David lieber aus Katrins Fängen befreien. Also fuhr ich hinaus in die Halle. Beinahe gleichzeitig sahen mich alle an. Mit einem heiteren »Hallo, David!« lächelte ich ihm zu.

»Toria!« hauchte er hingerissen. Regungslos sah er mich an. Ich spürte, wie sein Blick auf mir ruhte – auf *mir*, und nicht auf meinem Rollstuhl. Mit langsamen Schritten kam er mir entgegen. In seinen Augen las ich Begeisterung – und wie sehr dieses Gefühl auf Gegenseitigkeit beruhte, blieb ihm wohl nicht verborgen. Der schwarze Anzug mit dem überlang geschnittenen Sakko, das weiße Stehkragenhemd, der weiße, lässig darüberhängende Seidenschal, jedes Detail betonte auf unwiderstehliche Weise seine attraktive Erscheinung.

Auch vor versammelter Familie ließ es sich David nicht nehmen, mich auf seine charmante Art zu begrüßen, meine Hand in beide Hände zu nehmen und sie innig an seine Lippen zu pressen. Mit durchdringendem Blick sah er mich an und flüsterte so leise, dass es nur für meine Ohren hörbar war: »Du bist wunderschön!«

»Warum sagt er *Toria* zu ihr, wenn sie doch Victoria heißt?« platzte plötzlich Daniels Stimme in die romantische Szene. Ich musste lachen, und auch Dagmar und Richard amüsierten sich. Nur David wirkte verwirrt, also übersetzte ich ihm die Frage.

»Ah!« lachte er und musste erkennen, dass alle neugierigen Blicke auf ihn gerichtet waren. Schließlich war er der Einzige, der die Frage beantworten konnte. Er wandte sich zu Daniel und überlegte kurz, scheinbar auf der Suche nach leicht verständlichen Worten. »Weißt du«, begann er vorsichtig, »das ist nicht ungewöhnlich, so etwas tun viele Menschen – einen Namen abkürzen oder ein wenig verändern; man tut das, um damit auszudrücken, dass man …«, jetzt sah David *mich* an, »jemanden ganz besonders gern hat!«

Befangenes Schweigen breitete sich aus. Richard und Dagmar wechselten vielsagende Blicke. Mir selbst lief ein wohliger Schauer über den Rücken, denn die Herzlichkeit von Davids Erklärung berührte mich tief.

»So«, unterbrach Richard die betretene Stille, »und jetzt wollen wir die beiden nicht länger aufhalten!« Man wünschte uns einen schönen Abend und verabschiedete sich.

»Darf ich?« fragte David zögernd, bevor er an die Griffe des Rollstuhls fasste. Ich nickte, und er führte mich hinaus zum Wagen. Als ich seine Hilfe beim Einsteigen dankend ablehnte, wirkte er zuerst ein wenig besorgt. Nach vollzogener Tat allerdings lag ein bewunderndes Lächeln auf seinen Lippen. Er klappte den Rollstuhl zusammen und verstaute ihn im Kofferraum. Er stieg ein, drückte noch einmal kurz meine Hand, und wir fuhren los.

# Der Antrag

»Ich muss dir etwas gestehen«, sagte ich, um rasch ein unverfängliches Thema anzuschneiden. Neugierig sah er mich an. »Ich habe dein Gespräch mit Katrin und Daniel mitangehört.«

»So, so, du hast uns belauscht«, bemerkte er lachend.

»Ja, so könnte man das nennen. Aber ich konnte nicht widerstehen. Ich war so fasziniert, wie nett und ausführlich du mit ihnen gesprochen hast. Ich schätze, du hast zwei große Bewunderer mehr!«

»Meinst du? Das würde mich freuen! Es machte mir Spaß, mich mit ihnen zu unterhalten. Sie waren so wissbegierig und selbstbewusst und trauten sich sogar, mich englisch anzusprechen.«

»Ja, sie konnten es kaum erwarten, dich kennen zu lernen, und überlegten sich genau, was sie dich fragen wollten!«

David sah zu mir herüber, ergriff wieder meine Hand. »Sie mögen dich sehr, nicht wahr?«

»Ja«, flüsterte ich, ohne seinen Blick zu erwidern.

»Und du sie auch!« Ich nickte.

Es war verlockend, das Gespräch über die Kinder fortzusetzen, doch dann fragte ich mich, wozu ich ihn mit belangslosem Familiengeschwätz langweilen wollte, warum ich so tat, als hätte es irgendeine zukünftige Bedeutung für ihn. Daher wollte ich lieber schweigen. Absichtlich wandte ich mich ab und sah zum Fenster hinaus.

Auch wünschte ich, er hätte endlich meine Hand losgelassen, doch das Automatikgetriebe seines Wagens erleichterte es ihm, sie beharrlich festzuhalten. Allein seine Gegenwart genügte, um mein Herz schneller schlagen zu lassen, um meine Gedanken und Gefühle zu verwirren und mich in seelischen Aufruhr zu versetzen. Seine Berührung verursachte zudem eine sanfte Erregung meines sehnsuchtsvollen Körpers.

Vier Monate lang hatte ich jedes körperliche Verlangen in mir tot geschwiegen, jede leidenschaftliche Regung verleugnet. Mit dem Verlust meiner Gesundheit und wesentlicher weiblicher Reize hatte ich mir selbst jedes Recht auf körperliche Befriedigung abgesprochen. Auch hätte ich es kaum noch für möglich gehalten, dass die brennende Sehnsucht danach wieder in mir aufleben könnte. Ich hatte mich geirrt. In Davids Nähe, durch seine Berührung erwachten in mir alle sinnlichen Bedürfnisse einer gesunden Frau. Je länger ich seine warme Hand auf der meinen spürte, desto inniger wurde mein Wunsch, von ihm berührt, geküsst, begehrt zu werden – *begehrt*, ja, so wie damals, als ich ihn mit meinem jungen, attraktiven Körper betört hatte. Verdammt! schrie eine innere Stimme. Nur weil meine Beine nicht mehr fühlen konnten, sollte es auch der Rest meines Körpers nicht mehr tun? Nein, vielleicht empfand er sogar stärker als je zuvor. Ich war immer noch eine *Frau* – voll Begierde zu lieben und geliebt zu werden.

Plötzlich spürte ich Davids Blick auf mir. »Toria?« flüsterte er. Unwillkürlich sah ich ihn an. »Du bist ja so schweigsam! Geht es dir gut?«

Ich lächelte gezwungen und nickte. Er ahnte, dass mich irgendetwas sehr beschäftigte, doch welch aufwühlende Erregung mich befallen hatte, würde er wohl nicht erraten können. In jedem Fall kam mir die Ablenkung seiner Aufmerksamkeit gerade recht, um ihm rasch meine Hand zu entziehen.

In der Hoffnung, meine Gefühle besser unter Kontrolle halten zu können, wollte ich das Gesprächsthema während der Fahrt lieber auf Belanglosigkeiten wie das Wetter, die Umgebung, seine geübte Fahrweise im Rechtsverkehr lenken. Ich war erleichtert, als wir nach einer knappen halben Stunde unser Fahrziel erreicht hatten. Es war ein moderner, luxuriöser Hotelpalast, den man direkt am Donauufer, jedoch nicht weit von der Wiener Innenstadt errichtet hatte. Wir bogen in die überdachte Einfahrt, und David stellte den Wagen *so* ab, dass mir das Aussteigen auf der dem Eingang abgewandten Seite möglich war. Offenbar wollte er mir die neugierigen Blicke der ein- und ausgehenden Hotelgäste ersparen.

»Guten Abend«, sagte der Hotelpage freundlich, als er die Fahrertür öffnete.

David erwiderte den Gruß und stieg aus, um den Rollstuhl aus dem Kofferraum zu holen. »Nein, nein, das mache ich schon!« sagte er, als ihm der Page seine Hilfe anbot. Höflich zog sich dieser in seine Warteposition zurück. David öffnete die Beifahrertür. Ein kurzer Blickwechsel genügte, und er verstand, dass ich keine Hilfe benötigte. So wie Richard stellte auch er sich automatisch hinter den Rollstuhl, um mir gegebenenfalls helfen zu können. Anerkennend strich er mir über die Schultern, als ich sicher im Rollstuhl saß.

»Führen Sie meinen Wagen in die Garage!« rief David dem Pagen zu, der diesen Auftrag schon erwartet hatte und bereitwillig in die schwarze Limousine sprang.

Die Fahrstühle, die ins Restaurant führten, befanden sich direkt hinter dem gläsernen Eingang. Wie erfreulich, dachte ich, dass wir nicht erst eine riesige, hell erleuchtete Hotelhalle durchqueren müssen!

Im fünfundzwanzigsten und letzten Stock des Gebäudes warteten zwei wichtig aussehende Gestalten in dunklen Anzügen auf den prominenten Gast und seine behinderte Begleitung. Als wir den Lift verließen, kamen sie uns freudestrahlend entgegen. »Einen wunderschönen, guten Abend!« sprudelten sie fast gleichzeitig hervor. »Madam, Mr. Lamontaine, es ist uns eine Ehre, sie in unserem Restaurant begrüßen zu dürfen«, formulierte der Hotelmanager in hochgestochenem Englisch, und der Restaurantchef fügte hinzu: »Wir hoffen, Sie werden sich bei uns wohl fühlen. Wenn Sie bitte so freundlich wären und uns folgen würden!«

Nach einem fast unterwürfigen Kopfnicken gingen sie voraus.

Wir folgten ihnen schweigend. Im Gegensatz zur überschwänglichen Höflichkeit des leitenden Personals beeindruckte das Ambiente durch stimmungsvolle Eleganz. Der rechteckige Saal war an drei Seiten von Glaswänden begrenzt und bot einen atemberaubenden Blick auf die Donau und die Dächer der Stadt. Alle Tische waren ausschließlich entlang der Wände platziert, eine reiche Auswahl exotischer Grünpflanzen dekorierte die freie Fläche in der Mitte. Es schien mir, als würde sich hinter ihnen etwas verbergen, doch auf den ersten Blick konnte ich es nur vage ausmachen. Das schwache Tageslicht durchdrang den Raum nur noch schattenhaft, eine indirekte Beleuchtung an der Decke und kleine Tischkerzen spendeten dezente Helligkeit.

Doch an den Tischen waren nirgendwo andere Restaurantgäste zu entdecken. Ob dies ein romantisches *Dinner for two* werden sollte? Die sanfte Hintergrundmusik passte ins Schema. Zielstrebig führten uns die beiden eifrigen Manager an die gegenüberliegende Breitseite des Restaurants, an der nur ein einziger Tisch mit einem einzigen Stuhl vorbereitet worden war. Endlich – nachdem wir die ausladende Pflanzenpracht umrundet hatten – erkannte ich auch, was sich dahinter versteckt hielt: ein schwarz-glänzender, geöffneter Konzertflügel. Sofort drehte ich mich zu David um, doch auf seinen Lippen spielte nur ein unbeteiligtes Lächeln.

An unserem einsamen Tisch nahm David seinen Platz mir gegenüber ein. Ob er alles zu seiner vollsten Zufriedenheit vorfinde, erkundigten sich unsere gewissenhaften Begleiter. David nickte beiläufig. Mit wiederholten Wünschen für einen angenehmen Abend zogen sie sich zurück.

»Die beiden liegen dir wahrlich zu Füßen«, sagte ich amüsiert.

»Oh ja!« bestätigte David. »Vor allem kann ich jetzt auf ihre Verschwiegenheit zählen. Der Manager hätte es nämlich gerne gesehen, wenn ich meinen privaten Aufenthalt hier mit einem offiziellen Presseempfang verbunden hätte. Er verwarf die Idee aber sehr rasch, als ich ihm glaubhaft versicherte, dass dies dann mein letzter Besuch in seinem Haus gewesen wäre.«

Schon traf der Kellner mit dem Champagner ein. Zum Glück füllte er nur schweigend die Gläser und verschwand wieder.

»Diesmal gibt es für uns beide Champagner!« lachte David und erhob sein Glas.

»Und zweimal *Kaviar* statt *Filet natur*!« schmunzelte ich und nahm ebenfalls mein Glas zur Hand.

»Warum nicht? Auf unser Wiedersehen!«

»Auf diesen wundervollen Abend!« schränkte ich ein. Ich nahm nur einen kleinen Schluck und stellte mein Glas wieder ab. Davids Augen funkelten. Ich spürte, wie er mich mit seinen Augen verschlang – mein Gesicht, mein Haar, mein tiefes Dekolleté. Es erregte mich, wie er mich ansah. Er durfte jetzt bloß nichts Liebevolles sagen oder mich gar berühren! Instinktiv verschränkte ich die Arme und lehnte mich auf den Tisch.

»Ich habe das bestimmte Gefühl, dass es in diesem Restaurant nicht immer so aussieht wie heute!« sagte ich ablenkend.

»Tatsächlich? Wie kommst du darauf?«

»Irgendetwas sagt mir, dass hier für gewöhnlich auch andere Gäste speisen, und dass vor allem dieser Konzertflügel nicht immer hier steht!«

»Wenn du meinst! Ich kann es nicht beurteilen, ich bin heute zum ersten Mal hier!« Und mit einem scheinbar prüfenden Seitenblick fuhr er fort: »Aber es ist ein durchaus edles Instrument. Vielleicht sollte man ausprobieren, wie es klingt!«

»Ach ja? Und *wer* käme dafür in Frage?« hauchte ich provozierend.

»Abwarten!« flüsterte er und zwinkerte mir zu. Ich war erleichtert. Seine kleinen Schwindeleien und banalen Ratespiele nahmen mir die Befangenheit.

Unser beflissener Restaurantleiter würde sicher bald wieder

erscheinen, um höchst persönlich die Bestellung seines hohen Gastes entgegenzunehmen. Also wählten wir aus den bereitliegenden Speisekarten das gewünschte Menü. Kaum hatten wir sie aus den Händen gelegt, tauchte er tatsächlich wie aus dem Nichts auf. Sachverständig – und vielleicht etwas zu ausführlich – beriet er David bei der Auswahl des passenden Weines und verschwand.

Die gedimmte Beleuchtung ersetzte nach und nach das verblassende Tageslicht. Wie ein zarter Schleier legte sich die Dämmerung über die abendliche Stadt. Magisch wurden unsere Blicke von den hell bestrahlten Sehenswürdigkeiten angezogen. Der Stephansdom, die Gloriette, das Riesenrad zeichneten markante Silhouetten in das schillernde Grau.

»Du hast eine bezaubernde Heimatstadt«, sagte David beeindruckt.

»Ja«, flüsterte ich, fasziniert vom glitzernden Lichtermeer, das sich vor unseren Augen ausbreitete.

»Ich war schon mehrere Male hier, doch erst jetzt lerne ich diese Stadt richtig lieben – vielleicht, weil sie *deine* Stadt ist!« David wirkte nachdenklich. »Täusche ich mich, oder hast du dich während deiner Studienzeit auch in *meine* Stadt verliebt?«

»Du täuscht dich nicht. London war immer meine zweite Heimat.«

»Und jetzt? Nach allem, was dort geschah – empfindest du immer noch so?«

Ich lächelte. »Was kann London dafür? Niemand – außer mir selbst – kann etwas dafür!«

»Hast du es nie bereut, dass du damals zu mir kamst?« Beinahe ängstlich wartete er auf meine Antwort.

»Nein«, sagte ich mit Überzeugung, »nein, niemals!«

Ich hatte angenommen, dass ihn meine Antwort erleichtern würde, doch seine Gedanken schienen plötzlich abzuschweifen. Mit einem tiefen Atemzug lehnte er sich in seinem Stuhl zurück und starrte geistesabwesend hinaus in die Dunkelheit. Der Kellner brachte die Vorspeise, er bemerkte es nicht. Irgendetwas belastete ihn. Sein Ausdruck war ernst und völlig regungslos. Während ich meine Pastete verzehrte, beobachtete ich ihn aufmerksam. Auch dessen war er sich nicht bewusst.

Plötzlich schreckte er auf. Verwirrt griff er zur Gabel, nach wenigen Bissen legte er sie wieder hin. Endlich erwiderte er meinen Blick. Das Funkeln in seinen Augen war verschwunden.

Wieder erschien ein Kellner, um David den Wein zur Kostprobe zu überreichen. Er nickte zustimmend, und man schenkte die Gläser halb voll. Mit einer unmissverständlichen Handbewegung deutete David dem Kellner, dass er samt der restlichen Vorspeise wieder verschwinden solle.

»David?« flüsterte ich. Meinem fragenden Blick entnahm er, dass er seine plagenden Gedanken nicht länger für sich behalten sollte.

Er griff zu seinem Weinglas und fixierte die purpurfarbene Flüssigkeit. »Ich war so ein Idiot«, sagte er mit einem Kopfschütteln, »so ein unbeschreiblicher, selbstsüchtiger Idiot!«

»Wie darf ich das verstehen?« fragte ich verblüfft.

»Weißt du, warum ich erst jetzt zu dir kam und nicht schon vor zwei Monaten?«

»Ich nehme an, weil du dich erst völlig erholen wolltest.«

»Mir geht es schon seit langem wieder gut!« wehrte er ab. »Nein. Weil ich vorher mein Comeback schaffen wollte!«

»Dein Comeback?« wiederholte ich verwirrt.

»Ja! Ich wollte erst dann zu dir kommen, wenn ich es geschafft hatte. Ich wollte dich beeindrucken, dir beweisen, dass dein unerschütterlicher Glaube an mich und all die Kraft, die du mir gabst, nicht vergeblich waren!«

Ich fragte mich, ob ich seine Worte richtig gedeutet hatte. »Aber David – dachtest du denn«, fragte ich entsetzt, »dass dein Ruhm und deine Karriere mir mehr bedeuten würden als du selbst?«

»Nein, Toria, das nicht. Die Art, wie du dich im Krankenhaus um mich sorgtest, zeigte mir, wie viel dir an mir selbst liegt. Aber ich wollte einfach ... ich wollte dich nicht enttäuschen, ich wollte dich als anerkannter Künstler zurückgewinnen und nicht als – *Versager*!«

*Versager*! Mein Gott – allein das Wort entlockte mir ein fassungsloses Kopfschütteln. Es war mit Sicherheit das unpassendste, mit dem man einen Mann wie David Lamontaine jemals hätte beschreiben können! Trotzdem konnte ich die Beweggründe aus seiner Sicht durchaus verstehen. Er hatte sich die Latte für seinen Erfolg immer sehr hoch gelegt, hatte viele Jahre unermessliche Ansprüche an sich und sein Können gestellt. Also würde er auch nicht ruhen, bis er den Rückschlag durch seine Krankheit wieder wettgemacht hatte. Erst dann konnten sein Stolz und sein Selbstbewusstsein wieder die nötige Befriedigung finden.

»Ich freute mich unendlich, als ich von deinem Comeback las«, sagte ich schließlich, »und ich verstehe auch, wie wichtig es für dich war. Nur für mich selbst hätte es keinen Unterschied gemacht.«

Er nickte nachdenklich. »Ja. Dennoch dachte ich, dass es wichtig für *uns* wäre. Jedenfalls dachte ich es bis gestern. Erst gestern begriff ich, wie dumm und egoistisch es war.« Mit traurigen Augen sah er mich an. »Toria, ich machte heute Nacht kein Auge zu. Ich dachte ständig daran, was du durchgemacht haben musst!«

»Bitte, David«, unterbrach ich ihn, »lass uns nicht *darüber* reden! Der Abend ist viel zu schön, um darüber zu reden!«

»Aber Toria«, rief er aufgeregt, griff über den Tisch und fasste mich zärtlich am Arm, »Warum sollte ich das wollen? Warum sollte ich wollen, dass du dir all dein schreckliches Leid in Erinnerung rufst? Jetzt würde es dir nicht mehr helfen. Jetzt klingt es nur noch wie ein Hohn, wenn ich dir sage, wie sehr ich mir wünsche, ich wäre früher gekommen, wie sehr ich mir selbst die

Schuld daran gebe, dass du mich damals überhaupt verlassen hast. Wärst du denn auch fortgegangen, wenn ich dir meine Gefühle damals und nicht erst gestern offenbart hätte?«

Wieder erwartete er eine schicksalhafte Antwort von mir – und natürlich hätte ich sie ihm wahrheitsgetreu geben und seine Frage verneinen können – doch wozu? Um ihn mit noch mehr Schuldgefühlen zu belasten?

»Das ist jetzt von keiner Bedeutung mehr, David. Ich selbst stellte mir in den letzten Monaten unzählige Fragen, die das Leben längst für mich beantwortete. Glaube mir, es hat keinen Sinn. Viel wichtiger ist es, eigene Entscheidungen und deren Folgen akzeptieren zu lernen – auch wenn es noch so bitter ist. Nur so kann ich es schaffen, mich in diesem Leben auch nur einigermaßen zurechtzufinden.«

Zwei eifrige Kellner beglückten uns wieder mit erlesenen Köstlichkeiten. Unfreiwillig zog David seine Hand von meinem Arm zurück, um für die Teller Platz zu machen. Ich spürte, dass ich ihn mit meiner ausweichenden Antwort nicht von seinen Schuldgefühlen hatte befreien können – im Gegenteil. Er wirkte bedrückter als zuvor. Daher war Ablenkung wieder einmal das Beste. Ich nahm mein Weinglas und prostete ihm zu. »Auf dein Comeback! Ich wünschte, ich wäre dabei gewesen!«

Er lächelte gezwungen, erhob ebenfalls sein Glas.

»Erzähl mir davon, bitte!« sagte ich neugierig. Während des Essens versuchte ich die Unterhaltung über das Konzert mit ausführlichen Fragen fortzuführen. Doch die Antworten waren meist kurz und dienten nur dazu, mir eine Freude zu machen. Für ihn war das Kapitel abgeschlossen: er war erfolgreich gewesen und hatte sich vor den Augen und Ohren seines Publikums und der skeptischen Musikkritiker bestätigt. Über seinen Erfolg zu sprechen war ihm eigentlich lästig.

Redseliger wurde er erst nach dem Essen, als er das Gesprächsthema wieder in die von ihm gewünschte Richtung lenkte. »Weißt du, dass ich dich um deine Familie beneide?« sagte er plötzlich.

»Nein, das wusste ich nicht!«

»Ich habe den Eindruck, dass sich alle unglaublich um dich sorgen!«

»Ja, das tun sie.«

David nickte wehmütig. »Weißt du auch, dass *du* der einzige Mensch warst, der sich seit meiner Kindheit je um *mich* sorgte?«

Bestürzt sah ich ihn an, hoffte auf eine Erklärung. Mit glänzenden Augen begann er seine Geschichte.

»Meine Mutter starb, als ich zwölf und mein Bruder acht Jahre alt waren. Mein Vater konnte es kaum erwarten, nach einem halben Jahr eine andere zu heiraten. Dass er sich so rasch tröstete, habe ich ihm bis heute nicht verziehen. Mein Bruder fand sich damit leichter ab, er ist meinem Vater auch sehr ähnlich. Er ist Finanzbeamter im Ministerium, wie es auch mein Vater war. Meinen Bruder sah ich zuletzt im Krankenhaus – seit über einem Jahr zum ersten Mal. Mein Vater fand es gerade der Mühe wert, sich telefonisch nach meinem Befinden zu erkundigen.

Meine Mutter war die Künstlerin in unserer Familie. Sie schickte mich Klavierunterricht nehmen, und da sie selbst gut spielte, übte sie oft stundenlang mit mir. Es war *ihre* Idee, dass ich einmal Pianist werden sollte, sie meinte, ich hätte das Zeug dazu. Leider hat sie nicht mehr erlebt, dass ihr Wunsch in Erfüllung ging.

Mein Studium finanzierte ich mir selbst mit Klavierunterricht. Bis dahin unterstützte mich – mehr schlecht als recht – mein Vater. Heute brüstet er sich ganz gern damit, dass sein älterer Sohn so berühmt ist, damals hätte er nie damit gerechnet. Langweile ich dich«, fragte er völlig unvermutet.

»Um Gottes willen – nein! Bitte erzähl weiter!« Sicher hatte er seine Frage nur aus Höflichkeit gestellt, denn es konnte ihm nicht entgangen sein, wie gebannt ich seinen Worten lauschte.

Er lächelte mich an. »Es gibt nicht mehr viel zu erzählen. Ich wollte nur, dass du das weißt, um zu verstehen, warum ich so geworden bin. An so etwas wie Geborgenheit in einer Familie kann ich mich kaum erinnern. Vielleicht sehnte ich mich auch deshalb nie danach – zumindest nicht bis zu dem Augenblick, als ich mitten auf einer Bühne fast gestorben wäre. Bis dahin war ich wohl immer ein einsamer Streiter, der ehrgeizig und verbissen dem Erfolg nachlief, der nur für die Musik und seine eigene Perfektion lebte.

Ich gebe zu, ich habe eine Menge Beziehungen hinter mir – mit durchaus attraktiven, ja sogar liebenswerten Frauen. Und doch war es mir keine einzige von ihnen wert, dass ich mich länger an sie hätte binden wollen. Daher lebte ich meist allein in meinem Londoner Penthouse. Die viktorianische Villa, die ich südlich der Stadt besitze, bewohne ich kaum, ja ich meide sie sogar, weil sie mir das Gefühl gibt, einsam zu sein. Zum Glück habe ich ein nettes älteres Ehepaar, das mir dieses prachtvolle Haus in Schuss hält. Ich selbst nütze es nur für größere Parties oder Konzerte im Freundeskreis. Ob du es mir glaubst oder nicht, Toria«, sagte er mit einem Kopfschütteln, »keine einzige meiner Beziehungen hat je dieses Haus betreten!«

Er lehnte sich mit beiden Armen auf den Tisch, und bevor ich seine Absicht erraten konnte, hatte er schon meine Hand mit beiden Händen fest umschlossen. Seine Augen funkelten wieder. »Vielleicht«, fuhr er mit sanfter Stimme fort, »wartete ich nur darauf, irgendwann *meiner großen Liebe* zu begegnen, vielleicht wollte ich dieses Haus für sie aufbewahren!«

Ich ahnte schon, dass es jetzt soweit wäre, dass seine von Selbstvorwürfen und sentimentalen Erinnerungen bewegten Gefühle mit ihm durchgingen. Wie, so fragte ich mich, sollte ich das noch verhindern können? Musste ich doch meine ganze Kraft dafür aufwenden, meine eigenen Empfindungen nicht außer Kontrolle geraten zu lassen. Doch es war ohnehin schon zu spät. Die romantische Stimmung hatte sich ihm aufs Gemüt geschlagen.

»Als du damals aus heiterem Himmel an meinem Krankenbett auftauchtest«, fuhr er unbeirrt fort, »glaubte ich schon an einen Wunschtraum, der mich jene wunderschöne Frau wiedersehen ließ, die mich in Wien nach dem Konzert so sehr beeindruckt hatte und nach der ich mich selbst hatte erkundigen wollen. Auch konnte ich es erst glauben, als es mir Dr. Sherman bestätigte, dass diese schöne junge Frau nicht aus Berechnung, sondern ehrlicher Sorge um mich eigens nach London gekommen war.«

»*Berechnung*!« wiederholte ich entsetzt. »Was brachte dich auf diesen schrecklichen Gedanken?«

»Zu viele schlechte Erfahrungen in zu vielen unnötigen Beziehungen! Ich war es gewohnt, erst dann von einer Frau etwas zu bekommen, wenn ich ihr vorher etwas gegeben hatte – und sei es nur die Gelegenheit, mit mir in der Öffentlichkeit gesehen zu werden. Liebe war für mich immer mit einer Gegenleistung, ja einer Leistung im Voraus verbunden. Und dass eine Frau so etwas wie *Sorge um mich* empfinden könnte, war mir völlig fremd. Wahrscheinlich kam ich bis zu meinem Herzversagen immer ohne den seelischen Beistand eines anderen Menschen aus. Dass Liebe aber ein Geschenk ist und sich vor allem darin äußert, für jemanden da zu sein, lernte ich erst durch dich.«

»Das klingt fast nach Dankbarkeit, David!« sagte ich verwirrt.

»Toria«, rief er erschüttert und drückte meine Hand noch fester, »ich kann es verstehen, dass dich deine schmerzlichen Erfahrungen lehrten, mit Worten wie *Opfer, Mitleid, Dankbarkeit* sehr hart umzugehen. Aber bitte, sei nicht ungerecht! Ich erzählte dir das alles nicht, weil ich dir dankbar bin, sondern weil ich dir erklären wollte, warum in meinem Herzen übermächtige Gefühle für dich entstanden, wie ich sie nie zuvor gekannt hatte; warum ich dein Wesen und deinen Charakter schätzen und lieben lernte, warum ich blindes Vertrauen in dich und größte Achtung vor dir habe.«

»Bitte, David«, fiel ich ihm ins Wort, »sprich nicht mehr davon!«

»Ganz wie du willst! Wenn du es lieber hören möchtest, wie ich mich bei unserem ersten Kuss in dich verliebte …«

»Nein, David, nein! Hör auf, bitte!« flehte ich ihn an. »Hör auf, all diese Erinnerungen aufleben zu lassen!«

»Du hast schon Recht – wir sollten lieber über die Zukunft reden!« sagte er mit heiterer Stimme, und während seine Augen vor Begeisterung aufblitzten, lief mir ein eisiger Schauer über den Rücken. Schon bereute ich meine Worte – hätte ich ihn doch lieber über die Vergangenheit sprechen lassen als über eine Zukunft, die es nicht geben konnte.

»Vielleicht fehlt mir ja die Erfahrung«, sagte er mit Selbstironie, »aber ich gestehe, dass ich noch nie einer Frau nachgelaufen bin!«

»Das glaube ich dir sogar!« rutschte es mir unwillkürlich heraus, und kaum hörbar fügte ich hinzu: »Warum willst du dann einer Frau nachlaufen, die selbst *nicht mehr laufen kann*?«

Im Hintergrund erklang *Sometimes when we touch*. »Weil ich sie liebe« sagte David, und sein Blick durchdrang mich innig und begehrend, »weil sie der wichtigste Inhalt in diesem neuen, zweiten Leben für mich geworden ist, weil ich erst jetzt – seitdem ich sie kenne – weiß, was es heißt, glücklich zu sein!«

Ich spürte, wie mir Tränen in die Augen stiegen, genauso unaufhaltsam und gewaltig, wie seine Worte auf meine untröstliche Seele drückten. Gequält schloss ich die Augen, um die Tränen zu bezwingen. »Nein, David, bitte! Du weißt nicht, was du da sagst!«

»Ich weiß, was ich sage und was ich fühle. Toria, Liebes«, flüsterte er ganz sanft, bitte sieh mich an!« Er drückte meine zitternde Hand, wartete geduldig, bis ich seinem funkelnden Blick begegnete. »Toria, Liebes«, begann er zärtlich von Neuem, »ich bitte dich aus tiefstem Herzen: heirate mich!«

Niemals hätte ich vermutet, dass ich noch einmal größere Traurigkeit empfinden würde als damals, als man mich zu einem Leben im Rollstuhl verurteilte. Und jetzt vermochten es *diese Worte*, die mich noch vor vier Monaten zum glücklichsten Menschen gemacht hätten. Das Bereuen eines ganzen Lebens brach in einem einzigen schluchzenden »Oh Gott!« aus mir hervor.

Nie zuvor hatte sich meine Seele so gewaltig und zugleich so machtlos gegen die Ungerechtigkeit des Schicksals aufgebäumt. Nie zuvor hatte sie sich so bedingungslos meiner Vernunft geschlagen geben müssen. Nein, es konnte nur *eine* Antwort geben – die Antwort meiner Vernunft. Laut und unerbittlich übertönte sie in mir jede flehende Regung meines Herzens. Sie musste nur noch über meine Lippen kommen – eindeutig, überzeugend, unzweifelhaft. Also musste ich ruhiger werden, meine Stimme durfte mich nicht im Stich lassen, und auch die Tränen mussten aus meinem Gesicht verschwinden.

»David«, begann ich zaghaft, »du musst es verstehen, bitte! Es kann nicht sein. Denk doch an das Leben, das du führst – und versuche dir dann mein Leben vorzustellen! Mein Leben ist eine endlose Kette von Hindernissen, und mein Alltag besteht darin, sie zu überwinden. Es gibt nichts Romantisches mehr in diesem Leben, nichts, mit dem ich einen Lebenspartner noch faszinieren könnte. Mein Körper hat seinen Reiz verloren, er erweckt bestenfalls Mitleid, aber keine erotischen Gefühle mehr. Es ist zu spät, David. Bitte, versteh das doch! Ich würde dich nur unglücklich machen. Ich wäre dir nur eine Last. Wie lange würde es dauern, bis du meinen Anblick nicht mehr ertragen könntest, bis du dich wieder nach einer gesunden, schönen Frau sehnen würdest? Und wie es dann weitergehen …« Bei der Vorstellung, dass er mich dann betrügen würde, verschlug es mir die Stimme. Also war es Zeit, mit meiner Erklärung zu einem Ende zu kommen.

»Ich hätte es mir so sehr gewünscht«, sagte ich mit letzter Kraft,

»dass du mich so in Erinnerung behalten hättest, wie du mich damals gekannt hast. Ich habe es nicht gewollt, dass du mich so siehst. Glaube mir, David, eine Frau im Rollstuhl *kann man nicht lieben*! Bitte versuche dich so an mich zu erinnern, wie ich einmal war, und bewahre deine Liebe zu mir in deinem Herzen, bevor sie zu Mitleid wird!«

Ich hatte befürchtet, er würde auf meine Worte sehr heftig reagieren und versuchen, meine Argumente zu entkräften. Aber er hatte mir die ganze Zeit andächtig zugehört, meine Hand gestreichelt und mich mit sanften Augen angesehen. Auch jetzt noch saß er regungslos da und lächelte zärtlich. Ich fragte mich, woran er dachte. Die unerwartete Ruhe, mit der er meine Worte hingenommen hatte, verwirrte mich. Plötzlich drückte er meine Hand an seine Lippen und stand schweigend auf.

# Himmel auf Erden

Mit meinen Augen folgte ich ihm. Er ging zum Flügel und ließ sich auf dem Schemel davor nieder. Die Musik aus den Lautsprechern verstummte. Grelles weißes Licht fiel auf die Tastatur, den Pianisten berührte es kaum.

Notenblätter gab es keine. Nur sein Gedächtnis und seine Konzentration würden die Musik erwecken. Er legte die Hände auf die Tasten und streichelte sie mit den ersten sanften Klängen der *Mondscheinsonate*. Einfühlsam und unwiderstehlich erwachte der Zauber seiner Kunst. Betörend und wehmütig zugleich erfüllte er mein Herz.

Ich nahm meinen Blick von ihm. Seine faszinierende Erscheinung noch länger zu betrachten, seine begnadeten Hände noch länger zu beobachten, wie sie mit zärtlicher Perfektion über die Tasten glitten und verführerische Töne erzeugten, hätte tatsächlich meine Kräfte überstiegen. Ich lehnte meine Stirn gegen die aufgestützten Arme und schloss die Augen. Noch einmal lief eine unbezwingbare Träne über meine Wange. Davids unerwarteter Antrag hatte mir die emotionale Trostlosigkeit meines Lebens so erschreckend wie nie zuvor verdeutlicht. Welche Inhalte auch immer es in meinem Leben noch geben konnte, sie würden bestenfalls meine geistigen Ansprüche erfüllen, aber sie würden nichts mehr mit Glück, mit seelischer und körperlicher Erfüllung zu tun haben. Das *Glück* meines Lebens war nur wenige Schritte von mir entfernt – doch es waren Schritte, die ich selbst nicht mehr tun konnte und die es somit in unerreichbare Ferne gerückt hatten.

Der Trübsinn meiner Gedanken konnte es nicht verhindern, dass mich die unsterblichen Klänge bis in mein Innerstes durchdrangen, mich mehr und mehr in ihren ewigen Bann zogen. Ob David es ahnte, dass ich mich damals bei diesen Klängen in ihn verliebt hatte? Ja, vielleicht. Und doch spielte er sie heute anders,

anders als damals, anders, als ich sie jemals von seinen Händen gehört hatte. Je länger er spielte, desto deutlicher wurde es: an diesem Abend interpretierte er nicht Beethovens Meisterwerk, an diesem besonderen Abend machte er seine ganz persönliche Liebeserklärung – an mich.

Die sanften Motive des ersten Satzes spiegelten seine romantischen Gefühle wider, sie umwarben mich mit seinem beharrlichen sehnsüchtigen Verlangen. Die heiteren Passagen im zweiten Satz bemühten sich, meine schwermütigen Gedanken zu vertreiben. Sie erzählten von der fröhlichen Stimmung, von der unbeschwerten Verspieltheit, die man nur dann empfinden kann, wenn man frisch verliebt ist. Ihr Bestreben erfüllte sich: es gelang ihnen, mich ein wenig zu trösten. Sie klärten meine geröteten Augen und zauberten ein schwaches Lächeln auf meine Lippen. Mein Blick fiel wieder auf David. Er spürte ihn, drehte den Kopf zur Seite und lächelte mich an. Zufrieden darüber, dass mich die Musik aufgeheitert hatte, kehrten seine Augen zu den Tasten zurück.

Die unbändigen Akkorde des Finales zeugten von seiner wild entfachten Liebe, seinem glühenden Begehren, seiner hemmungslosen Lust. Die aufwühlenden Klänge fesselten mich, Davids Anblick verzauberte mich – beides zusammen hielt mich unentrinnbar gefangen. Ob es nur Faszination war, die mein Gesicht plötzlich erhellte, oder ob auch meine eigene ungestillte Sehnsucht dort zu lesen war, hätte ich nicht hinterfragen wollen. Unaufhaltsam steigerte sich sein Verlangen, immer heftiger entbrannte es, bis es in einer gewaltigen Tonfolge seinen erfüllenden Höhepunkt fand.

Der musikalische Rausch klang in der Stille nach. David erhob sich und kam auf mich zu. Mit strahlendem Blick und ergriffenem Lächeln empfing ich ihn. Er las es in meinen Augen, wie tief mich das musikalische Geständnis seiner Liebe bewegt hatte. Es war von Herzen gekommen, es war innig und aufrichtig gewesen – ja, er liebte mich, an diesem unwiederbringlichen Abend liebte er mich.

Mit hingebungsvollem Lächeln blieb er vor mir stehen und streckte mir die rechte Hand entgegen. Ich fragte mich, was er vorhatte. Nur zögernd kam ich seiner Aufforderung nach. Er ergriff meine Hand, seine Augen leuchteten verführerisch.

»Komm mit mir!« hauchte er zärtlich.

Verwirrt sah ich ihn an – dann erschrak ich. Jetzt verstand ich, was er meinte. Augenblicklich begann mein Herz in wilder Aufregung zu schlagen. Ängstlich senkte ich meinen Blick. »David, ich ... ich kann nicht!« stammelte ich leise.

»Doch, Toria, du kannst«, flüsterte er, »und du *willst* es – genau wie ich!«

Natürlich *wollte ich es* – mein Gott, wie sehr! Und doch wusste ich nicht, ob die Angst *davor* nicht größer als mein Verlangen war. Mein rasender Puls drückte mir auf die Kehle, ließ mich nur schwer atmen. »Ich habe Angst, David«, kam es ungewollt über meine Lippen.

Zärtlich streichelte er meine Hand. »Das brauchst du nicht! Vertrau mir!«

Langsam spürte ich, wie *der Wunsch* immer stärker in mir auflebte und meine Angst nach und nach besiegte. Warum auch sollte ich meine Sehnsucht nicht stillen? Warum sollte ich meiner Seele und meinem Körper dieses letzte Glück versagen? Warum sollte ich es nicht noch einmal erleben, was es bedeutete, von ihm geliebt zu werden? Wenn *er* es wirklich wollte – ja, an diesem unwiederbringlichen Abend *wollte er es*!

Noch immer schlug mein Herz laut und heftig, noch immer ruhte sein erwartungsvoller Blick auf mir. Als ich es endlich wagte, ihn anzusehen, las er die Zustimmung in meinen Augen. Ein wahrhaft glückliches Lächeln überstrahlte sein Gesicht, und er drückte meine Hand an seine Lippen. David schob den Rollstuhl zurück, drehte ihn um und führte mich zum Ausgang – vorbei an einem sich neuerlich verneigenden Restaurantchef und einem Kellner, der sich ratlos nach einer weiteren Verwendung für unsere bereitstehenden Desserts umsah.

Davids Zimmer lag im siebzehnten Stock. Eigentlich hatte ich die luxuriöseste Suite des ganzen Hotels erwartet, doch schon auf den zweiten Blick fiel mir auf, dass dies ein Behindertenzimmer sein musste. Der große Freiraum zwischen den eleganten Möbeln war ein ebenso deutlicher Hinweis wie die tiefe Anbringung diverser Einrichtungsgegenstände.

Die abendlichen Annehmlichkeiten, wie sie in guten Hotels üblich sind, erwarteten uns: zugezogene Vorhänge, eine zurückgeschlagene Decke auf dem französischen Doppelbett, das sanfte, unaufdringliche Licht der Nachttischlampen.

Während David seine Jacke und den Schal ablegte und die obersten Knöpfe seines Hemds öffnete, fuhr ich weiter zum Fenster. Es war wohl nicht das Interesse an der malerischen Aussicht, das mich den schweren Vorhang wegheben und in die glitzernde Nacht starren ließ, sondern die immer noch unerträgliche Anspannung, die verborgene Angst vor der erotischen Berührung meines behinderten Körpers.

David ahnte, wie mir zumute war, dass ich zwischen meinen Ängsten und Sehnsüchten hin- und hergerissen wurde. »Welch eine wundervolle, sternenklare Nacht!« sagte er, als er von hinten seine Arme um mich legte und mich zärtlich aufs Haar küsste. Schon jetzt erbebte ich durch seine sanfte Berührung, schon jetzt durchzuckte mich ein heißer, prickelnder Schauer. Unwillkürlich schloss ich die Augen und lehnte den Kopf zurück an seinen warmen Oberkörper. Seine Hände strichen über meine Schultern und Arme, dann glitten sie von der Jacke sanft hinüber aufs Dekolleté. Ein leises Stöhnen entkam meinen Lippen, als ich seine Hände auf meiner nackten Haut spürte. Plötzlich zog er sie zurück und trat seitlich neben mich.

»Halt dich fest!« flüsterte er und setzte dazu an, mich aus dem Rollstuhl zu heben. Ich legte meinen Arm um seine Schultern, und er hob mich hoch. Er strahlte übers ganze Gesicht, als ob er seine Angetraute über die Schwelle trug – keine Spur von peinlicher Befangenheit, keine Spur von rührseligem Mitleid las ich in seinem Ausdruck. Seine Natürlichkeit befreite mich allmählich aus meiner Beklemmung. Mein Lächeln entspannte sich.

Er legte mich behutsam aufs Bett und beugte sich über mich. Zärtlich, aber fest hielt er mich umfangen. Sanft strich ich ihm übers Haar. Durch die Wohltat meiner Berührung schloss er die Augen. Ich legte meine Arme um ihn. Immer näher kamen seine sehnsuchtsvollen Lippen, immer heißer und erregender spürte ich seinen Atem. Ich sah ihn an, bewunderte seine ebenmäßigen Züge – bis zum letzten Moment, als sich unsere Lippen hingebungsvoll berührten.

Oh Gott, wie sehr hatte ich mich nach ihm gesehnt – nach der tröstenden Geborgenheit seiner Arme, dem belebenden Zauber seiner Leidenschaft, dem betörenden Duft seiner Haut! Wie sehr hatte mein Körper nach ihm gedürstet, meine Seele nach ihm verlangt! Ja, ich liebte seine faszinierende Erscheinung und sein empfindsames Wesen, ich bewunderte seine begabte und bestechende Persönlichkeit. Wie trügerisch war es doch, meine Wünsche zu verleugnen! In seinen Armen, auf seinen Lippen stillte sich die Sehnsucht meines Lebens, erfüllte sich ein unvergänglicher Traum.

»Toria«, hauchte er nach endlosen Momenten der Hingabe, »Toria, Liebes, du hast mir so gefehlt! Ich habe so oft von dir geträumt – von deiner Schönheit, deiner Berührung, deinem Kuss! Toria, Liebes, ich habe dich so sehr vermisst!«

Unbewusst kam ein leises »Ich dich auch, David!« über meine Lippen.

Er lächelte. Mit sanften Fingern strich er mir über die Wangen, über den Hals, übers Dekolleté. Ich setzte mich ein wenig auf, damit er mir die Jacke ausziehen konnte. Sein begehrender Blick fiel auf meinen tiefen Ausschnitt. Er küsste meine nackten Schultern, dann zog er die Träger meines Tops und meines BHs herunter und öffnete den rückwärtigen Verschluss. In wohliger Erregung lehnte ich mich zurück. Seine starken Arme fingen mich auf und ließen mich langsam in den Polster sinken. Ich schloss die Augen, hörte, wie er sich rasch seines Hemds entledigte, spürte, wie er die weiße Spitze von meinem Busen streifte.

»Ich begehre dich, Toria«, flüsterte er und griff mit beiden Händen an meine Brüste. Er streichelte sie, berührte sie zuerst mit den Lippen, dann immer heftiger und leidenschaftlicher mit der Zunge. »Dein Busen ist göttlich«, keuchte er, »absolut göttlich! Man könnte ihn nicht perfekter erschaffen!« Mit unzähligen lustvollen Küssen bedeckte er meinen Busen. Mit zarten Liebkosungen verwöhnte er meine Schultern. »Deine weiche, warme Haut«, stöhnte er, »sie verzaubert mich!« Innig schmiegten sich unsere Oberkörper aneinander, und er küsste mich wieder leidenschaftlich auf den Mund.

Plötzlich war mir, als ob er den Reißverschluss meiner Hose öffnete. Ich zuckte zusammen. Die Angst kehrte zurück. Er las es wieder in meinen Augen.

»Vertrau mir, Liebes«, flüsterte er und strich mir beruhigend übers Haar, »versuche dich zu entspannen! Lass es einfach geschehen!«

Ich atmete schwer. Noch immer lastete die Vorstellung auf mir, meine Beine könnten ihn abstoßen. Doch seine sanften Worte und das liebevolle Begehren, das ich in seinen Augen las, machten mir Mut. Ja, es war das Beste, mich seiner Liebe einfach hinzugeben und mich ihm ganz anzuvertrauen. Mit diesem Vorsatz schloss ich wieder die Augen und versuchte meine Scheu zu überwinden.

Ich spürte, wie er mir langsam die Hose über die Hüften zog.

Dann spürte ich nichts mehr. Ich drehte den Kopf zur Seite, um gar nicht erst in Versuchung zu kommen, sein Tun zu beobachten. Noch immer raste mein Herz, ging mein Atem schwer. Ich *wollte* mich ja entspannen, *wollte es ja geschehen lassen*! Doch ich hielt es nicht aus, ich musste sehen, was er tat. Vorsichtig blinzelte ich durch die halb geöffneten Lider. Gerade streifte er mir die Hose von den Schenkeln. Ängstlich fiel mein Blick auf den Ausdruck in seinem Gesicht. Er war ruhig und gelassen. Fasziniert glitten seine Augen über meinen unbedeckten Körper.

»Nein, Toria«, flüsterte er mit einem bewundernden Lächeln, »dein Körper hat seinen Reiz nicht verloren! Er ist genauso begehrenswert, wie er war!«

»Aber das wird nicht so …«

»Pst! Sag jetzt nichts! Sag mir nur, wo du mich spüren kannst!« Liebevoll legte er beide Hände auf meine Hüften. Ich fragte mich, ob es immer noch Angst oder schon brennende Erregung war, die mich so heftig erfasste. Ganz sanft strichen seine Hände über meine Oberschenkel. Als seine Berührung verschwand, schüttelte ich leicht den Kopf. Er hielt inne, ein trauriger Schatten streifte sein Gesicht. Dann drückte er seine Lippen auf meine Oberschenkel.

»Ich weiß, dass mich deine wunderschönen Beine eines Tages wieder spüren werden!« hauchte er zärtlich.

Ich wandte mich ab. Oh Gott – er träumte immer noch von unserer Zukunft! Er hatte also nichts verstanden, gar nichts. Er hatte mir wahrscheinlich nicht einmal zugehört. Und dennoch war ich nicht mehr in der Lage, mir weiter darüber Sorgen zu machen. Schon spürte ich seine warmen Hände, seine brennenden Lippen wieder auf meinen Hüften. Er liebkoste sie, erregte sie mit seinem betörenden Atem und seiner sinnlichen Zunge. Rasch streifte er mir den Slip von den Beinen.

Noch einmal erhob er sich kurz, um seine Hosen auszuziehen.

Ein heißer Schauer durchströmte mich, unbändiges Verlangen erfasste mich beim Anblick seines erotischen Körpers. Vergessen war jede Scheu, besiegt war jede Angst in mir. Nur noch die übermächtige Begierde ihn ganz bei mir – in mir – zu spüren, beherrschte mein Gefühl.

Voll Sehnsucht erwartete ich ihn in meinen Armen. Erst jetzt merkte ich, wie unauffällig die Operationsnarbe auf seiner Brust verheilt war. Zärtlich drückte ich meine Lippen darauf, als er sich in meine Arme legte. Er lächelte. Verführerisch glitzerte das tiefe Blau seiner Augen. Es war mir, als spreizten sich meine Beine.

Er schmiegte sich noch enger an mich. Ich hielt ihn noch inniger umfangen. In ungeduldiger Erwartung schloss ich die Augen. Sein heißer Atem näherte sich begierig meinem Mund. Sehnsüchtig öffneten sich meine Lippen – doch dann: eine Erregung zwischen den Beinen, das Aufwallen von Lust, verzehrend, gewaltig, immer tiefer. Eine Flut hemmungsloser Leidenschaft drang in meinen Körper und ließ ihn wild und heftig erbeben.

Seine Lippen hauchten das lustvolle Stöhnen von meinem Mund. Innig pressten sie sich auf ihn. Unsere Zungen liebkosten sich, verführten sich zu immer größerem Verlangen. Mein *ganzer* Körper brannte vor unendlicher Begierde, seine verloschen geglaubte Glut war voll entfacht. Davids heißes Begehren strömte in meinen Körper. Bis in jede Faser drang das erregende Feuer. Es war ganz leicht, mich ihm völlig hinzugeben. Immer tiefer versank ich im Rausch unserer Leidenschaft.

Noch einmal erlebte ich die unendliche Befriedigung sinnlicher Harmonie. Noch einmal gingen unsere Körper in gleichzeitiger Erfüllung ineinander auf. Ein letztes Mal sollte ich erfahren, dass die Vereinigung zweier Menschen im Liebesakt vollendetes Glück bedeuten konnte. Nach David würde es keinen Mann mehr für mich geben – wie sollte es auch, nachdem ich Vollkommenheit erlebt und genossen hatte? Kein neues Verlangen würde meinen

Körper erregen, keine neue Sehnsucht würde mein Herz entfachen. Stark und unvergänglich würden meine Gefühle für David in mir leben.

Glück stand in seinen Augen, Befriedigung auf seinen Lippen. Sein bebender Körper lag in meinen Armen geborgen. Sein erschöpfter Atem streifte zärtlich mein Gesicht.

»Toria«, stöhnte er hingerissen, »es ist – Wahnsinn! Du bist wie ein Vulkan – und doch so sanft! Ich habe mich so sehr nach deiner Liebe gesehnt!«

Ich lächelte ihn an, streichelte seine Stirn, seine Wangen und Lippen. Liebevoll küßte er mich aufs Haar. Er deckte mich fürsorglich zu und schlüpfte zu mir unter die Decke. Ich drehte mich zur Seite, um meinen Kopf an seine Schulter lehnen zu können. Sein starker Arm umfing mich und zog mich zu sich hin. In wohliger Geborgenheit schmiegte ich mich noch enger an ihn. Zärtlich strich meine Hand über die Narbe auf seiner Brust. Er genoss die Wohltat meiner Berührung. Kurz drückte er meine Hand an seine Lippen, dann legte er sie wieder auf seine Brust.

»Toria …«, begann er leise, als ob er etwas sagen wollte – dann schwieg er wieder. Ich sah ihn an, doch er lag nur da – mit geschlossenen Augen, ganz ruhig und gelöst. Auf seinen Lippen lag ein entspanntes, zufriedenes Lächeln. Er schien zu träumen und seine Empfindungen in sich ausklingen zu lassen.

Ich liebte es, ihn anzusehen, besonders dann, wenn er sich dessen nicht bewusst war. Umso intensiver konnte ich den Reiz seiner männlichen, immer noch jugendlichen Züge genießen. Kaum hatte ich mich wieder an seine Schulter gekuschelt, hörte ich ihn sagen: »Ich liebe dich!«

Wie ein schicksalhafter Schauer durchströmten mich seine Worte. Welch märchenhaftes Glück könnten sie mir doch verheißen, welch einen Himmel auf Erden versprechen! Mein Herz erwiderte dieselben Worte, doch über meine Lippen durften sie nicht kommen. Unwillkürlich traten mir Tränen in die Augen.

»Toria, Liebes«, flüsterte er, »bitte verlass mich nicht noch einmal!«

Eine einsame Träne löste sich aus meinen Augen. Unbemerkt wischte ich sie weg. Plötzlich hatte ich das Gefühl, dass er eingeschlafen war.

# Die Lüge

Ich erwachte in seinen Armen, immer noch eng an ihn geschmiegt. Sein ruhiger, gleichmäßiger Atem verriet mir, dass er noch fest schlief. Vorsichtig, um ihn nicht zu wecken, löste ich mich aus seiner Umarmung. Die dunklen Vorhänge ließen nur einen schwachen Schimmer Tageslicht in den Raum. Doch es genügte, um den friedlichen Ausdruck auf Davids Gesicht wahrzunehmen. Zärtlich strich ich ihm übers Haar und drückte meine Lippen darauf. Er regte sich ein wenig, stöhnte ganz leise, doch sein sanfter Traum ließ ihn noch nicht los.

Die Uhr auf dem Nachttisch zeigte halb acht. Wenn er aufwachte, wollte ich mich schon frisch gemacht haben und angezogen sein. Also sammelte ich meine verstreut liegenden Kleidungsstücke zusammen, rutschte auf die Bettkante und begann mich anzuziehen.

Plötzlich beunruhigte mich etwas. Mein Blick fiel auf den Rollstuhl. Ich hatte mich nicht getäuscht, sogar im dämmrigen Licht war es eindeutig erkennbar: er stand immer noch dort, wo mich David am Abend aus ihm herausgehoben hatte, vielleicht eineinhalb Meter vom Bettende entfernt, zu weit weg also, um ihn allein zu erreichen.

Beklemmende Aufregung, beinahe Panik erfasste mich. Verdammt, wie sollte ich bloß an ihn herankommen? Wie hatte ich es nur vergessen können, David zu bitten, ihn näher ans Bett zu schieben? Den Rollstuhl immer in Griffnähe zu haben ist für einen behinderten Menschen wohl oberstes Gebot der Vernunft, das er in jeder Lebenslage beherzigen muss.

Weit und breit entdeckte ich keinerlei Hilfsmittel, mit denen ich ihn herbeiziehen konnte. Verzweifelt überlegte ich, was zu tun sei. Ich *wollte*, ich *musste* es schaffen – mein Stolz und meine Eitelkeit ließen es nicht zu, dass ich auf Davids Hilfe wartete. Ich hatte mich selbst durch gefühlsbedingte Gedankenlosigkeit in diese missliche Situation gebracht, also musste ich sie auch selbst ausbaden.

Es blieb mir nur eine einzige Möglichkeit – ich musste es versuchen. Nur in Unterwäsche bekleidet, legte ich mich flach aufs Bett. Wenn ich David nicht wecken wollte, musste ich ganz leise sein und durfte keine Erschütterungen hervorrufen. Vorsichtig zog ich mich ans Bettende. Ich lehnte mich so weit wie möglich darüber hinaus, stützte mich mit einer Hand auf den Fußboden und versuchte mit der anderen den Rollstuhl zu ergreifen. Mit ziemlicher Anstrengung und nach mehreren Fehlschlägen war meinem Vorhaben Erfolg beschieden. Es gelang mir, ein Rad in den Griff zu bekommen und den Rollstuhl bis ans Bett heranzuziehen.

Erleichtert atmete ich auf. Ein rascher Blick bestätigte mir, dass David von meinem verzweifelten Unternehmen nichts bemerkt hatte. Mit laut klopfendem Herzen saß ich auf der Bettkante und verschnaufte. Aber nicht nur die Anstrengung hatte mich außer Atem gebracht, auch der Schrecken steckte mir immer noch in den Gliedern, der Schrecken über meine Unvernunft und Achtlosigkeit.

Sicher würde David bald aufwachen. Also zog ich mich fertig an und fuhr ins Badezimmer. Meine Vermutung war richtig gewesen: auch hier waren sämtliche Vorkehrungen für Behinderte getroffen worden. Nach wenigen Minuten hatte ich die notwendigste Morgentoilette beendet und kehrte ins Schlafzimmer zurück. Kurz dachte ich, ich hätte David geweckt, doch er drehte sich nur zur Seite, umklammerte liebevoll seinen Polster und schlummerte weiter.

Um das Zimmer nicht zu stark in grelles Tageslicht zu tauchen, öffnete ich den Vorhang nur für einen kleinen Spalt. Wo war der Sonnenschein der letzten Tage geblieben? Dicke Regenwolken hingen über der Stadt und verschütteten ihr kühles Nass. Das Grau vor meinen Augen erinnerte an die Stimmung in meinem Herzen.

Langsam erholte ich mich von meiner unerwarteten Aufregung. Langsam verblasste der Schrecken. Umso deutlicher aber kam mir die mahnende Bedeutung meines Erlebnisses ins Bewusstsein. Wie rasch ließ doch ein kleiner Fehler, eine kleine Unaufmerksamkeit meine erbärmliche Hilflosigkeit zu Tage treten! Vielleicht hätte das bemitleidenswerte Schauspiel, das ich geboten hatte, David sogar sehr schnell aus seiner fälschlich romantischen Vorstellung von einem Leben mit mir erlöst. Vielleicht hätte er dann endlich eingesehen, dass ihn meine Behinderung nach kürzester Zeit mit unerträglicher Peinlichkeit und Opferbereitschaft erdrücken würde, dass er sich dann nichts sehnlicher wünschen würde, als sich von dieser Last zu befreien. Nein, es war allerhöchste Zeit für ihn zu begreifen, dass ich sein rauschendes Leben nur zerstören konnte. Also musste mir etwas einfallen, um den Wunsch nach einer gemeinsamen Zukunft in ihm versiegen zu lassen.

»Toria«, hörte ich ihn plötzlich rufen, »du bist schon auf?«

»Ich bin schon länger wach!« antwortete ich und drehte mich mit dem Rollstuhl in seine Richtung. »Ich wollte dich nicht wecken, du hast so tief geschlafen!«

Mit einem Satz sprang er aus dem Bett und zog seine Shorts an. »Ja, ich habe herrlich geschlafen und wundervoll von uns geträumt.« Er beugte sich zu mir. »Guten Morgen, Liebes«, sagte er und drückte mir einen zärtlichen Kuss auf die Lippen. Ich erwiderte ihn nicht. »Wie schön du bist!« hauchte er unbeirrt und strich mir sanft übers Haar. Ich vermied es, ihm in die Augen zu sehen. »Hast du schon Frühstück bestellt?« fragte er, als er sich Hemd und Hose anzog.

»Nein, nein!« wehrte ich ab. »Ich möchte kein Frühstück. Ich möchte – nach Hause!«

Er hielt inne, sah mich überrascht an. »Natürlich, Liebes, ich dachte nur, wir ...«

»Bitte, David«, unterbrach ich ihn, »bitte bring mich nach Hause!«

»Toria«, flüsterte er liebevoll, setzte sich neben mich aufs Bett und schob mich ganz zu sich hin. Als er nach meiner Hand griff, zog ich sie bewusst zurück. »Toria«, wiederholte er entsetzt, »was ist los? Was hast du?« Irritiert ruhte sein durchdringender Blick auf mir.

Ich bemühte mich, ihm auszuweichen. »Nichts«, erwiderte ich schroff, »ich möchte bloß nach Hause, das ist alles!«

»Aber du hast doch etwas, du bist so verändert. Gestern Abend …«

»Gestern Abend ist vorbei, David!«

»Gestern Abend war ein neuer Anfang für uns!«

Jetzt sah ich ihm in die Augen, ernst und überzeugend. Es half nichts, so schmerzlich es auch war, ich konnte ihm die Wahrheit nicht ersparen. »Gestern Abend war der Abschied, David!«

Bestürzt schüttelte er den Kopf. »Nein, Toria, nein! Das ist nicht wahr!« Noch war seine Stimme ruhig und sein Blick zärtlich. Mit sanftem, aber festem Griff packte er mich an den Schultern. »Ich weiß doch, was ich gestern Abend erlebt, was ich empfunden habe!«

»David, bitte«, bemerkte ich mit leicht spöttischem Lächeln, um zu verhindern, dass er sich erneut in romantische Gefühle hineinsteigerte, »gestern Abend war unser Wiedersehen – der Champagner – deine Musik …«

»Und heute?«

»Heute ist – *das Leben*, David! Der Zauber ist vorbei!«

Tiefe Erschütterung sprach aus seinem Blick. »Toria«, rief er mahnend und verstärkte seinen Griff an meinen Schultern, »wir haben uns *geliebt*!«

Kurz schloss ich die Augen. Daran hätte er mich nicht erinnern brauchen. Ja, wir hatten uns geliebt, so innig, wie sich nur selten zwei Menschen lieben – in vollkommener seelischer und körperlicher Harmonie. Trotzdem durfte es in diesem Augenblick keine Bedeutung mehr haben, es war nur noch Erinnerung, ein Stück unwiederbringlicher Vergangenheit.

Ich ahnte schon, welche Qual mir jetzt bevorstehen würde. Ernst und abweisend starrte ich ins Leere. Zweimal war ich kläglich daran gescheitert, ihm mit Vernunftgründen die Unmöglichkeit eines gemeinsamen Lebens vor Augen zu führen. Ein drittes Mal zu argumentieren hätte keinen Sinn gehabt. Also blieb mir keine andere Wahl. Auch wenn ich in verzweifelter Absicht gegen mein Herz handelte, wenn es meiner Seele unsagbar weh tat, blieb mir nichts anderes übrig, als ein kühles, unnahbares Verhalten zur Schau zu stellen.

»Wir haben miteinander *geschlafen*, David!« sagte ich ungerührt.

»Du sagst das so – geringschätzig, als ob es dir nichts bedeutet hätte! Toria!« rief er schockiert. Er zwang mich, seinem Blick zu begegnen. Seine Augen funkelten wild. Die eng zusammengezogenen Brauen warfen einen bedrohlichen Schatten auf sein Gesicht. Immer unangenehmer wurde sein Griff an meinen Schultern. Lange würde er sein Temperament nicht mehr zügeln können. Meine Gefühle bäumten sich in mir auf, wehrten sich gegen die vernichtende Absicht meiner Vernunft. Aber sie mussten sich geschlagen geben, durften den Ausdruck in meinem Gesicht nicht mehr beeinflussen. Schweigend und mit eisiger Miene sah ich David an.

»Nein, das glaube ich nicht!« sagte er mit einem verzweifelten Kopfschütteln. »Du machst mir etwas vor, um mich loszuwerden. Diese Ablehnung ist nur gespielt, ist nur Theater …«

»Ich sagte es dir schon vor zwei Tagen, David«, fuhr ich mit ganzer Überzeugungskraft fort, »dass es *deine* Toria nicht mehr gibt. Du wolltest es nicht glauben. Aber sie ist unter den Rädern eines Lastwagens gestorben.«

»Nein, das ist sie nicht! Ich habe sie gestern geliebt, *sie* hat *mich* geliebt – gestern Abend! Toria, sag mir, dass das alles nur Theater ist! Ich weiß, dass du mich liebst, ich fühle es!« Absichtlich senkte sich mein Blick zu Boden. »Toria, sieh mich an! Du liebst mich doch, ich weiß es!«

Oh Gott! Warum musste es nur so weit kommen! Warum hatte er nicht auf meine Einwände gehört? Warum musste er mich mit dieser Frage so quälen, mich bis an die Grenze meiner psychischen Belastbarkeit herausfordern? In auswegloser seelischer Bedrängnis kam ein leises, aber ernsthaftes »*Nein*!« über meine Lippen.

Jetzt schmerzte sein Griff an meinen Schultern – doch er war erträglicher als der stechende Blick, den ich auf mir spürte. »Das ist nicht wahr!« schrie er. »Sieh mich an, sieh mir in die Augen! Sieh mir in die Augen und sag mir noch einmal, dass du mich nicht mehr liebst!«

Sein Zorn schüchterte mich ein. Meine eigene unüberlegte Antwort lastete mir auf der Seele. Niemals hätte ich sie noch einmal aussprechen können, aber ich konnte auch nicht mehr zurück. Ich musste zu Ende führen, was ich begonnen hatte. Also wollte ich seiner Aufforderung nur so weit nachkommen, dass ich ihm wieder in die Augen sah. Wild und gefährlich durchbohrte mich sein Blick, wartete darauf, dass ich meine Aussage zurücknahm, dass ich endlich seine Vermutung, es sei alles nur ein böses Spiel gewesen, bestätigte.

Es waren die längsten und zugleich niederschmetterndsten Sekunden meines Lebens. Seinem drohenden Blick mit steinerner Miene standzuhalten kostete mich meine ganze Kraft. Kein Lächeln, kein erlösendes Wort durfte über meine Lippen kommen. Schon machte ich mich darauf gefasst, dass er gleich seine Beherrschung verlieren und seiner Bestürzung lautstark Ausdruck verleihen würde.

Doch ich täuschte mich. Plötzlich lockerte sich der schmerzende

Griff an meinen Schultern, und er ließ seine Arme sinken. Das beängstigende Funkeln seiner Augen erlosch und wich einem fast flehenden Ausdruck. Noch immer wartete er auf die befreiende Regung in meinem Gesicht, ein sanftes Lächeln, ein tröstendes Wort – vergeblich. Er wandte sich ab. Seine Lippen zuckten. Sein Atem ging schwer und unregelmäßig. Er wirkte völlig verstört. Verwirrt und unruhig streifte sein Blick umher. Für den Bruchteil einer Sekunde gelang es mir, ihn einzufangen. Mich schauderte. Die grenzenlose Traurigkeit, die ich darin las, versetzte mir einen vernichtenden Schlag.

Wie in Trance stand David auf und ging zum Fenster. Regungslos, mit hängenden Armen stand er da und starrte hinaus in das verregnete Grau. Kaum hatte er mir den Rücken zugekehrt, schloss ich verzweifelt die Augen.

Was hatte ich getan? Hatte ich wirklich so grausam sein müssen? Hatte das kühle, unnahbare Verhalten wirklich darin enden müssen, seine empfindsame Seele zutiefst zu verletzen? Offenbar war mir nicht bewusst gewesen, was ich mit meiner unbedachten, einer plötzlichen Eingebung entsprungenen Lüge anrichten würde. Die blinde Entschlossenheit, mit der ich David von der Idee eines gemeinsamen Lebens hatte abbringen wollen, hatte mich zu einer folgenschweren Verzweiflungstat getrieben.

Was blieb mir jetzt noch zu tun? Alles zu gestehen, David für den bösen Scherz um Verzeihung zu bitten, ihn wieder in meine Arme zu nehmen, ihm zu versichern, dass meine Liebe zu ihm stark und unvergänglich sei? Nein, es gab kein Zurück, auch wenn ich es aus ganzem Herzen bereute, wie sehr ich ihn gekränkt hatte. Ob es mich tröstete, dass ich immerhin erreicht hatte, was ich hatte erreichen wollen? Wohl kaum. Das Thema einer gemeinsamen Zukunftt war abgehandelt – aber um welchen Preis? Mit einer schmerzlichen Lüge, einem einzigen Wort hatte ich das Wertvollste in meinem Leben geopfert: Davids Vertrauen in mich und seinen Glauben an meine unerschütterliche Liebe.

Noch aber war es nicht ausgestanden. Noch würde ich zumindest eine halbe Stunde in seiner Nähe verbringen; die halbe Stunde, in der er mich nach Hause brachte, würde ich den unsagbaren Schmerz in seinem Gesicht lesen; eine halbe Stunde würde mich mein Herz dazu drängen, alles wieder gutzumachen, würde mir meine Vernunft einreden, dass es letztendlich darauf ankam, ihn vor einem nicht enden wollenden Unglück bewahrt zu haben; noch eine halbe Stunde, in der ich mit eisiger Miene dazu stehen musste, was ich mit meiner verhängnisvollen Lüge verkündet hatte.

Allein ihn anzusprechen kostete mich Überwindung. »Bringst du mich nach Hause?« fragte ich leise.

»Ja!« antwortete er kaum hörbar und drehte sich langsam um. Unwillkürlich fiel mein Blick auf sein Gesicht. Es war wie versteinert, nur in seinen Augen stand bitterste Enttäuschung. Sie glänzten und waren leicht gerötet. Sie anzusehen war noch schlimmer, als ich befürchtet hatte. Ich fuhr voraus zur Eingangstür. David holte seine Lederjacke aus dem Schrank und folgte mir.

Nie zuvor war mir eine halbe Stunde so endlos erschienen. David und ich wechselten kein einziges Wort, keinen einzigen Blick. Eine eisige Atmosphäre begleitete uns auf unseren letzten gemeinsamen Minuten. Starr – um zu verbergen, wie locker meine Tränen saßen – sah ich seitlich zum Fenster hinaus.

Endlich erreichten wir die Villa. Vor der Rampe zum Haustor hielten wir an. David stellte den Motor ab. Jetzt war es soweit, der Moment des Abschieds war gekommen. Nie hätte ich vermutet, dass ich noch einmal von David Abschied nehmen würde. Das erste Mal war bedrückend gewesen, das zweite Mal war grausam und trostlos. Es trennte uns auf Grund einer Lüge, es hinterließ in unseren Herzen einen unvergänglichen Geschmack von Bitterkeit.

»Toria«, flüsterte David, ohne mich anzusehen. Ich schloss kurz die Augen und atmete tief durch. Dann sah ich ihn an. Nach kurzem Zögern erwiderte er meinen Blick. Auf unseren Gesichtern lag der gleiche Ausdruck – ruhig, ein wenig traurig, aber gefasst. Ich spürte, dass David ein letztes Mal inständig versuchte die Regungen meines Herzens in meinen Augen zu lesen. Um die Wahrheit nicht im allerletzten Moment durchdringen zu lassen, durfte ich seinem Blick nicht allzu lang standhalten.

»Leb wohl, David!« sagte ich mit zitternder Stimme. Er antwortete nicht. Sein suchender Blick ruhte immer noch auf meinen Augen. Doch ich konnte nicht mehr. Ich wandte mich ab und öffnete die Autotür. Er seufzte leise. Nach einigen letzten erwartungsvollen Sekunden stieg er aus und holte den Rollstuhl aus dem Kofferraum. Der dichte Regen hatte nachgelassen, es nieselte nur noch leicht.

Als ich sicher in den Rollstuhl umgestiegen war, reichte ich David die Hand und flüsterte: »Viel Glück, David!« Ich hatte erwartet, dass er sie nur noch zu einem schwachen Händedruck ergreifen würde, aber er nahm sie wie gewohnt in beide Hände und presste sie innig an seine Lippen.

»Viel Glück, Toria!« wiederholte er leise und hielt meine Hand ganz fest.

Ein letztes Mal begegneten sich unsere Blicke – suchend und verbergend – als Spiegelbild unserer Herzen. Die tiefe Traurigkeit in Davids Augen ließ auch meine Gefühle ein letztes Mal wild und verzweifelt aufbegehren. Wie groß war die Versuchung, ihn anzulächeln, meine Arme sehnsüchtig nach ihm auszustrecken und das Glück meines Lebens zu umarmen! Wie erdrückend dagegen war allein mein Blickwinkel aus dem Rollstuhl hinauf zu ihm! Wie niederschmetternd war das Bewusstsein, nie mehr aufstehen zu können, um in seine Arme zu laufen, wie vernichtend war die Vorstellung, nach kürzester Zeit nur noch von ihm bemitleidet – und irgendwann – betrogen zu werden!

Nein, es war alles entschieden – wenn auch unter größtem

Schmerz und bitterster Reue. Langsam entzog ich ihm meine Hand. Um seiner Frage zuvorzukommen, sagte ich: »Du brauchst mir nicht zu helfen, ich schaffe das allein!«

Zielstrebig machte ich mich auf den Weg zur Rampe. Sein Blick folgte mir. Wie immer meisterte ich die Steigung problemlos. Vor dem Haustor holte ich die Schlüssel hervor und öffnete die Tür. Unwillkürlich drehte ich mich noch einmal um. Mit glänzenden Augen sah David zu mir herauf. Jetzt riskierte ich auch, dass er meine Tränen bemerkte, die unaufhaltsam aus mir hervorbrachen. Rasch entschlossen fuhr ich ins Haus und warf die Tür hinter mir zu.

Von allen Seiten stürzte meine Familie herbei, als hätten sie schon länger auf meine Rückkehr gelauert. Die Tränen, die mir in Strömen über die Wangen liefen, ließen sie entsetzt vor mir stehen bleiben. Nur Dagmar wagte es, mich anzusprechen. »Victoria, um Gotten willen, was ist passiert?«

»Er ist weg!« flüsterte ich.

»Was soll das heißen, was meinst du damit?«

»Er ist weg – endgültig! Bitte, ich muss jetzt allein sein!« Ich verließ die Runde schockierter Gesichter und fuhr in mein Zimmer. Dort kletterte ich aufs Bett und schluchzte heftig in meinen Polster.

# Rechtfertigung

Was war ich nur für eine ungelehrige Schülerin gewesen! Hatte Collin nicht alles getan, um mich vor den verhängnisvollen Auswirkungen des Selbstmitleids zu warnen? Hatte er nicht anhand seiner eigenen bitteren Erfahrungen versucht, mich vor denselben folgenschweren Fehlern zu bewahren? So fest hatte ich mir damals vorgenommen, seine Worte zu beherzigen, es niemals so weit kommen zu lassen, dass ich in einem Anfall von Selbstmitleid Menschen, die mich liebten, verletzte. Mit Entsetzen musste ich mir eingestehen, dass mich das Selbstmitleid noch viel weiter getrieben hatte – zu einer verzweifelten Reaktion, einer bitteren Lüge, deren Folgen ich wohl nie wieder gutmachen konnte.

Vergeblich bemühte ich mich, Rechtfertigungen für mein Verhalten zu finden, mir einzureden, dass mir David keine andere Wahl gelassen hatte, dass ich es ja wiederholt versucht hatte, ihm mit vernünftigen Argumenten die Unmöglichkeit eines gemeinsamen Lebens zu veranschaulichen. Auch hätte ich vielleicht nicht so unüberlegt reagiert, wenn mich das morgendliche Erlebnis mit meinem Rollstuhl nicht so aufgewühlt und mir meine Hilflosigkeit nicht so brutal vor Augen geführt hätte.

Der Kreis all meiner Entschuldigungen schloss sich immer wieder mit demselben Ergebnis: Was sonst hatte mich zu seelischer Grausamkeit als Mittel zum Zweck greifen lassen – wenn nicht übersteigertes Selbstmitleid?

Welchem Umstand, so fragte ich mich zum allerersten Mal, verdankte ich überhaupt die fixe Idee, dass man eine Frau im Rollstuhl nicht lieben könne? Hatte mich Collin nicht mahnend und ausdrücklich darauf hingewiesen, wie leicht einem das Selbstmitleid den Glauben, geliebt zu werden, raubt? Schon an dem Nachmittag, als mir David sein spätes Liebesgeständnis gemacht hatte, war mir sofort in den Sinn gekommen, dass ihn tröstende Opferbereitschaft dazu bewogen hatte. Aber auch andere Beweggründe wie Dankbarkeit, mitleidige Fürsorge, Schuldgefühle und schlechtes Gewissen waren mir einleuchtender gewesen als – *Liebe*. Erst im Laufe dieses unwiederbringlichen Abends hatte ich erkannt, wie ernst und innig seine Gefühle für mich waren: ich hatte es in seinen Augen gelesen, in seiner Stimme gehört, in seiner Musik empfunden, in seiner Leidenschaft gefühlt. Vielleicht aber hatte ich erst dann wirklich begriffen, wie sehr er mich liebte, als ich ihn zutiefst verletzt hatte. Vielleicht war die Traurigkeit in seinen Augen der endgültige, überzeugende Beweis seiner aufrichtigen Gefühle gewesen.

Welchem Umstand, fragte ich mich erneut, verdankte ich die unerschütterliche Überzeugung, dass diese aufrichtigen Gefühle nicht von Dauer sein konnten, dass sie unweigerlich zu Mitleid werden mussten? Mir selbst erschien im umgekehrten Fall die Vorstellung, dass aus *meiner* Liebe zu David Mitleid werden könnte, völlig absurd. *Seiner* Liebe aber unterstellte ich es, als wäre es bei ihm etwas ganz anderes, als wäre es eine unvermeidbare Folge und nicht die Angst meiner von Selbstmitleid und gekränkter Eitelkeit geplagten Seele.

Doch gerade in dieser Hinsicht fand mein Selbstmitleid eine Verbündete in meiner Vernunft. Auch sie bemühte sich, mir diese Angst als berechtigt zu präsentieren, sie mit stichhaltigen Argumenten zu untermauern, mich davon zu überzeugen, dass es bei David sehr wohl *etwas ganz anderes* sei. Natürlich – die Lebensumstände sprachen für sich: an seiner Seite konnte es keine behinderte Frau geben. Er war berühmt, attraktiv, angebetet von seinen Fans und führte ein Leben, das die Öffentlichkeit interessierte. Zugegeben, er legte größten Wert auf die Wahrung seiner Privatsphäre, dennoch würde sich die Heirat mit einer behinderten Frau nicht geheimhalten lassen. Sicher wäre die Schlagzeile *David Lamontaine heiratet behinderte Österreicherin* ein gefundenes

Fressen für die Medien, gespickt mit Vorwürfen und Vorurteilen, zur Sensation aufgebauscht von gehässigen Journalisten – als ob es in seinem eigenen Land keine schönen, gesunden Frauen gäbe, als ob es nicht seine verdammte Pflicht und Schuldigkeit gewesen wäre, eine von *ihnen* auszuwählen. Eine Heirat mit mir konnte Davids Karriere nur Schaden zufügen und in seinem eigenen Land schlechte Stimmung gegen ihn machen. Spätestens dann würde Davids Liebe zu mir versiegen, würde nur noch Mitleid – ja vielleicht sogar Hass – übrig bleiben.

Nein, irgendwann würde David die Enttäuschung verwinden und von selbst erkennen, dass er es ohne mich viel besser hatte. Vielleicht würde er mir dann sogar dankbar sein, dass ich ihn vor diesem Hemmschuh bewahrt hatte, dass er wieder frei und ungebunden war.

Ja, vielleicht. Vielleicht aber suchte ich immer wieder nur nach geeigneten Ausflüchten, um mein Gewissen zu beruhigen und mein erbärmliches Verhalten zu rechtfertigen. Ich konnte es drehen, wie ich wollte, konnte es beschönigen, mir etwas vormachen, mich damit trösten, dass es für David letztendlich das Beste gewesen sei – aber ich würde es mir niemals verzeihen. Wie – meldete sich die innere Stimme – sollte ich damit bloß leben können? Immer und immer wieder würde ich mich fragen, warum ich es nicht noch einmal mit Vernunft versucht hatte, warum ich mich zur schmerzlichsten aller Möglichkeiten hatte hinreißen lassen, warum ich es zugelassen hatte, dass das Selbstmitleid im entscheidenden Augenblick ein unsensibles Monster aus mir gemacht hatte. In diesem entscheidenden Augenblick war es mir als leichtester Weg aus der Bedrängnis erschienen – im Nachhinein hatte ich daran die schwerste Bürde zu tragen.

Tatsächlich ließ mich mein schlechtes Gewissen nicht mehr zur Ruhe kommen. Es verfolgte mich am Tag in jeder Minute, die ich allein verbrachte. Es ereilte mich in der Nacht in meinen

Träumen, riss mich aus dem Schlaf, ließ mich stundenlang wach liegen und mein Handeln bitter bereuen. Mit einem Schlag war all die zarte Zuversicht, die in den letzten Monaten so mühsam in mir gewachsen war, zunichte gemacht. Nichts und niemand konnte mich trösten, weder meine Arbeit, noch meine Familie, noch meine Freunde.

Alex, der mich mit seiner Freundin Isabell besuchte, bemerkte sofort, dass mich irgendetwas stark belastete. Auf seine hartnäckigen Fragen hin erklärte ich ihnen mit wenigen Worten, dass ich mich nach einem Wiedersehen mit David endgültig von ihm getrennt hatte. Mit freundschaftlicher Anteilnahme versuchten sie mich aufzuheitern. Und um ihnen eine Freude zu machen, tat ich, als wäre es ihnen gelungen.

Nie zuvor war es mir so schwer gefallen, mich auf meine Arbeit zu konzentrieren und meinen Unterricht lebendig und abwechslungsreich zu gestalten. Den Schein zu wahren, mir meine bedrückte Stimmung nicht anmerken zu lassen und auch noch meine Studenten zu motivieren brachte mich an die Grenze der Belastbarkeit.

Meine Familie stand mit ratloser Bestürzung vor meiner unerwarteten Trennung von David. Dagmar hatte Richard mit ihren romantischen Wunschvorstellungen so sehr angesteckt, dass sie beide eine gemeinsame Zukunft von David und mir in Betracht gezogen hatten. Durch die ungezwungene, ja fast freundschaftliche Begegnung mit David waren sie darin zusätzlich bestärkt worden. Deshalb gingen sie auch ohne meine Erklärung davon aus, dass nur ich – und nicht er – die Trennung herbeigeführt haben konnte.

Dagmar und Richard waren fassungslos, die Kinder traurig. Das lockere Gespräch mit David hatte sie hellauf für ihn begeistert. Dass dieser »tolle Typ«, der noch dazu »so gut« zu mir »passte«, nicht mehr wiederkommen sollte, konnten sie nicht glauben. Als sie mich schließlich nach dem Grund dafür fragten, brach ich, ohne ihnen eine Antwort zu geben, in Tränen aus.

Da ich über meinen Kummer wie gewohnt nicht reden wollte, versuchte man mich in den folgenden Tagen nicht darauf anzusprechen. Natürlich würde ich Zeit brauchen, um die Trennung zu verwinden, weil ich sie aber selbst gewollt hatte, so dachte man sicher, würde ich auch ganz von allein darüber hinwegkommen.

Als sich meine Stimmung nach zwei Wochen jedoch nicht gebessert hatte, begannen Dagmar und Richard, sich sichtlich Sorgen zu machen. Oft verkroch ich mich hinter einem Buch oder einer Zeitung, tat, als würde ich lesen, nur um meine quälenden Gedanken vor ihnen zu verbergen. Dass es aber fast unmöglich war, Dagmar etwas vorzumachen, hätte ich wissen müssen.

An einem Sonntagnachmittag im Mai hatte ich mich wieder mit einem Buch auf die Terrasse zurückgezogen. Plötzlich nahm mir Dagmar meinen Lesestoff aus der Hand und sagte mahnend: »Victoria, was soll das? Du tust doch bloß so, als würdest du lesen! In Wirklichkeit bist du mit den Gedanken ganz woanders!« Sie nahm sich einen Stuhl und rückte ihn neben mich. »So geht es nicht weiter, Victoria. Deine Stimmung ist beängstigend. Wir machen uns ernsthafte Sorgen um dich. Komm, sag mir, was los ist! Was ist passiert zwischen dir und David? Es ist nicht bloß die Trennung, die dir so zu schaffen macht – also was ist es?«

Ihr ernster Blick ließ keinen Zweifel daran, dass sie eine längst überfällige Erklärung von mir erwartete. Und ich musste mir eingestehen, dass sie als meine beste Freundin und größte Stütze tatsächlich ein Anrecht darauf hatte.

»Du hast *was* getan?« fragte sie empört, als ich ihr den Anlass für unsere Trennung nannte.

»Ja, Dagmar«, gestand ich reumütig, »du hast schon richtig verstanden: ich sagte David, dass ich ihn nicht mehr lieben würde!«

»Aber Victoria, um Himmels willen, warum hast du das getan?«

»Verdammt, ich weiß es nicht!« rief ich verzweifelt. »Ich weiß es ja selbst nicht! Weil ich mir keinen Rat mehr wusste – weil er mir einfach nicht zuhörte – weil er es nicht begreifen wollte, dass ich für sein Leben und seine Karriere nur eine Belastung wäre – weil ich ihm nur schaden könnte und ihn nur unglücklich machen würde! Aber …«, vor Aufregung versagte mir beinahe die Stimme, »aber *das* hatte ich nicht geplant! Es war eine plötzliche Eingebung, ein ungewollter Ausweg aus der Bedrängnis.«

Dagmar schüttelte fassungslos den Kopf. »Du bist dir doch darüber im Klaren, was du damit angerichtet hast, wie weh du ihm damit getan hast! Er liebt dich, Victoria, wahrscheinlich mehr, als du dir vorstellen kannst. Allein wie er dich ansieht, allein seine Augen verraten, wie viel du ihm bedeutest!«

Ich nickte schweigend und mit gesenktem Blick. Das schlechte Gewissen stand mir ins Gesicht geschrieben.

»Aber wenn du es weißt, Victoria, wie sehr du seine Gefühle verletzt hast, warum lässt du diese Lüge zwischen euch stehen?«

Überrascht sah ich sie an. «Weil es keine andere Möglichkeit gibt! Schon in der nächsten Sekunde hätte ich ihn am liebsten für diese Lüge um Verzeihung gebeten, doch damit wären wir wieder ganz am Anfang gelandet. Sicher hätte er mir verziehen und sogleich wieder von unserer Zukunft gesprochen!»

Meine Erklärung war für Dagmar inakzeptabel. Mit entrüstetem Blick schüttelte sie wieder den Kopf. »Ich fürchte, Victoria, du machst es dir zu leicht! Ich bemühe mich zwar, deine Ängste, du könntest für David eine Belastung sein, zu verstehen – auch wenn ich sie keinesfalls teile –, aber es ist absolut unverzeihlich, dass du ihn mit einer dermaßen kränkenden Lüge loswerden wolltest und nichts unternommen hast, um die Sache aufzuklären!«

Meine Vorgangsweise und Rechtfertigung mussten Dagmar tatsächlich tief erschüttert haben, denn ich konnte mich kaum daran erinnern, dass sie mir jemals so heftige Vorwürfe gemacht hätte. Schon gar nicht konnte ich ihnen etwas entgegenhalten, ich konnte sie nur wortlos akzeptieren und damit meine Feigheit eingestehen.

»Victoria, du musst unbedingt mit David sprechen!«

»Das kann ich nicht!«

»Du kannst es nicht, oder du *willst* es nicht?«

»Das macht doch keinen Unterschied mehr, Dagmar«, sagte ich flehend. »Ich habe David sehr wehgetan, ich weiß es doch, und ich bereue es zutiefst! Ich habe es ständig vor Augen, wie enttäuscht er war. Aber jetzt nach zwei Wochen denkt er vielleicht schon, dass er es gar nicht nötig hat, von einer Frau – noch dazu einer behinderten Frau – abgewiesen zu werden!«

»Was heißt *von einer behinderten Frau abgewiesen*? Victoria, wovon redest du? Das glaubst du doch selbst nicht!« protestierte Dagmar lautstark. »David liebt dich! Das ist doch alles nur Unsinn, den du dir einredest, um dein Gewissen zu beruhigen!«

In der Tat steckte hinter meiner Argumentation nur wenig Überzeugung. Selbst in *meinen* Ohren klang alles wie eine meiner selbstbetrügerischen Ausreden. Dennoch kam es nicht in Frage, noch einmal mit David zu sprechen. Es war entschieden, es war vorbei, und es war das Beste für uns beide.

»Es mag schon sein, dass ich mein Gewissen beruhigen möchte!« antwortete ich und bemühte mich, da ich mich im Unrecht fühlte, meine Stimme nicht ebenfalls laut werden zu lassen. »Trotzdem solltest du nicht vergessen, Dagmar, dass David nicht irgendjemand ist! Und selbst wenn er mich liebt, ist das, was ich ihm angetan habe, für seinen Stolz wohl kaum akzeptabel.«

»Ich frage mich wirklich«, sagte Dagmar mit einem für sie untypischen Zynismus, »wer von euch beiden der Stolzere ist, David oder du? Ob es vielleicht an *deinem* Stolz liegt, dass du diese schreckliche Lüge nicht aus der Welt schaffen kannst! Ob es vielleicht *Selbstmitleid* ist, das dich dazu trieb, Davids aufrichtige Liebe zurückzuweisen und ihn dermaßen zu kränken!«

Mit einem verärgerten Seitenblick sah ich sie an. Schon lag es mir auf der Zunge, mich mit derselben Heftigkeit zu verteidigen, doch – womit? Hatten ihre Worte nicht genau den wunden Punkt getroffen? Ja, und es tat besonders weh, sie auch noch aus Dagmars Mund zu hören.

Ich wandte mich ab. Sicher erkannte sie allein darin mein Eingeständnis. »Er wird es verwinden, Dagmar«, flüsterte ich mit bebender Stimme, »hoffentlich schneller als ich!« Bevor ein leises Schluchzen aus mir hervorbrach, vergrub ich mein Gesicht rasch in den Händen.

Schon spürte ich Dagmars tröstende Arme um mich. »Verzeih mir, Victoria, ich war viel zu schroff! Eigentlich wollte ich dich aufmuntern und dir nicht noch zusätzlichen Kummer schaffen. Ich war nur so entsetzt, weil du …«

»Schon gut, Dagmar«, unterbrach ich sie mit erstickter Stimme, »du warst nur ehrlich, und du hast mit allem, was du sagst, so verdammt Recht!«

Sie lockerte ihre Umarmung, und wir sahen uns in die Augen. »Mit der Zeit«, fuhr ich leise fort, »wird all der Schmerz vergehen. Und irgendwann wird mir David verzeihen – meinst du nicht?«

»Ja, sicher wird er das!« lächelte sie aufmunternd, fügte aber nachdenklich hinzu: »Weißt du, Victoria, wir alle, Richard, die Kinder und ich, wir wünschen uns für uns selbst nichts sehnlicher, als dass du bei uns bleibst. Und trotzdem hofften wir für *dich*, dass du dein Leben an Davids Seite verbringen würdest. Denn eines steht fest: Auch wenn wir dir tiefe Zuneigung und Geborgenheit schenken können, *glücklich* können *wir* dich niemals machen! Vielleicht hätte es David gekonnt!«

Mit einem Lächeln versuchte ich ihr für die bewegenden Worte zu danken. Damit beendeten wir unser Gespräch.

Als ich am nächsten Tag von der Uni nach Hause kam, empfing mich Dagmar in bester Laune. Sie entschuldigte sich noch einmal, dass sie mich am Vortag so heftig angegriffen hatte, und strahlte wieder vor Zuversicht.

# Die alles entscheidende Frage

Stolz – war es wirklich das Einzige, was mir von meinem jungen, einst vielversprechenden Leben geblieben war? Doch worauf begründete er sich? Worauf konnte ich wirklich *stolz sein*? Auf den Trümmerhaufen meines Lebens, der vor mir lag und den ich zweifellos selbst verschuldet hatte? Darauf, dass ich den Menschen, den ich über alles liebte und verehrte, der auch mich – mit gelähmten Beinen im Rollstuhl – ganz offensichtlich liebte, zutiefst gekränkt hatte? Wohl kaum.

Also konnte mein Stolz nur reiner Selbstzweck sein, den ich mir auf Grund der bitteren Enttäuschung meiner Ehe angezüchtet hatte und der mich davor bewahren sollte, dieselbe schmerzliche Erfahrung noch einmal zu machen. Damals in meiner Ehe wäre Stolz sicher angebracht gewesen, damals als ich Michael in blinder, unreifer Verliebtheit zu Füßen gelegen war, als ich mir seine seelische Unzulänglichkeit jahrelang hatte gefallen lassen. Damals aber war mein Stolz noch völlig unterentwickelt gewesen. Erst die Demütigung, die mir Michaels Betrug zufügte, ließ ihn unaufhaltsam in mir heranwachsen und von nun an den Entscheidungen meines Herzens immer wieder im Wege stehen.

Von nun an hinterfragte mein Stolz all jene Entscheidungen, die ich bislang rein gefühlsmäßig getroffen hatte. Wenn mich meine Gefühle vorwärts trieben, um nach dem großen Glück zu suchen, bremste mich mein Stolz wieder ein, ließ mich im entscheidenden Augenblick davonlaufen. Und fast immer machte er mich glauben, dass es ja eigentlich die Vernunft gewesen sei, die mich zum Weglaufen bewogen hatte, um einer neuerlichen Enttäuschung zu entgehen. Ja, ich war immer wieder weggelaufen, vor den Ängsten der Vergangenheit, der Hoffnung auf eine glückliche Zukunft – im Grunde aus Feigheit, aus Mangel an Mut zum eigenen Glück. Ich war so lange weggelaufen, bis ich nicht mehr *laufen konnte* – und selbst nachher war es mir noch gelungen, mich vor dem Glauben an Davids unerschütterliche Liebe davonzustehlen.

Stolz und Selbstmitleid hatten sich in mir zu einer unglückseligen Gemeinschaft zusammengeschlossen und sich gegen mein Herz verbündet. Mit Schrecken musste ich feststellen, wie siegreich sie gewesen waren – und wie unglücklich sie mich gemacht hatten. Mit knapp einunddreißig Jahren konnte ich eine schauderhafte Bilanz meines Lebens ziehen. Mit meiner Gesundheit und meiner Schönheit war es vorbei, meine Wünsche und Hoffnungen waren begraben, das Glück meines Lebens hatte ich selbst zurückgewiesen. Stolz und Selbstmitleid hatten mich zu den folgenschweren Entscheidungen getrieben, und – was noch viel schlimmer war – meine Vernunft hatte sich zu deren fadenscheinigen Rechtfertigungen missbrauchen lassen.

So stellte sich für mich nur mehr die letzte Frage, ob ich aus all meinem selbstverschuldeten Unglück irgendetwas gelernt hatte – irgendetwas, das mir Kraft und Zuversicht geben konnte, um weiterzukämpfen, um mich nicht auf der Stelle aufzugeben. Auch nach längerem Überlegen fiel mir keine befriedigende Antwort ein. Vielleicht die magere Einsicht, dass man sich die Bahnen seines Lebens zu einem erheblichen Teil selbst bereitet, dass das, was ich so gerne als *mein Schicksal* verfluchte, nur eine Kette bewusster Entscheidungen und deren Folgen war – Entscheidungen, zu denen mich mein eigener Antrieb veranlasst hatte, und Folgen, die durchaus nicht unabwendbar gewesen wären.

Mittlerweile war es müßig geworden, meine Entscheidungen und ihre Folgen in den vergangenen zwei Jahren zu hinterfragen, mir den Kopf darüber zu zerbrechen, ob nicht alles ganz anders hätte kommen können, wenn ich die Enttäuschung meiner Ehe einfach weggesteckt und die Beziehung zu David völlig unbelastet begonnen hätte. Auch das Bereuen eigener Dummheit und unüberlegter Reaktionen war längst sinnlos geworden. Das, worauf es jetzt noch ankam, war die Frage, wie es mir gelingen konnte, mit folgenschweren Fehlern fertig zu werden.

Auch wenn ich nach meiner verhängnisvollen Trennung von David wieder das Gefühl hatte, ganz an den Anfang meines steinigen Weges zurückgeworfen zu sein, zweifelte ich nicht daran, dass ich irgendwann mein Leben im Rollstuhl meistern würde. Die Frage aber, wie ich es schaffen sollte, mit der unseligen Lüge, die zwischen mir und David stand, zu leben, erfüllte mich mit quälender Ratlosigkeit. Ob mich wirklich die Zeit – wie ich es Dagmar angekündigt hatte – von diesem beklemmenden Albtraum befreien würde, stand tatsächlich in den Sternen.

Zum Glück deckte mich das nahe Semesterende mit zusätzlicher Arbeit ein: mit Prüfungsvorbereitungen, eingeschobenen Sprechstunden und der Bewertung der Seminararbeiten. Ab Mitte Juni nahm ich es auf mich, auch im Anschluss an die Therapie noch auf die Uni zu fahren, was körperlich eine ziemliche Herausforderung bedeutete, mir aber trotzdem wichtig war, denn ich wollte jedem meiner Studenten die Möglichkeit für eine letzte umfassende Beratung geben. Die besonders rege Teilnahme an dem zusätzlichen Lehrangebot freute mich nicht nur, weil sich dadurch die Erfolgsrate meiner Veranstaltungen hob, sondern auch, weil dadurch der persönliche Kontakt zu meinen Studenten vertieft wurde.

Die Tatsache, dass ich zumindest meine Studenten nicht enttäuscht hatte, gab mir etwas Auftrieb. Am Ende des Semesters hatte ich das berechtigte Gefühl, dass meine Veranstaltungen für alle eine Bereicherung – sowohl für ihr Allgemeinwissen als auch für das Weiterkommen im Studium – gewesen waren. Ich hatte mich auch nicht in Bezug auf meine Behinderung getäuscht: Der Anblick von Frau Bergmann im Rollstuhl war zur Normalität geworden. Man begegnete mir mit zuvorkommender Freundlichkeit, half mir ohne Aufforderung, wo immer es nötig war, und kaum jemand drehte sich noch mitleidig um, wenn ich an ihm vorbeifuhr. Meine Studenten hatten gelernt, meinen Rollstuhl als Notwendigkeit zu betrachten und ihn immer dann zu übersehen, wenn sie persönlich mit mir sprachen.

In der Nacht vor meiner letzten Vorlesung vor den Sommerferien fand ich kaum Schlaf. Zu dem stetig wiederkehrenden Albtraum über die verhängnisvolle Lüge gesellte sich die Angst vor der vielen bevorstehenden Freizeit, die mir zwangsläufig mehr Gelegenheit für quälende Gewissensbisse geben würde. Auch schien mich der Gedanke an das baldige Ende meiner Akupunkturbehandlung und die neuesten Untersuchungsergebnisse zu belasten.

Der letzte Montag im Juni war ein heißer, sonniger Sommertag. Natürlich blieb mir auch bei diesen hohen Temperaturen ein elegantes Outfit nicht erspart. Um beim Fahren im Rollstuhl aber nicht zu sehr ins Schwitzen zu kommen, wollte ich zur obligatorischen langen Hose zumindest eine leichte Bluse tragen. Aus Anlass des Ferienbeginns wählte ich beides in strahlendem Weiß.

Früher als sonst machte ich mich auf den Weg zur Uni. Der Montagmorgenverkehr war schon viel schwächer als gewohnt, ein eindeutiger Beweis dafür, dass in den Schulen bereits die Sommerferien begonnen hatten und viele Wiener auf Urlaub gefahren waren. Überall – auf den Gesichtern der Autofahrer, der Fußgänger und Studenten – schien mir so etwas wie freudige Ferienstimmung entgegenzusehen, nur in mir selbst kam nichts dergleichen auf, im Gegenteil.

Eigentlich hatte ich erwartet, dass das schöne Wetter auch meine Studenten zum Fernbleiben von meiner letzten Vorlesung anstiften werde, zumal ich sie im Allgemeinen nur dazu nutzte, um noch einmal etwas Außergewöhnliches zu bieten. Doch ich hatte mich geirrt. Tatsächlich füllten sich die dreißig nach hinten ansteigenden Reihen bis auf den letzten Platz. Ich musste zugeben, es schmeichelte mir, dass sie wieder vollzählig erschienen waren.

Die abschließende Attraktion meiner Vorlesung sollte sowohl lehrstoffbezogen als auch unterhaltend sein. Aus diesem Grund hatte ich mir von der Shakespeare-Gesellschaft eine brandneue Videodokumentation über das Shakespeare-Theater schicken lassen, in der originalgetreu und unterhaltsam eine damalige Theatervorstellung und die gleichzeitigen Unsitten des Publikums – wie Essen, Trinken und laute Zwischenrufe – aufbereitet wurden. Wie vermutet kam die Vorführung bei den Studenten bestens an, was sich durch allgemeines, wiederkehrendes Gelächter leicht erkennen ließ.

Nach dem Ende der Dokumentation blieb noch eine knappe Viertelstunde, in der ich ihnen die Möglichkeit bot, letzte Fragen zur bevorstehenden Klausur zu stellen. Da sie aber fast alle meine Sprechstunden aufgesucht hatten, gab es nur noch wenige Wortmeldungen. Also war es Zeit, das Semester zu beschließen.

»Liebe Kollegen«, begann ich meine verabschiedenden Worte in englischer Sprache, »ich möchte Ihnen herzlich für Ihre Aufmerksamkeit danken und hoffe, dass Sie es tatsächlich nicht bereuten, an meiner Vorlesung teilgenommen zu haben!« Vielsagendes Gelächter ließ mich einen Augenblick innehalten. »Jetzt bleibt mir nur noch, Ihnen eine erfolgreiche Klausur und anschließend erholsame Ferien zu wünschen! Ich hoffe, dass wir uns im kommenden Wintersemester zu einem weiteren interessanten Thema wieder hier zusammenfinden werden!«

»Das hoffe ich nicht! Ich hoffe, dass wir uns alle in London wiedersehen werden!« rief jemand mit britischem Akzent von ganz oben aus den Reihen. Ich zuckte zusammen. Wer hatte das gesagt? Die Stimme – mein Gott! – sie klang so vertraut! Welch eine schreckliche Sinnestäuschung musste das sein!

Man tuschelte, drehte sich nach hinten um auf der Suche nach dem Sprecher der unerwarteten Worte. Plötzlich erhob sich eine große männliche Gestalt aus der letzten Reihe und nahm die getönte Brille ab, die sie bisher vor dem Erkanntwerden bewahrt hatte. Die eindrucksvolle, dunkelhaarige Erscheinung, die locker-elegante Art, mit der sie sich bewegte und die von einer selbstbewussten Persönlichkeit zeugte – unter Tausenden und selbst aus größerer Entfernung hätte ich sie sofort erkannt. Und doch wusste ich nicht, ob ich meinen Augen und Ohren trauen durfte, ob mir meine verborgenen Wünsche nicht einen grausamen Streich spielten und meine Fantasie mit mir durchging.

Ein ganzer Hörsaal neugieriger Augen folgte der attraktiven Gestalt im dunkelblauen Sommeranzug und dem typischen weißen Stehkragenhemd, als sie mit lässigen Schritten über die mittlere Treppe herunterkam. Ein aufgeregtes Raunen ging durch die Reihen und ließ keinen Zweifel daran, dass sie so manch einem im Auditorium bekannt vorkam.

Mein Puls raste, meine Hände waren eiskalt. Ich schloss die Augen, kniff sie zusammen, öffnete sie wieder, um mich zu vergewissern, dass ich nicht träumte. Nein, noch immer boten mir meine Augen dasselbe unglaubliche Bild. Es konnte also kein Wunschtraum sein, der mit zielstrebigen Schritten und einem hinreißenden Lächeln auf mich zukam.

»Toria«, sagte David mit strahlendem Blick, nahm wie gewohnt meine Hand und drückte sie an seine Lippen.

Ein leises, ungläubiges »David!« begleitete meinen entgeisterten Blick.

»Darf ich für einige Minuten an dein Rednerpult?« fragte er, ohne in meinem verwirrten Gesichtsausdruck eine Regung oder aus meinem Mund eine Antwort abzuwarten. Auch wäre ich in diesem Moment zu nichts dergleichen imstande gewesen. Noch immer fragte ich mich, ob ich mir alles bloß einbildete. Wie in Hypnose wich ich einen Meter zurück, meine Augen gebannt auf David gerichtet.

Entschlossen trat er ans Pult und wandte sich der gespannten Menge zu. Alles schien darauf zu brennen, die nähere Bedeutung seiner geheimnisvollen Worte zu erfahren. In wenigen Sekunden breitete sich erwartungsvolle Stille aus.

»Es würde mich freuen«, begann David und ließ seinen Blick über die faszinierten Gesichter gleiten, »wenn Sie mir noch einige Minuten Ihrer kostbaren Aufmerksamkeit schenkten!« Nichts, so schien es, hätten sie lieber getan. Nichts rührte sich. Alles blieb sitzen, von unersättlicher Neugier gepackt.

»Den Freunden klassischer Musik unter Ihnen«, fuhr er fort, »bin ich vielleicht bekannt. Mein Name ist David Lamontaine.« Mit einem jäh einsetzenden, immer lauter werdenden Klopfkonzert und Jubelschreien, als begrüßten sie einen Rockstar, bekundeten die Studenten, dass ihnen der Name ein Begriff war.

»Danke«, wehrte David ab und gab mit einer Handbewegung zu verstehen, dass ihm in diesem Augenblick nichts an persönlicher Huldigung lag. »Ich bin aus ganz privaten Gründen heute hier«, sagte er, als sich die Menge wieder beruhigt hatte, »mit einem ganz privaten, vertraulichen Anliegen, das ich an Sie richten möchte und das sie ebenso vertraulich behandeln mögen. Deshalb bitte ich Sie schon jetzt, Ihre Smartphones und Kameras eingepackt zu lassen: es wird von diesem Gespräch keine Aufnahmen geben, die Sie ins Internet stellen können.«

Wieder tuschelte man, nickte, schien der Bitte respektvoll nachkommen zu wollen. Gespannt harrte man der Aufklärung, in welcher Angelegenheit sich der berühmte Pianist an eine Menge unbekannter Jugendlicher wandte.

»Ich habe mir sagen lassen, dass sich Mrs Victoria Bergmann um jeden Einzelnen von Ihnen mit größtem persönlichen Einsatz bemüht. Und wie ich mich selbst davon überzeugen konnte, versucht sie Ihnen nicht nur faszinierenden Lehrstoff, sondern auch die Freude an der Sache zu vermitteln. Deshalb gehe ich davon aus, dass Sie sie alle besonders schätzen!« Wieder unterbrach ihn ein lautes, zustimmendes Klopfkonzert.

Das Vernehmen meines Namens und der tosende Lärm rissen mich allmählich aus meinem tranceähnlichen Zustand, überzeugten mich von der Wirklichkeit dieses unerklärlichen Erlebnisses. Ja, David stand tatsächlich vor mir, sprach von meinem Rednerpult zu einem Hörsaal andächtig lauschender Studenten, um ihnen ein *vertrauliches Anliegen* zu unterbreiten. Was konnte das alles bedeuten?

»Auch ich schätze sie ganz besonders«, sagte er, »nein – weit mehr als das!« Seine Stimme wurde leiser, sein Tonfall ernst. Im Hörsaal hätte man eine Stecknadel fallen gehört. «Schon vor längerer Zeit verliebte ich mich in sie ...» Ein Raunen heller Begeisterung ging durch die Reihen. Mir stockte der Atem. Aufgeregt schlug ich meinen Blick nieder. Die unfassbare Offenheit, mit der David seine intimsten Gefühle vor einer namenlosen Menschenmenge darlegte, ließ mich fast noch einmal an ein unwirkliches Schauspiel glauben.

»Vor knapp zwei Monaten«, hörte ich ihn sagen, »bat ich Victoria Bergmann, meine Frau zu werden!« Tief bewegt schloss ich die Augen. Das verzückte Aufleben der Menge dröhnte laut und durchdringend in meinen Ohren.

»Aber sie wies mich ab!« Er schwieg, wartete darauf, dass sich das allgemeine Entsetzen legte und wieder aufmerksame Stille herrschte.

»Sie wies mich ab, obwohl sie meine Gefühle erwidert ...« Unwillkürlich öffnete ich die Augen und sah ihn überrascht an. Unsere Blicke begegneten sich. »Ja, ich bin mir ganz sicher, dass sie meine Gefühle erwidert!« Seine Augen funkelten zärtlich und zugleich vorwurfsvoll. Sie schienen mich anzuklagen und mir gleichzeitig zu vergeben. Sie hatten mich *durchschaut*. Sie gaben mir zu verstehen, dass die schändliche Absicht, mein Herz zu verraten, gescheitert war, und befreiten mich damit von der qualvollen Last meiner Lüge. Mit einem reumütigen Lächeln bat ich David für meine grausame Posse um Verzeihung.

Er wandte sich wieder der lauschenden Menge zu. »... weil wir über die alles entscheidende Frage geteilter Meinung sind.« Die Spannung stieg. Schweigend fieberte man der Aufklärung entgegen. Mit Schrecken dämmerte mir, worauf David hinauswollte. »Victoria Bergmann ist der Ansicht, dass man *eine Frau im Rollstuhl nicht lieben kann*, dass jedes zärtliche und erotische Gefühl für sie über kurz oder lang zu Mitleid werden muss.« Ich hatte es geahnt, Davids Worte rührten an den empfindlichsten Regungen meines Herzens. Um meine Befangenheit zu verbergen, neigte ich den Kopf und schloss wieder die Augen.

»Ich teile diese Ansicht nicht!« erklärte David überzeugend. »Aber ich gestehe, ich spreche auch nicht von irgendeiner Frau im Rollstuhl – ich spreche von einer außergewöhnlichen Frau, deren Schönheit und menschliche Wärme mich rettungslos in ihren Bann zogen; einer Frau, die für mich gleichermaßen bewunderns- wie auch begehrenswert ist und immer sein wird – egal ob das Schicksal seine ungerechte Grausamkeit jemals mildern wird oder nicht.«

Wie ein wärmender Mantel legten sich Davids Worte auf meine frierende Seele und erfüllten sie mit neuem Leben. Welche Frau – welche gesunde Frau – konnte von sich behaupten, dass ihr jemals ein Liebesgeständnis in dieser eindrucksvollen Weise gemacht worden wäre? Welche Frau konnte von sich so unzweifelhaft behaupten, geliebt zu werden? Wie unendlich viel musste David daran liegen, mir seine Liebe glaubhaft zu machen, dass er diesen öffentlichen Auftritt für nötig gehalten hatte!

Aber es war auch mein öffentlicher – wenn auch erzwungener – Auftritt. Ich fühlte, wie hunderte Augen auf mich gerichtet waren – anders als sonst –, wie der schützende äußere Schein, der mich immer umgeben hatte, von mir abfiel und das übermächtige Empfinden meines Herzens zu Tage trat. Man verharrte in absoluter Stille. Ob man meine Ergriffenheit teilte oder bloß darauf Rücksicht nahm, war ohne Bedeutung. Auch spielte es keine Rolle, dass man es bis hinauf in die letzte Reihe sehen konnte, wie mich Tränen der Rührung und der Freude zu überwältigen drohten.

»Leider war *meine* Ansicht für mich nur allzu selbstverständlich«, fuhr David nachdenklich fort, »so selbstverständlich, dass ich keinen Zweifel daran gelten ließ. Vielleicht wies mich Victoria Bergmann auch deshalb ab, weil ich mich mit ihren Einwänden und Bedenken nicht einmal auseinandersetzen wollte. Aber vielleicht habe ich es auch versäumt, ihr meine Ansicht glaubwürdig und überzeugend darzulegen. Das möchte ich jetzt nachholen – hier und jetzt vor Ihnen allen.«

Seine plötzliche Ankündigung ließ mich aufhorchen. Was hatte er vor? Aus der Brusttasche seines Sakkos holte er einige weiße Blätter hervor und entfaltete sie. Alle Augen waren wieder auf David und die vielversprechenden Unterlagen in seiner Hand gerichtet.

»Ich besitze ein Haus südlich von London«, erklärte er und hielt das erste Blatt hoch. »Dies ist die Aufstellung des Innenarchitekten, der mein Haus in den letzten Wochen so rollstuhlgerecht, wie es in dieser kurzen Zeit möglich war, adaptierte. Am heutigen Tag sollten die Arbeiten mit dem Einbau eines Fahrstuhls ihren vorläufigen Abschluss finden.«

Ein anerkennendes Flüstern ging durch den Saal. David reichte mir das dicht beschriebene Blatt. Automatisch griff ich danach. Überwältigt von der Ernsthaftigkeit, mit der er den Beweis für seine Gefühle antrat, fiel mein Blick auf die scheinbar endlose Liste. Doch ich fühlte mich außerstande, auch nur eine einzige Zeile davon zu lesen.

»Ich habe hier eine Einladung der Universität von London«, fuhr David fort und nahm das nächste Blatt zur Hand, »gerichtet an deren ehemalige Studentin Victoria Bergmann zu eine Gastvorlesung über englische Literatur zu einem Thema und in einem Semester ihrer Wahl. Zu diesem Auslandssemester sind auch Sie alle herzlich eingeladen!«

Das Auditorium klopfte und pfiff vor Begeisterung. Welch ein Geschenk – welch eine Gelegenheit! Es bewegte mich tief, dass mir David nicht nur seine Liebe, sondern auch seine Wertschätzung bekundete. Als er mir das Blatt reichte und mich mit einem sanften Lächeln ansah, hätte ich ihm so gerne mit einem freudestrahlenden Ausdruck gedankt – doch die Freude verschleierte nur meinen Blick.

Die Aufregung im Saal legte sich, ob von selbst oder durch Davids Aufforderung hatte ich nicht beobachtet. Er wartete geduldig, bis wieder absolute Stille eingekehrt war.

»Bisher sprachen wir von einigen Lebensumständen, die ich geschaffen habe, um Victoria Bergmann einen angenehmen und erfüllten Alltag an meiner Seite zu ermöglichen. Doch darauf kommt es vielleicht gar nicht an.« Er hielt inne. Gespannte Ruhe wartete darauf, dass er fortsetzte. Worauf wollte David jetzt noch hinaus? Hatte er seine innigen Gefühle für mich nicht schon ausreichend unter Beweis gestellt? Mein lautes Herzklopfen durfte nicht verhindern, dass ich mich ganz auf seine Worte konzentrierte.

»In den zwanzig Jahren meiner Karriere«, begann er unerwartet, »habe ich fast alles erreicht, was ich erreichen wollte. Die Musik, der Erfolg bedeuteten mir stets mehr als alles andere – bis zu dem Augenblick, in dem ich eine ganz besondere Frau kennen lernte; eine Frau, die mir in der größten Krise meines Lebens ihre Liebe zum Geschenk machte, deren unerschütterliche Kraft mir den Glauben an mich selbst zurückgab, deren zärtliche Fürsorge mich zum ersten Mal Vertrauen und Geborgenheit erleben ließ; eine schöne, einfühlsame und intelligente Frau, die die Wertvorstellungen in meinem Leben veränderte. Mein Erfolg und meine

Karriere sind auch heute noch wichtig für mich – und doch sind sie nur noch zweitrangig. Was bedeuten Erfolg und Karriere«, sagte er mit nachdenklicher Stimme, »wenn ich *sie* nicht haben kann?«

Davids Worte ließen mich erschaudern. Ängstlich sah ich ihn an.

»Hier in meiner Hand«, sagte er mit Nachdruck, »ist ein notariell beglaubigtes Dokument, mit dem ich vielleicht beweisen kann, wie tief meine Gefühle und wie ernst meine Absichten sind.« Aufgeregtes Flüstern unterbrach ihn. Mit forschendem Blick wartete David darauf, dass ihm das Auditorium seine volle Aufmerksamkeit schenkte.

»Für den Fall«, sagte er schließlich, »dass ich Victoria Bergmann nicht dazu überreden kann, meine Frau zu werden, verfüge ich in diesem Dokument unwiderruflich, dass ich mich ab sofort von allen öffentlichen Auftritten zurückziehen, alle Konzerte und geplanten Tourneen absagen werde.«

Lautstarkes Entsetzen breitete sich aus. Unendliche Bestürzung erfasste mich. Als mir David das Dokument reichte und mir in die Augen sah, fand ich seinen Vorsatz unumstößlich bestätigt. Mit einem fassungslosen Kopfschütteln nahm ich ihn zur Kenntnis. Zu welch einer drastischen Maßnahme hatte er sich gezwungen gesehen, um mich aus den unseligen Fängen meiner Ängste zu befreien. Beschämt verbarg ich mein Gesicht in den Händen und verfluchte mich und meinen verdammten Stolz, mich und mein verdammtes Selbstmitleid.

»Ich komme hiermit«, sagte David mit leiser Stimme, um damit wieder Ruhe im Saal zu erzwingen, »zu jener alles entscheidenden Frage, die mich bewog, Ihnen hier und heute mein persönliches Anliegen zu unterbreiten. Sie kennen jetzt meine Ansicht und die Argumente, mit denen ich für sie zu kämpfen bereit bin. Ja, ich behaupte, *man kann eine Frau im Rollstuhl lieben* – eine Frau wie Victoria Bergmann!«

Ich wusste, dass er seinen Blick auf mich richtete. Jetzt *verlangte* er meine ganze Aufmerksamkeit. Also versuchte ich ihn gefasst und erwartungsvoll anzusehen. Er dankte es mir mit einem Lächeln und wandte sich wieder der Menge zu.

»Dennoch bin ich schon einmal mit dieser Ansicht gescheitert. Ich frage mich daher, ob meine Ansicht so ungewöhnlich ist, ob ich sie wirklich ganz allein vertrete?« Herausfordernd streifte sein Blick durch die Reihen, schien jeden Einzelnen von ihnen anzusprechen. »Sagen *Sie* es mir«, rief er eindringlich, »sagen Sie mir, wessen Ansicht Sie teilen – meine oder die von Victoria Bergmann! Sagen *Sie* mir, ob man *diese* Frau im Rollstuhl lieben kann!«

Er hatte noch nicht ausgesprochen, als die ersten Rufe einhellig aus den Reihen zurückkamen. Dann hallte es immer lauter, durchdringender, begeisterter aus der Menge. Sie waren sich alle einig. Ein ganzer Hörsaal brüllte ein einstimmiges, ohrenbetäubendes »Ja!«

Mit einem strahlenden Lächeln kam David auf mich zu . Er nahm mir die Zettel aus der Hand und steckte sie wieder in sein Sakko. Dann drückte er meine Hände an seine Lippen und schmunzelte. »Na bitte, da hörst du es!«

Ich nickte, lachte, zugleich lösten sich dicke Freudentränen aus meinen Augen. Es war so unwirklich – wie ein Traum –, die Befreiung von all meinem Schmerz, das unerwartete Glück, die Aussöhnung mit meinem Schicksal.

»Muss ich dich vor all deinen Studenten fragen, oder sagst du es mir auch so, dass du mich heiraten willst?« rief David, um den nicht enden wollenden Lärm zu übertönen.

»Ja!« antwortete ich, so laut ich es in meinem Durcheinander von Lachen und Weinen konnte.

»Du musst schon schreien, sonst verstehe ich dich nicht!« heuchelte er, um meine Antwort noch einmal zu hören.

»Ja«, schrie ich, »ich will dich heiraten!«

Er lachte zufrieden, beugte sich zu mir und küsste mich innig auf den Mund. Begeisterungsstürme und gellende Pfiffe kommentierten unsere Zärtlichkeit.

»Halt dich fest!« sagte er und hob mich aus dem Rollstuhl. Als er mich in seinen Armen hielt, schüttelte er lächelnd den Kopf und sagte: »Du hast es mir verdammt schwer gemacht!«

»Ich weiß«, schluchzte ich, »kannst du mir verzeihen?«

»Vielleicht«, scherzte er, »aber erst, wenn wir verheiratet sind!«

Die Begeisterung der Studenten kannte keine Grenzen. Als mich David die mittlere Treppe hinauf zum oberen Ausgang trug, säumten sie unseren Weg zu beiden Seiten. Das wirre Durcheinander von Jubelrufen vereinigte sich bald in einem einzigen euphorischen Wort: »Da-vid! Da-vid!« riefen sie aus Leibeskräften und trommelten hemmungslos auf ihre Bänke.

Sein erleichtertes Lächeln in dieser berauschenden Stimmung, die erlösende Geborgenheit in seinen Armen, das erwachende Bewusstsein eines bevorstehenden Lebens an seiner Seite verliehen diesen Augenblicken den Hauch von Unvergänglichkeit. Doch nichts rührte mehr an mein Herz als das Glück in seinen Augen.

# Das Geschenk

Heute ist ein ganz besonderer Tag – nicht nur, weil David seinen siebenundvierzigsten Geburtstag feiert. Um das große Fest zu rechtfertigen, das ich am Abend für ihn gebe, musste ich mir noch einen weiteren Anlass einfallen lassen. Also werde ich ihm heute Abend einen lang gehegten Wunsch erfüllen und mich als seine Frau der Öffentlichkeit präsentieren.

Ich rechne es David hoch an, dass er mich nie dazu drängte. Schließlich sind seit unserer Hochzeit im August letzten Jahres fast fünfzehn Monate vergangen. Auch damals kam er meiner Bitte nach und stimmte einer kleinen Hochzeitsfeier im engsten Familien- und Freundeskreis zu.

Seither band mich David soweit wie möglich und mit größter Rücksicht in sein abwechslungsreiches Leben ein. Um die meiste Zeit bei mir sein zu können, richtete er den Mittelpunkt seines beruflichen und geselligen Lebens in unserem Haus südlich von London ein – einem jener stattlichen viktorianischen Gebäude inmitten eines malerischen Parks, die man hierzulande schlicht als *Herrenhaus* bezeichnet. Für David zählt einzig und allein, dass ich von *unserem* Besitz spreche. Schon am Tag nach unserer Hochzeit überschrieb er mir – ohne mein Wissen – die Hälfte des Hauses und seines gesamten Vermögens, mit der Begründung, mir niemals das Gefühl der Abhängigkeit von ihm geben zu wollen. Als ich wenig später davon erfuhr, konnten ihn auch meine heftigsten Proteste und inständigsten Bitten nicht dazu bewegen, diese für mich so bedeutungslose Maßnahme rückgängig zu machen.

David verlegte sein Tonstudio in unser neues gemeinsames Heim, um mit seinen Musikern zu proben und sämtliche Tonträger nur noch dort aufzunehmen. Seine Freunde lud er aus Rücksicht auf mich am liebsten zu uns ein. Nur zu gesellschaftlichen Anlässen ging David – wenn auch schweren Herzens – allein.

In den ersten Monaten unserer Ehe trug mich David buchstäblich auf Händen. Auch wenn er mir jeden Weg zur größtmöglichen Selbstständigkeit ebnete, hatte ich den Eindruck, dass es ihm Freude bereitete, mir zu helfen. Meistens war seine Hilfe zärtlich, oft auch humorvoll – sie war niemals peinlich oder verlegen. Die natürlich-erfrischende Art, wie er mit meiner Behinderung umging, ließ mich bald nicht mehr auf die Idee kommen, ich könnte ihm zur Last fallen.

Tatsächlich gelang es David in kürzester Zeit, meine einst quälenden Ängste zu zerstreuen. Ob im Alltag, ob in jenen erhebenden Momenten, in denen wir uns körperlich liebten, immer wieder aufs Neue sagte er es und gab mir das Gefühl, eine attraktive, begehrenswerte Frau zu sein. Die Art, wie er mich ansah, mich berührte, erfüllte mich mit dem dauerhaft belebenden Bewusstsein, dass ich ihn allein durch meine Gegenwart glücklich machte. Nur manchmal verschwand das lebhafte Funkeln aus seinen Augen, manchmal sah ich es ihm an – auch wenn er sich noch so bemühte, es zu verbergen –, dass ihn der Umstand meiner Behinderung ein wenig traurig machte.

Die bestechende Faszination von Davids Persönlichkeit, die ich vom ersten Augenblick an empfand, ist auch in unserer Ehe allgegenwärtig geblieben. Sie überwältigt mich vor allem dann, wenn ich ihn am Klavier beobachte. Ob er am Flügel sitzt, stundenlang in einsamer Harmonie mit dem Instrument oder ob er mit weltberühmten Orchestern probt, jedes Mal wieder genieße ich es, mit welch beispielhafter Entschlossenheit und Willenskraft er an eine Herausforderung herangeht. In der Musik zählt für ihn nur eines: Perfektion – er verlangt sie sich selbst und allen anderen, die mit ihm arbeiten, ab. Ich bewundere ihn wie am ersten Tag, und ich freue mich mit ihm, wenn mir sein zufriedener Gesichtsausdruck wieder einmal sagt, dass ein Stück Musikgeschichte zur vollendeten Interpretation gebracht wurde.

Auch mein einst unerklärliches Empfinden von seelischer Harmonie bewahrheitet sich in unserem Zusammenleben. Oft *erfühlen* wir die Wünsche des anderen, verstehen uns wortlos durch einen Blick, ein Lächeln, eine Berührung. Aber auch in vielen alltäglichen sowie prinzipiellen Dingen sind David und ich ähnlicher Meinung. Wir teilen vor allem die grundsätzliche Geisteshaltung über die Schönen Künste, denen wir uns aus tiefster Überzeugung verpflichtet fühlen. Dass Musik, Literatur und bildende Kunst das Leben erst lebenswert machen, dass sie den Menschen in seiner schöpferischen Kraft auszeichnen und die einzig wahren Botschafter für Frieden, Toleranz und Einigkeit auf der Welt sind, diese Einstellung zieht sich wie ein roter Faden durch unser gemeinsames Denken. Oft verbringen wir einen ganzen Abend damit, über Musik, Literatur und Theater zu diskutieren und vom Wissen des anderen zu lernen.

David ist es längst gelungen, mir sein eigenes Verständnis von Musik näherzubringen und mich für ihre Magie empfindlich zu machen. Dennoch kann ich nicht bestreiten, dass mich nur seine begnadeten Hände dem unentrinnbaren Bann der Musik ausgeliefert haben. Es gibt für mich nichts Erhebenderes – und wird es niemals geben –, als David Klavier spielen zu sehen, zu erleben und bis in mein Innerstes zu fühlen, wie sich sein Talent in einem musikalischen Zauber entfaltet.

Es ist im wahrsten Sinne Ehrfurcht, die ich vor seiner Kunst empfinde, es ist größte Wertschätzung, die ich seinem alltäglichen Verhalten in unserer Ehe entgegenbringe. Zwar habe ich David schon aufbrausend und eigensinnig erlebt, doch niemals launisch oder ungerecht. Wenn er verärgert ist, sucht er viel eher ein offenes Gespräch mit mir, als seinen Zorn blindlings an mir auszulassen. Die wenigen Male, in denen seine starke Persönlichkeit und mein unnachgiebiger Dickkopf aufeinanderprallten, endeten stets in anregenden gegenseitigen Zugeständnissen.

Den ersten Jahrestag unseres näheren Kennenlernens – den fünfundzwanzigsten Dezember also – beging David auf seine einzigartige Weise. In einem Strauß hundert dunkelroter Rosen steckte ein bedeutend aussehender Briefumschlag.

»Was ist das?« fragte ich neugierig.

»Kein Geschenk, Liebes, nur eine Chance – sofern du sie wahrnehmen möchtest!«

Verwirrt sah ich ihn an und öffnete den Briefumschlag. Es war das Schreiben einer neurologischen Klinik in New York. Aus den Zeilen ging eindeutig hervor, dass man alle meine Befunde, die mein Mann zur Begutachtung geschickt hatte, gründlich geprüft habe und zu dem Schluss gekommen sei, dass in meinem Fall eine Operation und eine anschließende Therapie zu einem durchaus vielversprechendem Ergebnis führen könne.

»Die Klinik ist weltberühmt«, erklärte David, als ich zu Ende gelesen hatte, »und verzeichnet beachtliche Erfolge bei Patienten, die an *keinem vollständigen* Querschnitt leiden. Und da deine Akupunkturbehandlung diese Diagnose nahe legte, begann ich nach geeigneten Kliniken zu suchen. Es tut mir leid, Toria, dass es so lange dauerte, aber ich wollte die allerbeste für dich!«

Ich konnte die Nachricht kaum fassen. »Und so etwas nennst du *kein Geschenk*, David? Was könntest du mir Schöneres schenken als die Möglichkeit, vielleicht wieder gehen zu können?«

»Aber es wird sehr anstrengend für dich sein, vielleich schmerzhaft und in jedem Fall langwierig!«

»Was ist das alles im Vergleich zu der kleinsten Aussicht auf Erfolg?«

Er lächelte zufrieden. »Es freut mich, dass du so denkst. Dann werden wir den nächstmöglichen Termin, den man mir nannte, den zwanzigsten Februar wahrnehmen.«

»*Wir*?« wiederholte ich erstaunt. »Du meinst wohl damit, dass du mich bis New York begleiten wirst – oder hast du vergessen, dass am ersten März deine USA-Tournee beginnen soll?«

»Nein, das habe ich nicht. Aber ich werde meine Tournee verschieben!«

»Das kommt überhaupt nicht in Frage!« unterbrach ich ihn lautstark. »Jeder Konzerttermin deiner Tournee ist seit Monaten ausverkauft. Du kannst deine Fans jetzt nicht enttäuschen!«

»Toria, ich möchte bei dir sein!«

»Das weiß ich, David. Aber du könntest doch nichts für mich tun. Die Behandlung ist sicher so zeitaufwändig, dass du mich kaum zu Gesicht bekommen wirst. Also würdest du dich nur langweilen. Nein, David«, erklärte ich mit ernster Miene, »ich werde der Behandlung nur zustimmen, wenn deine Tournee wie geplant stattfindet!«

Der tiefe, hörbare Atemzug ließ unmissverständlich erkennen, dass ihn der Ärger gepackt hatte. Aber er schien auch zu begreifen, dass jeder weitere Versuch, mich von meiner Meinung abzubringen, zwecklos wäre.

»David, es trifft sich doch ganz ausgezeichnet«, fuhr ich beschwichtigend fort, »da du sechs Konzerte an der Ostküste geben wirst, kannst du mich zwischendurch vielleicht sogar besuchen!«

Es gelang mir, mich insoweit zu behaupten, dass David seine Tournee planmäßig durchführte, doch ohne unseren bewährten Kompromiss ging es auch diesmal nicht. Nach jedem Konzert – auch nach jenen an der Westküste – ließ es sich David nicht nehmen, nach New York zu fliegen und mich in der Klinik zu besuchen. Natürlich war er auch nach der Operation, als ich aufwachte, bei mir, um mir freudestrahlend mitzuteilen, dass alles *vielversprechend* verlaufen sei.

Die behandelnden Ärzte waren zuversichtlich, dass schon bald ein deutliche Besserung meines Zustands eintreten werde, obgleich sie mir zu verstehen gaben, dass das völlige Wiedererlangen des Empfindungsvermögens in beiden Beinen unwahrscheinlich sei. Doch solchen Illusionen war ich ohnehin nicht verfallen, sondern nahm mir fest vor, mich in Bescheidenheit zu üben und meine Erwartungen nicht zu übersteigern.

Als sich aber nach Tagen des bangen Wartens endlich ein leises Gefühl in meinem linken Bein regte, konnte ich es nicht verhindern, dass in mir zugleich dankbare Glückseligkeit und ein neuer, grenzenloser Optimismus erwachten. Eine wahre Aufbruchstimmung breitete sich in mir aus, stärkte meinen Willen und meine Kraft, ließ mich mit Geduld und Ausdauer alle muskel- und nervenstärkenden Behandlungen ertragen.

Ganz allmählich kehrte im Laufe von einigen Wochen ein fortschreitendes Maß an Empfindungs- und Bewegungsfähigkeit in mein linkes Bein zurück, erwachte auch in meinem rechten Bein ein zaghafter Ansatz neuen Lebens. Nach zwölf Wochen Therapie war es endlich soweit, dass ich von meinem Freund – wie Collin den Rollstuhl aufmunternd genannt hatte – Abschied nehmen konnte.

Ich werde ihn niemals vergessen, jenen so oft bezweifelten Augenblick, in dem ich – auf Krücken gestützt und von einem Therapeuten begleitet – meine ersten Schritte machen sollte. Kein gesunder Mensch kann es je nachempfinden, welch einen Segen es bedeutet, auf seinen eigenen zwei Beinen zu stehen – wenn auch noch sehr unsicher und auf Hilfsmittel angewiesen.

Die wenigen Meter, die ich von der Therapieliege bis zu David zurücklegen sollte, erschienen mir endlos. Und doch war jeder einzelne anstrengende Schritt wie ein Aufbruch in eine versöhnliche Zukunft. So sehr ich auch mit meinem mühsamen Weg beschäftigt war, so wenig entging es mir, dass David von Freude überwältigt war. Mit offenen Armen und glänzenden Augen stand er da und wartete auf mich. Ich ahnte, wie gerne er mir entgegengelaufen wäre, doch er wagte es nicht, sich von der Stelle zu rühren. Sichtlich aufgeregt beobachtete er meine ersten Gehversuche.

Fast hatte ich mein Ziel erreicht. Als ich knapp vor ihm stand, sah ich ihm nochmals in die Augen – es war unverkennbar, dass er gegen Freudentränen ankämpfte. Noch ein letzter Schritt, und ich spürte die sichere Geborgenheit seiner Arme.

»Du hast es geschafft, Liebes!« flüsterte er, lachte vor Freude und hielt mich fest umfangen. »Ich wusste immer, dass du es schaffen würdest!«

Mit befreiender Erleichterung und glücklichen Tränen wurde es mir bewusst: vielleicht nicht wie früher – aber ich würde wieder gehen können! In diesem Augenblick schloss ich mit meinem Schicksal endgültig Frieden.

Der brennende Wunsch und unbesiegbare Wille wieder gesund zu werden – nicht nur für mich selbst, sondern vor allem für David, um für ihn die attraktive Frau zu sein, die ich immer für ihn sein wollte – haben ihr Übriges zu den erfolgreichen Behandlungen der New Yorker Klinik getan. Sie bestärkten mich in den letzten Monaten immer wieder darin, mit unnachgiebiger Härte gegen die körperliche Schwäche zu kämpfen. Sie lehrten mich, für die ermutigenden Ergebnisse dankbar zu sein, mich gleichzeitig aber nicht mit ihnen zufrieden zu geben.

Das Fortschreiten meiner Gesundheit lässt mich auch wieder vorsichtig an meine eigenen beruflichen Ambitionen denken, ja ich wage es sogar, Pläne zu machen. Die Einladung der Universität von London zu einer Gastvorlesung im kommenden Sommersemester nahm ich dankend an. Aber auch meiner eigenen Fakultät in Wien möchte ich treu bleiben. Prof. Flemming, der die weitgehende Wiederherstellung meiner Gesundheit mit großer Freude vernahm, stellte es mir frei, jederzeit wieder – sofern mein Mann nichts dagegen habe – ein Semester lang am Institut zu unterrichten. David hatte nicht nur nichts dagegen, er fand die Idee sogar großartig und träumt bereits davon, sich ein halbes Jahr Auszeit zu nehmen und mich nach Wien zu begleiten.

Doch so weit sind wir noch nicht. Noch kämpfe ich jeden Tag

intensiv für die Wiedererlangung meines Gehvermögens. Mittlerweile ist es mir gelungen, mit nur einer Krücke und einer Schiene auf dem rechten Bein wieder gehen zu können. Auf mein linkes Bein kann ich mich wieder ganz verlassen, das rechte wird – laut abschließender Befunde – sein volles Empfindungs- und Funktionsvermögen nicht mehr zurückgewinnen. Dennoch bin ich fest entschlossen, nicht aufzugeben und meine Muskelkraft weiter zu trainieren, um einen Teil der zerstörten Nervenbahnen ausgleichen zu können. Collins Ratschläge und eigene Erfahrungen sind mir dabei zu einem täglichen, unentbehrlichen Lehrbuch geworden. Mein nächstes Ziel, endlich ohne Krücke gehen zu können, rückt in erreichbare Nähe.

Mein Versprechen, Collin anzurufen, wenn ich wieder auf meinen eigenen Beinen stehen kann, habe ich längst eingelöst. Aber es ist so armselig, beinahe beschämend, jemandem mit Worten zu danken, der einen aus den Abgründen der Mutlosigkeit, aus der Hölle der Verzweiflung ins Leben zurückholte. Wie aber kann ich es Collin und auch Dr. Sherman jemals vergelten, was sie für mich taten? Wie kann ich ihnen auch nur einen Bruchteil von dem zurückgeben, was sie mir in ihrer selbstverständlichen Großherzigkeit zuteil werden ließen? Wahrscheinlich werde ich für immer in ihrer Schuld stehen. In jedem Fall werde ich ihnen in aufrichtiger Freundschaft und inniger Dankbarkeit für immer verbunden sein.

Ich kann es kaum erwarten, beide heute Abend wiederzusehen, sie im Kreise all jener geliebten und geschätzten Menschen zu finden, die auch in schwerster Zeit zu mir standen: Dagmar und Richard, Katrin und Daniel, Alex und seine Frau Isabell, Jeff Coburgh und Davids langjährige Freunde und Wegbegleiter. Ich kann es kaum erwarten, sie alle heute dabei zu haben, wenn ich meinen Mann mit einem ganz besonderen Geburtstagsgeschenk überrasche, wenn ich ihm ein wenig für seine ausdauernde Unterstützung in meinem erbitterten Kampf zu danken versuche, wenn ich ihm endlich die Gelegenheit gebe, auf seine Frau stolz zu sein.

Ich glaube, David weiß, dass er der Mittelpunkt meines Lebens ist, dass ich seine Persönlichkeit und seine Kunst aus tiefster Seele verehre. Ich glaube, er spürt, dass mein Herz von unendlicher Liebe zu ihm erfüllt ist. Vielleicht beweise ich ihm heute Abend, dass mein stärkster Antrieb gesund zu werden das Verlangen ist, *für ihn* eine attraktive Frau zu sein.

Ich hoffe, dass David das Abendkleid gefallen wird, das ich mir für diesen ganz besonderen Anlass machen ließ. Es ist aus edelster schwarzer Spitze gefertigt, betont am Oberkörper hauteng meine Figur und ermöglicht einen verführerischen Durchblick auf Arme und Dekolleté. Erst ab den Hüften fällt der Stoff weicher und fließender, um mich keinesfalls beim Gehen zu behindern. Den rückwärtigen, extrem tiefen Ausschnitt bedecken nur wenige herabfallende Strähnen meiner hochgesteckten Haare.

Als ich vor dem Garderobenspiegel stehe, um die Diamantohrringe anzustecken, die mir David zu Weihnachten schenkte, klopft es an der Tür meines Umkleideraums. Es ist John.

»Verzeihen Sie bitte, wenn ich Sie störe, Madam«, sagt er in seiner vornehm unaufdringlichen Art, »aber Mr Lamontaine lässt fragen, ob Sie noch etwas benötigen und wann Sie herunterkommen werden. Es sind jetzt alle Gäste eingetroffen.«

»Sie können ihm sagen, John, dass er mich in zehn Minuten erwarten kann!«

»Gerne, Madam. Kann ich sonst noch etwas für Sie tun?«

»Nein, vielen Dank, John«, antworte ich und füge lächelnd hinzu, »Sie haben so viel für mich in den letzten Wochen getan!«

Er neigt höflich den Kopf. »Es war mir eine Ehre und ein Vergnügen, Madam!« Schon will er sich zurückziehen, als er plötzlich in der Tür stehen bleibt und mich ansieht. Auf seinem sonst regungslosen, von sympathischen Linien durchzogenen Gesicht liegt der Ausdruck auffallenden Entzückens. »Gestatten Sie mir noch eine abschließende Bemerkung, Madam?«

»Aber natürlich, John!« Ich bin gespannt.

Er lässt seinen Blick bewundernd über meine Figur streifen. »Sie sehen hinreißend aus, Madam!«

Ich bin verblüfft. Sein ungewöhnlich direktes Kompliment versetzt mich in Staunen. Auch wenn ich zu John und seiner Frau Louise – jenem reizenden älteren Ehepaar, das David sein vielen Jahren das Haus führt – von Anfang an eine fast freundschaftliche Beziehung pflege, begegnen sie mir doch stets mit aufmerksamer Zurückhaltung und lassen sich nur ganz selten zu persönlichen Aussagen hinreißen. *Dies* ist wohl so ein seltener Fall, in dem Johns männlicher Charme über seine höflichen Manieren siegte.

»Danke, John«, sage ich sichtlich erfreut. Er verbeugt sich leicht. In seinem treu ergebenen Lächeln kann ich lesen, dass ihm seine Worte ein Anliegen waren. Als er den Raum verlassen will, läuft er beinahe mit Dagmar zusammen.

»Da unten wimmelt es nur so von Journalisten und Kameraleuten!« sprudelt sie aufgeregt hervor. »Alle warten auf dich, Victoria!« Plötzlich hält sie inne und betrachtet mich. »Das Kleid steht dir grandios!«

»Meinst du, dass es David gefallen wird?«

»*Gefallen?* Es wird ihn umwerfen! Genauso wie dein Geburtstagsgeschenk!«

»Du hast ihm doch nichts verraten, oder?«

»Nein, natürlich nicht.«

»Na ja«, rutscht es mir scherzhaft heraus, »wer weiß, ob ihr beide euch nicht schon wieder gegen mich verschworen habt!«

»Verschworen?« wiederholt sie mit gespielter Entrüstung.

»Ja, verschworen! Oder hast du vergessen, dass *du* es warst, die David damals meine schreckliche Lüge beichtete?«

»Aber *er* rief doch *mich* an, weil er völlig verzweifelt war und es nicht glauben konnte, dass du ihn nicht mehr liebst!«

»Ach Dagmar, für diese *Verschwörung* werde ich euch ohnehin ein Leben lang dankbar sein! So, und jetzt ist es höchste Zeit für mich. Ich darf ihn nicht länger warten lassen.«

»Da tust du gut daran!« bekräftigt Dagmar. »Seit eurer Hochzeit habe ich David nicht mehr so aufgeregt erlebt.«

»Vielleicht solltest du in seiner Nähe bleiben – nur für den Fall, dass er mir aus lauter Sorge entgegenlaufen möchte!«

»Einverstanden«, schmunzelt sie, »ich werde ihn zurückhalten.«

Als Dagmar zur Tür hinaus will, fällt ihr Blick auf meine dort angelehnte Krücke. »*Die* brauchst du wohl heute Abend nicht, oder?«

»Nein, heute muss ich ohne sie auskommen. Und ich hoffe, dass sie bald ganz ausgedient hat.«

»Ganz gewiss!« Dagmar lächelt mich zuversichtlich an. Im Weggehen dreht sie sich noch einmal um und zwinkert mir zu. »Toi, toi, toi, Victoria!«

»Danke!« rufe ich ihr nach. Dann bin ich wieder allein.

Jetzt ist es soweit. Mein großer Auftritt naht. Noch einmal trete ich für einen letzten Blick vor den Spiegel. Meiner Eitelkeit ist Genüge getan. Mein Spiegelbild erfüllt mich mit Zufriedenheit. Doch nichts könnte mir daran mehr gefallen, als der so ganz normale Umstand, mich im Stehen betrachten zu können.

Heute Abend soll niemand, der es nicht weiß, die Behinderung meines rechten Beines bemerken. Ich bin mir bewusst, dass es mir Kraft und Beherrschung abverlangen wird, nicht zu hinken und meinem Auftreten eine selbstverständliche Sicherheit zu verleihen. Aber ich habe es mir nun einmal in den Kopf gesetzt, an diesem Abend eine gesunde, attraktive Frau zu sein. Das erste Erscheinen von Mrs David Lamontaine soll ungetrübt und makellos sein. Die Öffentlichkeit kann gerne von meinem Unfall erfahren, doch er soll sich mit all seinen Folgen als abgeschlossenes Kapitel meines Lebens, das ich mit der Hilfe meines Mannes bewältigte, durch die Pressemeldungen ziehen. Damit sollte der allgemeine Wissensdrang befriedigt sein, und unser Privatleben kann wieder in den Schatten von Davids künstlerischen Erfolgen treten.

Ich bin ziemlich vervös. Ich weiß, es kann nichts mehr schief gehen, wenn ich die ersten Meter problemlos hinter mich gebracht habe. Langsam mache ich mich auf den Weg. Als ich die Garderobentür hinter mir schließe, höre ich bereits das angeregte Durcheinander unzähliger Stimmen. Sie dringen aus dem Salon im Erdgeschoß, wo die Gäste versammelt sind. Mit einem Cocktail in der Hand warten sie gespannt auf die Ankunft der geheimnisvollen Künstlergattin. David wird sicher den Fahrstuhl in der Eingangshalle im Auge behalten, um mir rechtzeitig entgegengehen zu können. Doch das wird nicht nötig sein.

Mit wenigen sicheren Schritten erreiche ich die breite, halb gewendelte Treppe. Es sind genau siebenunddreißig – zum Glück – flache Stufen vom ersten Stock bis ins Erdgeschoß; siebenunddreißig einst unüberwindbare Hindernisse – jetzt siebenunddreißig Herausforderungen, die ich während der letzten Wochen in Davids Abwesenheit und mit Johns tatkräftiger Unterstützung zu bewältigen gelernt habe.

Noch kann mich niemand sehen. Mit einem letzten tiefen Atemzug versuche ich meine Nervosität zu beherrschen. Dann ergreife ich mit der rechten Hand das Geländer und steige vorsichtig die ersten Stufen hinunter – langsam und bedächtig, gleichmäßig Schritt für Schritt. Ich fühle mich sicher und gut. Die Gewissheit, dass mich mein rechtes Bein nicht im Stich lassen wird, wächst. Meine Nervosität schwindet allmählich – das ist auch besser so, dadurch wirkt mein Lächeln ungezwungen, und ich kann mich voll auf meinen Auftritt konzentrieren.

Auf dem ersten Treppenabsatz bleibe ich kurz stehen. Mehr als zwei Drittel meines Weges liegen noch vor mir. Ab den nächsten Stufen können mich alle sehen – zweihundert Augenpaare werden auf mich gerichtet sein, ob in freundschaftlicher Erwartung oder ungeduldiger Sensationslust. Für einige Sekunden – so lange, bis all ihre Blicke auf mir ruhen – wird es im Salon immer stiller werden. Dann werden die Journalisten näher ans Treppenende herankommen, und auf der Stelle wird ein Blitzlichtgewitter über mich hereinbrechen.

Doch es wird mich nicht beirren. Ich werde nur ein einziges unter all den Augenpaaren wahrnehmen, um seinen Ausdruck zu genießen. Diese Hoffnung treibt mich weiter auf meinem bahnbrechenden Weg. Ich kann David bereits sehen – er unterhält sich mit Richard und einigen Presseleuten. Auch Dagmar und die Kinder stehen in dieser Runde. Da Dagmar weiß, von wo ich kommen werde, hat sie mich auch als Erste erblickt.

Noch wendet mir David den Rücken zu, doch gleich wird er sich umdrehen. Ich weiß, dass ihn zuerst tiefe Besorgnis über mein wagemutiges Unternehmen erfassen wird. Doch je näher ich herunterkomme, desto ruhiger wird er werden. Schließlich werden sie mich stolz und glücklich empfangen – sein sanftes Lächeln und das Funkeln in seinen Augen.